Die Töchter der Villa Weißenfels

Die Autorin

Elaine Winter ist ein Pseudonym der Autorin Ira Severin, die schon als Kind gerne Geschichten erfunden hat. Sie studierte Germanistik und Anglistik, probierte sich in verschiedenen Jobs in der Medienbranche aus und kehrte bald zum Geschichten erfinden zurück. Inzwischen ist sie seit mehr als zwanzig Jahren Autorin und hat den Spaß am Erdenken schicksalhafter Wendungen und romantischer Begegnungen bis heute nicht verloren.

Elaine Winter

Die Töchter der Villa Weißenfels

Weltbild

Besuchen Sie uns im Internet
www.weltbild.de

Genehmigte Lizenzausgabe für Weltbild GmbH & Co. KG,
Werner-von-Siemens-Straße 1, 86159 Augsburg
Lizenzausgabe mit Genehmigung der Bastei Lübbe AG, Köln
Copyright der E-Book-Originalausgabe © 2019 by Bastei Lübbe AG, Köln
Umschlaggestaltung: *zeichenpool, München
Umschlagmotiv: Trevillion Images, Brighton (© Ildiko Neer);
www.shutterstock.com (© bravikvl, © SkandaRamana, © Wolna)
Satz: Datagroup int. SRL, Timisoara
Druck und Bindung: GGP Media GmbH, Pößneck
Printed in the EU
ISBN 978-3-96377-399-0

2022   2021   2020   2019
Die letzte Jahreszahl gibt die aktuelle Lizenzausgabe an.

Prolog

Nürnberg, 20. April 1928

Lydia blieb am Fuß der breiten Treppe stehen, die aus sechs schneeweißen Steinstufen bestand, und stellte ihren kleinen Koffer ab. Ob das Marmor war? Sie hatte noch nie welchen gesehen, aber diese Villa war so groß und prächtig, dass es hier sicher solche kostbaren Dinge gäb.

Nervös zupfte sie an ihrem schwarzen Sonntagskleid, das für die außergewöhnliche Hitze des Apriltags viel zu schwer und zu warm war. Sie spürte, wie ihr ein einzelner Schweißtropfen den Rücken hinunterlief. Wenn sie noch lange in der Mittagssonne herumstand, würde sie furchtbar verschwitzt sein, bevor sie auch nur an die Tür geklopft hatte. Sie war hier, um nach einer Stelle zu fragen. Und wer wollte schon ein Hausmädchen, das eine feuchte Spur hinterließ, wenn es sich durch die eleganten Räume bewegte? Ganz bestimmt nicht die wohlhabende Fabrikantenfamilie, die in diesem Haus wohnte.

Zwar hatte Lydia in ihrem mehr als hundert Kilometer entfernten Heimatdorf Ohltal noch nie von den Weißenfels gehört, doch hier in Nürnberg schien jeder die Familie zu kennen. Jedenfalls hatte es sich in dem Gespräch so angehört, das sie auf dem Bahnhofsvorplatz belauscht hatte. Und obwohl sie selten etwas tat, ohne vorher gründlich darüber nachzudenken, hatte sie ihren Zug in Richtung Heimat davonfahren lassen und sich zur Villa durchgefragt.

Es war nicht sonderlich schwierig gewesen herzufinden. Gleich die erste Person, an die sie sich gewandt hatte, eine ältere Frau mit Einkaufskorb, hatte den Wohnsitz der Familie Weißenfels gekannt. Und als sie unterwegs einmal unsicher gewesen war, wo sie abbiegen sollte, konnte ihr ein Lieferjunge, der einen laut quietschenden Holzwagen hinter sich her zerrte, sofort die richtige Richtung weisen.

Obwohl sie ihren Koffer auf der untersten Stufe stehengelassen hatte, kam es ihr vor, als würde sie ein schweres Gewicht die Treppe hinaufschleppen. Dann stand sie vor der Eingangstür aus poliertem Mahagoni, starrte den Türklopfer in Form eines Löwenkopfs an und schaffte es nicht, die Hand zu heben.

Durfte man das überhaupt? Einfach an eine Tür klopfen und nach Arbeit fragen? Wenn sie davongejagt oder auch nur ausgelacht wurde, würde sie vor Verlegenheit im Boden versinken. Andererseits war es mindestens ebenso schlimm, unverrichteter Dinge in ihr Heimatdorf zurückzukehren, nachdem sie von dort aus vor nicht mal zwei Wochen nach Nürnberg aufgebrochen war. Stolz und ein bisschen überheblich, weil sie in der großen Stadt wohnen und aufregende Dinge erleben würde, während alle anderen auf ihren Bauernhöfen im kleinen Ohltal zurückblieben.

Sie hatte sich Nürnberg als einen wunderbaren Ort voller Lichter und freundlicher Menschen vorgestellt. Nicht im Traum wäre sie auf den Gedanken gekommen, die Arbeit als Hausmädchen bei der Familie Staller könnte schwerer sein als das Ausmisten eines Kuhstalls. Das Stellenangebot in der Zeitung hatte sich angehört, als würde sie den ganzen Tag mit einem Staubwedel in der Hand herumlaufen.

Einen Staubwedel hatte sie bei den Stallers nicht zu sehen bekommen. In einer Schlachterei wischte man das Blut mit alten Lumpen auf, womit sie kein Problem hatte. Sie war an harte Arbeit gewöhnt und hatte ihrem Vater schon als Zehnjährige beim Schlachten zur Hand gehen müssen.

Viel schlimmer war das gewesen, was ihr bei den Stallers sonst noch zugestoßen war. Beim Gedanken, zu Hause erzählen zu müssen, was dort geschehen war, wurde ihr übel. Niemals hatte sie mit ihrer Schwester Ottilie über solche Dinge gesprochen. In ihrem Dorf redeten die Leute nicht über so was. Natürlich kannte ihre Schwester sich aus. Schließlich war sie seit über einem Jahr verheiratet. Aber das bedeutete nicht, dass Ottilie und Lydia über unanständige Dinge sprachen wie über das Wetter von morgen.

Entschlossen griff Lydia nach dem Türklopfer. Wenn es ihr gelang, eine neue Anstellung zu finden, konnte sie sich nicht nur dieses unangenehme Gespräch ersparen, sondern auch die schmähliche Rückkehr nach Ohltal. Falls sie in dieser Villa eine Stelle bekam, konnte sie Ottilie schreiben, dass sie sich verbessert hatte. Sicher trugen die Hausmädchen in der Villa Weißenfels eine hübsche Uniform und nicht so einen grauen, kratzigen Kittel wie bei den Stallers.

Im selben Augenblick, in dem sie den Löwenkopf aus Messing gegen das Holz fallen lassen wollte, wurde die Tür geöffnet. Eine junge Frau von etwa Ende zwanzig, also ungefähr zehn Jahre älter als Lydia, trat auf die Schwelle. Sie trug ein elegantes beigefarbenes Kostüm mit tief angesetzter Taille und knielangem Faltenrock. Ein modischer Hut verbarg fast vollständig die kinnlangen Haare, die fast denselben dunklen

Goldton hatten wie Lydias Zopf. Nur einige Strähnen kringelten sich an den Schläfen des runden Gesichts.

Die Frau sah sie erstaunt an. »Ja, bitte?«, fragte sie nach einer kurzen Pause und lächelte freundlich, was Lydia Mut machte. Vielleicht waren die Menschen in diesem Haus gar nicht so kühl und unnahbar. Beim Anblick der Villa, deren riesige Fenster mit dichten Gardinen verhängt waren, die jeden Blick ins Innere verwehrten, hatte Lydia schon Schlimmes befürchtet.

»Mein Name ist Lydia Breuer. Ich wollte nach einer Stellung fragen«, stieß sie hervor und war plötzlich atemlos, als wäre sie schnell gelaufen.

»Schickt dich die Agentur?« Die Frau runzelte die Stirn. »Das ging aber schnell. Meine Schwiegermutter hat dort erst vor einer halben Stunde angerufen.«

»Ich komme vom Bahnhof, nicht von der Agentur«, erklärte Lydia hastig und strich sich mit der Hand über die schweißnasse Stirn.

»Vom Bahnhof?«

»Ich habe dort zufällig gehört, dass Sie gestern ein Hausmädchen entlassen haben. Weil sie gestohlen hat. Ich suche eine Stellung und ... ich würde niemals stehlen.«

»Das ist beruhigend.« Die Frau lachte so heftig, dass das Hütchen auf ihrem Kopf fröhlich wackelte.

»Ich kann alle Arbeiten machen, die im Haus anfallen. Öfen und Kamine heizen, putzen, waschen und bügeln.« Mehr fiel ihr leider nicht ein.

Bei den Stallers hatte sie neben den Hilfsarbeiten in der Schlachterei fast den ganzen Tag in der Küche verbracht, denn es galt, Mahlzeiten für neun Personen zuzubereiten –

für Herrn und Frau Staller und für die Schlachtergesellen. Und wenn alles vertilgt war, musste das Geschirr abgewaschen und das nächste Essen gekocht werden. Zwischendurch war sie durchs Haus gehetzt und hatte den gröbsten Schmutz weggeputzt. Dabei war es nicht auf Feinheiten angekommen. Das hielten die Weißenfels' sicher ganz anders.

Die elegante Frau warf einen prüfenden Blick auf ihre Armbanduhr. »Ein paar Minuten habe ich noch Zeit. Komm rein. Vielleicht passt es ja.«

Sie drehte sich in der offenen Tür um und ging zurück ins Haus. Lydia folgte ihr mit pochendem Herzen.

Die Eingangshalle war groß und hell mit einem Fußboden aus schwarzen und weißen Steinfliesen, die im Schachbrettmuster verlegt waren. An den hohen Wänden hingen kostbar aussehende Gemälde, darunter standen kleine Tische mit Vasen, in denen Sommerblumen leuchteten und einen zarten Duft verbreiteten. Im Hintergrund führte eine geschwungene Holztreppe hinauf zu einer Galerie, von der im oberen Stockwerk mehrere Flure abgingen.

Lydia sah sich staunend um. Es musste ein Traum sein, hier zu arbeiten.

Die junge Frau stand wartend in einer offenen Tür rechts vom Eingang und klopfte mit den Fingerspitzen gegen den Türrahmen.

»Entschuldigung«, murmelte Lydia und eilte hinter ihr her.

Sie fand sich in einer Art Arbeitszimmer wieder. Es gab einen Schreibtisch, ein Regal mit Büchern und Aktenordnern und einen kleinen Tisch mit zwei hochlehnigen Stühlen. Dorthin deutete ihre Gastgeberin mit einem freundlichen Lächeln.

Bevor sie sich setzten, reichte sie Lydia die Hand. »Ich bin Marleen Weißenfels. Mein Mann leitet gemeinsam mit seinem Vater *Weißenfels Spielwaren*. Kennen Sie die Puppenhäuser von *Weißenfels*?« Fast erwartungsvoll sah Marleen Weißenfels sie an.

Zögernd schüttelte Lydia den Kopf. Vielleicht wäre es besser gewesen zu behaupten, dass sie die Puppenhäuser kannte. Aber in ihrem Dorf besaß niemand so teure Spielsachen. Soweit sie wusste, hatten nicht mal die Töchter von Bauer Kimmich ein Puppenhaus. Und Kimmichs besaßen mindestens doppelt so viel Land wie alle anderen Bauern im Dorf und wohnten in einem riesigen Haus.

»Ich komme aus Ohltal. Das kennen Sie bestimmt nicht, weil es so klein ist. Da gibt es keine Puppenhäuser und auch sonst nicht viel. Ich bin erst seit zwei Wochen in Nürnberg.« Aus irgendeinem Grund hatte sie das Gefühl, sich entschuldigen zu müssen, dass sie überhaupt hier war.

»Ich komme auch aus einem kleinen Ort in den Bergen. Allerdings bin ich schon seit mehr als zehn Jahren hier in Nürnberg.«

Lydia ertappte sich dabei, wie sie die Augen vor Staunen weit aufriss. Sie hatte nicht gedacht, dass die elegante Marleen Weißenfels, verheiratet mit einem reichen Fabrikerben, aus einem Bergdorf stammte – genau wie sie.

»Waren Sie auch in Stellung hier in der Stadt?« Erschrocken schlug sie sich die Hand vor den Mund. So etwas fragte man nicht. »Entschuldigung«, stotterte sie.

»Schon gut.« Zu Lydias Erleichterung lächelte Marleen Weißenfels immer noch. »Du kennst dich also mit allen Arbeiten im Haushalt aus. Meine Schwiegermutter stellt hohe Ansprüche. Gelegentlich würdest du bei Abendgesellschaften servieren müssen. Oder den Gästen die Garderobe abnehmen.«

»Das kann ich. Und ich sage auch bestimmt keine unüberlegten Sachen, so wie eben. Das war eine Ausnahme. Ich weiß überhaupt nicht, was mit mir los ist. Vielleicht die Hitze. Und ich bin aufgeregt, weil ich wirklich gern hier arbeiten möchte.«

»Du lernst sicher schnell, mit den Gästen umzugehen«, beruhigte Marleen Weißenfels sie. »Wenn du Fragen hast, wende dich ruhig an mich. Bis vor einigen Monaten gab es eine Haushälterin. Sie hat das Personal eingestellt und geschult. Nun ist sie im Ruhestand und meine Schwiegermutter meinte, ich könnte mich mit ihr zusammen um diese Dinge kümmern. Also muss ich jetzt wohl irgendwie entscheiden, ob wir es miteinander riskieren können.«

Lydia nickte eifrig und sah Frau Weißenfels erwartungsvoll an.

»Bist du auf gut Glück nach Nürnberg gekommen? Sagtest du nicht, du bist seit zwei Wochen hier? Wo hast du so lange gewohnt?« Plötzlich funkelte zu Lydias Schreck Misstrauen in den hellblauen Augen.

»Ich hatte eine Anstellung«, gestand sie leise. »Aber da konnte ich nicht bleiben.«

»Hast du dir etwas zuschulden kommen lassen?«

»Nein! Ich schwöre.« Nur mit Mühe konnte Lydia sich davon abhalten, die Schwurhand zu heben. »Herr Staller, mein Dienstherr, er ...« Sie biss sich auf die Lippe.

Marleen Weißenfels wartete schweigend, dass sie fortfuhr.

»Er hat mich dauernd komisch angefasst. Da, wo man es nicht macht.« Lydia atmete tief durch. »Und dann ist er eines Nachts in meine Kammer gekommen. Da habe ich ihm den Nachttopf an den Kopf geworfen. Er hatte am nächsten Morgen eine riesige Beule, und seine Frau hat mich aus dem Haus gejagt. Sie meinte, ich hätte ihm schöne Augen gemacht. Dabei konnte ich den ekligen Kerl gar nicht leiden.«

»Den Nachttopf? War da was drin?« Marleens Kichern klang wie das eines Schulmädchens.

»Nein.« Lydia verbarg ihr breites Lächeln automatisch hinter der Hand. Bis jetzt hatte sie über die Ereignisse im Haus der Stallers nicht lachen können.

»Schade! Er hätte es verdient.« Die reiche Frau wirkte fast enttäuscht, dass Lydia dem aufdringlichen Mann nur den leeren Nachttopf an den Kopf geknallt hatte.

In stillem Einvernehmen sahen die Fabrikantengattin und das arme Mädchen aus dem Dorf sich an. Dann nickte Marleen Weißenfels langsam. »Wir versuchen es. Du kannst in das freie Zimmer im Gesindehause hinten im Garten ziehen. Zita wird dir alles zeigen.«

»Danke! Vielen Dank!« Begeistert sprang Lydia auf.

Marleen Weißenfels erhob sich ebenfalls und wollte ihr gerade die Hand reichen, als sich die Tür öffnete und eine alte Dame das Zimmer betrat. Streng ließ sie den Blick ihrer dunkelgrauen Augen sekundenlang auf Lydia ruhen, bevor sie sich an Marleen wandte.

»Wer ist das?«, erkundigte sie sich in scharfem Ton.

»Unser neues Hausmädchen.« Die plötzliche Unsicherheit in Marleens Stimme war Lydia nicht entgangen.

»Wie heißt sie?«

»Lydia.«

»Ich komme aus Ohltal und ich will gern alles tun, was in diesem Haushalt verlangt wird.«

»Vorlautes, geschwätziges Personal können wir nicht gebrauchen.« Die alte Dame runzelte die Stirn, als hätte Lydia endlos lange auf sie eingeredet.

»Ich glaube, Lydia kann ein gutes Hausmädchen werden, obwohl sie nicht von der Agentur geschickt wurde. Sie ist arbeitswillig und sofort gekommen, als sie gehört hat, dass bei uns eine Stelle frei ist.«

»Dein Glaube, liebe Marleen, ersetzt keine Referenzen.«

»Das ist meine Schwiegermutter, Frau Gesine Weißenfels«, sagte Marleen an Lydia gewandt. »Sie legt Wert auf gut geschultes Personal.«

»Du hoffentlich auch, liebe Marleen.« Die ältere Frau zog die Brauen hoch und richtete erneut ihren kalten Blick auf Lydia. »Das Personal nennt mich gnädige Frau.«

Lydia nickte, zögerte einen Moment und knickste dann stumm. Das schien der Gnädigen zu gefallen. Sie lächelte zwar nicht, aber der harte Zug um ihren Mund löste sich ein winziges bisschen.

In diesem Moment fiel Lydia ihr Koffer ein, den sie an der Treppe zur Eingangstür vergessen hatte. Er enthielt all ihre Habseligkeiten. Mit einem Aufschrei rannte sie aus dem Zimmer und durch die Haustür nach draußen.

Erleichtert sah sie das schwarze Köfferchen mit den abgestoßenen Ecken am Fuß der Treppe stehen. Sie lief die Stufen hinunter, nahm ihren einzigen Besitz und eilte wieder nach oben. Als sie ins Haus trat, standen Gesine und Marleen Weißenfels in der Halle und erwarteten sie.

»Sie hat wohl vor, durch die Vordertür ein- und auszugehen. Sag mir nicht, dass diese Person noch nie etwas von einem Dienstboteneingang gehört hat?« Als wäre Lydia gar nicht da, richtete Gesine Weißenfels die Frage ausschließlich an ihre Schwiegertochter.

»Ich habe Lydia durch den Vordereingang mit hereingebracht«, erklärte Marleen ruhig. »Und ich bin sicher, sie wird innerhalb kürzester Zeit lernen, welches Verhalten in diesem Haus von ihr erwartet wird.«

Zu diesen Worten nickte Lydia heftig.

»Wenn sie sich nicht bewährt, muss sie gehen. Dass das klar ist!« Ohne ihrem neuen Hausmädchen einen weiteren Blick zu gönnen, wandte die ältere Frau sich ab und verschwand durch eine der zahlreichen Türen, die von der Halle abgingen.

»Keine Sorge, du schaffst das schon. Herzlich willkommen in der Villa Weißenfels, Lydia.« Marleen warf einen nervösen Blick auf ihre kleine goldene Armbanduhr. »Über die Einzelheiten deiner Anstellung reden wir morgen. Ich werde jetzt Zita rufen. Sie soll dir dein Zimmer und auch sonst alles zeigen.«

Die junge Frau zog an der goldfarbenen Seidenkordel, die neben dem Porträt eines streng aussehenden Herrn in Uniform hing. Das hochgewachsene rothaarige Mädchen in der adretten schwarz-weißen Kleidung, das wenig später erschien, stellte Marleen als Zita vor.

»Das ist Lydia. Sie wird Alma ersetzen. Versuche Kleid und Schürze zu finden, die ihr passen, zeige ihr das freie Zimmer im Gesindehaus und sorge dafür, dass sie zu den Mahlzeiten etwas zu essen bekommt. Alles andere klären wir morgen.« Damit verschwand Lydias neue Herrin eilig durch die Haustür.

Zita musterte Lydia mit skeptischem Blick. »Soll das etwa heißen, du hast heute frei und wirst umsonst durchgefüttert? Und ich erledige die ganze Arbeit allein?«

»Wenn du mir sagst, was ich machen soll, helfe ich dir gerne.« Lydia hatte Mühe, hinter der langbeinigen Zita herzukommen, die quasi im Laufschritt die Treppe ins Untergeschoss hinunterstürmte.

Obwohl der Empfang durch ihre neue Kollegin nicht sonderlich herzlich ausfiel, klopfte Lydias Herz vor Glück. Sie hatte eine Stellung in dieser wunderschönen Villa. Der alten Frau Weißenfels und der missmutigen Zita würde sie schon bald beweisen, dass sie fleißig und zuverlässig war.

1. Kapitel

Münster, 2. Mai 2018

Weil sie noch in Professor Niedermeyers Sprechstunde gewesen war, um über das Thema ihrer Masterarbeit zu reden, war Valerie mal wieder zu spät dran, als sie den Haupteingang der Mensa erreichte. Die Essenausgabe würde in fünf Minuten schließen. Wahrscheinlich war die Auswahl längst auf ein einziges Gericht geschrumpft - nämlich auf das Essen, das sonst niemand wollte. Zum Beispiel überbackener Rosenkohl mit roter Beete.

Als sie neulich in letzter Minute gekommen war, hatte es nur noch einen großen Topf voller Labskaus gegeben. Das hatte freiwillig wahrscheinlich nur Benke Fiersen gegessen, die von der Küste kam und alles liebte, was Fisch enthielt.

Atemlos hetzte Valerie die Treppe hinauf und eilte zu der langen Theke, wo man sich für die verschiedenen Gerichte anstellen konnte. Zwei der drei Ausgaben waren bereits verwaist. Nur dort, wo Biogemüse-Eintopf mit Sojawürstchen angepriesen wurde, stand noch eine der Frauen mit weißem Kopftuch. Als sie Valerie kommen sah, schwang sie unternehmungslustig ihre Suppenkelle über dem großen Topf.

»Wieder mal spät dran«, rief ihr die Küchenhilfe entgegen. »Aber es ist noch genug da. Wenn Sie wollen, können Sie zwei Würstchen haben. Oder auch drei.« Man kannte sich, wenn auch nicht mit Namen.

»Prima. Gemüseeintopf mag ich. Bio ist noch besser, und Sojawürstchen sind lecker. Ich nehme gern zwei davon.« Glück gehabt!

Fast ein bisschen enttäuscht, dass sie bei der chronisch zu späten Valerie mit ihrem heutigen Angebot nicht das geringste Entsetzen hervorrufen konnte, füllte die Frau eines der tiefen Schälchen mit Suppe. Die Würstchen kamen auf einen Teller daneben, dazu gab es Vanillepudding.

Zufrieden machte Valerie sich auf die Suche nach einem freien Platz. Obwohl in einer Viertelstunde die nächsten Vorlesungen begannen, war die Mensa noch gut gefüllt. Gegen das Sonnenlicht, das durch die Fensterfront auf der gegenüberliegenden Seite fiel, bemerkte sie zunächst nur einen hochgereckten Arm. Erst als sie den wild wedelnden Arm schon fast erreicht hatte, erkannte sie Jana.

Ihre zwei Jahre jüngere Großcousine studierte seit sechs Semestern ebenfalls in Münster. Valeries und Janas Fächer und ebenso ihre Interessen hätten unterschiedlicher nicht sein können. Jana war Medizinstudentin und verbrachte jede Woche zehn bis zwölf Stunden freiwillig im Labor. Sie testete und untersuchte, was das Zeug hielt, und es war für sie längst beschlossene Sache, dass sie Labormedizinerin werden wollte.

Valerie begeisterte sich ebenso für ihr Studium, das sie in diesem Jahr beenden würde. Sie hatte Geschichte und Germanistik belegt, vergrub sich gern zwischen alten Büchern in der Bibliothek und schmökerte in Fachzeitschriften wie andere Frauen in Liebesromanen. Momentan hatte Valerie nur ein Problem: Sie interessierte sich für so viele verschiedene Gebiete, dass sie sich einfach nicht entscheiden konnte, über welches Thema sie in ihrer Masterarbeit schreiben wollte.

»Jana! Schön, dass du noch hier bist. Sonst isst du dienstags doch immer schon viel früher. Musst du heute nicht zur Vorlesung?« Valerie stellte ihr Tablett ab und beugte sich zu Jana hinunter, um ihr einen Kuss auf die Wange zu geben.

»Ich bin vor dem Mittagessen im Labor vorbeigegangen, um mit Professor Liebermann die Testergebnisse zu besprechen, die er netterweise für mich überprüft hat.« Janas gerunzelte Stirn war vollkommen untypisch für sie. Wenn sie im Labor auf ein Problem stieß, lebte sie sonst immer regelrecht auf und biss sich darin fest, bis sie die Lösung gefunden hatte. Den Rat des Laborleiters oder eines ihrer Professoren holte sie selten ein.

»Welcher Test?«, erkundigte sich Valerie, während sie ihr Besteck aus der Papierserviette wickelte und anfing, die Sojawürstchen in Stücke zu schneiden, um sie in ihren Eintopf zu werfen.

Jana schob das erst halb geleerte Schälchen mit ihrem Nachtisch weg, obwohl sie Süßes eigentlich liebte. Anstatt Valeries Frage zu beantworten, starrte sie über deren Kopf ein Loch in die Luft. Valerie drehte sich um und schaute nach, ob direkt hinter ihr ein eins neunzig großer Traummann aufragte, dessen Anblick Jana die Sprache verschlagen hatte. Was allerdings eher unwahrscheinlich war, da Jana keinen anderen Typen mehr ansah, seit sie ihren Gregor hatte. Da war aber ohnehin niemand.

»Der Verwandtschaftstest? Ich dachte, damit bist du längst durch. Ist das doch so kompliziert?«

Endlich richtete Jana ihren Blick wieder auf Valerie. »Ich habe doch uns beide als Übungsobjekte für den Test genommen. Um die Verwandtschaft nachzuweisen, muss man bestimmte DNA-Bereiche auf der Grundlage zuvor berechneter Wahrscheinlichkeiten analysieren. Dazu braucht man einen verlässlichen Stammbaum. Und den kenne ich in unserem Fall ganz genau.«

»Ich verstehe zwar nur Bahnhof, aber okay. Und jetzt klappt der Test nicht?« Endlich tauchte Valerie ihren Löffel in den Eintopf und probierte. »Der ist gut!«, stellte sie erfreut fest, nachdem sie gekaut und geschluckt hatte.

»Ich weiß auch nicht. Ich muss irgendwo einen Fehler gemacht haben.« Immer noch lag Janas Stirn in Falten.

»Wiederhol den Test doch einfach.«

»Ich habe ihn schon drei Mal durchgerechnet und dann Professor Liebermann gebeten, sich die Sache anzusehen. Er konnte keinen Fehler finden und kommt zum selben Ergebnis wie ich.«

»Und was ist das für ein Ergebnis?« Valerie biss auf eine der knackigen grünen Bohnen.

Jetzt schaute Jana sich suchend um, als könnte sie die Lösung für das Problem, das sie umtrieb, in der sich langsam leerenden Mensa finden.

»Ich habe mit dem Test nachgewiesen, dass wir mit großer Wahrscheinlichkeit nicht verwandt sind«, flüsterte sie, nachdem sie sich mehrmals geräuspert hatte.

»Quatsch!« Mit einem erleichterten Seufzer ließ Valerie sich gegen die Lehne ihres Stuhls fallen. »Ich dachte schon, eine von uns ist krank oder so was. Verwandt sind wir ja nun eindeutig. Selbst du kannst Fehler machen, Jana. Bei dem

Test ist irgendwas schiefgelaufen. Vielleicht stimmte mit einer der DNA-Proben etwas nicht.«

»Das habe ich auch gehofft. Deshalb habe ich doch nach ein paar Tagen einen zweiten Abstrich von deiner Mundschleimhaut genommen. Beide Ergebnisse stimmen absolut überein. Weil ich ratlos war, bat ich Professor Liebermann um eine Überprüfung. Du weißt, so was mache ich überhaupt nicht gern.« Jana lachte nervös auf.

»Und er sagt auch, dass wir keine Großcousinen sind?« Irritiert starrte Valerie über den Tisch.

»Er bestätigt mein Ergebnis. Wir sind nicht blutsverwandt.«

»Aber das würde ja bedeuten, dass eine von uns ...« Den Rest des Satzes sprach Valerie nicht aus.

»Ich habe gestern Mama angefleht, es mir zu sagen, wenn ich nicht ihr leibliches Kind bin. Sie fand das erst lustig, bis sie begriff, dass ich es ernst meinte. Dann hat sie zum Beweis meine Geburtsurkunde rausgesucht. Da steht schwarz auf weiß, wer meine leiblichen Eltern sind. Es sind genau die Leute, die ich die ganze Zeit für meine Mutter und meinen Vater gehalten habe.« Jana atmete tief durch, als könnte sie jetzt noch die Erleichterung angesichts dieses Beweises spüren.

»Manchmal werden Kinder in der Klinik vertauscht. Das könnte bei einer von uns passiert sein.« Nervös zupfte Valerie an ihrem Ärmel. Sie hatte keine Mutter mehr, die sie fragen konnte.

»Meine Mutter behauptet, wegen meines dunklen Haares hätte sie mich jederzeit wiedererkannt. Und mein Vater hatte schon vor der Geburt den strengen Auftrag von ihr, darauf zu achten, dass ich sofort ein Identifikationsarmband ums Handgelenk bekomme.«

»Ich fahre heute Abend zu Oma und frage sie. Aber jetzt muss ich in die Bibliothek.« Obwohl sie kaum die Hälfte ihres Eintopfs gegessen und den Nachtisch nicht mal angerührt hatte, sprang Valerie auf.

Jana erhob sich ebenfalls und umarmte sie fest. »Mach dir keine Sorgen«, sagte sie dicht an Valeries Ohr. »Das wird sich schon aufklären.«

»Sicher.« Valerie wusste längst, dass es nur eine gute Lösung dieses Problems gab: Jana musste ein Fehler unterlaufen sein. Und ihrem Professor auch. Und das bei mehreren Tests mit zwei verschiedenen Speichelproben. Und diese Lösung war so gut wie ausgeschlossen. Denn sie kannte Jana gut genug, um zu wissen, dass sie nur mit ihr über die Testergebnisse gesprochen hatte, weil sie sicher war, keinen Fehler gemacht zu haben.

»Falls Oma irgendwas weiß, melde ich mich,« verabschiedete sie sich von ihrer Großcousine, die vielleicht gar keine war.

Valerie brachte ihr Tablett mit den Speiseresten zur Geschirrrückgabe und eilte in die Bibliothek, wo sie mit ihrer Arbeitsgruppe verabredet war. Abgabetermin für die gemeinsame Hausarbeit war in nicht mal zwei Wochen. Der junge Dozent, der die Arbeit betreute, hatte sich großzügig mit einer Abgabe im Mai einverstanden erklärt, weil mehrere Studierende aus der Arbeitsgruppe während der Semesterferien ein Praktikum gemacht hatten. Wie es bei Gruppenarbeiten so war, hatten sie dennoch erst vor Kurzem ernsthaft angefangen. Nach dem Gespräch mit Jana hatte Valerie zwar anderes im Kopf als die Hugenotten - aber sie musste sich zusammenreißen. Die Hausarbeit war die letzte Pflichtleistung, die sie noch erbringen musste, bevor sie sich für die Masterarbeit anmelden konnte. Und vielleicht gab es ja tatsächlich eine ganz harmlose Erklärung für das Testergebnis.

* * *

Als Valerie nach einem langen Tag in der Uni das kleine Haus ihrer Großmutter erreichte, stand die Sonne schon rotgolden über den Baumwipfeln. Annemarie wohnte etwas außerhalb von Münster. Obwohl Valerie mit dem Auto nur eine Viertelstunde hierher brauchte, kam es ihr nach der Betriebsamkeit der Studentenstadt jedes Mal vor, als wäre sie mitten auf dem Land gelandet.

Hier hatte Valerie seit ihrem 15. Lebensjahr gelebt, bis sie für ihr Studium nach Münster gezogen war – in Annemaries Haus zwischen Feldern, auf denen sich das Getreide im Wind wiegte, Pferdekoppeln und baumbewachsenen Hügeln.

Valerie parkte ihren uralten roten Polo in der Auffahrt und blieb noch einen Augenblick im Auto sitzen. Liebevoll betrachtete sie das Häuschen, in dem sie nach dem Tod ihrer Eltern eine Heimat gefunden hatte.

Der breite Kiesweg der Auffahrt führte ins Nichts, denn Annemarie besaß keine Garage und hatte nie eine gebraucht. Sie ging zu Fuß oder nahm den Bus. Früher war sie oft Fahrrad gefahren, aber das hatte sie an ihrem achtzigsten Geburtstag aufgegeben. Nicht etwa, weil sie nicht mehr fit genug gewesen wäre. Aber sie fand es für eine Frau in ihrem

Alter »unangemessen«, mit wehendem Rock durch die Straßen zu radeln. Seitdem ließ sie sich Mineralwasser, Säfte und die Flasche Rotwein, die sie jeden Sonntag zum Mittagessen öffnete, vom Supermarkt liefern. Alle anderen Lebensmittel trug sie täglich in ihrem Einkaufskorb nach Hause.

Valerie stieg aus ihrem Auto, dessen Tür sich mit einem gequälten Quietschen schloss, das keine Werkstatt dem Wagen abgewöhnen konnte. Da sie sich nicht telefonisch angekündigt hatte, benutzte sie ihren Schlüssel nicht, sondern klingelte. Wenn Annemarie verdächtige Geräusche im Haus hörte, würde sie sicher nicht vor Schreck in Ohnmacht fallen. Aber es stand zu befürchten, dass sie in einer Nische lauerte und Valerie eine Bratpfanne über den Kopf zog, noch bevor sie erkannt hatte, wer ihr Überraschungsbesuch war.

Es dauerte eine Weile, bis ihre Oma die Tür öffnete. Sie starrte Valerie einige Sekunden erstaunt an, bevor ihr Gesicht sich in Hunderte von lustigen Fältchen legte.

»Was für eine Überraschung!« Sie stellte sich auf die Zehenspitzen, schlang Valerie die Arme um den Hals und drückte ihr einen Kuss auf die Wange. »Warum hast du nicht angerufen? Dann hätte ich Pfannkuchen gemacht. Oder wenigstens Kuchen gebacken.«

Zärtlich strich Valerie ihrer Großmutter über das silberne Lockenhaar. »Du musst keine Angst haben, dass ich verhungere, Omi. Es gibt in Münster genug zu essen.«

»Du wirst immer dünner«, behauptete Annemarie und zog ihre Enkelin ins Wohnzimmer, wo der Fernseher auf voller Lautstärke lief.

»Ich habe endlich wieder mein Gewicht von letztem Jahr, bevor du mich zu Weihnachten mit knusprigem Gänsebraten und diesen leckeren Schoko-Nuss-Plätzchen gemästet hast.« Automatisch stellte sie den Ton leiser.

Annemarie nahm ihr die Fernbedienung aus der Hand und schaltete das Gerät aus, obwohl die Tagesschau lief, die sie normalerweise nicht verpasste. »Sag ich doch. Du hast nach Weihnachten wieder abgenommen. Ich mache dir ein paar Schnittchen.« Eifrig wandte sie sich der Tür zu.

»Bitte nicht, Omi. Ich habe schon gegessen. Können wir uns hinsetzen? Ich muss dich was fragen.« Valerie deutete auf die gemütliche Couch, auf der sie so manche Stunde mit ihrer Großmutter verbracht hatte, während ihre Lieblingsserie lief. Annemarie hatte oft gemeinsam mit ihr über die Typen von *Big Bang Theory* gelacht.

Während Valerie das dunkelgrüne Sofa mit den bunten Kissen betrachtete, schnürte es ihr plötzlich die Kehle zu. Wenn das alles eine Lüge gewesen war! Wenn Annemarie gar nicht ihre Großmutter war, die engste Verwandte, die sie noch besaß. War es möglich, dass ihre Eltern sie als Baby adoptiert hatten und sie fünfundzwanzig Jahre später noch nichts davon wusste?

Als sie nebeneinander auf den weichen Polstern saßen, griff Valerie nach Annemaries Händen und sah sie stumm an.

»Was ist denn nur los, Vally?« Ihre Großmutter sprach sie mit dem Kosenamen an, den sie immer benutzt hatte, wenn ihre Enkelin traurig war. Und das war in den Jahren nach dem Verkehrsunfall oft vorgekommen.

»Jana hat einen Labortest gemacht, mit dem sie unsere Blutsverwandtschaft nachweisen wollte. Doch so oft sie den Test auch wiederholt hat, das Ergebnis war immer wieder, dass wir keine Großcousinen sind. Wir sind überhaupt nicht biologisch miteinander verwandt.« Nachdem es heraus war, atmete Valerie auf. Auch das war wie früher. Wenn sie Annemarie ihr Herz ausgeschüttet hatte, fühlte sie sich besser.

»Das kann nicht sein!« Ihre Großmutter schüttelte energisch den Kopf.

»Die einzig mögliche Erklärung ist, dass eine von uns adoptiert wurde. Und Jana weiß inzwischen, dass sie es nicht ist.« Valerie suchte den Blick ihrer geliebten Oma.

»Du bist es auch nicht.« Annemarie schüttelte so energisch den Kopf, dass ihre Löckchen hüpften. »Ich habe dich schon am Tag nach deiner Geburt im Arm gehalten und den kleinen Leberfleck hinter deinem Ohr gesehen. Den, der aussieht wie ein Kleeblatt und den deine Mutter auch hatte.«

»Und du bist sicher, dass meine Eltern mich nicht direkt nach meiner Geburt adoptiert und behauptet haben, ich sei ihr leibliches Kind?«

»Was denkst du dir nur für Sachen aus?« Annemarie schüttelte den Kopf. »Deine Eltern haben mit dir in Münster gelebt, bis du drei Jahre alt warst. Wir haben uns oft gesehen, und deine Mutter hatte einen solchen Babybauch, bevor du kamst.« Mit beiden Händen deutete Annemarie eine riesige Kugel vor ihrem Körper an. »Glaubst du, ich hätte nicht gemerkt, wenn sie sich ein Kissen unter das Kleid gestopft hätte? So was hätte sie außerdem nicht getan.«

»Natürlich nicht. Aber ... Was soll es sonst für eine Erklärung geben? Wenn alles so wäre, wie es die ganze Zeit zu sein schien, hätte Jana mit ihrem Test bewiesen, dass wir Großcousinen sind. Genau das konnte sie aber nicht.« Valerie strich sich nervös eine blonde Haarsträhne aus der Stirn und presste die Lippen aufeinander.

»Du glaubst doch nicht, dass ich dich die ganze Zeit belogen habe.« Kopfschüttelnd stand Annemarie auf und ging zu dem Sekretär aus dunklem Walnussholz. Eine Minute später hielt sie Valerie eine Geburtsurkunde vor die Nase, aus der eindeutig hervorging, dass sie die 1993 geborene Tochter von Thilo und Marion Falk war.

Plötzlich verschwammen die Buchstaben vor ihren Augen, und sie blinzelte, um die Tränen daran zu hindern, aus ihren Augenwinkeln zu kullern.

»Es tut mir leid, Omi«, flüsterte sie. »Natürlich dachte ich nicht, dass du gelogen hast. Aber ich verstehe das alles nicht. Wenn Jana und ich beide nicht adoptiert wurden, wieso sind wir dann nicht blutsverwandt?«

»Sieht so aus, als wäre in den Generationen vor eurer etwas nicht so, wie es scheint.« Annemarie verzog den Mund zu einem aufmunternden Lächeln, das ihr jedoch nicht sonderlich gut gelang.

»Glaubst du, jemand wurde versehentlich nach der Geburt vertauscht. Wir müssen von allen Gentests machen. Aber bei meinen Eltern geht das nicht mehr.« Verzweifelt sah Valerie ihre Großmutter an.

Beruhigend strich Annemarie ihr über den Arm. »Ich bin sicher, alles wird sich klären. Jedenfalls weiß ich ganz genau, dass du das Kind deiner Mutter bist. Da ist nicht nur das kleine Kleeblatt hinter deinem Ohr.« Sanft strich sie Valeries lange Haare zur Seite und tippte mit der Fingerspitze auf das hellbraune Muttermal hinter ihrer Ohrmuschel. »Marion hat dich nach deiner Geburt im Krankenhaus keine Sekunde aus ihren Armen gelassen. Du warst die ganze Zeit in ihrem Zimmer, und am Tag nach der Entbindung ging sie mit dir nach Hause.«

Valerie atmete tief durch und fuhr sich mit dem Handrücken über die Augen. »Wir werden herausfinden, was passiert ist!« Mit ihrem energischen Ton versuchte sie vor allem, sich selbst Mut zu machen.

Ihre Großmutter nickte und sah nachdenklich durchs Fenster in die Dunkelheit, die sich inzwischen über das Münsterland gelegt hatte.

2. Kapitel

Münster, 10. Mai 2018

»Omi! Was machst du denn hier?« Ein wenig außer Atem, weil sie wie immer die vier Stockwerke zu ihrer Mansardenwohnung hinaufgerannt war, blieb Valerie auf dem Treppenabsatz stehen und starrte ihre Großmutter an. Annemarie saß auf der obersten Stufe vor ihrer Wohnungstür.

»Ich muss mit dir sprechen. Und ich habe deinen Wohnungsschlüssel vergessen.« Bevor Valerie sie erreicht hatte, stand Annemarie bereits aufrecht da. Sie sah ungewöhnlich blass aus.

»Ist alles in Ordnung? Geht es dir nicht gut?«, erkundigte Valerie sich erschrocken.

Annemarie machte eine abwehrende Handbewegung. »Alles in Ordnung. Ich sitze nur schon eine ganze Weile hier im Treppenhaus.«

»Du weißt doch, dass ich den ganzen Tag in der Uni bin. Warum hast du mich nicht angerufen? Wie lange wartest du denn schon?« Hastig wollte Valerie ihre Wohnungstür aufschließen, doch der Schlüsselbund glitt ihr aus der Hand. Das Klirren hallte durchs Treppenhaus.

»Seit ungefähr einer Stunde,« sagte Annemarie in den Lärm hinein. »Ich dachte mir, irgendwann hören auch die fleißigsten Studentinnen auf zu lernen.«

Valerie behielt für sich, dass sie normalerweise viel später nach Hause kam. Die Bibliothek hatte bis spät abends geöffnet, und mittlerweile blieb nicht mehr allzu viel Zeit bis zum Abgabetermin ihrer Hausarbeit. Sie bückte sich und hob ihren Schlüsselring mit dem versilberten Schutzengel auf. Ihre Großmutter hatte ihr den Anhänger vor fünf Jahren geschenkt, als Valerie fürs Studium nach Münster gezogen war.

»Er soll auf dich aufpassen, weil ich das nun nur noch aus der Ferne tun kann«, hatte Annemarie leise gesagt. Da hatte Valerie, die sich so sehr aufs Studentenleben in der Stadt freute, doch eine Träne verdrücken müssen.

Nun schob sie den Schlüssel in das alte Schloss, drehte ihn mühsam herum und drückte die Holztür auf, die laut knarrte. »Ich muss unbedingt Öl für das Schloss besorgen. Vergesse ich dauernd.«

»Solange die Tür noch aufgeht …« Annemarie zuckte mit den Schultern.

Erstaunt sah Valerie ihre Großmutter von der Seite an. Annemarie mochte Nachlässigkeiten nicht, und wenn sie Valerie bei einer ertappte, tadelte sie sie normalerweise milde. »Ich mache dir erst mal einen Kaffee.«

»Ein Glas Wasser reicht mir.« Mit einem Seufzer ließ Annemarie sich auf einen der beiden Holzstühle in der winzigen Küche sinken.

Aus Gewohnheit öffnete Valerie als Erstes die Tür zum Balkon. Er war so klein, dass außer den Töpfen mit ihren Küchenkräutern nur ein einziger Klappstuhl dort Platz hatte. Dennoch war es ihr Lieblingsplatz in der Wohnung. Zumindest im Sommer, wenn sie die langen, lauen Abende dort verbrachte, ins Grün des Innenhofs schaute und ab und zu an einem kühlen Getränk nippte, das sie auf dem gemauerten Geländer abstellte.

»Wasser kannst du gern haben, aber ich koche auch Kaffee.« Sie hatte mittlerweile festgestellt, dass der Rest in der alten Blechdose auf jeden Fall für eine Kanne reichte. Annemarie liebte Kaffee und trank auch abends welchen. Sie behauptete, das Koffein würde sie nicht daran hindern einzuschlafen.

Während Valerie mit Kaffeemaschine und Geschirr werkelte, saß Annemarie still da und nippte ab und zu an dem Wasser, das ihre Enkelin ihr hingestellt hatte. Als der Kaffee in die Kanne blubberte, fand Valerie sogar ein paar Schokokekse im Schrank.

»Nun sag schon, was los ist«, forderte Valerie ihre immer noch ungewöhnlich stille Großmutter auf, nachdem sie zwei Tassen mit starkem Kaffee gefüllt hatte. Annemarie trank ihren schwarz. Das hatte Valerie sich vor vielen Jahren von ihr abgeguckt und hielt es seitdem ebenso.

»Heute Morgen hat Erika mich angerufen«, platzte Annemarie heraus, nachdem sie an ihrem heißen Kaffee genippt hatte.

Erschrocken ließ Valerie die Hand mit dem Keks sinken, in den sie hatte beißen wollen. Mit der anderen Hand zog sie ihr Handy aus der Tasche. Tatsächlich! Jana hatte ihr schon morgens eine Nachricht geschickt und nachmittags noch eine. Sie warf nur einen kurzen Blick auf die erste Mitteilung und begriff sofort, was geschehen war.

Wenn sie in der Bibliothek ihr Telefon stumm schaltete, vergaß sie meistens, zwischendurch nachzusehen, ob jemand versucht hatte, sie zu kontaktieren. Normalerweise fand sie es überflüssig, ständig erreichbar zu sein. In diesem Fall wäre es jedoch besser gewesen, das Handy zwischendurch mal hervorzuholen. Dann hätte sie Jana davon abhalten können, mit ihrer Oma Erika zu sprechen, bevor sie selbst Gelegenheit hatte, zu Annemarie zu fahren. Sie hatte nicht damit gerechnet, dass das Ergebnis des DNA-Abgleichs von Erika und Annemarie so schnell fertig sein würde.

»Ich verstehe einfach nicht, was damals passiert ist«, flüsterte Annemarie und sah Valerie hilfesuchend an. »Sie waren doch meine Eltern. Wie kann es sein, dass Erika und ich weder einen gemeinsamen Vater noch eine gemeinsame Mutter haben? Wo komme ich her?«

Valerie tastete über den Tisch und legte ihre Finger auf Annemaries schmale Hand. Sie spürte, dass ihre Oma unter der Berührung kaum merklich zitterte. Kein Wunder, wenn nach fast neunzig Lebensjahren plötzlich ihre Herkunft infrage gestellt wurde.

»Es könnte doch auch deine Schwester sein, die irgendwie ... vertauscht wurde.« Unsicher sah Valerie ihre geliebte Oma an. Sie konnte es kaum ertragen, Annemarie so verunsichert zu sehen. Nach dem frühen Unfalltod ihrer Eltern war ihre Großmutter für Valerie stets ein Fels in der Brandung gewesen.

»Ich war fünf Jahre alt, als Erika geboren wurde und kann mich an diesen Tag noch heute erinnern. Wie sollte bei einer Hausgeburt ein Säugling versehentlich gegen einen anderen eingetauscht werden?« Erneut schüttelte Annemarie heftig den Kopf. »Erika kann nicht das Kuckuckskind sein.«

»Nenn es nicht so!« Erschrocken sah Valerie ihre Großmutter an. Noch nie hatte sie bei der sonst so liebenswürdigen Frau einen so bitteren Ton gehört.

»Aber genau das bin ich doch. Ein Kind, das der Familie irgendwie und aus irgendeinem Grund untergeschoben wurde.«

»Wie kommst du darauf, dass es Absicht war? Wenn es passiert ist, dann war es ein tragischer Irrtum. Wahrscheinlich in einem Krankenhaus. Hat deine Mutter nie über die Umstände deiner Geburt gesprochen?« Beschwörend sah Valerie ihre Großmutter an.

Annemarie griff nach ihrer Tasse, schien aber keine Lust mehr auf ihren geliebten Kaffee zu haben, denn sie ließ die Hand sofort wieder sinken. »Über die kurze Zeit, die ich mit meinen Eltern nach meiner Geburt in Nürnberg gelebt habe, wurde bei uns nie gesprochen. Das hat mich auch nicht gewundert. Was sollte dort schon Aufregendes passiert sein? Als ich ungefähr zwei Monate alt war, ist unsere kleine Familie nach Münster gezogen. Mein Vater stammte von hier, und hier lebten seine Eltern und seine übrige Verwandtschaft.«

»Dann muss es in Nürnberg geschehen sein. Falls sie es wussten, sind sie vielleicht deshalb hierher gezogen.« Valerie runzelte angestrengt die Stirn.

Ratlos sahen Großmutter und Enkelin einander an.

»Nachdem ich mit Erika telefoniert hatte, bin ich sofort auf den Dachboden gegangen. Du weißt ja, wie viel Zeug da oben herumsteht. Auch eine Menge Kisten, die noch von meinen Eltern stammen. Ich wollte das immer sortieren, bin aber nie dazu gekommen.«

Annemarie hob ihre schwarze Handtasche auf den Tisch, die es an Fassungsvermögen fast mit dem Lederrucksack aufnehmen konnte, den Valerie ständig mit sich herumtrug. Aus den Tiefen des bauchigen Ungetüms beförderte Annemarie einen braunen Umschlag hervor, dessen Inhalt sie auf die Tischplatte schüttete.

Wortlos starrte Valerie auf ein mit verblichener Tinte beschriftetes Kuvert. Daneben lagen ein amtlich aussehendes Dokument und eine goldene Kette mit Anhänger.

Fast zärtlich strich Annemarie mit den Fingerspitzen über den vergilbten Briefumschlag, der zwar eine Adresse, aber keine Briefmarke trug. Offenbar war er nie abgeschickt worden.

Valerie verdrehte den Kopf, um die Schrift auf dem Dokument lesen zu können. »Das ist deine Geburtsurkunde.«

»Ich weiß.« Wieder der bittere Ton, den Valerie von ihrer Großmutter nicht kannte. »Die Urkunde lag nicht auf dem Dachboden. Die habe ich dir mitgebracht, damit du sehen kannst, dass offiziell mit unserer Familie alles in bester Ordnung war. Nach diesem amtlichen Dokument bin ich die leibliche Tochter meiner Eltern. Sonst wäre mir schon längst etwas aufgefallen. Schließlich habe ich die Urkunde zumindest für meine Hochzeit gebraucht.«

»Und das hier? Ein Erbstück von deiner Mutter?« Vorsichtig hob Valerie die Goldkette hoch. Das Schmuckstück war erstaunlich schwer. Bei dem großen, ovalen Anhänger handelte es sich um ein Medaillon. Auf der Vorderseite war in das rötliche Gold ein zartes Herz eingraviert, auf der Rückseite ein Anker. Als Valerie das Medaillon aufklappte, stellte sie fest, dass die beiden Innenseiten mit ihren schmalen Goldrahmen leer waren.

»Das ist wunderschön. Gehörte es deiner Mutter? Warum sind keine Fotos drin?« Vorsichtig schloss sie das Medaillon wieder.

»Das war eine merkwürdige Geschichte.« Annemarie schüttelte versonnen den Kopf. »Ich habe gar nicht mehr an den Anhänger gedacht. Meine Mutter gab mir das Medaillon auf dem Sterbebett. Doch kurz nach ihrem Tod hatten deine Eltern den schrecklichen Unfall und ich musste mich um dich kümmern. Ich legte den Anhänger zu den persönlichen Unterlagen und Briefen in einen der Kartons, die ich dann erst einmal auf meinen Dachboden bringen ließ. Es war ein schweres Jahr. Ich hatte anderes im Kopf als irgendwelche Schmuckstücke. Erst als ich heute das Medaillon sah, fiel mir ein, dass meine Mutter es mir mit einer rätselhaften Bemerkung gegeben hat.«

Valerie sah zu, wie ihre Großmutter mit dem Nagel ihres Zeigefingers das Herz auf der Vorderseite des Anhängers nachzeichnete.

»Deine Urgroßmutter sagte mir etwas dazu, das ich damals nicht verstanden habe und immer noch nicht verstehe. Vielleicht war es mir deshalb ganz recht, das Schmuckstück zu vergessen.«

Valerie richtete sich mit einem Ruck kerzengerade auf. »Was hat sie gesagt?«

»Sie sagte, dieses Medaillon sei alles, was mich mit meiner Vergangenheit verbinde. Ich dachte damals, sie meinte, dass mich die Kette mit ihr verbindet. Allerdings habe ich mich damals schon gewundert, warum ich das schöne Stück nie an ihr gesehen habe.«

»Vielleicht hat das Medaillon tatsächlich mit deiner Mutter zu tun. Mit deiner echten Mutter.« Plötzlich kribbelte Valeries ganzer Körper. »Aber das hieße, dass deine Mutter deine wahre Herkunft kannte.«

»Ich hatte nie das Gefühl, dass sie mich weniger liebte als Erika, die ja eindeutig ihre leibliche Tochter ist. Aber was weiß ich denn schon? Ich war kein bisschen misstrauisch.« Mutlos zuckte Annemarie mit den Schultern.

»Sie hat dich geliebt, egal, wie du in ihr Leben gekommen bist. Sonst hättest du garantiert bemerkt, dass etwas nicht stimmte.«

»Wenn du meinst.« Um Annemaries Mund spielte ein winziges Lächeln, wohl wegen des Eifers, mit dem Valerie versuchte, sie zu trösten.

»Und was ist das?« Mit der Spitze ihres Zeigefingers tippte Valerie auf den vergilbten Briefumschlag.

»Das habe ich im selben Karton gefunden, in den ich damals das Medaillon gelegt habe. Es ist ein Brief meiner Mutter an ihre Schwester Ottilie. Sie hat ihn nie beendet.« Annemarie hob den kleinen, fast quadratischen Umschlag von der Tischplatte hoch und wedelte damit durch die Luft, sodass die dreieckige Lasche, die zum Versand verschlossen werden musste, flatterte wie der gebrochene Flügel eines verletzten Vogels.

»Was steht drin?«

»Lies selbst.« Plötzlich waren Annemaries Wangen, die etwas Farbe bekommen hatten, wieder kalkweiß.

Zögernd griff Valerie nach dem Umschlag. »Ottilie Hauser«, las sie den Namen vor, der auf der Vorderseite stand. »War das die Schwester deiner Mutter?«

Annemarie nickte. »Ich bin ihr aber nie begegnet. Lydia und ihre Schwester hatten sich aus irgendeinem Grund zerstritten und schrieben sich nicht einmal zu Weihnachten oder zu den Geburtstagen. Mutter sprach auch nie über sie. Es war nicht weiter schwierig, sie aus unserem Leben herauszuhalten, weil sie noch im Geburtsort unserer Mutter lebte, in dem Dorf Ohltal, hundert Kilometer von Nürnberg entfernt. Und wir wohnten die ganze Zeit hier in Münster.«

»Als deine Mutter diesen Brief an ihre Schwester schrieb, lebte sie noch in Nürnberg.« Aufmerksam las Valerie den Absender hinten auf dem Umschlag.

»Dort haben meine Eltern sich kennengelernt und geheiratet, und dort wurde ich geboren. Wenige Monate nach meiner Geburt sind wir dann hierher umgezogen. Das haben sie jedenfalls immer erzählt.« Nervös strich Annemarie sich eines ihrer silbernen Löckchen aus der Stirn.

Entschlossen zog Valerie den dünnen, linierten Bogen aus dem Kuvert, faltete ihn auseinander und strich ihn auf dem Tisch glatt. Die Schrift war die gleiche wie außen auf dem Umschlag. Ein wenig ungelenk, mit spitzen Schwüngen nach oben und nach unten.

Nürnberg, den 12. September 1928

Liebe Ottilie,

es ist eine halbe Stunde vor Mitternacht, und obwohl ich morgen früh um sechs Uhr in der Küche bei den Frühstücksvorbereitungen helfen muss, bin ich noch einmal aufgestanden, um Dir zu schreiben.

Um diese Zeit ist es hier im Gesindehaus so still, dass mein eigener Atem mir wie ein Sturm erscheint.

Es fällt mir furchtbar schwer, Dir zu schreiben, doch es muss von meiner Seele, und ich kann mit niemandem sonst darüber reden.

Du bist meine große Schwester, und ich erinnere mich gut, wie Du damals Karl aus der Klasse über mir verhauen hast, weil er mir so doll an den Zöpfen gezogen hatte, dass mein Kopf blutete.

Glaube mir bitte, ich wollte nicht unvernünftig sein. Und wenn es auch viele Momente gibt, in denen ich nicht ein noch aus weiß, kommen doch immer wieder Augenblicke, da denke ich, dass am Ende alles gut ausgehen wird.

Ich sehe vor mir, wie Du den Kopf schüttelst und Dein Mund ganz schmal wird. Das war schon immer Deine Art, mir zu zeigen, dass ich etwas sehr Dummes getan habe.

So wie damals, als ich in meinem wunderschönen neuen Sonntagskleid auf den Baum geklettert bin, um Kirschen zu pflücken. Das Kleid hatte hinterher einen Riss und viele rote Flecken. Ich bekam eine Tracht Prügel und musste Dein altes Sonntagskleid auftragen, das mir viel zu groß war. Du hast kein Wort dazu gesagt, hast mich nur angesehen, mit dem Kopf geschüttelt und Deinen Mund so fest zusammengepresst, dass er aussah wie ein Bleistiftstrich.

Aber wenn Du einen Ausweg gewusst hättest, dann hättest Du mir geholfen.

Eben hat die alte Uhr im Flur die erste Stunde geschlagen. Es wird Zeit, dass ich versuche zu schlafen. Ich falte diesen Brief erst einmal zusammen und stecke ihn in den Umschlag, auf den ich schon Deine Adresse geschrieben habe. Aber ich klebe das Kuvert nicht zu.

Vielleicht finde ich morgen den Mut, diesen Brief zu beenden und Dir zu erklären, was ich Dir eigentlich schreiben wollte.

Nachdem sie die eng beschriebenen Seiten gelesen hatte, saß Valerie eine Weile still da und starrte auf die verblasste Schrift. »Was wollte sie ihrer Schwester bloß mitteilen? Sie klingt so verzweifelt.«

»Sie dir mal das Datum oben auf dem Briefbogen an.«

»Knapp acht Monate vor deiner Geburt, Omi.« Valerie schnappte nach Luft. »Meinst du, sie hatte festgestellt, dass sie schwanger war? Aber sie lebte im Gesindehaus der Villa Weißenfels. Dann war sie doch wahrscheinlich noch nicht mit deinem Vater verheiratet.«

Annemarie nickte und schaffte es, gleichzeitig den Kopf zu schütteln. »Wenn ich nicht mit ihr verwandt bin, kann ich nicht das Kind gewesen sein, mit dem sie zu diesem Zeitpunkt schwanger war.«

Nachdenklich klopfte Valerie sich mit dem Zeigefinger gegen das Kinn. »Aber wir waren ja schon so weit, dass du möglicherweise in einem Krankenhaus nach der Geburt versehentlich vertauscht wurdest. Natürlich muss deine Mutter dann in den Monaten vor deinem Geburtstag schwanger gewesen sein. Nur eben nicht mit dir.« Tröstend wollte sie Annemarie über den Unterarm streichen, doch ihre Großmutter bemerkte ihre Bewegung nicht und lehnte sich gedankenverloren zurück.

»Meine Eltern haben ihren Hochzeitstag zehn Monate vor meinem Geburtstag gefeiert.« Annemaries Stirn lag in unzählige Fältchen, während sie das erzählte.

»Sie wollten ihren Töchtern verheimlichen, dass eine von ihnen vor der Hochzeit gezeugt wurde. Das waren andere Zeiten als heute.« Obwohl das alles so verwirrend und traurig war, musste Valerie lächeln. »Wie sollten sie euch erklären, dass ihr vor der Hochzeit die Finger von den Männern lassen solltet, wenn sie selbst ... Hast du ihre Heiratsurkunde mal gesehen?«

»Nein. Wer kontrolliert denn, ob die eigenen Eltern genau an dem Datum geheiratet haben, an dem sie behaupten?« Jetzt verzog auch Annemarie den Mund zu einem angedeuteten Lächeln. »Warte mal ...«

Sie legte einen Finger gegen die Nasenspitze und starrte den Herd an, als könnte er ihr Antworten auf all ihre Fragen geben. »Ich erinnere mich, dass sie irgendwann mal erzählt haben, ihre Heiratsurkunde sei beim Umzug von Nürnberg nach Münster verloren gegangen. Das war, als ich zu Erikas Hochzeit ein Album machen und da eine Fotokopie der Urkunde unserer Eltern einkleben wollte.«

Wieder sahen Annemarie und Valerie einander lange stumm an.

»Es ist furchtbar, plötzlich nicht mehr zu wissen, wer ich bin.« Annemarie umklammerte so fest die Tasse mit dem längst kalten Kaffee, dass Valerie ihr Fingerknöchel weiß hervortreten sah.

»Wir finden heraus, was damals passiert ist, Omi. Wenn ich meinen Abschluss habe, fahre ich anstatt nach Spanien nach Nürnberg.« Dieses Mal gelang es ihr, tröstend den Arm ihrer Großmutter zu streicheln. Allerdings schien Annemarie das kaum wahrzunehmen. Sie starrte mit leerem Blick vor sich hin.

»Wie lange dauert es, bis du deine Abschlussarbeit geschrieben hast?«, flüsterte Annemarie mit blassen Lippen.

»Ein paar Monate wird es schon noch dauern. In knapp zwei Wochen gebe ich meine allerletzte Hausarbeit ab.

Anschließend muss ich mich endlich mit meinem Prof auf ein Thema für die Masterarbeit einigen, und dann habe ich fünf Monate Bearbeitungszeit.«

»Fünf Monate?«, wiederholte Annemarie leise. »Das ist eine lange Zeit für jemanden, der bald neunzig wird.«

»Vielleicht schaffe ich es auch schneller«, tröstete Valerie sie.

»Hoffentlich«, flüsterte Annemarie fast unhörbar.

Valerie biss sich auf die Unterlippe. Sie war ehrgeizig und hatte sich vorgenommen, innerhalb der Regelstudienzeit fertig zu werden. Das wusste ihre Großmutter, und sie würde sie auf keinen Fall bitten, von diesem Plan abzuweichen. Obwohl das eigentlich kein Problem wäre. Sie könnte die Hausarbeit schreiben und dann eine beliebige Zeit pausieren, bevor sie sich an die Masterarbeit setzte. Vielleicht genügten ein paar Tage oder eine Woche, um in Nürnberg herauszufinden, was damals geschehen war.

Sie wollte etwas sagen, entschied sich dann aber um und stand auf. »Ich muss mal schnell ins Bad.« Das würde ihr die Möglichkeit geben, nachzudenken, bevor sie ihre Pläne über den Haufen warf. Valerie war keine spontane Person.

Als sie das kleine Badezimmer mit den meerblauen Fliesen betrat, musste sie prompt an die unzähligen Stunden denken, die sie hier mit dem Versuch verbracht hatte, einen perfekten Lidstrich hinzubekommen. Damals war sie sechzehn und hatte unbedingt Katzenaugen haben wollen wie Maike Marx, die anerkannte Schulschönheit. Als es ihr endlich gelungen war, endete an ihrer Schule fast zeitgleich diese Mode.

Das war das erste Mal gewesen, dass sie sich nicht darum gekümmert hatte, was andere taten oder dachten, und ihr eigenes Ding durchgezogen hatte. Als der größte Teil der Mädchen längst mit silberfarbenen Lidschatten herumlief, war Valerie immer noch eine stolze Tigerin. Wenn jemand ihr erklärte, das sei inzwischen längst nicht mehr in, lachte sie nur. An diesem Selbstbewusstsein hatte ihre Großmutter keinen geringen Anteil gehabt. Sie sah noch immer den liebevollen Blick vor sich, mit dem ihre Oma sie angesehen hatte, während sie über dieses Thema sprachen.

»Du siehst hübsch aus«, hatte sie Valerie damals erklärt. »Und wenn du das auch findest, solltest du nicht versuchen, wie alle anderen Mädchen auszusehen. Zur Mode wird sehr oft das, was die Menschen tragen, denen egal ist, was andere von ihnen denken.«

»In unserer Schule ist Mode, was Maike Marx trägt.«

»Ob das bei dir so ist, entscheidest du, meine kleine Tigerin.« Liebevoll strich Omi ihr die Haare aus der Stirn, sodass sie im Garderobenspiegel ihre funkelnden Augen mit dem nach oben geschwungenen Lidstrich sehen konnte.

Auch heute noch zog Valerie immer ihr Ding durch. Genau wie Jana und ein paar andere Freunde und Freundinnen, die sie an der Uni gefunden hatte und die nichts darauf gaben, was angesagt war.

Valerie zwinkerte sich im Spiegel zu und ging zurück ins Wohnzimmer, wo Annemarie auf dem Sofa saß und auf sie wartete.

»Ich kann dir nichts versprechen, Omi. Aber ich werde versuchen, in Nürnberg die Wahrheit herauszufinden. Und zwar sobald ich mit meiner Hausarbeit fertig bin. Ich könnte Ende nächster Woche fahren.«

Annemarie schnappte nach Luft, bevor sie Valerie fest umarmte. »Das ist so lieb von dir. Aber nur, wenn du es wirklich willst und wenn es keine Schwierigkeiten mit deinem Studium gibt.«

»Das ist kein Problem. Es darf nicht sein, dass du nicht weißt, wer deine Eltern sind. Ich habe zwar keine Ahnung, wie ich die Wahrheit herausfinden soll. Aber ich muss es wenigstens versuchen.«

»Du bist meine kleine Tigerin. Wenn es jemand schafft, das Rätsel zu lösen, dann du.«

Fast erschrak Valerie, als ihre Großmutter den Kosenamen benutzte, bei dem sie sie schon so lange nicht mehr genannt hatte. Manchmal schien es ihr, als könnte die alte Frau Gedanken lesen.

»Ich werde mein Bestes geben, Omi.«

3. Kapitel

Münster, 18. Mai 2018

»Das kannst du nicht machen. Die ist viel zu kostbar.« Valerie sah hinunter auf das goldene Medaillon, das über ihrem schlichten schwarzen T-Shirt baumelte. Ihre Großmutter, der es nicht auszureden gewesen war, sie am Bahnhof zu verabschieden, hatte ihr die Kette umgelegt.

»Natürlich kann ich das machen«, widersprach Annemarie lächelnd. »Du wirst sie sowieso erben. Und vielleicht hilft sie dir, die Wahrheit herauszufinden.«

»Aber inzwischen wissen wir doch, was die Kette und der Anhänger wert sind,« erinnerte Valerie sie mit gesenkter Stimme. »Was ist, wenn ich sie verliere?«

»Du wirst schon darauf aufpassen. Selbst als Kind hast du fast nie etwas verloren. Und falls es wider Erwarten doch passiert ... Sie gehört jetzt dir und du kannst damit machen, was du willst.«

Valerie stieß einen tiefen Seufzer aus. »Ich habe noch nie so ein kostbares Schmuckstück besessen. Das finde ich irgendwie ... anstrengend.«

Jetzt lachte Annemarie laut auf. »Ich besitze das Medaillon seit vielen Jahren. Das war kein bisschen anstrengend.«

»Du wusstest ja auch gar nicht, was es wert ist. Und es lag die ganze Zeit in einer Kiste auf deinem Dachboden.« Mit einer hastigen Handbewegung ließ Valerie den Anhänger unter ihrem T-Shirt verschwinden.

Obwohl sie nicht viel von Schmuck verstand, war das Medaillon Valerie vom ersten Moment an sehr kostbar vorgekommen. Es war so fein gearbeitet und dennoch so schwer. Also hatte sie ihre Großmutter gebeten, den Anhänger von einem Juwelier schätzen lassen zu dürfen. Der Experte hatte ihr eine erstaunlich hohe Summe genannt. Mehr als ihr Großvater in mehreren Monaten verdient hätte.

Vielleicht war das Medaillon tatsächlich der Schlüssel zum Geheimnis um Annemaries Herkunft.

Der Zug fuhr ein. Ringsum griffen die Menschen hastig nach ihren Trolleys und Taschen, nahmen ihre Kinder bei den Händen und bildeten Pulks am Rand des Bahnsteigs.

Valerie umschlang ihre Großmutter mit beiden Armen und drückte sie fest an sich. »Mach's gut, Omi«, flüsterte sie ihr ins Ohr. »Ich melde mich, sobald ich angekommen bin.«

»Pass auf dich auf, mein Kind.« Plötzlich hatte Annemarie Tränen in den Augen.

»Keine Sorge. Nürnberg ist nicht Chicago.« Sie gab ihrer Großmutter einen letzten Kuss auf die Wange und wandte sich dem Zug zu. Die meisten anderen Fahrgäste waren inzwischen eingestiegen.

Valerie hüpfte trotz ihres Koffers leichtfüßig die Stufen zum Waggon hoch. Ihr reservierter Platz lag direkt hinter der Tür. Mit einem tiefen Durchatmen ließ sie sich darauf fallen.

Draußen auf dem Bahnsteig wirkte Annemarie sehr klein und einsam. Plötzlich machte sie einen Schritt in Richtung des noch stehenden Zugs und streckte den Arm vor, als wollte sie ihre Enkelin im letzten Moment von der Reise zurückhalten. Hatte sie Angst vor dem, was Valerie herausfinden könnte? Sie waren sich einig gewesen, dass alles besser war als die Ungewissheit, in der sie im Moment lebte – seit sie wusste, dass sie nicht die leibliche Tochter ihrer Eltern war. Selbst Valerie hatte angesichts der ungeklärten Herkunft ihrer Großmutter manchmal das Gefühl, als hätte sich der feste Boden unter ihren Füßen in Treibsand verwandelt.

Valerie winkte heftig und machte ein fröhliches Gesicht, während der Zug sich in Bewegung setzte. Mit jeder Sekunde wurde Annemarie kleiner, bis sie in ihrem grauen Sommermantel vollkommen mit dem Bahnsteig verschmolz.

Schon bald ließ der Zug die Häuser der Stadt hinter sich. Valerie starrte aus dem Fenster, nahm aber die grüne Landschaft und die kleinen Orte, durch die sie nun fuhren, gar nicht wahr. Sie hatte den angefangenen Brief von Lydia hervorgeholt. Neben dem Medaillon war das der einzige Hinweis, den sie hatte. Hinten auf dem unverschlossenen Umschlag stand der Absender. »Gesindehaus Villa Weißenfels«. Straße und Hausnummer in Nürnberg waren ebenfalls angegeben. Nach fast neunzig Jahren war nicht einmal sicher, dass die Villa überhaupt noch stand. Erst recht würde da niemand mehr leben, der sich an Lydia erinnerte. Dennoch würde sie genau dort nachfragen, auch wenn sie wenig Hoffnung hatte.

Das Klingeln ihres Handys riss sie aus ihren Gedanken. Sie wühlte das Telefon aus der Tasche, warf einen kurzen Blick aufs Display und nahm das Gespräch an.

»Hallo, Jana. Ich sitze schon im Zug nach Nürnberg.«

»Was? Ohne dich zu verabschieden?« Jana klang empört.

»Ich habe dir doch eine Nachricht geschrieben.«

»Genau deshalb rufe ich an. Hast du vergessen, dass du heute Abend ein Date hast?«

Valerie unterdrückte einen Seufzer. »Tut mir leid. Aber diese Sache ist mir wichtiger. Ich habe Oma noch nie so verunsichert erlebt. Und ich selbst will auch wissen, was hinter der Geschichte steckt. Ist ja schließlich meine Familie und meine Herkunft.«

»Und das hatte nicht bis morgen früh Zeit? Du musstest unbedingt noch heute Nachmittag den nächstbesten Zug nehmen?«

»Darf ich dich daran erinnern, dass du nicht ganz unschuldig daran bist.«

»Woran? An dem Date?«

»Daran auch.«

Seit Jana mit ihrem Gregor zusammenlebte und »einfach unglaublich glücklich« war, wie sie nicht müde wurde zu betonen, wollte sie der ganzen Welt zu einem ähnlich großen Glück verhelfen. Zumindest den Menschen, die ihr nahestanden. Und von denen besonders Valerie, die sich nach Janas Meinung schon viel zu lange von den Männern fernhielt. Nachdem sie eine Enttäuschung nach der anderen erlebt hatte, hatte Valerie beschlossen, sich auf ihr Studium zu konzentrieren. Das brachte ihr wesentlich mehr Befriedigung in Form von neuen Erkenntnissen und guten Noten, als die untreuen und verlogenen Typen, in die sie während der ersten vier oder fünf Semester verliebt gewesen war.

Dennoch hatte Jana nicht eher Ruhe gegeben, bis Valerie einem Date mit Gregors Freund Adrian zugestimmt hatte. Der war angeblich ebenso von Frauen enttäuscht worden wie Valerie von Männern. Beste Voraussetzungen, wie Jana fand. Der große Moment, in dem sich die beiden angeblich füreinander Bestimmten begegnen sollten, war für heute Abend geplant gewesen.

»Ich hab's vergessen«, gestand Valerie. »Aber selbst wenn ich dran gedacht hätte, wäre ich heute gefahren. Ich habe ja Adrians Handynummer. Ich schreibe ihm einfach und entschuldige mich.«

»Untersteh dich! Das mache ich.«

»Wieso?« Manchmal verstand Valerie ihre Großcousine und Freundin nicht.

»Du schreibst garantiert irgendwas total Gleichgültiges. Als würde es dir nichts ausmachen, ihn nicht zu treffen.«

»Na ja. Ich kenne ihn nicht mal. Also kann ich es nicht furchtbar bedauern, ihn heute nicht zu treffen. Vielleicht wäre das Date ein riesen Reinfall geworden.«

»Wäre es nicht.« Jana klang wie eine strenge Gouvernante.

»Aha. Wenn du meinst.«

Eine Weile schwiegen sie beide.

»Meinst du, Annemarie hatte tatsächlich nicht die leiseste Ahnung?«, fragte Jana nach einer Weile nachdenklich.

»So leicht kommt man nicht auf den Gedanken, dass man nicht die leibliche Tochter seiner Eltern ist, denke ich. Vielleicht, wenn sie die Kartons auf ihrem Dachboden mal durchgesehen hätte, die aus dem Haus ihrer Eltern stammen. Mit ein bisschen Glück liegt da irgendwas drinnen, wodurch alles klar wird. Dokumente, Briefe, Tagebücher. Keine Ahnung.«

»Die wolltest du doch zusammen mit deiner Oma angucken.«

»Wir haben angefangen, aber das dauerte ewig. Und dann war nichts drinnen, was uns weitergebracht hätte. Nur

Kochrezepte, alte Ansichtskarten und solche Sachen. Oma hat gesagt, sie macht allein weiter, und wenn sie etwas Wichtiges entdeckt, ruft sie mich an. Inzwischen kann ich in Nürnberg schon mal sehen, was ich herausfinde. Auf diese Weise haben wir die Arbeit aufgeteilt und es geht schneller vorwärts.«

»Das wird sicher nicht einfach.«

»Ich weiß immerhin, wo Lydia neun Monate vor Annemaries Geburt gewohnt hat, auch wenn sie offenbar nicht mit Annemarie schwanger war. Und ich kann in den Nürnberger Krankenhäusern nachfragen, in welcher Klinik Lydia ihr Kind bekommen hat.«

»Ich drücke die Daumen. Irgendwie habe ich ein schlechtes Gewissen, weil ich mit meinem blöden Test den Stein ins Rollen gebracht habe. Plötzlich ist alles anders als vorher. Für deine Großmutter, für dich und auch für meine Oma. Schließlich sind Erika und Annemarie gar keine echten Schwestern.« Die sonst so optimistische Jana klang bedrückt.

»Annemarie sagt, die Wahrheit sei nie etwas Schlechtes. Und ich glaube, sie hat recht.« Als sie ein kleines Mädchen winkend an einem Bahnübergang stehen sah, winkte Valerie lächelnd zurück.

Nachdem sie das Gespräch beendet hatten, schob sie das Handy zurück in ihre Tasche und zog stattdessen ein Buch über die industrielle Revolution hervor. Dies war eines der Themen, die sie für ihre Masterarbeit in Erwägung zog. Allerdings fiel es ihr schwer, sich zu konzentrieren. Immer wieder wanderten ihre Gedanken nach Nürnberg. Sie fragte sich, ob sie dort nach all den Jahren etwas herausfinden würde, das sie auf die Spur der Wahrheit brachte.

* * *

Als Valerie den Nürnberger Hauptbahnhof verließ, versank die Sonne soeben hinter den Dächern der Stadt. Die Pension, in der sie von Münster aus ein Zimmer gebucht hatte, lag fünfzehn Minuten vom Bahnhof entfernt. Da ihr Trolley nicht schwer war, beschloss Valerie, zu Fuß zu gehen. Der Abend war mild, die Ziegeldächer leuchteten in einem warmen Rot, ein sanfter Wind strich durch die Bäume, und einige der Häuser, an denen sie vorbeikam, wirkten wie zu groß geratene Puppenhäuser.

Valerie ließ sich von ihrem Handy navigieren, hatte aber mehr Augen für ihre Umgebung als für die Straßenkarte auf dem Display. Immer wieder blieb sie stehen, um ein Haus zu bewundern. Besonders gefielen ihr die zahlreichen Blumenkübel vor den Türen und die Blumenkästen, aus denen üppig die Blüten quollen.

Ob Lydia vor neunzig Jahren ebenfalls diese Häuser gesehen hatte? Die meisten von ihnen musste es damals schon gegeben haben. Ebenso den runden Turm aus Natursteinen, der sich dunkel über den Dächern erhob. Aus der Mitte des runden, fast flachen Ziegeldachs wuchs ein schmaler Turm noch ein kleines Stück weiter in den Himmel. Sein Dach war spitz wie eine Zipfelmütze. Valerie schaute auf die Karte ihres Smartphones. Das musste der Frauentorturm sein, eines der Wahrzeichen Nürnbergs.

Da sie es nicht eilig hatte und ihr die Bewegung nach dem langen Sitzen guttat, hielt sie sich nicht an die Beschreibung des kürzesten Weges. Stattdessen ging sie ein Stück an der alten Stadtmauer entlang.

Plötzlich stand sie in einer schmalen Gasse, in der die Zeit stehengeblieben zu sein schien. Ihr Trolley holperte über das Kopfsteinpflaster. Rechts und links standen historische Fachwerkhäuser. In den meisten waren kleine Läden oder Gaststätten untergebracht. Außerdem gab es Handwerksbetriebe, die vor den Augen der Besucher Holz- oder Korbarbeiten anfertigten und sie verkauften. Valerie wäre sich wie im Mittelalter vorgekommen, wenn die Leute Einkaufskörbe über den Armen und lange Kleider mit Schürzen oder Arbeitshosen getragen hätten.

Aus einer offenen Tür wehte ihr ein köstlicher Duft nach gegrillten Würstchen entgegen. Sofort knurrte ihr Magen gierig. Außer einem Schokoriegel hatte sie auf der sechsstündigen Fahrt nichts gegessen. *Nürnberger Bratwurstküche* war über dem Eingang zu lesen.

Zögernd trat sie in den niedrigen Raum, der mit langen Tischen, Holzbänken und einer Theke eingerichtet war, die die ganze rückwärtige Wand einnahm. Die Frau, die hinter dem Tresen an einem Grill hantierte, lächelte ihr freundlich entgegen. Bis auf ein paar Männer an einem Tisch seitlich von der Tür, war sie allein in der dämmerigen Gaststube.

»Eine Bratwurst bitte.«

»Eine auf die Gabel haben wir nicht. Drei im Weggla, sechs, acht, zehn oder zwölf Stück. Oder woll'n Sie saure Zipfel?«

»Zwölf Stück?« Sie hatte zwar großen Hunger, aber mehr als zwei Würstchen auf einmal hatte sie in ihrem ganzen Leben nicht gegessen. Dann fiel ihr Blick auf den erhöht stehenden Grill und sie musst grinsen. Natürlich! Nürnberger Rostbratwürstchen.

»Ich möchte eine Portion zum Mitnehmen.«

»Also im Weggla«, beschloss die Wirtin beherzt. »Dauert ein paar Minuten. Die Würstl sind noch nicht braun.«

»Dann trinke ich in der Zeit etwas.« Erst jetzt fiel ihr auf, dass sie nicht nur großen Hunger hatte, sondern auch eine ausgedörrte Kehle.

Sie sah sich um, ob irgendwo die angebotenen Getränke aufgelistet waren. Doch bevor sie etwas sagen konnte, stand vor ihr auf der Theke ein Bierkrug.

»Ich wollte eigentlich ...«

»Das tut Ihnen gut. Sie sind neu in der Stadt, das seh ich gleich. Und Sie sind ganz zerknautscht von der langen Anreise. Bier glättet die Seele, stärkt den Körper und beruhigt.«

Zerknautscht? Valerie zupfte nervös an der Batistbluse herum, die sie zu ihrer Jeans trug.

»Ich mein innerlich. Trinken Sie nur. Geht aufs Haus.« Die Wirtin schob den Krug ein Stück in Valeries Richtung. »Außerdem gehören Würstchen und Bier zusammen. Das werden Sie schon noch merken, wenn Sie länger bleiben.«

Valerie mochte eigentlich kein Bier, doch gegen die resolute Frau hinter dem Tresen hatte sie offenbar keine Chance. Ergeben nahm sie einen Schluck. Der Schaum kitzelte sie an der Nase, die Flüssigkeit prickelte im Mund, und das kühle Bier löschte wunderbar den Durst. Sie nahm gleich einen zweiten und einen dritten Schluck.

Mittlerweile hatte die Wirtin ein Brötchen aufgeschnitten und drei Rostbratwürstchen hineingesteckt. Aha! Das waren also »Drei im Weggla«.

Valerie nahm das Brötchen, zahlte und leerte den kleinen Krug, bevor sie das Lokal verließ. Da sie nicht viel Alkohol trank und seit dem Frühstück kaum etwas gegessen hatte, bildete sie sich ein, das Bier schon zu spüren.

Draußen biss sie herzhaft in ihr »Weggla«. Himmlisch! Sie kaute genüsslich und ging langsam weiter. Mittlerweile hatte sie mithilfe ihres Handys herausgefunden, dass die kurzen, verwinkelten Gassen eine Touristenattraktion namens »Handwerkerhof« waren. Die Illusion, sich in einer fernen Vergangenheit zu befinden, war fast perfekt. Nur das junge Paar in modisch löchrigen Jeans – er mit einem langen Zopf und sie mit einer lila Strähne in den pechschwarz gefärbten Haaren – passte nicht ins Bild.

Im Vorbeigehen sah sie in die Schaufenster der kleinen Läden, die vor allem Souvenirs und Handwerkskunst anboten. Besonders fasziniert war Valerie von einem Geschäft, in dessen Fenster alte Puppen und historisches Blechspielzeug dekoriert waren. Sie stand aber auch lange vor dem Laden einer Töpferin, die auf ihrer rotierenden Scheibe eine Schüssel formte und dabei Valerie freundlich anlächelte. In der Auslage waren bunt lasierte Teller, Becher und Krüge zu bewundern.

Als Valerie den Handwerkerhof hinter sich ließ, bedauerte sie fast, in die moderne Welt mit ihren Autos und ihrer Hektik zurückzukehren. Ihr Weggla hatte sie inzwischen aufgegessen und hätte glatt noch eins verdrücken können.

Sie orientierte sich auf der Karte, die ihr Handy ihr zeigte, und wandte sich nach rechts. Gedankenverloren ging sie die Straße entlang und überlegte, wo sie am nächsten Morgen mit ihren Nachforschungen beginnen wollte. Am besten besuchte sie zunächst sämtliche Nürnberger Krankenhäuser, die es 1929, in Annemaries Geburtsjahr, schon gegeben hatte.

Als sie den Kopf hob, glaubte sie, ihren Augen nicht zu trauen. Am Ende der Straße standen mehrere Krankenwagen vor einer Klinikeinfahrt. War das ein Zeichen? Ihr Herz klopfte schneller. Sie warf einen Blick auf ihre Armbanduhr. Es war erst kurz vor fünf. Ihr Zimmer in der Pension konnte sie bis zwanzig Uhr beziehen. Genug Zeit also, um zu versuchen, in dem Krankenhaus da vorn etwas in Erfahrung zu bringen.

Entschlossen ging sie auf den Eingang der Klinik zu.

4. Kapitel

Nürnberg, 18. Mai 2018

Valerie rutschte auf dem unbequemen Schalensitz herum und sah zum dritten Mal innerhalb von fünf Minuten auf die riesige Wanduhr über der Tür. Mittlerweile saß sie seit genau dreiunddreißig Minuten hier. Ihr schmerzender Po fühlte sich allerdings nach mindestens zwei Stunden auf dem harten Stuhl an.

Die für die Aktenverwaltung zuständige Mitarbeiterin der Klinik hatte sich als Frau Blau vorgestellt. »Blau wie Rot.« In anklagendem Ton hatte sie Valerie belehrt, dass sie im Spätdienst andere Aufgaben zu erledigen hatte, als in uralten Unterlagen herumzusuchen.

Daraufhin hatte Valerie ihr von ihrer Großmutter erzählt, die im Alter von neunundachtzig Jahren erfahren hatte, dass sie nicht das leibliche Kind ihrer Eltern war. Das hatte die gestrenge Frau Blau irgendwie beeindruckt. Sie hatte sich bereiterklärt, die eingescannten Unterlagen von 1929 durchzusehen. Valerie sollte derweil in der Notfallambulanz warten, da gäbe es genug Stühle.

Hier saß Valerie nun zwischen lauter Leidenden und sah zu, wie die Minuten verstrichen. Direkt gegenüber versuchte eine erschöpfte Mutter vergeblich, ihre beiden weinenden Kinder zu beruhigen. Das Mädchen hatte eine blutende Wunde am Kopf, der etwas kleinere Junge heulte aus Solidarität mit. Ein paar Stühle weiter hielt sich ein blasser Mann in Arbeitshose das Handgelenk und starrte mit leerem Blick vor sich hin. Die junge Frau in der Ecke hatte die Arme vor der Brust verschränkt und bewegte ihren Oberkörper schaukelnd vor und zurück.

Als von draußen lautes Gelächter in den kahlen Raum drang, wandten sich sämtliche Köpfe dem Eingang zu. Sogar die Kinder hörten überrascht auf zu weinen. Die Tür wurde aufgestoßen und drei Männer um die dreißig kamen herein. Alle drei waren groß, breitschultrig und kräftig und trugen zu ihren Markenshirts teure Trainingsjacken, Shorts und Sportschuhe. Ihren Besuch in der Notfallambulanz schienen sie als eine Art Gaudi zu betrachten. Jedenfalls scherzten und lachten sie und füllten den Raum mit einer Fröhlichkeit, die völlig fehl am Platze zu sein schien.

Erst als Valerie die Gruppe näher betrachtete, fiel ihr auf, dass einer der Männer nur gequält lächelte und mit der linken Hand seinen rechten Unterarm festhielt. Er hatte dunkles, modisch geschnittenes Haar und eine gesunde Bräune, die nicht recht zu seinem leidenden Gesichtsausdruck passte.

Ein Sportunfall also und offensichtlich kein allzu ernster, wenn die Truppe das alles so lustig fand. Valerie beobachtete, wie der verletzte Mann zu einem der unbequemen Schalensitze ging und sich vorsichtig darauf niederließ. Den rechten Arm immer noch stützend, lehnte er sich in Zeitlupe zurück und atmete tief durch, als er die Lehne im Rücken spürte.

»Hilfe ist nahe«, erklärte der hellblonde Sportler und baute sich vor dem Verletzten auf. »Ich mache mich mal auf die Suche nach einer hübschen Schwester oder noch besser nach einer sehr attraktiven Ärztin, die sich liebevoll um deinen Arm kümmern wird, Alexander.«

»Fähig und schnell verfügbar wäre mir lieber.« Alexander verzog missmutig den Mund. »Da ist bestimmt was gebrochen.«

»Ach was, sicher nur verstaucht«, mischte sich der andere Begleiter ein. Er war dunkelblond, hatte die Haare im Nacken zu einem Zopf zusammengefasst und zwinkerte Valerie jetzt schon zum zweiten Mal zu, was sie geflissentlich übersah.

Der Auftritt der drei sportlichen Männer nervte Valerie, obwohl sie gar nicht krank war. Die anderen Wartenden beobachteten die Neuankömmlinge ebenfalls missmutig.

»Du bist doch privat versichert?« Der hellblonde Typ ging energischen Schrittes auf die Tür mit dem Schild Anmeldung zu.

Alexander nickte nur und zog seinen angewinkelten Arm dichter an die Brust. Sein zweiter Freund setzte sich auf den Stuhl neben ihm und sah von dort aus wieder zu Valerie hinüber, die hastig den Kopf wegdrehte. Der Kerl glaubte doch nicht etwa, dass sie Interesse an ihm hatte, nur weil sie sich aus lauter Langeweile die Show ansah, die die drei Männer boten?

Sie holte ihr Handy hervor und gab als Suchbegriff »Sehenswürdigkeiten Nürnberg« ein. Zwar war sie nicht als Touristin hier, aber ihr würde hoffentlich etwas Zeit bleiben, sich ein paar interessante Orte in der Stadt anzusehen.

Auch für die beiden Kinder waren die heiteren Männer offenbar nicht mehr spannend genug, um sie von ihrem Kummer abzulenken. Sie fingen wie auf Verabredung gleichzeitig wieder an zu weinen.

Valerie versuchte, ihre Umgebung auszublenden und sich mit Nürnbergs Sehenswürdigkeiten zu beschäftigen. Erst als sie hörte, dass eine Tür geöffnet wurde, blickte sie auf. Es war Frau Blau mit einem Klemmbrett in der Hand.

Hektisch sprang Valerie auf.

»Ich bin hier.« Sie hatte Mühe, das Geheul der beiden Kinder zu übertönen. Deshalb wedelte sie heftig mit dem Arm, während sie auf die Verwaltungsangestellte zu eilte.

Endlich sah die Frau mit dem praktischen Kurzhaarschnitt und der schwarzgerahmten Brille in ihre Richtung. Valerie ließ die Hand sinken, geriet aber bei ihrem nächsten Schritt unversehens aus dem Gleichgewicht. Sie stolperte und suchte nach einem Halt.

Es gelang ihr, einen Sturz auf den Fliesenboden zu verhindern, indem sie sich mit der linken Hand an irgendetwas festklammerte, das sie beim Herumrudern erwischte. So landete sie wenigstens nicht auf dem Bauch, sondern nur auf den Knien.

»Aua! Loslassen! Sofort!«

Die tiefe Männerstimme war direkt an ihrem Ohr und so laut, dass sie ihr fast Schmerzen bereitete. Trotzdem konnte sie sich vorerst nicht darum kümmern, was der Typ von ihr wollte. Sie musste zunächst einmal ihre Beine sortieren und dafür sorgen, dass sie von den Knien hochkam.

Blinzelnd sah sie zur Seite und starrte gegen das Logo einer teuren Sportmarke. Gleichzeitig stieg ihr der herbe Duft eines zitronigen Duschgels in die Nase. Als sie den Kopf ein wenig weiter hob, sah sie aus nächster Nähe in ein paar dunkelbraune Augen, die sie wütend anfunkelten.

»Geht's noch? Loslassen! Ich bin verletzt.«

Erst in diesem Moment begriff Valerie, was geschehen war. Sie war über das ausgestreckte Bein von diesem Alexander gestolpert und hatte sich an ihm festgehalten, um nicht zu Boden zu gehen. Ihre Hand war immer noch in den Stoff seines Shirts gekrallt. Vorsichtig löste sie ihre Finger, nachdem sie sich vergewissert hatte, dass ihre Füße wieder fest auf dem Boden standen.

»Sind Sie betrunken?« Der glutäugige Verletzte sah sie missmutig an. Auf seiner Stirn funkelten kleine Schweißtropfen.

»Wie kommen Sie denn darauf? Wenn Sie Ihr Bein mitten in den Weg halten, müssen Sie sich nicht wundern, wenn die Leute auf Sie fallen.« Valerie zerrte ihre Bluse hinunter, die bis unter die Brust nach oben gerutscht war.

»Sie haben eine Bierfahne. Kein Wunder, dass Sie über alles stolpern.«

Valerie verschränkte die Arme vor der Brust und versuchte, möglichst souverän auf den Mann namens Alexander hinunterzusehen. »Ich habe nur ein kleines Bier getrunken. Davon kann ich unmöglich betrunken sein. Wenn Sie Ihre Beine meterweit von sich strecken, muss man praktisch drüber fallen. Dazu braucht man nun wirklich kein Bier.«

»So, so, Bier!« Demonstrativ warf er einen Blick auf seine Armbanduhr. Valerie kannte die Marke nicht, aber das Ding sah teuer aus, genau wie der ganze Mann und sein Outfit.

»Hier in Nürnberg wird man ja zu so was gezwungen, wenn man Rostbratwürstchen isst. Normalerweise trinke ich kein Bier. Ich mag das gar nicht.«

»Ist klar.« Er schüttelte den Kopf, als würde es gar nicht lohnen, sich den Blödsinn anzuhören, den sie redete.

An dieser Stelle mischte sich sein bezopfter Freund ein, der die Szene stumm verfolgt hatte. Er sprang auf und hielt Valerie die Hand hin. »Ich bin Luke, Alexanders Freund.«

»Valerie.« Sie übersah großzügig die ihr entgegengestreckte Hand.

Ohne sich weiter um die beiden Männer zu kümmern, ging sie endlich zu Frau Blau. Die tippte ungeduldig mit der Spitze ihres Kugelschreibers gegen die Kante des Klemmbretts und blickte Valerie strafend an.

»Tut mir leid, dass Sie warten mussten. Haben Sie etwas herausgefunden?«

Hastig trat Valerie einen Schritt zurück, damit Frau Blau nicht auch noch ihre Bierfahne bemerkte und wegen angeblicher Trunkenheit die Auskunft verweigerte.

»Am 17. Mai 1929 hat hier eine ...«

Valerie schnappte nach Luft. Sie hatte der Frau Annemaries Geburtsdatum genannt. Denn auch wenn Lydia ein anderes Kind zur Welt gebracht hatte, dann wahrscheinlich am gleichen Tag. Vor Aufregung rauschte das Blut in Valeries Ohren. Sie schielte auf den Zettel, der auf dem Klemmbrett befestigt war. Sofort drückte Frau Blau ihn gegen ihre Brust, als hätte Valerie bei einer Klausur abschreiben wollen.

»Ich sagte, an dem betreffenden Tag hat eine Luise Schrader in der Geburtsabteilung dieser Klinik einen Jungen entbunden. Könnte es die sein? Der Name klingt ähnlich.«

»Nein. Das ist sie nicht.« Enttäuscht schüttelte Valerie den Kopf. Nur weil Luise ebenfalls mit einem L begann, klang es nicht wie Lydia. »Gab es keine anderen Geburten? Mädchen?«

»Mathilda Kampmann und Elsa Schmittke.« Frau Blau zuckte mit den Schultern. Diese Namen schienen selbst für sie nicht wie Lydia zu klingen.

»Haben Sie die Namen der Kinder, die geboren wurden? War ein Mädchen namens Annemarie dabei?«

»Ich darf Ihnen eigentlich keine Auskunft geben«, fiel Frau Blau plötzlich ein. »Datenschutz.«

»Ich wollte die Namen der anderen Frauen gar nicht hören. Nur ob Lydia Breuer hier entbunden hat. Meine Großmutter. Ich habe Ihnen die Vollmacht gezeigt, die sie mir für Nachforschung in ihrem Namen gegeben hat.«

»Keine Lydia Breuer«, erklärte Frau Blau fast triumphierend. »Es gab an dem Tag, nach dem Sie fragen, nicht mal ein Mädchen. Drei kleine Jungen, von denen natürlich keiner Annemarie getauft wurde. Reicht Ihnen das als Auskunft?«

»Ja. Danke. Das war sehr freundlich von Ihnen. Noch mal vielen Dank.« Valerie versuchte, mit einem strahlenden Lächeln Frau Blaus strenge Miene wenigstens ein kleines bisschen aufzuweichen. Es gelang ihr jedoch nicht. Die Frau war und blieb der Typ strenge Lateinlehrerin.

Mit einem knappen Nicken verschwand sie durch die Tür zur Anmeldung. Valerie sah ihr hinterher und bemühte sich, nicht enttäuscht zu sein. Es wäre ein unglaublicher Glücksfall gewesen, an ihrem ersten Abend in Nürnberg einen so großen Schritt vorwärtszukommen.

Mit einem entschlossenen Ruck wandte sie sich um. Es wurde Zeit, sich auf den Weg zu ihrer Pension zu machen. Dort würde sie den morgigen Tag planen und anschließend früh schlafen gehen.

Erst als sie Alexander bei der Mutter mit den beiden Kindern sah, wurde ihr bewusst, dass das Geschrei aufgehört hatte. Den rechten Arm fest an den Oberkörper gepresst, hatte er sich vor den beiden Kleinen hingehockt und ließ mit seiner gesunden Hand auf der Sitzfläche des freien Stuhls neben dem Mädchen ein Plastikpüppchen tanzen. Beide Kinder sahen mit offenen Mündern zu, wie die Puppe Pirouetten drehte, hochhüpfte und sich hinsetzte.

Selbst aus der Ferne konnte Valerie sehen, dass die kleine Puppe ein billiges Plastikspielzeug war. Doch das störte die Kinder nicht. Sie waren vollkommen bezaubert von der Darbietung.

»Das Püppchen heißt Lilo«, hörte Valerie den Mann sagen, dem sie ein solches Verhalten nie im Leben zugetraut hätte. »Ich schenke sie euch. Die hier auch. Das ist Lilos Bruder.«

Verblüfft sah Valerie, wie Alexander einen Puppenjungen aus der Tasche seiner Trainingsjacke zog. Trug er die Dinger dutzendweise mit sich herum?

»Wie heißt er?«, krähte der kleine Junge.

»Du darfst ihm selbst einen Namen geben.« Alexander setzte das Püppchen ebenfalls auf den Stuhl.

»Leon! Er heißt Leon, wie mein Freund im Kindergarten.« Der Junge war begeistert.

»Lilo und Leon. Das klingt gut.« Alexander richtete sich auf und verzog schmerzhaft das Gesicht. Schnell stützte er seinen verletzten Arm wieder mit der anderen Hand.

»Vielen Dank«, meldete sich die Mutter zu Wort. »Aber ich fürchte, das können wir nicht annehmen.«

»Das können Sie ohne Weiteres. Ich habe eine Menge von den Dingern.« Wie zum Beweis klopfte Alex auf seine Jackentasche. Scheinbar hatte er tatsächlich noch mehr Püppchen darin. Sehr sonderbar.

Überhaupt war sie erstaunt, dass der eben noch so schlecht gelaunte Mann sich trotz seiner Verletzung die Mühe machte, die Kinder zu beruhigen.

Sie wandte sich um und ging zu ihrem Gepäck, das sie in der Ecke abgestellt hatte. Alexanders Freund Luke schien sich nicht im Geringsten über die Szene mit den Püppchen zu wundern. Er sah gar nicht hin. Stattdessen zwinkerte er schon wieder Valerie zu.

Mit unbewegter Miene erwiderte sie seinen Blick.

»Hättest du Lust, dich auf ein Bier mit mir zu treffen?«

»Ich trinke kein Bier«, erklärte sie ihm über ihre Schulter hinweg auf dem Weg zur Tür.

»Keine Sorge, Luke. Ihr trefft euch sicher irgendwann zufällig, wenn die arme Valerie mal wieder gegen ihren Willen gezwungen wird, Bier zu trinken.« Alexander setzte sich wieder neben seinen Freund.

»Wer ist Valerie?«, erkundigte sich Luke verdutzt.

»Sie hat sich vorhin vorgestellt. Schon vergessen?« Alexander schüttelte den Kopf.

Ohne sich weiter um die beiden Männer zu kümmern, verließ Valerie wortlos die Ambulanz und machte sich auf den Weg zu ihrer Pension.

5. Kapitel

Nürnberg, 24. Mai 2018

»Und was hast du jetzt vor? Kommst du wieder nach Hause? Du bist schon fast eine Woche in Nürnberg und hast nichts herausfinden können. Ich glaube, das hat alles keinen Sinn. Ich hätte nicht zulassen dürfen, dass du wegen dieser Sache dein Studium vernachlässigst.« Annemarie klang mutlos und traurig.

Valerie hatte ihrer Großmutter erklären müssen, dass sie in keinem der Nürnberger Krankenhäuser einen Hinweis hatte finden können, dass Lydia dort vor fast neunzig Jahren entbunden hatte. Trotzdem würde sie jetzt nicht einfach aufgeben. Valerie schüttelte den Kopf, obwohl Annemarie sie nicht sehen konnte.

»Mach dir keine Sorgen wegen meines Studiums. Mit der Masterarbeit kann ich jederzeit loslegen und alles andere ist erledigt. Wenn ich jetzt aufgeben würde, wäre meine Reise nach Nürnberg völlig umsonst gewesen. Ich habe immer noch Lydias alte Adresse von dem Brief an ihre Schwester. Dort hat sie gelebt, als sie feststellte, dass sie schwanger war.«

»Aber dieses Kind kann nicht ich gewesen sein«, sagte Annemarie leise. Ihre gewohnte Energie schien verschwunden. Schon deshalb musste Valerie das Rätsel lösen, das ihre Großmutter so bedrückte.

»Aber es ist ein Ort, an dem ich nach der Wahrheit suchen kann.« Durch das Fenster ihres kleinen Pensionszimmers sah

Valerie hinaus auf eine Seitenstraße mit hohen Bäumen. Gegenüber stand ein perfekt restauriertes Fachwerkhaus, in dessen Erdgeschoss ein Kindergarten untergebracht war. Tagsüber spielten die Kinder in dem großen Garten neben dem Gebäude. Valerie hörte sie lachen und rufen und fragte sich, ob Annemarie ein fröhliches Kind gewesen war. Oder hatte sie gespürt, dass etwas nicht stimmte, dass die Frau, die für sie sorgte und sie tröstete, wenn sie weinte, nicht ihre Mutter war? Und dass der Mann, der sie manchmal auf seinen Schultern trug, nicht ihr Vater war?

»Es war nicht sehr wahrscheinlich, dass du versehentlich im Krankenhaus vertauscht wurdest«, fügte sie nachdenklich hinzu. »Wegen der Bemerkung deiner Mutter, als sie dir das Medaillon gab.«

Durch die Leitung konnte Valerie hören, wie ihre Großmutter tief durchatmete. Dann sagte sie mit energischer Stimme: »Wenn du wirklich willst, bleib dort und versuch herauszufinden, was passiert ist. Ich habe manchmal Angst vor der Wahrheit, aber ich will sie wissen.«

»Ich tue, was ich kann«, versprach Valerie und fragte sich, wie ihre Großmutter ihre letzten Lebensjahre verbringen sollte, wenn sie nicht erfuhr, was damals hier in Nürnberg geschehen war.

Nachdem sie das Gespräch beendet hatte, sah Valerie noch eine Weile gedankenverloren aus dem Fenster. Wenn sie heute zu der Adresse auf Lydias Briefumschlag fuhr – konnte sie dann einfach an der Tür klingeln und ... wonach eigentlich fragen? Dass irgendwann einmal eine Lydia Breuer dort als Hausmädchen gearbeitet hatte, wusste heute garantiert niemand mehr.

Sie beschloss, spontan zu entscheiden, was sie sagen könnte. Sie recherchierte über ihr Smartphone, mit welcher S-Bahnlinie sie in den Stadtteil Laufamholz gelangte, und machte sich auf den Weg.

Eine halbe Stunde später stand sie in einer von hohen Platanen beschatteten Straße vor einem schmiedeeisernen Tor und spähte durch die Gitterstäbe hinüber zum Haus. Es war wirklich beeindruckend: Eine breite Treppe zum Eingang, Säulen rechts und links von der Haustür, ein oval geformter Balkon an der Front und runde Erker im ersten Stock. Das Gebäude wirkte so prächtig, dass die Bezeichnung Villa für Valerie schon fast zu schlicht und bescheiden klang. Das war ein herrschaftlicher Wohnsitz.

Valerie hatte keine Ahnung, wie ein Gesindehaus aussah, aber von der Straße aus war kein kleineres Gebäude zu sehen. Doch dafür gab es sicher viel Platz hinter dem Haupthaus.

Weißenfels stand in schlichten Buchstaben auf dem Messingschild über dem Klingelknopf, der in einer gemauerten Säule rechts vom Tor eingelassen war. Offenbar lebte hier noch die Familie, bei der Lydia vor neunzig Jahren Hausmädchen gewesen war. Das war gut.

Entschlossen drückte Valerie auf die Klingel.

»Ja, bitte?«

Fast hätte sie einen erschrockenen Sprung zur Seite gemacht, weil die Frauenstimme wie aus dem Nichts erklang, als würde jemand ihr direkt ins Ohr sprechen. Sie hatte gar keinen Lautsprecher bemerkt.

»Mein Name ist Valerie Falk«, begann sie und wünschte sich nun doch, sie hätte sich vorher überlegt, wie sie ihr Anliegen vorbringen wollte.

Zu ihrem Erstaunen war das jedoch gar nicht nötig. Es surrte dezent, das Schloss des Tors öffnete sich mit einem leisen Klicken, dann schwangen die beiden Flügel lautlos auf. Warum ließ die Frau sie einfach ein? Sie konnte ihren Namen doch gar nicht kennen.

Valerie ging über den Weg aus schimmerndem Granit neben der breiten Auffahrt und stieg die makellos sauberen Marmorstufen hinauf. Vor der schweren Haustür blieb sie stehen, doch schon im selben Augenblick ging sie auf.

»Sie sind pünktlich. Das gefällt mir«, erklärte die Frau, die ihr geöffnet hatte. Sie trug ein dunkelblaues Kostüm, dazu eine blütenweiße Bluse und blaue Pumps mit halbhohen Absätzen. Ihre von feinen silbrigen Fäden durchzogenen Haare hatte sie im Nacken zu einem eleganten Knoten geschlungen, der kein bisschen altbacken wirkte.

»Ich bin Helen Weißenfels.«

Verdutzt griff Valerie nach der perfekt manikürten Hand, die die Dame – denn das war die einzig richtige Bezeichnung für sie – ihr hinstreckte. Allein die sich unter der dünnen Haut auf dem Handrücken abzeichnenden Adern deuteten auf das fortgeschrittene Alter der Hausherrin hin. In den Winkeln der dezent geschminkten Augen waren nur wenige Fältchen zu sehen. Valerie schätzte sie auf Anfang sechzig.

Obwohl sie ihren Namen schon draußen an der Sprechanlage genannt hatte, murmelte sie ihn noch einmal.

Frau Weißenfels nickte vornehm. »Setzen wir uns in den Salon.«

Du liebe Güte. Gab es tatsächlich noch Leute, die ihr Wohnzimmer einen Salon nannten? Valerie schnappte nach Luft, vor allem, um den Irrtum aufzuklären, der hier zweifellos vorlag.

Die Hausherrin erwartete Besuch und hielt offensichtlich Valerie für den ihr unbekannten Gast. Andererseits war dies vielleicht ein Wink des Schicksals. Sie beschloss, die Gelegenheit zu nutzen, etwas über die Vergangenheit dieses Hauses und seiner Dienstboten herauszufinden.

Als sie sich in dem Zimmer umsah, in das Helen Weißenfels sie geführt hatte, fand sie es gar nicht mehr so seltsam, dass dieses Wohnzimmer Salon genannt wurde. Mit der Glasfront, durch die ein parkartiger Garten zu sehen war, wirkte der riesige Raum fast wie die Halle eines Luxushotels. Auf dem spiegelnden Parkett waren kostbare Teppiche ausgebreitet, und es gab verschiedene kleine und größere Sitzecken – mitten im Zimmer, vor dem Kamin, vor dem Fenster, in einer Nische neben der Tür. An den Wänden hingen zahlreiche großformatige Gemälde, die gestrenge Herren im Anzug und hübsche Damen in dekolletierter Abendrobe zeigten. Auf marmornen Säulen standen Statuen aus Bronze und Marmor und mehrere Tiffanylampen. Alles war höchst geschmackvoll und kostspielig eingerichtet.

Nur die Ecke links neben der Tür irritierte Valerie ein wenig. Sie bildete einen deutlichen Kontrast zur edlen Einrichtung des übrigen Zimmers. Dort stand auf einem niedrigen Tisch ein großes, sehr altes Puppenhaus. Im unteren Stockwerk lag die Küche, ausgestattet mit einem altertümlichen Herd, auf dem winzige Töpfe und Pfannen standen, einem großen Tisch mit sechs Stühlen und Regalen voller Geschirr im Miniaturformat. In den beiden Stockwerken darüber befanden sich ein Wohnzimmer, das dem ähnelte, in dem sie gerade stand, ein Schlafzimmer und ein Kinderzimmer.

»Wie wunderhübsch,« Valerie deutete auf das Puppenhaus und machte eine Bewegung, um es sich aus der Nähe anzusehen.

»Dazu kommen wir später.« Helen Weißenfels' Ton duldete keinen Widerspruch. Die Art von graziöser Handbewegung, mit der sie Valerie zum Sitzen aufforderte, beherrschte wohl nur jemand, der von frühester Jugend an Gäste in Salons begrüßt hatte. Sie deutete auf zwei Polstersesselchen, die seitlich vom Fenster um einen kleinen runden Rosenholztisch gruppiert waren.

Vorsichtig, weil die dünnen, geschwungenen Holzbeine des Sitzmöbels nicht besonders vertrauenerweckend wirkten, ließ Valerie sich nieder. Mit einer fließenden Bewegung setzte Frau Weißenfels sich ebenfalls. Valerie hatte nie den Wunsch verspürt, eine Dame zu sein. Doch als sie die Hausherrin so mühelos kerzengerade aufgerichtet mit schräg gestellten Beinen und geschlossenen Knien dasitzen sah, beneidete sie sie fast ein wenig. Hastig machte Valerie ihren Rücken lang und stellte die Füße parallel nebeneinander.

»Tee, Kaffee, Gebäck?«, erkundigte Helen Weißenfels sich mit ernster Miene.

Obwohl sie Durst hatte, lehnte Valerie mit einem höflichen Lächeln ab. Da sie nicht die war, für die Frau Weißenfels sie offenbar hielt, kam sie sich wie eine Hochstaplerin vor. Sich in dieser Situation bewirten zu lassen, wäre ziemlich unverschämt gewesen, fand sie.

»Es geht also um das hundertjährige Jubiläum von *Weißenfels Spielwaren*«, begann die Dame des Hauses und legte die Hände im Schoß zusammen.

Valerie nickte. Mehr konnte sie beim besten Willen nicht zur Unterhaltung beitragen. Ihr ging der Gedanke durch den Kopf, dass jede Minute die Person auftauchen konnte, die eigentlich erwartet wurde. Was zu einer höchst peinlichen Entlarvung führen würde.

Sie holte tief Luft. »Ich fürchte ...«

Frau Weißenfels gebot ihr mit erhobener Hand Einhalt. Wieder so eine Geste, wie Valerie sie nur aus historischen Filmen kannte. »Lassen Sie mich erst erklären, worum es uns geht, dann können Sie Fragen stellen.«

Gehorsam schwieg Valerie und wartete auf eine Gelegenheit, Dinge in Erfahrung zu bringen, die für Annemarie und sie von Bedeutung waren.

»Normalerweise habe ich mit der Firma und der Geschäftsführung nichts zu tun. Darum hat sich ausschließlich mein verstorbener Mann gekümmert. Er war ein Glücksfall für unsere Firma. Da mein Bruder sich weigerte, *Weißenfels Spielwaren* zu übernehmen, seinen Verzicht auf das Erbe erklärte und auf Nimmerwiedersehen in Australien verschwand, musste mein Ehemann die Verantwortung übernehmen. Er war sogar bereit, unseren Namen zu tragen.« Zufrieden nickte Helen Weißenfels mit dem Kopf. »Sein Nachfolger ist unser Sohn. Was die Festschrift angeht, war er allerdings der Meinung, dass ich die Ausarbeitung überwachen sollte.«

»Weil Sie einen wichtigen Teil der Firmengeschichte miterlebt haben.« Valerie nickte verständnisvoll.

Helen Weißenfels senkte zustimmend das Haupt. »Was die Produktpalette betraf, bekam ich zwangsläufig mit, was jeweils gerade verkauft wurde. Nur mit Einzelheiten habe ich mich nie beschäftigt. Aber ich habe all die Jahre dafür gesorgt, dass wichtige Unterlagen nicht weggeworfen wurden. Auf diese Weise haben Sie genug Material, um eine ansprechende Festschrift zu verfassen, in der auch gesellschaftliche Ereignisse eine Rolle spielen. Besuch vom Bürgermeister, Weihnachtsbescherung im Waisenhaus – solche Dinge.«

»Unterlagen über die vergangenen hundert Jahre?«, vergewisserte Valerie sich mit stockendem Atem.

»Sicher. Teilweise sogar private Aufzeichnungen. Es darf natürlich nicht indiskret werden, aber ich fände es durchaus angemessen, wenn meine Urgroßeltern als Firmengründer, meine Großeltern und Eltern und selbstverständlich auch mein Mann, mein Sohn und ich erwähnt würden. Ich stelle mir eine Würdigung als Menschen und Unternehmerpersönlichkeiten vor.«

»Eine schöne Idee. Es macht historische Texte immer lesenswert, wenn Ereignisse im Zusammenhang mit den Menschen geschildert werden, die sie maßgeblich beeinflusst haben.« Fast bedauerte Valerie, dass nicht sie es war, die die geplante Festschrift schreiben würde. Es klang spannend, die Geschichte einer Spielwarenfirma zu recherchieren. Ganz zu schweigen von der Möglichkeit, auf diese Weise etwas über Lydia herauszufinden, die vor neunzig Jahren in dieser Villa gearbeitet hatte.

»Ich sehe, wir verstehen uns.« Wieder ein vornehmes Nicken, das einer Königin würdig gewesen wäre. Dabei verrutschte kein einziges Härchen auf Helen Weißenfels' Kopf.

Das Lob machte Valerie ein wenig stolz. Fast hätte sie die Gelegenheit verpasst, die Frage unterzubringen, die ihr auf der Seele brannte. »Lebte Ihre Familie schon in dieser Villa, als die Firma gegründet wurde?«

Frau Weißenfels warf mit einer nun doch ein wenig affektierten Bewegung den Kopf in den Nacken und stieß ein trillerndes Lachen aus. »Wo denken Sie hin? Meine Urgroßeltern waren durchaus wohlhabend, als sie die Manufaktur gründeten. Aber in einem Haus wie diesem lebten sie ganz gewiss nicht. Diese Villa haben sich die Weißenfels selbst erarbeitet. Vor allem mit der Herstellung solcher Stücke. Sie wurden uns damals praktisch aus der Hand gerissen.« Sie deutete in die Ecke des Zimmers, wo das Puppenhaus stand, das Valerie bei ihrem Eintreten bewundert hatte.

»Das ist wunderschön. Kein Wunder, dass die Firma so schnell so erfolgreich war. Seit wann lebt die Familie in dieser Villa?«

»Seit 1925. Zu dieser Zeit lief die Manufaktur bereits sehr gewinnbringend. Meine Urgroßmutter sprach gern darüber, dass sie bei der Planung und Einrichtung des Hauses an nichts sparen mussten. Einzig die Tatsache, dass die Villa damals noch vor den Toren der Stadt lag, machte ihr etwas Kummer. Sie hätte gern in einem der vornehmen Viertel in der Innenstadt gebaut. Aber dort gab es kein so großes Grundstück zu kaufen.« Helen Weißenfels warf Valerie einen kritischen Blick zu. »Sie dürfen sich ruhig Notizen machen. Ich gehe davon aus, dass Sie mithilfe der Unterlagen, die ich Ihnen übergeben werde, den Text weitgehend selbstständig ausarbeiten. Sehen Sie darin ein Problem?«

Hastig schüttelte Valerie den Kopf und spürte, wie ihre Wangen glühten, was ihr hoffentlich als Arbeitseifer ausgelegt wurde. Sie kramte in ihrer Tasche nach dem Tablet, legte es vor sich auf den Tisch, öffnete das Schreibprogramm und gab ein: Notizen Festschrift. Dabei kam sie sich mehr denn je wie eine Betrügerin vor.

Irgendwie hatte sie den Zeitpunkt verpasst, zu dem sie noch mit der Wahrheit hätte herausrücken können. Sie konnte nur hoffen, dass es ihr gelang zu verschwinden, bevor die echte Autorin der Festschrift auftauchte.

»Ich dachte an etwa achtzig Seiten. Mit Fotos. Es gibt Bilder des Gebäudes, in dem die Manufaktur während der ersten zwölf Jahre untergebracht war. Fast idyllisch sah das aus. Eine Art ausgebauter Schuppen unter hohen Bäumen.«

Valeries Blick wanderte durch die riesigen Glasfenster in den Park hinter dem Haus. Auch dort spendeten große, alte Eichen, Buchen und Kastanien Schatten. In einiger Entfernung meinte sie, ein Ziegeldach zu erkennen.

»Ist es das dort hinten im Park?«

Erstaunt blickte Helen Weißenfels ebenfalls durch das Fenster. »Nein. Die Manufaktur lag noch etwas weiter außerhalb der Stadt, genau wie unsere heutigen Produktionsgebäude. Das da draußen ist das ehemalige Gesindehaus. Es steht schon lange leer. Mein Sohn wollte es renovieren lassen und vermieten, aber mir gefällt der Gedanke nicht, dass fremde Leute in unserem Park herumlaufen.«

»Gesindehaus?« Vor Aufregung umklammerte Valerie ihr Tablet so fest, dass die Kanten schmerzhaft gegen ihre Handflächen drückten. Das Haus, in dem Lydia vor neunzig Jahren gelebt hatte, lag nur wenige Meter entfernt.

»Es stehen sogar teilweise noch die Möbel darin, mit denen die Kammern der Hausmädchen eingerichtet waren«, plauderte Helen Weißenfels weiter. Sie ahnte nicht, dass Valerie bei dieser Mitteilung sofort die Luft anhielt.

Immerhin bestand die vage Möglichkeit, in Lydias ehemaligem Zimmer Hinweise zu finden. Alte Briefe, Fotos oder Urkunden, vielleicht versteckt unter der Matratze oder hinten in einer Schublade des Nachtschranks.

Valerie überlegte, ob sie darum bitten konnte, sich das leer stehende Gesindehaus ansehen zu dürfen. Leider fiel ihr keine Begründung ein. Andererseits konnte sie erklären, dass es sie interessierte, wie damals die Dienstboten gelebt hatten.

»Was denken Sie darüber?« Die Frage der Hausherrin riss sie aus ihren Gedanken.

»Wie bitte?« Erst jetzt wurde ihr bewusst, dass Helen Weißenfels weitergeredet, sie aber überhaupt nicht zugehört hatte.

»Wie Sie sich den roten Faden in dem Heft vorstellen, fragte ich.« Die Hausherrin tadelnd die Brauen hoch. »Wir könnten chronologisch die Geschichte der Manufaktur erzählen, aber das allein ist nicht besonders spannend, fürchte ich.«

Valerie runzelte die Stirn. »Wenn es noch private Schriftstücke gibt, müsste es gelingen, den Firmengründer, seine Familie und seine Nachfahren als Persönlichkeiten greifbar zu machen. Mit den Ideen, die sie in die Firma eingebracht haben, aber auch mit ganz persönlichen Eigenarten. Etwa eine Vorliebe für lange Spaziergänge oder Urlaube am Meer. Vielleicht die Geschichte, wie Ihre Urgroßeltern sich kennengelernt haben oder wieso sie ausgerechnet eine Spielzeugmanufaktur gründeten ...« Sie stockte, weil ihr auffiel, dass sie sich hatte mitreißen lassen.

»Das klingt gut.« Helen Weißenfels lächelte. »Obwohl ich selbstverständlich keine Indiskretionen wünsche.«

»Selbstverständlich nicht. Man könnte auch zwischen den Texten besonders schöne Spielzeuge aus verschiedenen Epochen zeigen.«

Sie tat es schon wieder. Ständig vergaß sie, dass sie nicht hier war, um tatsächlich den Inhalt der Festschrift zu besprechen.

»Es gibt noch einige Entwürfe von Puppenhäusern. Meine Großmutter hat die meisten Zeichnungen für die Modelle gemacht.« Die eisgrauen Augen der alten Dame funkelten.

»Faksimiles!«, rief Valerie begeistert. »Man könnte eine der Zeichnungen nachdrucken und zum Auffalten hinten ins Heft kleben.«

»Ihre Ideen gefallen mir. Haben Sie schon häufiger Texte für Firmenjubiläen geschrieben?«

»Nein. Ich habe nur schon viel im historischen Bereich gearbeitet und geschrieben.« Endlich konnte sie ganz ehrlich sein. Tatsächlich hatte sie während ihres Geschichtsstudiums Dutzende von Hausarbeiten angefertigt. »Zum Beispiel über die Entwicklung des Webstuhls und seinen Einfluss auf die Produktion von Stoffen. Und während eines Praktikums Texte für den Ausstellungskatalog eines historischen Museums.«

»Na ja. Nicht ganz dasselbe wie Spielzeug, aber …«

In diesem Moment schlug in der Halle dezent eine Glocke an. Ein eisiger Schreck durchfuhr Valerie. Offenbar stand nun die eigentlich angedachte Schreiberin der Jubiläumsschrift vor der Haustür. Entsetzt starrte sie ihre Gastgeberin an.

»Reden wir ruhig weiter.« Helen nickte ihr aufmunternd zu. »Keine Ahnung, wer das ist. Darum kann sich die Haushälterin kümmern.«

Valerie sprang auf. »Ich fürchte, ich muss gehen.«

»Aber wieso denn so plötzlich? Wir sollten noch besprechen, ob Sie während des Schreibens hier in der Villa wohnen. Ich persönlich fände das praktischer. Sie könnten in der Bibliothek arbeiten. Die Unterlagen befinden sich zum Teil schon dort, den Rest lassen wir aus der Firma herschaffen. Ich würde die Schriftstücke ungern aus dem Haus geben. Zudem können Sie Fragen, die sich während der Recherche ergeben, sofort mit meinem Sohn oder mir klären. Gästezimmer haben wir genug und für Frau Landauer macht es keinen Unterschied, ob sie für eine Person mehr kocht.«

»Hier wohnen?« Während sie mit einem Ohr in Richtung Haustür lauschte, griff Valerie nervös nach ihrem Tablet, um es in die Tasche zu stecken. Eigentlich wollte sie einfach nur weg, um sich die peinliche Entlarvung zu ersparen. Dennoch war der Gedanke, vorübergehend in der Villa Weißenfels zu leben, äußerst verlockend. Wenn es hier irgendwelche Hinweise auf Lydia gab, würde sie sie auf diese Weise sicher finden.

Nach einem kurzen Klopfen, bei dem Valerie entsetzt zusammenzuckte, öffnete sich die Tür. Eine junge Frau mit streichholzkurzen Haaren und knallengen Jeans betrat das Zimmer.

»Bitte, Frau Landauer?«, forderte Helen Weißenfels die Eingetretene zum Sprechen auf. »Wer hat denn eben geklingelt?«

Verblüfft betrachtete Valerie die Frau in der Tür. Offenbar waren die Zeiten vorbei, in denen Haushälterinnen mit gestärkten Schürzen und klirrenden Schlüsselbunden herumliefen.

»Da ist eine Journalistin, die sagt, sie hätte einen Termin mit Ihnen. Wegen der Festschrift.«

Nachdenklich kniff Helen Weißenfels die Augen zusammen. Fast konnte Valerie ihre Gedanken lesen. Sie konnte regelrecht sehen, wie die Hausherrin der Villa Weißenfels die Erkenntnis traf, dass Valerie nie von sich aus die Festschrift angesprochen hatte.

»Wer sind Sie eigentlich?«, fragte sie Valerie streng.

6. Kapitel

Nürnberg, 24. Mai 2018

»Wie? Du ziehst in die Villa Weißenfels ein? In das Haus, zu dem die Gesindeunterkunft gehört, in der Lydia während ihrer Zeit in Nürnberg gelebt hat?« Jana schrie vor Erstaunen so laut ins Telefon, dass Valerie das Handy etwas von ihrem Ohr entfernen musste.

»Ich bin schon eingezogen«, erklärte sie gut gelaunt. »In eine der Gästesuiten im Ostflügel. Eigener Salon mit angrenzendem Schlafzimmer, Bad und Balkon. Deutlich größer als meine Wohnung in Münster.«

»Salon?«, kicherte Jana.

»Tja, so redet man in dieser Villa. Jedenfalls tut das die Dame des Hauses.« Obwohl Frau Landauer ihr erklärt hatte, dass ihre Zimmer weit von den anderen bewohnten Räumen entfernt lagen, senkte Valerie die Stimme.

»Und wieso hat besagte Dame dich eingeladen, bei ihr zu wohnen?«

»Weil es einfacher ist, wenn ich hier in der Bibliothek arbeite und nicht ständig hin und her fahren muss. Hier sind alle Unterlagen beisammen, ich kann jederzeit nachfragen, wenn ich zusätzliche Informationen brauche – und für mich ist eine kostenlose Unterkunft der Jackpot. Die Pension war ganz nett, aber das hier ist doch eine Nummer komfortabler. Oder auch zwei oder drei.«

»Ich verstehe immer nur arbeiten. Was willst du denn da arbeiten?«

»Ich schreibe eine Festschrift zum hundertjährigen Bestehen von *Weißenfels Spielwaren*«, verkündete Valerie triumphierend. »Als ich kam, hielt Frau Weißenfels mich für die Journalistin, mit der sie wegen der Festschrift verabredet war. Ich habe zwar nicht behauptet, dass ich es bin, aber auch nicht widersprochen. Immerhin ist es eine Gelegenheit, etwas über die Familie und die früheren Dienstboten herauszufinden.«

»Aber das kommt doch raus.«

»Das ist längst rausgekommen. Die Journalistin kam, während ich mit Frau Weißenfels im Salon saß. Sie hatte sich über eine halbe Stunde verspätet. Damit kam sie in Frau Weißenfels' Augen für den Job nicht mehr infrage. Wenn jemand nicht rechtzeitig zu einem Termin auftauchen kann, bekommt derjenige auch sonst nichts hin, hat sie verkündet.« Beim Gedanken an die Szene, die sich bei Ankunft der unpünktlichen Journalistin abgespielt hatte, musste Valerie grinsen.

Erstaunlicherweise war nicht sie die Angeklagte gewesen, sondern die Frau, die eigentlich für den Auftrag vorgesehen war. Zu allem Überfluss fiel der unpünktlichen Journalistin nicht mal eine gute Entschuldigung für ihr Zuspätkommen ein.

Valerie hatte nur erklären müssen, sie hätte niemals behauptet, wegen der Festschrift gekommen zu sein. Helen Weißenfels hatte sie nach ihrer Meinung gefragt, was die Erstellung des Textes betraf, und sie hatte ihre Meinung gesagt.

»Wollte sie denn nicht wissen, weshalb du an ihrer Tür geklingelt hast?«

»Ich habe gesagt, dass ich auf der Suche nach einem Bekannten war, der in der Nähe wohnen soll. Die Adresse wüsste ich aber nicht genau, sondern hätte mich eben nach ihm erkundigen wollen. Das hat Helen Weißenfels nicht weiter interessiert. Sie wollte nur wissen, ob ich Zeit und Lust hätte, ihre Festschrift zu schreiben.«

»Kannst du das denn?«

»Klar kann ich das. Ich bin Historikerin und habe schon massenhaft Hausarbeiten über alle möglichen Themen geschrieben. *Weißenfels Spielwaren* ist ein spannendes Thema. Die Recherche wird denkbar einfach, weil es ganze Kartons voller Unterlagen gibt. Und diese Unterlagen sind das Beste von allem. Vielleicht finde ich nebenbei etwas über das Hauspersonal und damit auch über Lydia heraus. Außerdem gibt es noch das Gesindehaus. Es steht leer, und angeblich sind sogar die alten Möbel von früher drin.«

»Wirklich?« Jana überlegte kurz. »Aber es ist nicht gerade wahrscheinlich, dass du dort etwas über Lydia herausfindest. Es sei denn, sie hat ihre Gedanken in den Türrahmen eingeritzt oder so. Aber sie war da schließlich nicht eingesperrt.«

»Ich werde mir die Zimmer trotzdem ansehen. Man weiß nie.«

Mit dem Telefon am Ohr trat Valerie an die Glastür, die auf den Balkon vor ihrem Zimmer führte. Sie ließ den Blick über den Park schweifen und betrachtete das alte Gesindehaus. Sie würde so bald wie möglich einen Spaziergang dorthin machen. Hoffentlich waren die Türen nicht abgeschlossen. Falls doch, setzte sie ihre Hoffnung auf die Fenster, die nach all den Jahren bestimmt nicht mehr richtig schlossen. Irgendwie würde sie schon hineinkommen.

»Wie lange bleibst du in der Villa?«

»Das Firmenjubiläum ist in knapp vier Wochen. Bis dahin muss die Festschrift fertig sein, und so lange werde ich hier wohnen.«

»Weiß Annemarie schon, wo du jetzt bist?« Ein leises Plätschern war zu hören, offenbar schenkte Jana sich Wasser oder Tee nach.

»Ich sage es ihr morgen. Heute hat sie ihren Rommé-Abend. Sie wird staunen, dass ich in der Villa wohne, in der Lydia gearbeitet hat.«

»Was für ein Glücksfall.«

»Abgesehen von der Möglichkeit, etwas über Lydia herauszufinden, ist es ein toller Job. Von dem Geld kann ich leben, während ich meine Masterarbeit schreibe, und muss nicht nebenbei jobben.«

»Wenn du jetzt noch rausfindest, was im Geburtsjahr deiner Oma passiert ist und wer Annemaries wahre Eltern sind ...«

»Das ist wahrscheinlich eine schwierigere Aufgabe als die Festschrift.« Valerie seufzte leise. »Aber jetzt muss ich erst mal meine Sachen gleichmäßig in dem riesigen Schrank und dem noch größeren Bad verteilen.«

»Mach mich nur neidisch.« Da Janas Freund als Doktorand nur eine halbe Stelle an der Uni hatte, teilten sie sich eine Wohnung, die nur unwesentlich größer war als das Bad, das Valerie momentan zur Verfügung stand.

»Frühstück gibt es morgen früh zwischen acht und halb zehn. Frau Landauer, die Haushälterin, serviert im Speisezimmer.

Besondere Wünsche sollen möglichst am Abend vorher genannt werden.«

Jana stieß einen Schrei aus, der irgendwo zwischen Entsetzen und Entzücken lag.

Lächelnd beendete Valerie das Gespräch und packte ihren Koffer aus. Das dauerte nur wenige Minuten. Anschließend setzte sie sich auf den kleinen Balkon, genoss die milde Abendluft und sah zu, wie sich die Dämmerung zwischen den Zweigen der Bäume verfing und sich dann, dichter werdend, wie ein seidenes Tuch langsam über den Park senkte. Inzwischen konnte sie die Umrisse des Gesindehauses nur noch schemenhaft erkennen.

Ein Blick auf die Uhr zeigte ihr, dass es kurz vor halb zehn war. Normalerweise ging sie nicht vor Mitternacht ins Bett.

Valerie beschloss, einen Spaziergang im Park zu machen, und stand mit einem Ruck von dem weich gepolsterten Balkonstuhl auf. Dann konnte sie gleich nachsehen, ob das Gesindehaus abgeschlossen war.

In der Villa war alles still. Frau Landauer übernachtete nicht im Haus. Also war jetzt außer ihr nur Frau Weißenfels hier. Sie hatte Valerie mitgeteilt, dass sie im Südflügel wohnte, wo auch immer der von Valeries Zimmer aus gesehen liegen mochte. Das riesige Gebäude mit der im ersten Stock umlaufenden Galerie, von der mehrere Flure abgingen, die sich weiter verzweigten, erschien ihr sehr unübersichtlich.

Zum Glück gab es überall Notbeleuchtungen, die in Kniehöhe schimmerten wie die matten rötlichen Augen von einäugigen Tieren. Sie schienen ihr bei ihrem Versuch, einen Ausgang in Richtung Park zu finden, mitleidig zuzusehen.

Nach einigen Irrwegen in dem stillen Haus entdeckte sie in der Küche eine zweite Tür, die offenbar nach draußen führte. Sie war abgeschlossen, doch der Schlüssel steckte. Valerie musste ihn nur umdrehen und die Klinke herunterdrücken, dann stand sie endlich aufatmend in der graublauen Abenddämmerung.

Das Rauschen des Windes in den Blättern klang wie geschäftiges Flüstern. Als hätten die Bäume sich zahllose Geheimnisse zu erzählen.

Valerie blieb einige Schritte von der Tür entfernt neben einer Gruppe hoher Büsche stehen und sah sich suchend um. In welcher Richtung lag denn nun das Gesindehaus? Als Pfadfinderin hätte sie gnadenlos versagt.

Während sie unschlüssig herumstand, tauchte seitlich von ihr der Schatten eines großen Mannes auf. Sie biss sich auf die Unterlippe, um nicht erschrocken aufzuschreien. Es war viel zu dunkel, um das Gesicht des Unbekannten zu erkennen. War das etwa ein Einbrecher, der hintenrum ins Haus gelangen wollte? Er balancierte auf einem Arm einige mittelgroße Kartons. Normalerweise trugen Einbrecher keine Sachen ins Haus. Aber vielleicht wollte er in den Kartons sein Diebesgut verstauen.

Sie machte sich ganz schmal und bemühte sich mit angehaltenem Atem, quasi mit den Blättern der Büsche zu verschmelzen. Fast wäre ihr Plan aufgegangen, wenn der Mann nicht so dicht neben der Buschgruppe gegangen wäre, dass er ihr kräftig auf den Fuß trat.

Sie schrie auf, er geriet ins Stolpern und hätte sie durch seinen Schwung fast umgerissen.

Weil die Zweige der Büsche sie freundlicherweise stützten,

fiel sie jedoch nicht. Stattdessen verschwand Valerie zwischen den kühlen Blättern, die ihr jede Sicht nahmen, sodass es um sie herum noch dunkler wurde. Neben ihr raschelte es im Gebüsch, wo offenbar der Fremde gelandet war.

»Das kann doch nicht wahr sein.« Die dunkle Männerstimme klang genervt und gleichzeitig irgendwie vertraut.

Verzweifelt versuchte sie, sich aus der hartnäckigen Umarmung der raschelnden Zweige zu befreien. Als sie endlich aus den Blättern auftauchte und etwas sehen konnte, war der Mann längst wieder ein athletisch wirkender Schatten in einigen Metern Entfernung.

Sie schnappte nach Luft. »Wer sind Sie, und was machen Sie hier?«

»Das wollte ich Sie auch gerade fragen.« Er klang nicht drohend, sondern eher amüsiert.

»Ich wohne hier.« Valeries wild klopfendes Herz beruhigte sich langsam. Der Typ machte nicht den Eindruck, als würde er sie auf der Stelle umbringen.

»Das muss neu sein.«

»Erst seit heute und auch nur für einige Wochen«, gab sie hastig zu. »Ich dachte, Frau Weißenfels lebt allein in der Villa.«

»Falsch gedacht. Wenn meine Mutter und ich uns auch eher selten begegnen. Das Haus ist geräumig.«

»Ja, das können Sie laut sagen. Ich soll die Festschrift zum Firmenjubiläum erstellen, und Frau Weißenfels meinte –«

»Ach, Sie sind das«, unterbrach er sie unhöflich. »Dann weiß ich Bescheid. Meine Mutter hat mich in der Firma angerufen. Allerdings hatte ich keine Ahnung, dass es zu Ihrer Recherche gehört, hier im Dunkeln herumzustolpern.«

»Ich wollte nur etwas frische Luft schnappen.«

»Alles klar, dann viel Spaß und eine gute Nacht.« Ohne ihre Antwort abzuwarten, verschwand er, die Kartons irgendwie ungelenk vor sich her balancierend, in der Dunkelheit. Gleich darauf hörte sie, wie die Tür ins Schloss fiel.

Valerie lief noch einige Schritte durch den Park, hatte aber plötzlich keine Lust mehr, sich das Gesindehaus anzusehen. Dazu blieb ihr in den kommenden Wochen genug Zeit. Ohnehin war es mittlerweile unter den hohen Bäumen so dunkel, dass sie kaum den Weg erkennen konnte. Nach ihrer unverhofften Begegnung vor der Hintertür fühlte sie sich in dem schon fast dunklen Park seltsam unbehaglich. Wer weiß, wer dort noch herumschlich. Mit schnellen Schritten kehrte sie zum Haus zurück.

Zu ihrer Erleichterung fand sie die Hintertür unverschlossen vor. Immer noch war es im Haus totenstill. Ihre Absätze hallten unangenehm laut über den Boden.

Erstaunlicherweise fand Valerie den Rückweg zu ihrem Zimmer auf Anhieb. Vor der Tür stand ein Stapel aus mehreren mittelgroßen Kartons. Oben auf dem Kartonturm lag ein mit einer großzügigen Männerschrift beschriebener Zettel. Mit gerunzelter Stirn las sie die Zeilen.

Für den Fall, dass Sie trotz der frischen Luft schlecht schlafen, hier einige Unterlagen zur Firmengeschichte und zu den Menschen, die seit Generationen mit Weißenfels Spielwaren *verbunden sind. Sollten Sie nach ihrem kleinen Spaziergang fest schlafen, was ich Ihnen von Herzen wünsche, können Sie sich die Schriftstücke morgen ansehen. A. Weißenfels.*

Was dachte sich der Typ? Dass sie Tag und Nacht in seinen Diensten stand? Das waren noch mehr Kartons, als er draußen bei sich gehabt hatte. Offenbar war es ihm wichtig, sie mit Arbeit zu versorgen.

Valerie öffnete die Tür zu ihrem Zimmer und schob mit Ach und Krach die Kartons über die Schwelle. Dann drehte sie hinter sich den Schlüssel im Schloss und zögerte. Eigentlich hatte sie vorgehabt, halbwegs früh ins Bett zu gehen, aber jetzt war sie zu neugierig. Sie hob den Deckel eines der Kartons und starrte überrascht auf ein buntes Allerlei aus bedruckten Papierbögen, Postkarten, Briefumschlägen und Notizbüchern.

Aus irgendeinem Grund hatte sie angenommen, es würde sich um Aktenordner handeln, in denen die Unterlagen ordentlich abgeheftet waren. Das hier war ein Sammelsurium von Papieren in allen Farben, Formen und Größen.

Sie betrachtete die Postkarten, auf denen eine Tante Klara und eine Sybille Grüße aus Italien und von der Ostsee schickten und vom herrlichen Wetter schwärmten. Dann blätterte sie eine schwarze Kladde durch, in der jemand mit nahezu unleserlicher Schrift die Namen von Orten und Menschen aufgeschrieben hatte. Wohl eine Art Terminkalender. In einem dünnen Büchlein hatte sich jemand unter anderem notiert, wie lange ein perfektes Frühstücksei kochen musste und dass ein Kaktus höchsten zwei Mal im Monat gegossen werden sollte.

Valerie verzog den Mund zu einem Lächeln. Wenn sie neben ihrer Recherche für die Festschrift etwas über Lydia herausfinden wollte, konnte ihr nichts Besseres passieren als das hier. Natürlich würde es eine Menge Zeit kosten, all die

Papiere und Bücher durchzusehen, aber es bestand die Möglichkeit, dass es in dem Wust auch Notizen über die Dienstboten gab. Vielleicht von einer Haushälterin oder der damaligen Dame des Hauses.

Sie konnte nicht widerstehen, auch in den zweiten Karton zu schauen. Ebenfalls Postkarten, aber auch eine Menge Zeitungsausschnitte. Valerie sortierte ein paar Taschenkalender aus und legte sie auf den Schreibtisch, um sie später durchzublättern. Als sie einige lose Papiere beiseiteschob, stach ihr ein in feines rotes Leder gebundenes Buch ins Auge. Sie schlug es auf, schnappte nach Luft.

Ein Tagebuch! *Marleen Weißenfels, 1928* stand in geschwungenen Buchstaben am oberen Rand der ansonsten leeren ersten Seite. Die Aufzeichnungen stammten etwa aus der Zeit, als Lydia in der Villa Weißenfels gewesen war.

Valerie kannte bereits die Namen der Firmengründer. Theodor und Gesine Weißenfels hatten 1918 *Weißenfels Spielwaren* gegründet. Also war Marleen möglicherweise die Tochter oder die Schwiegertochter der Firmengründer gewesen.

Valerie ließ sich mit dem Buch in der Hand in einen der bequemen Sessel sinken. Sie blätterte die Seiten durch, las hier eine Stelle oder dort ein paar Zeilen. Als sie unversehens einen Eintrag fand, in dem Lydias Name vorkam, konnte sie es kaum glauben. Das hier war fast zu einfach. Andererseits halfen ihr die paar Sätze, die sie über Lydia las, absolut nicht weiter. Aber es war ein Anfang. Eine erste Spur.

Obwohl die Uhr mittlerweile nach elf zeigte, vertiefte Valerie sich in Marleens Tagebuch.

7. Kapitel

Marleens Tagebuch, 30. Mai 1928

Manchmal, wenn ich Lydia dabei beobachte, wie sie den Tisch abräumt oder morgens das Feuer im Kamin anzündet, erinnere ich mich daran, wie es war, als ich schwere Arbeit für andere Leute verrichten musste. Dann hoffe ich, dass ich das mit der gleichen Würde und Anmut getan habe wie Lydia.

Es hat mir nichts ausgemacht, hart zu arbeiten, als ich Hilfsarbeiterin bei Weißenfels Spielwaren war. Zwar musste ich oft schwer tragen, auf den Knien die Böden schrubben und fiel jeden Abend todmüde ins Bett. Doch ich hatte ein Dach über dem Kopf und genug zu essen. Ab und zu konnte ich sogar Mutter etwas Geld schicken.

Als ich neulich Lydia fragte, ob sie ihre Familie unterstützen müsse, zuckte sie mit den Schultern und sagte: »Ich würde es gern tun. Der kleine Hof bringt kaum genug ein, um meine Schwester und meinen Schwager zu ernähren. Erst recht nicht, wenn sie Kinder haben werden. Aber meine Schwester ist mir böse, weil ich unser Dorf verlassen habe, anstatt einen der Bauern zu heiraten, der mich wollte.«

Sicher ist unser neues Hausmädchen noch trauriger als ich damals. Ich weinte oft vor Heimweh nachts in die Kissen. Aber wenigstens bekam ich jede Woche einen Brief von meiner Mutter, und ich wusste, dass das Wenige, was ich meinen Eltern schicken konnte, ihnen half. Wie lange das schon her ist.

Viele Monate arbeitete ich als Handlangerin in der Fabrik, bis Friedrich mich eines Abends ertappte, wie ich ein halb fertiges Puppenhaus neu dekorierte. Das war der Anfang meines neuen Lebens. Eines Lebens, das vollkommen anders ist als Lydias, obwohl es fast ebenso begann. Ich erinnere mich an jede Sekunde, an jeden Blick und an jedes Wort zwischen Friedrich und mir in jenen Tagen, als wir uns kennenlernten. Vorher hatten wir viele Wochen und Monate nur gelegentlich einen knappen Gruß gewechselt, und ich hatte scheu auf den Boden geschaut, wenn der Juniorchef an mir vorbeiging.

Bis zu jenem Abend, den ich nie vergessen werde. Es war der 15. Februar 1922. Damals führte ich noch kein Tagebuch, in dem ich heute über meine erste wirkliche Begegnung mit Friedrich hätte nachlesen können. Um mich abends hinzusetzen und die Ereignisse des Tages aufzuschreiben, war ich nach der Arbeit viel zu müde. Meistens gab es auch gar nichts, was gelohnt hätte, festgehalten zu werden. So werde ich heute, mehr als sechs Jahre später, aufschreiben, was damals geschah. Ich weiß noch jedes Wort, erinnere mich an jeden Blick und an all meine Gefühle. Ich spüre sogar noch, wie mein Herzschlag schneller wurde, als seine Hand zufällig meinen Ärmel streifte.

An diesem Abend schlich ich mich wie so oft in die Modellwerkstatt, nachdem ich alle Böden geschrubbt und auch sonst alles gereinigt hatte. Ich liebte es, mir die Entwürfe für neue Puppenhäuser anzusehen, die winzigen Möbel, die kleinen Teppiche und alles, was dort sonst erdacht und zum ersten Mal hergestellt wurde. Die gelungensten Entwürfe gab man in die Fertigungshalle weiter, wo größere Mengen davon produziert wurden. Das ist heute immer noch so, aber damals war das für mich eine Wunderwelt.

Andächtig verglich ich die verschiedenen Modelle, versuchte zu entscheiden, welche die schönsten waren, und bemühte mich auch manchmal, es noch besser zu machen.

Das musste ich natürlich heimlich tun und vermied es, auch nur die kleinste Spur zu hinterlassen. Niemand durfte wissen, dass die Hilfsarbeiterin und Putzfrau Marleen sich an den Modellen zu schaffen machte. Ich wagte mich nur in die Modellwerkstatt, weil um diese Zeit außer mir und dem Pförtner, der aber in seinem Zimmerchen neben dem Eingang blieb, niemand mehr in der Manufaktur war. An jenem Abend hatte ich mich getäuscht. Da war Friedrich noch da.

Marleen griff nach einem Tüllfetzen, der auf dem Haufen mit Stoffabfällen lag, und drapierte ihn um ein Holzstäbchen, das sie vom Boden aufgesammelt hatte. Dann klemmte sie die Miniatur-Gardinenstange in die Fensternische des Schlafzimmers im ersten Stock des Puppenhauses.

Mit schief gelegtem Kopf betrachtete sie ihr Werk und nickte zufrieden. Das sah deutlich besser aus als der mit viel zu großen Blumen bedruckte Vorhang am anderen Fenster.

Dann wühlte sie so lange in dem Korb mit Abfällen herum, bis sie ein Stoffstückchen mit dezentem Muster fand, das groß genug als Überwurf für das Doppelbett war. Ein paar flinke Nadelstiche, schon war die winzige Decke gesäumt und mit Rüschen aus demselben Tüll verziert, der am Fenster hing.

»Darf ich fragen, was Sie da tun?«

Als sie neben sich die tiefe Männerstimme hörte, fuhr sie erschrocken herum und ließ ihre kleine Decke fallen. Die Nähnadel bohrte sich schmerzhaft in ihre Fingerspitze.

»Ich ... Meine Arbeit ist erledigt, und ich habe nur Abfälle genommen«, stotterte sie und versuchte unauffällig, die Nadel aus ihrem Finger zu ziehen.

»Sie bluten.« Friedrich Weißenfels deutete auf den dunklen Fleck auf der Spitze seines feinen Lederschuhs.

»Oh. Das tut mir schrecklich leid. Ich ...« Schon wieder stotterte sie hilflos herum, während sie auf die Knie ging und mit irgendeinem Lappen, den sie aus dem Abfallkorb zog, an seinem Schuh herumpolierte.

»Lassen Sie das doch. Bitte.« Er packte sie bei den Ellenbogen und zog sie hoch, sodass sie ihm wieder ins Gesicht sehen musste. »Zeigen Sie mir die Wunde. Ich will sehen, ob wir einen Verband brauchen.«

Hastig wollte sie die Hand hinter dem Rücken verstecken. Doch er war schneller, fing ihr Handgelenk ein und betrachtete ihren Zeigefinger, an dem ein weiterer großer Blutstropfen hing.

»Das war nur ein kleiner Stich mit der Nadel. Kein Problem«, beteuerte sie und spürte, wie ihre Wangen glühten. Wie hatte sie nur in diese peinliche Situation geraten können? Normalerweise war um diese Zeit außer ihr niemand mehr im Gebäude. Es gehörte zu ihren Aufgaben, alle Böden und Flächen zu reinigen, nachdem die Angestellten und natürlich auch die Herren Weißenfels gegangen waren.

Mit einem beherzten Ruck entwand Marleen dem Juniorchef ihre Hand und steckte ihren verletzten Finger zwischen die Lippen. Sie schmeckte den metallischen Geschmack des Blutes. Dann zog sie den Zeigefinger wieder heraus und hielt ihn in die Luft. »Wieder gut, sehen Sie?«

Bevor sich ein weiterer Blutstropfen bilden konnte, steckte sie die Hand in die Tasche ihrer grauen Arbeitsschürze.

»Machen Sie das öfter?« Friedrich Weißenfels betrachtete aufmerksam das Puppenhaus, in dem sie die Tüllgardine aufgehängt hatte.

»Manchmal. Aber wenn ich gehe, sorge ich dafür, dass alles wieder so ist wie vorher.« Ohne nachzudenken, zog sie die Hand wieder aus der Schürzentasche und entfernte das weiße Gardinchen. Leider war hinterher nicht nur der Tüllfetzen voller Blut, sondern auch der kleine Teppich im Schlafzimmer des Puppenhauses.

Marleen spürte, wie sie blass wurde. Ihre Kehle war wie zugeschnürt, sodass sie nicht einmal mehr herumstottern konnte. Sie wagte kaum, Friedrich Weißenfels anzusehen, tat es aber doch. Gleich würde er sie davonjagen, dessen war sie sich sicher.

Ernst erwiderte er ihren Blick. Dann griff er erneut nach ihrer Hand, zog ein blütenweißes Taschentuch hervor und wickelte es um ihren blutenden Finger.

»Ich ersetze den Teppich«, flüsterte sie. »Ziehen Sie mir den Preis vom Lohn ab. Aber bitte entlassen Sie mich nicht. Ich brauche die Arbeit.«

»Wie kommen Sie darauf, dass ich Sie wegen einer solchen Lappalie entlasse? Was denken Sie denn von mir.«

»Entschuldigung. Es ist nur ...«

»Gefällt Ihnen der Teppich?« Er deutete auf das kleine bunte Ding, das sie mit ihrem Blut unbrauchbar gemacht hatte.

»Nun ja ... Ich weiß nicht recht.« Sie biss sich auf die Unterlippe.

»Heraus mit der Sprache. Ich will Ihre Meinung hören.«

Zögernd sah sie ihn an. Bisher hatte sie nie bemerkt, dass das Grau seiner Augen hell wie Silber schimmerte. Es waren wunderschöne Augen, die sie so aufmerksam betrachteten, als würde er sich wirklich für ihre Meinung zu dem kleinen Teppich interessieren.

»Er ist ein bisschen zu groß. Und zu bunt für das kleine Zimmer. Genau wie die Vorhänge.« Das mit den Gardinen war ihr herausgerutscht, obwohl er sie gar nicht danach gefragt hatte. Sie presste die Lippen zusammen, damit sie nicht noch mehr dumme Bemerkungen machte.

Friedrich Weißenfels nickte langsam. »Genau! Jetzt fällt es mir auch auf, nachdem ich das andere Fenster mit dem weißen Vorhang gesehen habe. Das hier ist ganz annehmbar, aber es geht besser. Und ich glaube, dass Sie einen Blick dafür haben. Würden Sie gern beim Entwurf neuer Puppenhäuser mitarbeiten?«

»Aber ... Das kann ich doch gar nicht.« Sie senkte den Blick auf ihre ausgetretenen Schuhe. Wie oft hatte sie schon die Arbeiterinnen beneidet, die in der Produktion die winzigen Möbel zusammenleimten und die kleinen Gardinen, Teppiche, Kissen und Decken nähten. Noch weit über ihnen standen die Frauen, die unter der strengen Herrschaft von Herrn Lamprecht in der Modellwerkstatt neue Puppenhäuser und deren Einrichtung entwarfen.

Wortlos bückte Friedrich Weißenfels sich und hob die kleine Bettdecke auf, die sie auf den Boden hatte fallen lassen, als er sie angesprochen hatte.

»Haben Sie das genäht?«

»Den Stoff habe ich aus dem Abfallkorb genommen«, beteuerte sie.

»Und dann mal eben im Stehen genäht.« Zwischen den Daumen und Zeigefingern seiner Hände hielt er das winzige Deckchen ins Licht der Deckenlampe und betrachtete es aufmerksam.

»Die Naht ist schief«, machte Marleen ihn aufmerksam. »Und Blut ist auch drauf.« Verlegen trat sie von einem Fuß auf den anderen. Wenn sie geahnt hätte, dass der Juniorchef sich ihr Werk kritisch ansehen würde, hätte sie erst gar nicht zur Nadel gegriffen.

»Mit ein bisschen Übung machen Sie das genauso gut wie Herr Lamprecht.« Zu ihrer Überraschung faltete Friedrich Weißenfels das Deckchen zusammen und steckte es in seine Jackentasche.

»Ich werde das meinem Vater zeigen und auch Herrn Lamprecht«, erklärte er, als er ihren erstaunten Blick bemerkte. »Es kann nicht sein, dass jemand mit Ihrem Talent die Böden wischt.«

»Ich habe kein Talent. Ich meine ... ich habe niemals richtig Nähen gelernt. Nur zu Hause von meiner Mutter. Und die hat es von ihrer Mutter beigebracht bekommen.«

»Hören Sie auf, sich kleinzumachen«, befahl er, streckte die Hand aus, legte sie unter ihr Kinn und hob ihren Kopf. Wieder trafen sich ihre Blicke, und Marleen versank im Silbergrau seiner Augen.

Friedrich Weißenfels räusperte sich und ließ die Hand sinken, sodass sie endlich wieder woanders hinsehen konnte. Sie entschied sich für sein linkes Ohr.

»Kommen Sie morgen früh um neun zu mir ins Büro. Dann rede ich vorher mit Herrn Lamprecht. Er soll eine der Frauen bestimmen, die Ihnen zeigt, worauf es ankommt.

Viel müssen Sie wahrscheinlich gar nicht mehr lernen. Vor allem lassen Sie sich Ihren hervorragenden Geschmack nicht austreiben.«

Marleen setzte an, um noch einmal zu erklären, dass sie als Hilfsarbeiterin eingestellt worden war. Dann hielt sie jedoch inne. Hatte sie sich nicht heimlich gewünscht, in der Produktion arbeiten zu dürfen, wo die wunderhübschen Puppenhäuser und ihre Einrichtungen entstanden? Niemals hätte sie zu hoffen gewagt, in der Modellwerkstatt neue Häuschen zu entwerfen. Wenn der Juniorchef das unbedingt wollte, wieso wehrte sie sich dann?

»Falls ich es nicht kann, darf ich dann wieder die Böden putzen?« Sie betrachtete ihre Hand, die mit seinem blütenweißen Taschentuch umwickelt war. An einer Stelle war ein winziger roter Fleck zu sehen.

»Ich bin mir sicher, dass Sie es können. Aber wenn Sie irgendwann sagen, dass Sie lieber wieder die Böden putzen wollen, dürfen Sie das tun.« Er zwinkerte ihr zu, und sie spürte, wie sie errötete.

»Danke«, flüsterte sie.

»Oh, ich tue das nicht nur für Sie, sondern vor allem für die Manufaktur. Ich bin überzeugt, dass Ihre Entwürfe sehr gut bei den Kunden ankommen werden. Über Ihr Gehalt reden wir morgen.«

»Mein Gehalt? Soll ich mehr Geld bekommen?« Daran hatte sie noch gar nicht gedacht.

Friedrich Weißenfels zog die Brauen hoch und würdigte ihre dumme Frage keiner Antwort. »Gehen Sie nach Hause und schlafen sich aus. Wir sehen uns morgen um neun. Gute Nacht.«

Als es ihr endlich gelang, mit heiserer Stimme seinen Gute-Nacht-Gruß zu erwidern, war er schon durch die geöffnete Tür im Flur verschwunden. Und sie hatte noch sein Taschentuch! Aber das hätte sie ihm mit dem Blutfleck darauf ohnehin nicht zurückgeben können. Sie musste es unbedingt heute Abend noch waschen. Schlafen konnte sie wahrscheinlich sowieso nicht.

* * *

Marleens Tagebuch, 30. Mai 1928

Auch an die Nacht nach jenem aufregenden Abend erinnere ich mich noch sehr genau. Erst in den frühen Morgenstunden fiel ich in einen unruhigen Schlummer, aus dem ich schon nach einer knappen Stunde wieder hochschreckte. Ich warf einen Blick auf den alten Wecker neben meinem Bett und erschrak.

Schon fast sieben!

Hektisch sprang ich aus dem Bett und wusch mich vor der Porzellanschüssel mit dem Sprung im Boden. Dabei musste ich schnell sein, sonst versickerte das Wasser, noch bevor ich mit dem Waschen fertig war, in dem dicken Tuch, das ich unter der Schüssel ausgebreitet hatte.

Anschließend betrachtete ich mich kritisch in dem kleinen Spiegel neben dem Schrank. Sah so eine Frau aus, die in der Modellwerkstatt arbeitete? Bis jetzt hatte ich die Mitarbeiterinnen von Herrn Lamprecht immer nur aus der Ferne angestaunt. Im Sommer liefen sie in hellen, leichten Kleidern herum, und sie trugen fast alle einen modischen Bubikopf.

Unglücklich zupfte Marleen an ihrem Zopf. Das war der Vorteil, wenn man Böden reinigte und Abfälle wegschaffte: Niemanden kümmerte es, wie man aussah. Weil man quasi unsichtbar war.

Sie drehte den Zopf zu einem Kringel zusammen und steckte ihn mit Haarnadeln fest. Dann zupfte sie an beiden Seiten mehrere Strähnen heraus und schnitt sie kurz entschlossen auf Kinnlänge ab. Wenn man nicht genau hinschaute, sah das aus wie …

Nein! Es sah nicht aus wie ein Bubikopf! Sie schob die kurzen Haare hinter die Ohren und befestigte sie ebenfalls mit Haarnadeln. Dann holte sie ihr Sonntagskleid aus dem Schrank. Wenigstens musste sie sich keinerlei Gedanken über ihre Kleidung machen. Sie besaß nur dieses eine gute Kleid.

Als Marleen das flache, lang gestreckte Gebäude der Manufaktur erreichte, zeigte die Uhr über dem Eingang halb neun. Vor Aufregung war ihr ganz schlecht, was vielleicht auch daran lag, dass sie zum Frühstück nichts heruntebekommen hatte.

Während sie so unauffällig wie möglich durch die Eingangstür schlüpfte, klopfte ihr Herz so laut, dass sie befürchtete, man könnte das wilde Pochen in allen Räumen des Hauses hören. Was natürlich Blödsinn war. Ohnehin waren in der Produktion, der Modellwerkstatt und dem Büro längst alle bei der Arbeit. Normalerweise holte sie um diese Zeit im Lager neues Material ab und brachte die Stoffe, den Kleber oder das Garn zu den richtigen Arbeitstischen in der Produktionshalle.

Für einen kurzen Moment wünschte sie sich, sie könnte das auch heute tun. Diese Aufgaben kannte sie, dabei machte sie sich nicht lächerlich, und wenn sie damit beschäftigt war, fragte sich niemand, ob sie größenwahnsinnig geworden war.

Bei der Vorstellung, in der Modellwerkstatt als neue Mitarbeiterin vorgestellt zu werden, bekam sie kaum Luft. Wahrscheinlich brachen die anderen Frauen in lautes Gelächter aus. Und sie hatten recht. Marleen verstand nicht das Geringste von der Arbeit, die dort von ihr erwartet wurde. Dennoch war es ein schrecklich verlockender Gedanke, dort helfen zu dürfen.

Ihr Weg zum Büro führte sie an der Werkstatt vorbei. Während sie den Flur entlanghuschte, warf sie einen Blick durch das große Fenster neben der Tür. Herr Lamprecht stand neben Erna Roth, der kleinen, zierlichen Frau mit dem strahlenden Lächeln, die erst vor wenigen Wochen in der Modellwerkstatt angefangen hatte. Er hielt einen kleinen Kleiderschrank hoch, an dem Erna wohl gearbeitet hatte, und zeigte ihr etwas daran. Was für ein wunderhübsches, winziges Möbelstück! Die Türen ließen sich öffnen und waren sogar mit zarten Schnitzereien verziert. Wie verzaubert blieb Marleen stehen.

Als hätte sie den Schatten bemerkt, der vom Flur in den Raum fiel, hob Erna Roth den Kopf und sah ihr direkt ins Gesicht.

Marleen zuckte zusammen, doch die Modellbauerin lächelte sie flüchtig an und wandte sich wieder ab. Lag es an Marleens dunklem Kleid oder ihrer neuen Frisur, dass Erna Roth sie zumindest wahrgenommen hatte?

Nachdenklich ging Marleen weiter in Richtung Büro. Bisher war sie selten dort gewesen. Nur abends, wenn die beiden Herren Weißenfels, die Sekretärinnen und der Buchhalter Feierabend hatten und sie die Papierkörbe leerte und die Böden wischte.

Falls es überhaupt möglich war, klopfte ihr Herz noch schneller. Das Blut rauschte jetzt so laut in ihren Ohren, dass sie wahrscheinlich kein Wort verstehen würde, wenn Friedrich Weißenfels oder sein Vater mit ihr sprach.

Sie lehnte sich gegen die Wand, fixierte die offenstehende Tür zum Büro des Juniorchefs und fragte sich, ob es nicht doch besser war, gleich das Weite zu suchen. Das hier konnte nur in einer Katastrophe enden. Auch wenn ihr Friedrich Weißenfels versprochen hatte, dass sie zumindest ihre Stelle als Hilfsarbeiterin nicht verlieren würde – am Ende würde es doch so kommen. Also konnte sie genauso gut gleich gehen und sich all die Peinlichkeiten ersparen. Vielleicht fand sie eine Stelle als Küchenhilfe in einer der vielen Bratwurstküchen.

»Was denkst du dir dabei, dem Mädchen solche Versprechungen zu machen, Friedrich? Nur weil sie hübsch ist und einen Stofffetzen gesäumt hat.«

Marleens Kopf flog wie an einem Faden gezogen in die Höhe. Das war die Stimme von Theodor Weißenfels. Er war wütend auf seinen Sohn, weil der einer kleinen Hilfsarbeiterin zutraute, in der Modellwerkstatt zu arbeiten.

Mit einem Ruck stieß sie sich von der Wand ab und drehte sich um. Vielleicht konnte sie einfach so tun, als wäre gestern Abend nichts geschehen, ihren Putzlappen holen und anfangen sauberzumachen.

»Ja, sie ist hübsch, Vater. Aber darum geht es nicht.« Friedrichs sanfte Stimme ließ Marleen erstarren. »Ich glaube, dass sie großes Talent hat und schöne Einrichtungen für unsere Puppenhäuser entwerfen kann.«

»Sie hat nichts gelernt, das sie dazu befähigen würde.«

»Sie hat den Blick dafür. Und geschickte Hände. Sieh dir doch nur die kleine Bettdecke an, die sie im Stehen ganz nebenbei genäht hat. Das kann Herr Lamprecht auch nicht besser.«

Theodor Weißenfels stieß ein verächtliches Schnauben hervor, das Marleen einen kalten Schauer über den Rücken jagte. »Geschickte Hände! Das ich nicht lache. Wenn du eine Affäre mit dem Mädchen haben willst, dann erledige das diskret. Gib ihr etwas Geld und kauf ihr etwas Nettes. Deshalb musst du ihr keine Stellung in der Manufaktur verschaffen, die ihr nicht zusteht.«

Das reichte! Energisch wandte Marleen der Bürotür, hinter der die beiden Männer sich ihretwegen stritten, den Rücken zu und machte sich auf den Weg in die Küche. Dort wurde bald das Essen für die Angestellten vorbereitet. Sie würde einfach beim Kartoffelschälen helfen und so tun, als hätte sie niemals mehr als drei Worte mit Friedrich Weißenfels gewechselt.

Und er würde froh sein, wenn sie nicht im Büro auftauchte, so viel stand fest. Sie konnten beide die Begegnung gestern Abend und sein seltsameres Angebot vergessen und so weitermachen wie bisher.

»Marleen?« Sie hatte erst wenige Schritte zurückgelegt, als die Stimme des Juniorchefs sie erreichte. »Wo wollen Sie denn hin? Wir haben für heute Morgen eine Verabredung.«

Sie blieb stehen und drehte nur leicht ihren Kopf, sodass sie ihn aus dem Augenwinkel sehen konnte. Er stand in seiner offenen Bürotür.

»Sie haben uns gehört. Meinen Vater und mich«, sagte er, als sie sich nach einer Weile immer noch nicht rührte. Das war keine Frage, sondern eine Feststellung.

Sie nickte und drehte sich nun doch um.

»Das tut mir leid.«

»Kein Problem. Das mit der Modellwerkstatt war wirklich eine seltsame Idee.« Ungeduldig wischte sie sich eine der kurz geschnittenen Strähnen aus dem Gesicht, die sich aus der Haarklammer gelöst hatte.

»Nein. Es war eine hervorragende Idee, und ich will auf jeden Fall, dass Sie in der Modellwerkstatt arbeiten.« Er sah sie streng an, als wollte er von vornherein jeden Protest unterbinden.

Verlegen biss sie sich auf die Unterlippe. »Ich bin eine Hilfsarbeiterin. Ein Mädchen vom Land, das nichts gelernt hat …«

»Hören Sie auf damit! Sie haben Talent. Was Sie brauchen, um die Arbeit zu erledigen, können Sie innerhalb weniger Wochen lernen. Nur eines müssen Sie sich abgewöhnen: sich nichts zuzutrauen und viel zu bescheiden zu sein.«

Hatte er ihr eben zugezwinkert? Verlegen betrachtete Marleen ihre schweren schwarzen Schuhen.

»Aber Ihr Vater …«, flüsterte sie.

»Mein Vater ist nicht zuständig für die Modellwerkstatt. Das ist mein Aufgabenbereich, und ich habe Sie gestern Abend als neue Modellbauerin eingestellt.« Er zögerte. »Und was Sie eben sonst noch gehört haben, vergessen Sie ganz schnell wieder. Die Sache mit der, äh, Affäre. Das war vielleicht in seiner Generation so. Ich würde mir nie erlauben, so über Sie oder eine andere Frau zu denken, nur weil sie …«

Er stockte, und Marleen war fast gerührt über diesen reichen Mann, dem es peinlich war, sie eine arme Frau zu nennen.

»Ich gehöre nicht zu Ihren Kreisen, das ist kein Geheimnis, sondern die reine Wahrheit«, half sie ihm weiter.

»Ich achte Sie selbstverständlich ebenso wie die Frauen, die im Haus meiner Eltern ein und aus gehen.«

»Das ist ... nett von Ihnen.« Sie lächelte ihn an.

Bisher hatte sie sich nie Gedanken darüber gemacht, ob wohlhabende Männer wie die Weißenfels eine Meinung über Frauen wie sie hatten. Und wenn sie darüber nachgedacht hätte, wäre sie zu dem Ergebnis gekommen, dass sie sie gar nicht wahrnahmen.

Allerdings wusste sie auch, dass sich nicht wenige reiche Männer, ob verheiratet oder nicht, arme Mädchen als Geliebte hielten. Diese Frauen bekamen Geld und schöne Kleider von ihnen. Dass Theodor Weißenfels glaubte, sie würde sich für Geld mit seinem Sohn einlassen, machte sie wütend. Andererseits hätte er das wahrscheinlich über jede Frau in ihrer Position gedacht.

»Gehen wir in die Modellwerkstatt«, forderte Friedrich Weißenfels sie auf. »Ich stelle Sie Herrn Lamprecht vor.«

Während sie an seiner Seite den langen Flur entlangging, hatte sie plötzlich keine Angst mehr, dass man sie in der Modellwerkstatt auslachen würde. Er war bei ihr, und er traute ihr die Aufgabe zu.

8. Kapitel

Nürnberg, 25. Mai 2018

Valerie schreckte aus tiefem Schlaf hoch und brauchte eine Weile, bis sie sich erinnerte, wo sie war. Irgendein Geräusch hatte sie geweckt. Wohl der Motor des Wagens, der sich soeben vom Haus entfernte.

Sie drehte sich in dem weichen, bequemen Bett um und sah das in rotes Leder gebundene Buch auf dem Nachttisch liegen. Marleen Weißenfels' Tagebuch.

Zunächst hatte die Frau sie nur interessiert, weil Lydia für sie gearbeitet hatte. Tatsächlich erwähnte die Marleen das neue Hausmädchen Lydia in ihren Aufzeichnungen.

Doch auch die Geschichte der jungen Frau Weißenfels hatte Valerie in ihren Bann gezogen. Sie wollte wissen, wie es mit ihr in der Manufaktur weitergegangen war. Und zwischen ihr und Friedrich.

Valerie setzte sich auf die Bettkante und strich mit den Fingerspitzen über den glatten Ledereinband von Marleens Tagebuch. Sie konnte es kaum erwarten weiterzulesen. Aber zunächst konzentrierte sie sich besser auf die Firmenchronik.

Einige Details über die Arbeit während der ersten Jahre der Manufaktur hatte sie schon aus Marleens Aufzeichnungen erfahren. Damals waren offenbar in Handarbeit ausschließlich Puppenhäuser und deren Einrichtung hergestellt worden. Es hatte neben der Produktion eine Modellwerkstatt und natürlich Büros gegeben. Sogar Kantinenverpflegung war dem Personal geboten worden.

Valerie stieg aus dem Bett und trat ans Fenster. Obwohl es erst kurz nach sieben war, schien die Sonne ohne jeden morgendlichen Dunst hell und klar vom wolkenlosen Himmel. Ihr Blick fiel auf das Dach des Gesindehauses, das zwischen dem Grün der Bäume dunkelrot leuchtete. Dies war ein günstiger Zeitpunkt, sich dort umzusehen. Eine halbe Stunde konnte sie die Arbeit an der Festschrift noch aufschieben. Helen Weißenfels schlief wahrscheinlich noch. Falls ihr Sohn schon auf war, hatte er morgens sicher Wichtigeres zu tun, als im Park herumzuspazieren.

Valerie duschte eilig und schlüpfte in helle Leinenhosen und eine schlichte grüne Bluse. Ihre honigblonden, schulterlangen Haare fasste sie im Nacken mit einer Spange zusammen. Dann eilte sie den stillen Flur entlang zur Galerie und lief von dort die Treppe hinunter zur Eingangshalle.

Als die breiten Holzstufen laut unter ihr knarrten, blieb sie erschrocken stehen. Es war aber bereits zu spät, unbemerkt die Villa zu verlassen. Am Fuß der Treppe tauchte die Haushälterin auf, die Valerie schon während ihres ersten Gesprächs mit Helen Weißenfels flüchtig gesehen hatte. Wieder trug sie verwaschene, enge Jeans zu einem schlichten Shirt, und ihre raspelkurzen Haare standen unternehmungslustig in die Höhe. Eigentlich verwunderlich, dass die elegante Frau Weißenfels diese Aufmachung bei ihrer Haushälterin duldete. Möglicherweise war sie angesichts der Knappheit an gutem Personal gezwungen, Frau Landauer so zu akzeptieren, wie sie nun mal war.

»Guten Morgen«, begrüßte die Haushälterin Valerie mit einem freundlichen Lächeln. »Das Frühstück steht im Speisezimmer bereit. Sie müssen mir nur sagen, ob Sie besondere Wünsche haben.«

»Oh. Ich … wollte erst einen Spaziergang im Park machen. Ein bisschen frische Luft schnappen und so.« Valerie wedelte mit der Hand in Richtung Tür.

»Sicher. Dann melden Sie sich, wenn Sie zurück sind, falls ich Ihnen frischen Kaffee oder etwas anderes zubereiten soll.«

»Danke.« Zögernd blieb Valerie am Fuß der Treppe stehen. »Sagen Sie … Wie Sie ja wissen, recherchiere ich für die Festschrift zum hundertjährigen Bestehen von *Weißenfels Spielwaren*.«

Frau Landauer nickte. »Frau Weißenfels sagte mir, falls Sie Fragen oder Wünsche haben, soll ich Sie unterstützen.«

Wunderbar. Valerie atmete tief durch. »Das Gebäude im Park … Das ehemalige Gesindehaus … Das würde mich interessieren. Einfach als Eindruck. Als Detail der Familiengeschichte. Gibt es einen Schlüssel?«

»Augenblick.« Frau Landauer verschwand in der Küche und war Sekunden später mit einem schlichten Schlüsselring aus Metall zurück, an dem mehrere große Schlüssel klapperten.

Erstaunt, wie einfach das gewesen war, nahm Valerie die Schlüssel entgegen.

»In der Küche, links neben der Tür, ist das Schlüsselbrett. Dort finden Sie die Schlüssel für alle Räume und Gebäudeteile, die allgemein zugänglich sind. Zum Beispiel für den Weinkeller, die Wäschekammer oder das alte Gesindehaus. Allerdings kann ich mich nicht erinnern, wann zuletzt jemand im Gesindehaus war.« Sie lachte.

»Vielen Dank. Wahrscheinlich gibt es dort nicht mehr viel zu sehen. Seit wann steht das Haus denn schon leer?« Die großen Schlüssel klirrten, als Valerie sie in ihre Hosentasche schob.

Frau Landauer runzelte die Stirn. »Ich glaube, der Gärtner hat mir mal erzählt, dass das Gebäude seit fast fünfzig Jahren leer steht. Damals hat wohl das letzte Hausmädchen der Weißenfels' dort gewohnt. Jetzt haben wir kein Personal mehr, das im Haus lebt. Es gibt nur noch mich und eine Putzfrau, die täglich drei Stunden kommt. Außerdem natürlich den Gärtner. Der kommt und geht, wie es ihm passt.«

Valerie machte sich im Kopf eine Notiz, darauf zu achten, dass der Gärtner sie nicht beobachtete. Andererseits sah sie sich das Gesindehaus nun ganz offiziell an, nachdem Frau Landauer ihr den Schlüssel gegeben hatte.

»Fünfzig Jahre«, murmelte sie vor sich hin. Lydia war vor fast neunzig Jahren dort ausgezogen. Aber möglicherweise gab es noch die Möbel, die damals in ihrem Zimmer gestanden hatten. Und einige Zimmer waren vielleicht länger als fünfzig Jahre nicht benutzt worden.

Während Valerie auf dem gewundenen Weg zwischen gepflegten Rasenflächen, Büschen und Beeten durch den Park ging, schepperten bei jedem Schritt die Schlüssel in ihrer Hosentasche.

Das Gesindehaus wirkte vernachlässigt. Die Fenster waren blind und so staubig, dass sie kaum etwas erkennen konnte, als sie versuchte, von außen in eines der Zimmer hineinzuschauen. Von der ehemals grün gestrichenen Haustür war der größte Teil der Farbe abgeplatzt, der Rest völlig verblasst.

Valerie holte den Schlüsselbund aus der Tasche und probierte den größten der unhandlichen Schlüssel aus. Er passte und ließ sich umdrehen. Die Tür öffnete sich mit einem protestierenden Knarren.

Obwohl sie sicher war, dass sich niemand in dem Gebäude befand, trat Valerie auf Zehenspitzen in den dämmerigen Flur. Durch das kleine Fenster über der Tür, das dick mit Spinnweben überzogen war, fiel kaum Licht in den Eingangsbereich.

Raschelte da etwas? Es war eher ein Huschen aus einigen Metern Entfernung. Ratten? Mäuse? Sie befahl sich selbst, vernünftig zu bleiben und die Ruhe zu bewahren. Schließlich war sie auf der Suche nach der Wahrheit nicht den weiten Weg aus Münster hierhergekommen, um sich von einer Maus in die Flucht schlagen zu lassen.

Entschlossen öffnete sie in der Reihe von Türen, die vom Flur abgingen, die nächstgelegene. Vorher zählte sie jedoch nach. Es gab in dem flachen, langgezogenen Gebäude offenbar sechs Dienstbotenzimmer, falls sich nicht hinter einer der Türen ein Bad befand. Das hielt sie jedoch für unwahrscheinlich. Mittlerweile hatten sich ihre Augen an das schwache Licht im Flur gewöhnt, und sie erkannte an der Schmalseite des langen Ganges ein Waschbecken mit einem altmodischen Wasserhahn darüber. Offensichtlich als Wasserquelle für alle Bewohner gedacht.

In dem kleinen Zimmer, das Valerie betrat, war es noch dunkler als im Flur. Sie zog den verschlissenen Vorhang zurück, der an einer schlichten Holzstange über dem Fenster angebracht war. Sekundenlang stand sie in einer Staubwolke. Sie nieste und rieb sich die Augen. Dann sah sie sich um.

Es gab ein schmales Bett und daneben ein abgestoßenes Nachtschränkchen. An der gegenüberliegenden Wand stand ein schmaler, etwas schiefer Schrank mit einer einzigen Tür. Daneben hatte ein Waschtisch seinen Platz, in den eine Blechschüssel eingelassen war. Ein weiterer kleiner Tisch mit einem Stuhl davor stand seitlich vom Fenster.

Auf dem Bett fehlten sowohl die Matratze als auch Decke und Kissen. Nur ein Sprungrahmen war noch da. Seine Metallfedern zeigten wie drohende, dürre Finger in die Luft.

Valerie hockte sich vor den Nachttisch und versuchte die Schublade zu öffnen. Eine Weile ruckelte und zerrte sie ergebnislos daran herum. Als das Ding endlich nachgab, landete Valerie mit Schwung auf dem Hinterteil.

Hastig rappelte sie sich hoch, weil sie schon wieder meinte, auf dem abgetretenen Linoleumboden kleine Füßchen zu hören. Stehend beugte sie sich über die offene Schublade. Soweit sie erkennen konnte, war sie leer.

Valerie kniff die Augen zusammen und schob ihre Hand vorsichtig ins Dunkel im hinteren Teil der Schublade. Mit den Fingerspitzen tastete sie die Bretter oben, unten und an den Seiten ab. Als sie spürte, wie sich etwas federleicht und kribbelnd über ihren Handrücken bewegte, schrie sie laut auf. Eine Spinne! Oder irgendein anderes ekliges Insekt. Sie wollte ihre Hand aus der Schublade ziehen, hing aber mit ihrem Armband fest.

Nun bewegte sich etwas auf ihren Fingern, und gleichzeitig spürte sie erneut das seltsame Kribbeln, dieses Mal am Daumen.

Sie schrie wütend auf und zerrte gleichzeitig heftig an dem

Goldkettchen, das sie an die Schublade mit Horrorinhalt fesselte. Offenbar hatte sich eine Öse mit einem Nagel verhakt.

Vielleicht bildete sie es sich nur ein, aber inzwischen fühlte es sich an, als würden Dutzende von Spinnen auf ihrer Hand eine Party feiern.

Blind angelte mit der linken Hand in der Schublade nach dem Armband, um sich zu befreien. Als sie jedoch mit dem linken Zeigefinger etwas Leichtes, Haariges berührte, das sehr schnell wieder verschwand, zuckte sie zurück. Jetzt spürte sie es am rechten Handballen. Es fühlte sich an wie ein Büschel aus zusammengerollten Haaren, die sich im Wind bewegten.

»Uuuh!« Valerie bemühte sich, den Schrei zurückzudrängen, der in ihrer Kehle lauerte. Sie war definitiv nicht in Lebensgefahr, und sie hatte sich selbst in diese unangenehme Lage gebracht. Also würde sie sich auch selbst wieder daraus befreien.

Entschlossen grub sie die Zähne in die Unterlippe und zerrte und zog. Wer hätte gedacht, dass ein dünnes Goldkettchen so haltbar war?

»Verdammt!«, fluchte sie laut.

»Hallo? Ist hier jemand?«

Als die tiefe Männerstimme aus dem Flur zu ihr ins Zimmer drang, erstarrte sie. Sie wollte nicht, dass jemand sie so sah. Auf dem Boden vor einem alten Schränkchen hockend, unfähig, sich zu befreien. Wie sollte sie erklären, was sie in diese Lage gebracht hatte? Tasteten Menschen aus reiner Neugier das Innere von Möbelstücken Zentimeter für Zentimeter ab?

Sie hielt den Atem an und hoffte, dass der Mann wieder ging. Sie würde sich schon irgendwie befreien. Ein dünnes Armband war schließlich keine Handschelle. Ihr stummes Flehen wurde nicht erhört. Auf dem Flur näherten sich feste Schritte.

Valerie warf sich entschlossen nach hinten, zog das Nachtschränkchen ein Stück weit über den Boden, war dann doch plötzlich frei und taumelte quer durchs Zimmer gegen den Schrank. Der gab mit einem leisen Ächzen nach und sackte zur Seite, während Valerie mit dem Rücken gegen die Wand krachte.

»Was machen Sie hier?«

Valerie blinzelte zwischen ihren halb geschlossenen Lidern hervor. In der offenen Tür stand ein breitschultriger, hochgewachsener Mann. Ein Mann, der ihr bekannt vorkam.

»Ich ... sehe mir das alte Gesindehaus an.« Sie stieß sich von der Wand ab und tat, als wäre es die normalste Sache der Welt, alte Kleiderschränke zum Einsturz zu bringen. Der Schrank lag nämlich säuberlich in einzelne Holzplatten zerlegt neben ihr auf dem Boden.

»Ich verstehe trotzdem nicht, wie Sie hierherkommen, Valerie.« Er starrte sie mindestens ebenso überrascht an, wie sie es bei seinem Anblick war.

»Ich war gestern schon hier. Wir sind uns im Dunkeln über den Weg gelaufen. Vor der Hintertür.« Jetzt wusste sie, warum ihr am Vorabend seine Stimme so bekannt vorgekommen war. Das war der Mann mit den Püppchen und dem verletzten Arm, dem sie in der Notaufnahme begegnet war. »Sie sind Alexander Weißenfels.«

Tatsächlich trug er seinen rechten Arm in einer Schlinge. Und seine Miene war fast so finster wie in der Notaufnahme.

»Ist es Zufall, dass wir uns in der Klinik über den Weg gelaufen sind und Sie dann plötzlich hier auftauchten? Wie haben Sie es geschafft, dass meine Mutter Ihnen den Auftrag für die Festschrift erteilt hat? Ursprünglich sollte die jemand anders schreiben.«

»Jedenfalls bin ich nicht Ihretwegen hier«, erklärte sie mit Nachdruck. »Ich hatte mich verlaufen, fand nicht zurück in meine Pension und wollte mich nach dem Weg erkundigen. Was kann ich dafür, dass Ihre Mutter mich erst verwechselt hat und dann meine Ideen so gut fand, dass sie mir den Auftrag gab?« Sie konnte sich nicht genau erinnern, welche Begründung sie Helen Weißenfels für ihr Klingeln an der Haustür gegeben hatte. Aber eine war ebenso gut wie die andere.

Sie schob das Kinn vor und sah Alexander trotzig an. »Es ist schon eine ziemlich merkwürdige Idee von Ihnen, ich könnte hier aufgetaucht sein, weil es mir so gut gefallen hat, wie Sie mich im Krankenhaus angeraunzt haben. Ich bin doch keine Masochistin.«

Er betrachtete sie aufmerksam. »Dann gibt es tatsächlich merkwürdige Zufälle.«

Sie nickte. Wenn auch ihr Auftauchen in der Villa Weißenfels kein Zufall gewesen war, lief die vorherige Begegnung mit Alexander Weißenfels unter »Wie das Leben so spielt«.

Sie schwiegen beide und sahen einander an wie zwei Boxer im Ring.

»Ich habe mal gelesen, dass es wahrscheinlicher ist, dass zwei Bekannte sich während eines Wochenendtrips in New York begegnen, als in der Stadt, wo beide wohnen«, erzählte Valerie nach einer Weile. Diese seltsame Geschichte hatte sie sich nicht einmal ausgedacht. Irgendwo hatte sie es tatsächlich gelesen. Sicher im Internet. Und wahrscheinlich war das totaler Quatsch. Aber ein gutes Ablenkungsmanöver, fand sie.

»Welche Bekannten? Wir kannten uns doch gar nicht.« Alexander runzelte demonstrativ die Stirn.

»Das ist ein theoretisches Beispiel. Um zu erklären, warum solche Zufälle passieren, dass wir uns erst in der Klinik begegnen und dann hier.«

»Komische Theorie.« Er lachte trocken. »Dann gehe ich davon aus, dass wir uns demnächst in New York über den Weg laufen werden.«

»Genau. Jetzt haben Sie's verstanden.« Valerie ging an ihm vorbei zur Tür. »Ich muss zurück ins Haus. Frau Landauer wartet mit dem Frühstück auf mich.« Ein komisches Gefühl. Bisher hatte sie morgens im Stehen eine Scheibe Toast oder eine Banane verschlungen.

»Auf mich auch. Ich war nur mal kurz mit dem Auto weg. Blumen für meine Mutter besorgen. Als ich ausstieg, hörte ich Sie hier drinnen schreien. Weshalb haben Sie denn einen solchen Lärm gemacht?«

Sie würde ihm garantiert nicht erzählen, dass eine Spinne sie erschreckt hatte. Oder ein Büschel Haare. »Hat Ihre Mutter heute Geburtstag?«, erkundigte sie sich stattdessen.

»Nein. Ich schenke ihr öfter mal Blumen. Früher hat das mein Vater gemacht. Seit er nicht mehr lebt, versuche ich, wenigstens ab und zu daran zu denken.«

»Das ist nett von Ihnen ... Haben Sie immer kleine Püppchen bei sich?«, platzte sie heraus, während sie aus dem Gesindehaus hinaus in den hellen Frühlingsmorgen traten.

»Was haben die Blumen mit den Puppen zu tun?« Da war sie wieder, seine strenge, unnahbare Seite. Es kam ihr vor, als könnte er einen Schalter umlegen.

Sie schwieg und wartete auf seine Antwort.

»Na ja. Diese Püppchen produzieren wir in der Fabrik zuhauf.« Er zuckte mit den Schultern, als wäre es ihm peinlich, bei einer freundlichen Tat ertappt worden zu sein. Dabei verzog er schmerzlich das Gesicht.

»Ist er gebrochen?«, erkundigte sich Valerie mitfühlend und deutete auf seinen Arm.

»Allerdings.«

»Tut mir leid.«

»Selbst schuld, wenn ich beim Basketball spielen zu viel Ehrgeiz entwickle und mit dem Gegner zusammenkrache.«

»Ist dem anderen Spieler auch was passiert?«

»Ich würde nur zu gern sagen, Sie sollten ihn mal sehen, aber er hat nicht mal einen kleinen Kratzer.« Alexander verzog die Lippen zu einem ironischen Grinsen.

»Ihr Arm würde nicht schneller heilen, wenn der andere Spieler ebenfalls verletzt wäre.«

»So ist es. Und natürlich wünsche ich niemandem meine Schmerzen.«

»Ist es sehr schlimm?«

»Die Ärzte meinen offenbar, ich werde es überleben. Und ich habe beschlossen, ihnen zu glauben.«

Sie erreichten die Rückseite der Villa. Mit der linken Hand öffnete Alexander die Tür zur Küche und ließ Valerie vorausgehen. Der riesige Raum mit zahllosen Schränken, einem sechsflammigen Herd, zwei übereinander angebrachten Backöfen und endlosen Arbeitsflächen aus Granit war leer. Offenbar hatte Frau Landauer woanders im Haus zu tun.

Wortlos durchquerte Alexander die Küche und ging durch die offene Tür ins Nebenzimmer. Auch dieses Zimmer war so groß, dass man rings um den Tisch mit seinen zwölf Stühlen mühelos eine Tanzparty hätte veranstalten können. Auf einem niedrigen Schrank an der Wand war ein Büfett aufgebaut, das deutlich abwechslungsreicher war als das Frühstück in der Pension, wo Valerie bis gestern gewohnt hatte.

Es gab Warmhalteplatten mit Rührei, kleinen Pancakes und gebratenem Bacon. Außerdem einen Korb mit duftenden Brötchen und Croissants, Schüsseln mit Müsli und klein geschnittenem Obst, Gläser mit Konfitüre und eine Wurst- und Käseauswahl. Kaffee und Tee wurden wahr und wahrhaftig in Silberkannen auf passenden Stövchen warmgehalten. Jedenfalls sahen die Kannen aus, als wären sie aus blankem Silber. Milch und Säfte schimmerten in geschliffenen Glaskaraffen.

»Für wen ist das alles?«, rutschte es Valerie heraus, obwohl sie sich vorgenommen hatte, sich unter keinen Umständen zum Lebensstil der Familie Weißenfels zu äußern. Dass in dieser Villa anders gegessen und gewohnt wurde als in ihrer Studentenbude, war ihr von vornherein klar gewesen. Und sie hatte nicht vor, das arme Mädchen zu geben, das mit großen Augen das Leben der reichen Leute bestaunte.

»Für uns beide«, erklärte Alexander achselzuckend. »Meine Mutter frühstückt in ihrem Zimmer.« Er rückte sich eine der bereitstehenden Tassen so zurecht, dass er sie aus der großen Kanne mit Kaffee füllen konnte.

Abwartend blieb Valerie im Hintergrund. Als sich neben der Untertasse ein brauner Fleck ausbreitete, trat sie neben Alexander.

»Soll ich helfen? Mit Links ist alles ziemlich schwierig, wenn man Rechtshänder ist.«

»Ich muss es lernen. Die Schiene bleibt vier Wochen dran. Und ich habe nicht vor, einen ganzen Monat als Hilfsbedürftiger durch die Gegend zu laufen.«

»Wie Sie wollen.« Valerie nahm sich einen Teller, tat einige Löffel Rührei darauf, legte eine Scheibe kross gebratenen Bacon und ein Brötchen dazu und trug ihr Essen zum Tisch. Dann kam sie zurück, um sich Saft und Kaffee zu holen.

Inzwischen balancierte Alexander die volle Tasse vor sich her und steuerte ebenfalls den Tisch an. Dass der verschüttete Kaffee von der Untertasse auf den Boden tropfte, beachtete er nicht.

»Vorsicht, Ihre Hose«, wagte Valerie zu bemerken, als ein großer Tropfen auf dem feinen grauen Stoff dicht über dem Knie landete.

Er blieb stehen, senkte den Kopf und versuchte, an der Tasse vorbei seine Hose zu begutachten. Dabei geriet der Unterteller in Schieflage, die Tasse rutschte zur Seite und erneut lief Kaffee auf das edle Beinkleid. Dieser neu entstandene große Fleck prangte nun auf Höhe des Reißverschlusses.

Zischend sog Alexander die Luft durch die Zähne. Er eilte zum Tisch und stellte krachend die Tasse ab.

»Tut mir leid«, murmelte Valerie. »Das ist sicher heiß.«

Er warf ihr einen erbosten Blick zu, der sie auf der Stelle bereuen ließ, dass sie ihn bemitleidet hatte. Schließlich war es nicht ihre Schuld, wenn er sich nicht helfen ließ.

»Warum bin ich nur nicht in der Lage, irgendetwas mit der linken Hand vernünftig hinzukriegen?«

Valerie setzte sich und griff nach der Gabel, die an ihrem Platz bereitlag. Auf keinen Fall würde sie Alexander noch mal ihre Hilfe anbieten. Wenn er wollte, dass sie irgendetwas für ihn machte, sollte er sie eben bitten.

Beim Essen beobachtete sie ihn heimlich aus dem Augenwinkel. Nachdem er ohne nennenswerten Effekt mit einer der weißen Damastservietten an seiner Hose herumgetupft hatte, ging er zurück zum Büfett. Er kam mit einem Teller zurück, auf dem neben einem Brötchen ein Stück Käse und mehrere Scheiben Salami lagen.

Valerie schob mit der Gabel etwas Rührei auf ihr Brötchen und kaute glücklich darauf herum. Das Ei schmeckte köstlich, und das Brötchen war sogar noch lauwarm.

Sie nippte an ihrem Kaffee, probierte vom Grapefruitsaft, der schmeckte wie frisch gepresst, und fuhr dann fort, ihr Rührei zu essen.

»Meinen Sie, es ließe sich einrichten, dass Sie mir heute oder morgen die Produktion zeigen?«, fragte sie nach einer Weile, während Alexander tatenlos vor seinem Teller saß. »Ich wüsste gern, worüber ich schreibe.«

»Sicher«, murmelte er, griff mit der linken Hand nach seinem Brötchen und legte es sofort wieder zurück auf den Teller. »Wenn Sie mir verraten, was Sie im Gesindehaus gesucht haben.«

Sie zuckte mit den Schultern. »Impressionen. Schließlich hat Ihre Mutter mir aufgetragen, auch über die Menschen zu schreiben, die in der Geschichte der Manufaktur eine Rolle spielten. Ich dachte, die Dienstboten gehören dazu.«

»Impressionen«, wiederholte Alexander und musterte sie von der Seite. »Sie haben aber nicht vor, ein tausendseitiges Sittenbild vergangener Zeiten zu verfassen?«

Sie musste lachen. »Ich habe vor, über *Weißenfels Spielwaren* zu schreiben. Und über die Menschen, die die Firma geprägt haben.«

»Das waren eher nicht die Dienstboten, die die Villa in Ordnung gehalten haben. Ich verachte ganz sicher die Menschen nicht, die von der Arbeit ihrer Hände leben. Aber dann wären eher die Arbeiter der Manufaktur interessant.«

Sie runzelte die Stirn. »Ich dachte nur ... Ich wollte einfach Atmosphäre schnuppern.« Eine Weile herrschte Schweigen am Tisch.

»Äh. Ich fürchte, mit einer Hand bekomme ich das hier nicht hin. Könnten Sie bitte ...?« Mit dem Zeigefinger der linken Hand schob er das Brötchen neben das Butterstück am Tellerrand.

Immerhin hatte er sich überwunden, sie um Hilfe zu bitten. Mit einem strahlenden Lächeln wandte sie sich Alexander zu.

»Möchten Sie auf eine Hälfte Käse und auf die andere Hälfte Salami haben?«

9. Kapitel

Marleens Tagebuch, 5. Juni 1928

Heute ist unser sechster Hochzeitstag. Friedrich hat mir nach dem Frühstück rote Rosen gebracht. Nachdem er mich zärtlich geküsst hatte, trat er hinter mich und legte mir eine Kette um den Hals. Erst spürte ich nur das kühle Metall auf der Haut. Der schwere Anhänger lag genau am Ansatz meiner Brüste.

»Ich dachte mir, die könntest du tragen, wenn wir demnächst ein Porträt von dir malen lassen. Zu dem roten Kleid.« Friedrich führte mich zum Spiegel, damit ich das Schmuckstück bewundern konnte.

Er hat mir schon einigen Schmuck geschenkt, aber diese Kette ist das Schönste, was ich jemals von ihm bekommen habe. Ich glaube, sie war sehr teuer, aber das ist mir nicht so wichtig. Ich weiß, wie sorgfältig Friedrich dieses Geschenk ausgesucht hat. Das ist es, was zählt.

Als er mir einen Kuss auf den Hals hauchte, durchlief mich ein heißer Schauer. Genau wie ich ihn schon gespürt habe, als mich seine Lippen zum ersten Mal berührten. Das wird sich nie ändern.

In diesem Moment kam meine Schwiegermutter ins Zimmer. Sie trug ein Paket mit einer großen Schleife in der Hand. Wie immer würde ihr Geschenk ein Buch über moderne Haushaltsführung sein. Oder über Kindererziehung. Sie findet, dass ich meine Töchter verwöhne, wenn ich sie tröste, weil sie hingefallen sind oder aus einem anderen Grund weinen.

»Herzlichen Glückwunsch.« Als Erstes umarmte sie ihren Sohn. Dann küsste sie mich auf die Wange. Ihre Lippen waren kühl und trocken. Als sie einen Schritt zurücktrat, glitzerten ihre Augen hell wie Eis.

»Ich wünsche euch beiden alles Gute. Vor allem, dass du Friedrich im kommenden Jahr einen Sohn schenkst. Wie du weißt, braucht die Firma einen Erben.«

Ich schnappte nach Luft und sah hilfesuchend meinen Mann an. Seine Miene war undurchdringlich. Warum sagte er nichts? Friedrich wünscht sich tatsächlich einen Sohn, das weiß ich. Vor allem wohl, damit seine Eltern zufrieden sind, weil der Erbe von Weißenfels Spielwaren männlich sein muss. Doch was soll ich tun, wenn ich noch eine Tochter bekomme? Wenn ich überhaupt nur Mädchen zur Welt bringe? Habe ich dann versagt?

Gesine hatte schon längst wieder das Zimmer verlassen, als Friedrich endlich aus seiner Erstarrung erwachte. Er legte mir die Hand auf die Schulter. »Heute Abend führe ich dich aus, Marleen.«

Ich nickte. Wenigstens würde ich nicht zusammen mit meinen Schwiegereltern essen müssen. Die große Feier zu unserem Hochzeitstag soll erst am Freitag stattfinden. Es sind mehr als fünfzig Gäste geladen, viele davon Geschäftsfreunde meines Schwiegervaters.

Gestern musste ich immerzu an den Abend denken, an dem es zwischen Friedrich und mir begann. Damals war ich die glücklichste Frau der Welt. Das bin ich auch jetzt noch. Aber ich habe viele Sorgen, von denen ich damals nichts ahnte. Über sechs Jahre ist es nun her, dass Friedrich mich zum ersten Mal küsste und mein Leben auf den Kopf stellte.

In meiner Erinnerung ist alles so lebendig, als wäre es gestern geschehen. Und weil ich es damals nicht aufgeschrieben habe, werde ich es heute tun. Wer weiß, ob ich in zwanzig oder dreißig Jahren alt und vergesslich werde. Dann will ich nachlesen können, wie es war, wie es sich anfühlte und was ich damals gedacht habe.

An jenem Abend arbeitete ich seit etwa vier Wochen in der Modellwerkstatt. Selbst das Datum weiß ich noch genau. Es war der 14. März 1922.

Ich saß auf dem niedrigen Hocker vor dem Werktisch und zupfte soeben den duftigen Betthimmel zurecht, den ich an einem Drahtgestell über dem Bett im Schlafzimmer des Puppenhauses angebracht hatte.

Als ich im Flur Schritte höre, warf ich erst einen Blick auf die Wanduhr über der Tür und strich mir dann hastig über die Haare. Anschließend sah ich in einen der winzigen Spiegel, die neben mir auf einem kleinen Stapel für die Einrichtung der Bäder bereitlagen. Allerdings konnte ich darin immer nur ein kleines Stück meines Gesichts sehen. Ein funkelndes Auge, einen zum Lächeln hochgezogenen Mundwinkel, das Grübchen in meiner Wange.

Die Tür machte beim Öffnen einen leisen Ton, der tagsüber in den allgemeinen Geräuschen unterging. Während der Arbeitszeit liefen wir in der Werkstatt hin und her und riefen uns Scherze oder kurze Informationen zu. Zwischendurch erklang die tiefe Stimme von Herrn Lamprecht, der uns Anweisungen gab, uns tadelte oder lobte.

Er war ein strenger, aber im Grunde seines Herzens freundlicher Mann, der sich für seine Untergebenen, nun also auch für mich, verantwortlich fühlte. Zu meinem Erstaunen hatte er mich mit großer Selbstverständlichkeit als neue Mitarbeiterin begrüßt und sich nie beklagt, dass er mir alles Notwendige beibringen musste. Natürlich gab ich mir im Gegenzug große Mühe. Ich machte mich nützlich, wo ich konnte, und versuchte, so schnell zu lernen, wie es nur ging. Dennoch oder vielleicht gerade deshalb, beäugte mich auch noch nach einem Monat in der Werkstatt ein Teil meiner Kolleginnen misstrauisch. Sie wisperten miteinander und schwiegen plötzlich, wenn ich mich näherte.

Nur mit Erna Roth hatte ich mich vom ersten Tag an verstanden. Sie half mir, so gut sie konnte. Inzwischen verbrachten wir alle Pausen miteinander und trafen uns manchmal auch am Wochenende.

Nun war aber auch Erna, ebenso wie alle anderen, schon lange nach Hause gegangen und ich saß allein an dem langen Arbeitstisch. Friedrich streckte den Kopf durch die halb geöffnete Tür in die Werkstatt und verzog den Mund zu einem Lächeln, als er mich sah.

Während er den Raum durchquerte, schob ich mit bebenden Fingern die kleinen Möbel im Schlafzimmer des Puppenhauses zurecht. Erst als er neben mir stehenblieb, hob ich den Kopf und sah ihn wieder an.

»Guten Abend, Marleen.« Wie immer sorgte sein Lächeln dafür, dass mir ganz heiß wurde.

»Guten Abend, Herr Weißenfels.« Verlegen wischte ich mir mit der Hand über die Wange, um die aufgestiegene Röte zu verdecken.

»Ich habe Sie doch schon so oft gebeten, mich Friedrich zu nennen.« Er legte ihr so leicht die Hand auf die Schulter, dass sie die Berührung kaum spürte.

Inzwischen sahen sie sich fast jeden Abend. Marleen hatte es sich zur Gewohnheit gemacht, in der Modellwerkstatt zu bleiben, wenn Herr Lamprecht und die anderen Frauen längst gegangen waren. Sie sagte bei Feierabend immer, dass sie noch nicht so schnell war und die Arbeit des Tages zu Ende bringen wollte.

Das war jedoch schon lange nicht mehr der Hauptgrund für ihr langes Bleiben. Die meisten Arbeiten gingen ihr mittlerweile genauso schnell von der Hand wie den anderen Modellbauerinnen. Aber sie liebte die Atmosphäre in der stillen Werkstatt, wenn sie nur das emsige Ticken der großen Wanduhr hörte. Es war so wie früher, wenn sie nach dem Putzen ein paar Minuten geblieben war und sich die Modelle angesehen hatte. Nur dass sie jetzt nicht heimlich in die Werkstatt schlich. Und wenn der Juniorchef sie hier entdeckte, musste sie keine Angst haben, sondern freute sich.

»Das ist hübsch.« Friedrich Weißenfels beugte sich über sie, um den neuen Entwurf zu begutachten. »Ist das Ihre Arbeit?«

Sie erstarrte, als sie seinen Atem auf ihrer Kopfhaut fühlte. Aber nicht vor Unbehagen. Sie fand es angenehm und aufregend, ihn auf diese Weise zu spüren.

Von Friedrich fühlte sie sich niemals bedrängt, ganz gleich, wie nahe er ihr kam, wenn sie gemeinsam die Modelle betrachteten. Sie war sich sicher, er wäre ihrer Bitte ohne Wenn und Aber gefolgt, wenn sie ihn gebeten hätte, mehr Abstand zu halten. Aber das war nicht nötig. Sie liebte es, in seiner Nähe zu sein.

Um seine Frage zu beantworten, musste sie sich räuspern. »Zum Teil«, stieß sie dann ein wenig atemlos hervor. »Die Idee, ein Puppenhaus im georgianischen Stil zu entwerfen, gab es schon, als ich anfing, in der Werkstatt zu arbeiten. Ich bin dann in meiner Freizeit in der Bibliothek gewesen, um mir einen Fotoband über die damalige Architektur und die Einrichtung anzusehen.«

»Das Bett ist wunderschön.« Er strich mit der Spitze seines Zeigefingers über den Betthimmel, den sie soeben angebracht hatte.

»Danke«, flüsterte sie.

»So ein Bett möchte jeder haben.« Sein leises Lachen fühlte sich in ihrem Bauch an, als würden dort Ameisen in Samtpantöffelchen Charleston tanzen.

Hastig stand sie von ihrem Hocker auf und stellte sich neben ihn. Nun sahen sie Seite an Seite auf das schon fast fertig eingerichtete georgianische Puppenhaus hinunter.

»Ich bin mir sicher, dass noch keine der anderen Frauen in der Bibliothek war, um sich über Architektur zu informieren. Sie verlassen sich alle darauf, dass Herr Lamprecht schon Bescheid wissen wird.«

»Es interessiert mich eben, wie damals die Häuser aussahen.« Schon wieder spürte sie, dass ihre Wangen glühten. Es gelang ihr einfach nicht, sich ganz normal mit Friedrich Weißenfels zu unterhalten.

Fast jeden Abend kam er in der Modellwerkstatt vorbei, wenn sie hier allein war, wahrscheinlich um sich mit eigenen Augen zu überzeugen, ob es richtig gewesen war, ihr diese Stellung anzubieten. Und sie hoffte inständig, dass ihn ihre Arbeit nicht enttäuschte.

»Ihre Haare ...« Er stockte, und als sie den Kopf wandte, bemerkte sie, dass er mehrmals schluckte.

Nervös zuckten ihre Hände nach oben. Sie zupfte an den seidigen Strähnen.

»Ihre neue Frisur gefällt mir.«

»Danke«, hauchte sie und neigte den Kopf, damit der kinnlange Bubikopf ihre glühenden Wangen verbarg.

Vor drei Tagen hatte sie endlich genug Geld zusammengehabt und war in den kleinen Friseursalon gegangen, den Erna ihr empfohlen hatte. Schon lange wünschte sie sich eine Frisur, wie die anderen Frauen in der Werkstatt sie trugen. Es hatte sie dann doch ziemlich viel Mut gekostet, ihre fast hüftlangen Haare abschneiden zu lassen. Vielleicht, weil sie immer noch das Gefühl hatte, nicht wirklich zu jenen Frauen zu gehören, die in hellen, leichten Kleidern und hübschen Schuhen zur Arbeit gingen und in der Mittagspause frischen Lippenstift auftrugen.

Als sie am nächsten Morgen mit kurzen Haaren in der Modellwerkstatt aufgetaucht war, hatte Karola Schneider spöttisch die Brauen hochgezogen. Aber die kritisierte sowieso alles, was Marleen tat. Deshalb kümmerte Marleen sich nicht um Karola und das Getuschel der anderen Mädchen. Sie fühlte sich mit ihrer neuen Frisur wie befreit. Als hätte sie einen großen Schritt in die richtige Richtung getan und könnte es eines Tages doch schaffen, dazuzugehören. Erna mochte den honigfarben schimmernden, glatten Bubikopf mit dem Pony, der ihr tief in die Stirn fiel. Und Friedrich gefiel er auch.

Ihr Herz klopfte wie wild. Sie hoffte, dass er den Tumult unter dem dünnen Arbeitskittel, den sie über Rock und Bluse trug, nicht bemerkte.

»Darf ich Sie etwas fragen, Marleen?«

»Ja?« Sie beugte sich vor und tat, als müsste sie unbedingt die winzige Spiegelkommode im Puppenschlafzimmer zurechtrücken. Leider zitterten ihre Finger schon wieder ein bisschen. Rasch ließ sie die Hand sinken und hoffte, dass er es nicht bemerkt hatte.

»Würden Sie mit mir ausgehen?«

Erschrocken schnappte sie nach Luft. »Das ... schickt sich nicht.«

»Warum nicht? Ich möchte gern mehr über Sie erfahren. Was Sie denken, wie Sie Ihre freie Zeit verbringen, warum Sie nach Nürnberg gekommen sind. Sie stammen doch nicht von hier, oder doch?«

»Nein. Ich komme aus einem winzigen Ort, dessen Namen Sie sicher noch nie gehört haben.« Sie musste lachen, weil es so absurd war, dass der reiche Friedrich Weißenfels sie nach ihrer Herkunft fragte.

»Wenn ich Sie zum Essen ausführe, haben wir Gelegenheit, über all diese Dinge zu reden.«

»Es gibt nichts Aufregendes über mich zu erfahren. Ich bin nach Nürnberg gekommen, weil es hier leichter ist, Geld zu verdienen. Meine Eltern kamen kaum mit dem bisschen zurecht, was mein Vater als Schrankenwärter verdiente. Jetzt ist er krank und erhält nur eine winzige Rente. Und ich wollte etwas von der Welt sehen.« Sie atmete tief durch. Nun wusste er, wo sie herkam und begriff hoffentlich, dass es keinen Sinn machte, mit ihr auszugehen.

»Haben Sie in einem dieser kleinen Schrankenwärterhäuschen gewohnt?« Seine Augen funkelten, als würde er die Vorstellung reizvoll finden.

Sie nickte. Wenn er es für romantisch hielt, als fünfköpfige Familie in zwei kleinen Zimmern und einer Küche zu wohnen und bei Wind und Wetter das Außenklo zu benutzen, wollte sie ihm seine Illusionen nicht rauben. Jemand, der in einer Villa lebte, konnte sich ein Leben wie das ihre wahrscheinlich gar nicht vorstellen.

»Und jetzt? Haben Sie eine Wohnung in der Stadt?« Sein Blick hing an ihrem Mund.

»Ein Zimmer. Bei einer Witwe. Sie hat eine große Wohnung und vermietet an drei junge Frauen. Es ist eine gute Dreiviertelstunde von hier.«

»Sie laufen zu Fuß dorthin? Jeden Tag? Hin und zurück?«

Marleen zuckte mit den Schultern. Wie es aussah, hatte er nicht die geringste Ahnung, wie jemand lebte, der nicht in eine Familie geboren worden war, der eine Fabrik gehörte. Der Bus fuhr nur selten, und es war teuer, ihn täglich zu benutzen. Dass sie kein Auto und keinen Chauffeur besaß wie die Weißenfels, lag ja wohl auf der Hand.

»Ich könnte Sie fahren.« Er sah sie fragend an.

»Nein.« Automatisch schüttelte sie den Kopf und wich einen Schritt zurück. »Das geht nicht.«

»Warum sollte das nicht gehen? Ich bin mit dem Wagen da. Niemand wird erfahren, dass ich Sie nach Hause gebracht habe, falls Sie der Gedanke stört.«

»Sie glauben wirklich, Sie können mit Ihrem großen Wagen in meine Straße fahren, und niemand bemerkt es? Niemand schaut aus dem Fenster und zerreißt sich hinterher das Maul über mich?« Sie presste die Lippen aufeinander und verschränkte die Arme vor der Brust.

»Aber wieso?«

»Weil alle davon ausgehen würden, dass ich für Geld mit Ihnen zusammen bin. Ein reicher Mann wie Sie und ein armes Mädchen wie ich - was sollen die Leute da anderes denken?«

»Aber das ist doch ...« Er starrte sie so verblüfft an, als wäre ihm die Tatsache völlig unbekannt, dass Männer wie er sich mit Geld und Geschenken die Gunst armer Mädchen kauften. Hatte er vergessen, was sein Vater vor wenigen Wochen über ihn und sie gesagt hatte? War er wirklich so naiv zu glauben, dass es keine Rolle spiele, wo sie herkam und welcher Familie er entstammte?

»Meine Vermieterin ist sehr streng. Wenn sie denken würde, dass ich unmoralische Dinge tue, würde sie mich auf die Straße setzen. Dann wüsste ich nicht, wohin.« Vielleicht übertrieb sie ein wenig, möglicherweise aber auch nicht. Friedrich Weißenfels musste begreifen, dass ihr Leben vollkommen anders war als seins. Dass er sie nicht in teure Restaurants einladen oder in seinem Auto herumfahren konnte, ohne dass sie diejenige war, die am Ende die Zeche dafür bezahlen musste.

Tatsächlich war er blass geworden und tat nun seinerseits einen Schritt rückwärts. »Es tut mir leid. Ich will auf keinen Fall etwas tun, das Sie in Schwierigkeiten bringt.«

»Ich werde Ihnen für die Stelle in der Modellwerkstatt ewig dankbar sein, aber Sie müssen verstehen, wer Sie sind ...«

»Letztlich bin ich nur ein Mann, der sich in eine Frau verliebt hat«, sagte er so leise, dass sie nicht sicher war, ob sie ihn richtig verstanden hatte. Dann drehte er sich mit einem Ruck um und verließ die Werkstatt, ohne sich noch einmal umzusehen.

Marleen ließ sich mit einem Seufzer wieder auf den Hocker fallen. Aber sie konnte sich nicht auf die kleinen Bilderrahmen konzentrieren, die sie für die Wandgemälde in der Puppenvilla hatte anfertigen wollen.

Sie räumte ihren Arbeitsplatz auf, löschte das Licht und verließ das Gebäude. Der alte Pförtner Kurt, der nachts die Fabrik bewachte, saß schon in seinem kleinen Verschlag neben dem Eingang.

»Wieder die Letzte heute, Marleenchen. Immer fleißig«, rief er ihr zu, bevor er sich wieder in die Zeitung vertiefte, die er vor sich ausgebreitet hatte.

Friedrichs Auto stand nicht mehr auf seinem Parkplatz vor dem Eingang. Er war sicher längst zu Hause und dachte nicht mehr an die Szene in der Werkstatt. Er würde schon bald ein anderes Mädchen finden, dass sich gern von ihm ausführen und nach Hause fahren ließ und vieles mehr.

Nachdenklich machte Marleen sich auf ihren langen Heimweg. Wenn der Preis für eine Dummheit zu hoch war, sollte es eigentlich leicht sein, vernünftig zu bleiben. Dennoch fragte sie sich, ob es wirklich so unmöglich für ein Mädchen wie sie war, mit Friedrich Weißenfels einen Abend in einem feinen Restaurant zu verbringen. Sie wusste, die Antwort lautete Ja. Es war dumm und es war falsch. Dennoch bereute sie für einen Moment, seine Einladung abgelehnt zu haben.

Am nächsten Abend tauchte Friedrich nicht in der Werkstatt auf, obwohl Marleen sich lange an dem fast fertigen Modell zu schaffen machte. Sie säumte die winzigen Decken für die Bettchen im Kinderzimmer. Dabei stach sie sich dauernd in den Finger, weil sie immer wieder hinüber zur Tür sah. Doch weder hörte sie die vertrauten Schritte im Flur, noch wurde die Klinke heruntergedrückt und der lächelnde Friedrich trat ein.

Auch am Abend darauf kam er nicht. Marleen hätte erleichtert sein sollen, dass dieses Problem gelöst war, doch sie bereute immer mehr, seine Einladung abgelehnt zu haben. Was war schon dabei, wenn die Leute in ihrer Straße über sie tratschten? Schließlich kam es nur darauf an, dass sie sich in ihren eigenen Augen anständig verhielt. Und wenn sie von ihrer Wirtin auf die Straße gesetzt wurde und sich ein neues Zimmer suchen musste, fand sie vielleicht ein besseres, als sie jetzt hatte.

Nachts konnte sie nicht schlafen. Sobald sie die Augen schloss, sah sie sein Gesicht vor sich. Aber nicht entspannt und fröhlich wie es war, wenn er abends lächelnd die Werkstatt betrat. Sie sah die Enttäuschung und das Unverständnis, die sich in seinen Zügen abgezeichnet hatten, als sie ihm erklärte, dass sie ihn außerhalb der Firma nicht sehen wollte.

Nach zwei schlaflosen Nächten war sie am dritten Tag vollkommen erschöpft, als die Glocke zum Feierabend läutete. Wie immer hatten die anderen Frauen schon längst ihre Arbeitsplätze aufgeräumt und verließen um Punkt sechs Uhr lachend und plaudernd die Werkstatt. Erna verabschiedete sich von Marleen und ging ebenfalls. Sie war es gewohnt, dass ihre Freundin nach Feierabend in der Werkstatt blieb.

Heute hatte Marleen keine Lust mehr, sich mit ihrer Arbeit zu beschäftigen. Da Friedrich nicht mehr kam, seit sie ihn mit ihren barschen Worten in die Flucht geschlagen hatte, konnte sie ebenso gut gehen. Die feine Näharbeit verschwamm ohnehin vor ihren Augen.

Inzwischen war auch Herr Lamprecht mit einem kurzen Gruß verschwunden. Marleen wischte mit einem Tuch die Platte ihres Arbeitstisches ab und warf die Stofffetzen, die beim Nähen der Küchengardinen übrig geblieben waren, in den Restekorb.

Dabei musste sie an die vielen Abende denken, an denen sie in diesem Korb nach Abfällen gesucht hatte, um etwas Hübsches für eines der Puppenhäuser zu nähen. Damals war ihr Leben einfacher, wenn auch vielleicht nicht glücklicher gewesen. Sie hatte Friedrich Weißenfels nur vom Sehen gekannt. Sie hatte aus der Ferne die Frauen bewundert und ein bisschen beneidet, die in der Modellwerkstatt arbeiteten. All das war ihr wie eine ferne Welt erschienen, zu der ihr der Zugang verwehrt war. Jetzt gehörte sie zu dieser Welt. Doch dadurch war sie dem Mann zu nahe gekommen, der für immer unerreichbar für sie bleiben würde.

Mit einem unterdrückten Seufzen zog sie ihren Mantel an und ging zur Tür. Als sie vom Flur her die vertrauten Schritte hörte, erstarrte sie und schüttelte den Kopf. Das bildete sie sich nur ein. Oder Friedrich ging zwar den Gang entlang, wollte aber gewiss nicht in die Modellwerkstatt und zu ihr.

Als sich direkt vor ihr die Tür öffnete, schnappte sie nach Luft. Sie hätte nicht sagen können, ob sie erschrocken oder glücklich war, dass er kam.

Dann sah sie ihn und ließ sich auf den nächstbesten Hocker fallen, weil ihre Beine unter ihr nachgaben. Friedrich Weißenfels stand mit einem riesigen Blumenstrauß in der Tür. Das mussten Dutzende von roten Rosen sein.

Zögernd hob sie den Blick und sah in sein Gesicht. Da war das vertraute Lächeln, aber gleichzeitig flackerte in seinen Augen die Unsicherheit, die sie zum ersten Mal darin gesehen hatte, als sie so entschlossen jeden Kontakt außerhalb der Firma abgelehnt hatte.

Er tat einen Schritt in den Raum, dann noch einen und noch einen, bis er vor dem Hocker stand, auf dem sie saß. Langsam stand sie auf. Ihre Knie zitterten heftig.

»Es tut mir leid, was ich gesagt habe«, flüsterte sie und sah ihm mutig in die Augen, die dicht vor ihren waren. Nur das leuchtende Meer aus Rosenblüten trennte sie. »Ich gehe mit Ihnen in ein Restaurant, wenn Sie es immer noch möchten.«

Er schüttelte den Kopf. »Nein, Marleen. Sie hatten vollkommen recht. Es war falsch von mir, Sie möglicherweise zu kompromittieren. Deshalb bin ich heute gekommen, um Sie zu fragen, ob Sie sich vorstellen können, meine Frau zu werden.«

Sie riss die Augen weit auf und ließ sich wieder auf den Hocker fallen.

»Machen Sie sich nicht lustig über mich«, flüsterte sie und starrte den untersten Knopf seines Jacketts an, der direkt vor ihrem Gesicht war. »Bitte!«, fügte sie flehend hinzu.

»Mir war noch nie etwas so ernst, Marleen.« Er legte den Strauß hinter ihr auf den Arbeitstisch, nahm ihre Handgelenke und zog sie hoch. Nun trennten sie nur noch wenige Zentimeter. Ihre Finger lagen auf seiner Brust, und sie wusste nicht, ob sie ihn von sich schieben oder sich an seiner Jacke festklammern wollte.

»Aber wir kennen uns doch kaum.« Sie musste sich räuspern, bevor es ihr gelang, diese Worte herauszubringen.

»Was ich über Sie weiß, genügt mir. Wir verloben uns, dann können wir gemeinsam Zeit verbringen und uns besser kennenlernen, ohne dass irgendjemand glaubt, ich würde es nicht ernst mit Ihnen meinen. Falls Sie während unserer Verlobungszeit zu der Erkenntnis gelangen, dass Sie keinesfalls den Rest Ihres Lebens mit mir verbringen wollen, lösen wir die Verlobung wieder. Ich für meinen Teil kann mir nicht vorstellen, dass ich irgendwann einmal nicht den brennenden Wunsch haben werde, mit Ihnen alt zu werden.«

Sanft zog er ihre Hand an seinen Mund und hauchte einen so zarten Kuss auf ihre Fingerknöchel, dass sie ihn kaum spürte. Dennoch durchzuckte sie ein heftiger Schauer.

Sie schüttelte den Kopf, obwohl sie eigentlich nicken wollte. »Was glauben Sie, was Ihr Vater dazu sagt? Er war doch schon entsetzt, als Sie mir eine Stellung in der Modellwerkstatt geben wollten.«

»Ich bin erwachsen und suche mir meine Frau selbst aus. Wenn meine Eltern Sie erst kennen, werden sie entzückt sein, eine so wunderbare Schwiegertochter zu bekommen.« Obwohl er mit fester Stimme sprach, konnte sie den unsicheren Unterton hören.

Dennoch nickte sie und spürte, wie ihr Mund sich zu einem breiten Lächeln verzog. »Wenn Sie sicher sind, dass Sie das wollen, will ich es auch.«

»Wirklich?« Als er über ihre Schulter nach dem Rosenstrauß griff, warf er Marleen vor lauter Eifer fast um.

Verdutzt ließ sie sich das große Gebinde in die Armbeuge legen wie einen neugeborenen Säugling. »Danke. Die sind wunderschön«, stieß sie hinter dem Meer aus samtroten Blütenblättern hervor.

Unvermittelt riss er ihr den Strauß wieder aus den Armen und zog sie fest an sich. Sein Mund fand ihren, als hätte er sie schon viele Male geküsst. Marleen hatte das Gefühl, den Boden unter den Füßen zu verlieren und mit Friedrich in der Luft zu schweben. Es war ihr erster Kuss und gleichzeitig ihr Verlobungskuss, und in diesem Moment wünschte sie sich mehr als alles andere, ihn noch unzählige Male zu küssen. Sie wollte ihn küssen bis ans Ende ihrer Tage.

10. Kapitel

Nürnberg, 25. Mai 2018

»Ich muss noch ein paar dringende Telefonate erledigen.« Alexander Weißenfels warf einen flüchtigen Blick auf seine teure Armbanduhr und zuckte mit den Schultern.

Valerie und er standen im breiten Mittelgang der Produktionshalle. Ringsum brummten und stampften die Maschinen. Es war kein ohrenbetäubender Lärm, aber sie mussten mit erhobenen Stimmen sprechen, um einander zu verstehen.

»Gehen Sie ruhig.« Sie lächelte ihn unschuldig an, als hätte sie keine Ahnung, wie sehr es ihn nervte, dass seine Mutter ihn gebeten hatte, Valerie schon heute mit in die Firma zu nehmen, damit sie sich einen Eindruck verschaffen konnte. »Es wäre hilfreich, wenn ich mich noch eine Weile allein umsehen dürfte. Sagten Sie nicht, dass es so etwas wie ein kleines Firmenmuseum gibt?«

»Da hinten durch die Tür und dann links.« Er deutete ans Ende der Fertigungshalle. »Erwarten Sie nicht zu viel. Eigentlich ist es nur ein Raum mit ein paar verstaubten Puppenhäusern und anderem Spielzeug. Ich glaube, meine Urgroßmutter hatte irgendwann die Idee, so eine Art Museum mit den schönsten Stücken einzurichten, die im Laufe der Jahre produziert wurden. Aber der Plan wurde nie konsequent umgesetzt, obwohl auch meine Großmutter ihn noch am Rande verfolgte und meine Mutter die Idee ebenfalls irgendwie gut fand.« Er verzog angesichts der Inkonsequenz der Frauen in seiner Familie das Gesicht. Dabei hätte er die Sache schließlich auch selbst in die Hand nehmen können.

Valerie sah ihn nachdenklich an. »War Ihre Urgroßmutter Marleen Weißenfels? Haben Sie sie noch gekannt?«

»Meine Urgroßmutter hieß tatsächlich Marleen. Aber sie ist lange vor meiner Geburt gestorben.«

»Stimmt es, dass sie hier in der Firma als Arbeiterin beschäftigt war, bevor der Sohn des damaligen Besitzers sie heiratete?«

»Kann sein. Wollen Sie das in der Festschrift erwähnen?« Sein Blick war skeptisch.

»Eigentlich ist es ein nettes Detail. Sehr modern für die damalige Zeit. Und es klingt nach großer Liebe.«

»Große Liebe?« In seiner Stimme schwang mühsam unterdrücktes Entsetzen mit. »Ich war der Meinung, es soll um die Firma gehen. Um die Spielwaren, die im Laufe der Zeit hergestellt wurden, und vielleicht noch um die Firmenleitung, die von einer Generation an die nächste weitergereicht wurde.«

»Marleen Weißenfels hatte nach dem, was ich bisher gelesen habe, einiges mit dem Erfolg der Manufaktur zu tun. Sie fing als Hilfsarbeiterin bei Weißenfels an und arbeitete später in der Modellwerkstatt. Die Puppenhäuser, die sie entworfen hatte, verkauften sich angeblich besonders gut.« Es kümmerte Valerie nicht, dass Alexander die Brauen bis zum Haaransatz hochzog.

»Wissen Sie was? Besprechen Sie doch einfach mit meiner Mutter, ob Marleen Weißenfels ein wichtiges Thema in der Festschrift sein soll.« Seine Brauen kehrten wieder in ihre normale Position zurück.

»Gut.« Sie versuchte sich an einem Lächeln, ließ es jedoch sein, als ihr klar wurde, dass ihre freundliche Miene keine Erwiderung finden würde.

»Sie kommen allein zurück zur Villa?« Alexander sah über ihren Kopf hinweg in Richtung der Büros.

»Ich nehme den Bus«, erklärte Valerie leichthin, obwohl sie keine Ahnung hatte, wo die nächste Haltestelle war.

Sie bemerkte sein Zögern. Doch dann ging ein Ruck durch seinen Körper und er wandte sich ab, um zu gehen.

»Darf ich Sie noch etwas fragen?« Die Worte kamen ihr spontan über die Lippen. Als er sich umdrehte und sie ansah, hatte sie bereits der Mut verlassen.

Ihr Blick irrte suchend durch die Fertigungshalle, doch ihr Kopf war wie leergefegt. Ihr fiel einfach keine unverfängliche Frage ein.

»Ja?«

Sie holte tief Luft. »Haben Sie etwas gegen mich? Gefällt es Ihnen nicht, dass ich die Festschrift verfasse? Oder wollten Sie gar keine Festschrift, und Ihre Mutter hat Sie vor vollendete Tatsachen gestellt?«

Mit gerunzelter Stirn starrte er sie einige endlos erscheinende Augenblicke an. Dann schüttelte er langsam den Kopf. »Wir hatten einen schlechten Start. Aber sonst ... Alles in Ordnung, denke ich.«

Valerie zog fragend die Brauen hoch. »Heißt das, ich kann bei der Arbeit an der Festschrift mit Ihrer Unterstützung rechnen?«

Er lachte kurz auf. »Ab und zu eine Frage beantworten kann ich. Ansonsten hat meine Mutter das Projekt übernommen. Es war ihre Idee. Und sie war diejenige, die Sie eingestellt hat. Obwohl Sie keine richtige Autorin oder Journalistin sind, wie ich gehört habe.«

Daher wehte der Wind. Er traute ihr die Aufgabe nicht zu. »Ich habe schon viele Texte über historische Themen verfasst.«

»Wo kann man die lesen?« Er sah ihr unverwandt in die Augen.

Obwohl es sie drängte, den Kopf wegzudrehen, hielt sie seinem Blick stand. »In der Hauptsache waren es Hausarbeiten und Referate für mein Studium. Geschichte und Germanistik. Meine Noten sind hervorragend. Aber ich habe auch an einem Museumskatalog mitgewirkt. Also sollte es mir durchaus gelingen, Ihre Festschrift hinzubekommen. Zumal ich kurz vor dem Abschluss stehe.«

»Ich weiß, dass Sie Studentin sind. Meine Mutter scheint das nicht zu stören. Was mich betrifft, sage ich nur, ,Impressionen im Gesindehaus sammeln'.« Er verzog keine Miene, sah sie nur prüfend an.

Sie erwiderte seinen Blick, solange sie es aushielt, und betrachtete dann eine der Maschinen in der Nähe, als hätte sie dort etwas äußerst Interessantes entdeckt. Dabei zuckte sie mit den Schultern. Sie fühlte sich ertappt, obwohl er natürlich keine Ahnung hatte, weshalb sie wirklich im Gesindehaus gewesen war und dann zur Ablenkung den Nonsens mit den Impressionen erzählt hatte.

»Wenn es Sie stört, dass ich meine Arbeit sehr gründlich mache, kann ich Ihnen auch nicht helfen. Atmosphäre ist wichtig, wenn man die Leser fesseln will.«

»Wenn Sie meinen.« Er nickte, und sein Gesichtsausdruck machte deutlich, wie wenig er von ihren Recherchemethoden überzeugt war. Dabei lief sie tatsächlich hier in der Fabrik herum, um Atmosphäre zu schnuppern.

»Ich sehe mich dann noch ein bisschen um.« Sie deutete zum Ende der Fertigungshalle.

»Viel Spaß.« Mit einem etwas gequälten Lächeln nickte er ihr zu und machte sich auf den Weg in sein Büro.

Sie sah ihm hinterher und nahm sich vor, in Zukunft vorsichtiger zu sein, wenn sie versuchte, etwas über Lydias Schicksal herauszufinden. Dann schlenderte sie weiter durch den Mittelgang der Halle. Als ihr eine Frau im weißen Kittel mit durchsichtiger Plastikhaube auf dem Kopf entgegenkam, sprach sie sie an.

»Entschuldigen Sie. Mein Name ist Valerie Falk und ich wurde beauftragt, zum Firmenjubiläum eine Festschrift zu erstellen. Deshalb sehe ich mir heute die Firma an. Können Sie mir erklären, wie viele unterschiedliche Spielsachen hier momentan hergestellt werden?«

Alexanders Aussage war eher vage gewesen. Er hatte von »Plastikfiguren, Puppen und dergleichen« gesprochen. Einen Überblick könnte sie sich anhand eines Verkaufsprospekts verschaffen.

Die Frau runzelte unter dem Gummiband ihrer Haube die Stirn. »Drei verschiedene Sorten kleiner Püppchen. Eine im Dirndl, eine im Kostüm und eine im Abendkleid. Und dazu den Puppenjungen. Dann die Bauarbeiterserie. Der Maurer, der Zimmermann und der Maler«, zählte sie nach kurzem Nachdenken auf. »Vor allem zu den Bauarbeitern gibt es eine Menge Zubehör. Die Mischmaschine, die Kreissäge, die Schubkarre und noch ein paar andere Sachen. Und natürlich das Haus. Das passt für die Puppen und für die Bauarbeiter.«

»Es gibt immer noch ein Puppenhaus? Kann ich es sehen?« Plötzlich schlug ihr Herz ein wenig schneller. Sie musste an Marleens Beschreibung der liebevoll ausgestatteten Puppenhäuser denken, die um 1925 herum von den Weißenfels hergestellt worden waren. Als die Frau am Ende des Fließbands einen vorne offenen Plastikkasten mit angedeuteter Dachschräge aus dem Container holte, schluckte Valerie ihre Enttäuschung nur mühsam hinunter.

Kein Wunder, dass Alexander darauf verzichtet hatte, ihr die aktuelle Produktpalette vorzuführen. Sie hatte ihm von dem entzückenden alten Puppenhaus im Salon der Villa vorgeschwärmt, das sie sich inzwischen schon mehrmals angesehen hatte. Von den Rüschengardinen und Teppichen, den detailgetreuen winzigen Möbeln und den Kissen in den Kinderbetten, die kaum so groß waren wie ihr Fingernagel. Im Plastikhaus gab es nur angedeutete Möbel in Form von Würfeln und Rechtecken. Sie waren fest mit dem Boden oder den Wänden der vier Zimmer verbunden. Mit etwas Fantasie konnte man erkennen, welche dieser Erhebungen ein Bett und welche einen Tisch mit vier Stühlen darstellen sollte. Trotzdem war das hier im Vergleich ... ernüchternd.

»Wie lange arbeiten Sie schon hier?«, erkundigte sich Valerie bei der Frau im weißen Kittel, nachdem sie beide eine Weile die endlose Reihe von Plastikhäusern auf dem Fließband angestarrt hatten. »Können Sie sich noch an die Puppenhäuser erinnern, die Weißenfels früher produziert hat? Waren Sie an der Herstellung beteiligt?«

»Ich bin zweiunddreißig!« Die Frau verbarg nur mühsam ihre Empörung. »Weißenfels stellt seit den Achtzigerjahren keine solchen Puppenhäuser mehr her. Kann sich keiner mehr leisten. Oder interessiert keinen mehr. Und seit Herr Weißenfels junior die Firma übernommen hat, gibt es überhaupt kein Holzspielzeug mehr. Plastik ist billiger herzustellen und verkauft sich besser. Glaube ich jedenfalls.«

»Ob tatsächlich niemand mehr diese schönen Puppenhäuser kaufen würde?« Obwohl sie selbst als kleines Mädchen kaum mit Puppen gespielt hatte, faszinierten sie die hochwertigen Puppenhäuser. Allein Marleens Beschreibung, wie die Häuser entworfen wurden, hatte in Valerie den Wunsch geweckt, die verschiedenen Haustypen zu betrachten. Sie wollte ausprobieren, ob man die Vorhänge vor den kleinen Fenstern zuziehen konnte, wollte das winzige Geschirr in der Küche sehen und die Schränke in Wohn- und Schlafzimmer öffnen.

»Keine Ahnung. Herr Weißenfels sieht es wohl so.« Die Frau zuckte mit den Schultern. »Ich muss dann wieder an die Arbeit.«

»Vielen Dank, dass Sie mir die Produkte erklärt haben. Herr Weißenfels hatte leider keine Zeit mehr.«

Die Arbeiterin nickte mit unbewegter Miene, drehte sich um und verschwand hinter der Maschine, die weiter unverdrossen hausförmige Plastikkisten ausspuckte. Valerie machte sich auf die Suche nach den angeblich längst verstaubten, aber hoffentlich immer noch vorhandenen alten Puppenhäusern.

* * *

Sie verbrachte zwei Stunden in dem Raum, in dem sie neben einigen anderen Holzspielsachen etwa zwanzig alte Puppenhäuser fand. Die Häuser standen auf langen Tischen, die in mehreren Reihen die ganze Breite des Zimmers einnahmen.

Zwischen ihnen, aber auch von den Deckenlampen und an den Wänden hingen malerisch Spinnweben.

Als sie die Hocker unter den langen Tischplatten bemerkte, schnappte sie erstaunt nach Luft. An den Wänden standen Regale voller Körbe in verschiedenen Größen. Sie sah in einige der offenen Behälter. Darin lagen zusammengefaltete Stoffreste, kleine Holzleisten, Feilen, Metermaße und Tiegel mit längst eingetrocknetem Kleber. Offenbar Arbeitsmaterial.

Das hier war zweifellos einmal die Modellwerkstatt gewesen. Valeries Herz schlug ein wenig schneller, als sie daran dachte, dass in diesem Raum die abendlichen Begegnungen zwischen Marleen und Friedrich stattgefunden hatten.

Sie zog einen der Hocker unter dem Tisch hervor und ließ sich darauf nieder. Ob das Puppenhaus, vor dem sie saß, eines von Marleens Modellen war? Vorsichtig strich sie mit dem Finger über die Dachschräge. Jeder der kleinen Ziegel war exakt geformt wie ein echter. Farbe, Material, Form, alles stimmte genau.

Ebenso war es bei der gesamten Einrichtung. Vorsichtig nahm sie eins nach dem anderen der kleinen Möbelstücke in die Hand und bewunderte die winzigen Griffe, die zarten Schnitzereien und die mit weichen Stoffen bespannten Polster der Sofas und Sessel. Wie viel Geduld und Geschicklichkeit nötig sein musste, um diese Dinge herzustellen.

Am liebsten hätte sie es selbst einmal versucht. Ob es ihr gelingen würde, wenigstens eine winzige Bettdecke mit Rüschen zu nähen? Wahrscheinlich nicht. Aber es musste Spaß machen, ein solches Puppenhaus auf dem Papier zu entwerfen. Sich für eine Epoche zu entscheiden, für einen Einrichtungsstil, die

Anzahl und Größe und den Schnitt der Zimmer festzulegen ...

Sie sprang auf, weil sie auf einem Regalbrett einige aufgerollte Papierbögen entdeckt hatte. Als sie einen davon herauszog, stieg eine Wolke aus feinem Staub auf. Sie wischte sich mit dem Handrücken über die Augen und unterdrückte ein Niesen. Dann rollte sie das Papier auf einem freien Tisch aus. Tatsächlich handelte es sich um den Entwurf eines Puppenhauses. *Viktorianisch – Queen Anne Style* war in schwarzer Tinte am oberen Rand der Zeichnung vermerkt. Die einzelnen Zimmer waren mit ihren Maßen und den Fenster- und Türöffnungen wie bei einer echten Bauzeichnung skizziert. Auf einem zweiten Bogen, der zusammen mit dem ersten aufgerollt war, befand sich der Entwurf der Inneneinrichtung. Kleine Schränke, Tische und Stühle, Betten und sogar eine winzige Wiege waren detailliert gezeichnet.

Valerie beschwerte die Ränder der Papierbögen mit Holzstücken aus einem der Körbe im Regal. Dann fotografierte sie die Skizzen mit ihrem Handy. Da sie schon dabei war, machte sie von sämtlichen Modellen auf den Tischen Fotos.

Anschließend schaute sie sich jedes einzelne Häuschen in Ruhe an. Ob auch das georgianische Modell dabei war, das Marleen in ihrem Tagebuch erwähnte? Valerie hatte nicht genug Ahnung von Architektur, um es zu erkennen. Aber sie hatte ja die Fotos. Vielleicht konnte sie im Internet die Merkmale georgianischer Bauten recherchieren. Aus irgendeinem Grund hätte sie gern gewusst, an welchem der Puppenhäuser Marleen gearbeitet hatte, als Friedrich zu ihr in die Werkstatt gekommen war, um ihr einen Heiratsantrag zu machen.

11. Kapitel

Nürnberg, 25. Mai 2018

Am frühen Nachmittag kehrte Valerie in die Villa Weißenfels zurück. Zwischen den Puppenhäusern war die Zeit wie im Flug vergangen. Außerdem hatte sie in der alten Modellwerkstatt an ihrem Tablet bereits den Entwurf für einen Abschnitt der Festschrift erstellt, in dem sie die Produkte der Firma im Wandel der Zeit darstellen wollte. Schwierig fand sie allerdings, dass Weißenfels inzwischen anstelle der hochwertigen, handgearbeiteten Puppenhäuser billiges Plastikspielzeug herstellte. Mochte ja sein, dass dieses Plastikzeug tatsächlich erfolgreich war und die Firma mehr Gewinn machte als früher mit den Puppenhäusern. Sie hatte jedoch keine Ahnung, wie sie die alten und die neuen Produkte so zeigen und beschreiben sollte, dass die Entwicklung nicht wie ein Abstieg wirkte.

Auf dem Rückweg in die Villa hatte sie sehr schnell festgestellt, dass es in der Nähe der Firma keine Bushaltestelle gab. Ein Taxi konnte sie sich nicht leisten. Schließlich war sie immer noch eine Studentin mit beschränktem Budget. Zwar hatte sie freie Kost und Logis, aber der Betrag, den sie für die Festschrift bekommen sollte, wurde erst fällig, wenn sie die Arbeit beendet hatte. Außerdem wollte sie das Geld sparen, um während der Anfertigung ihrer Masterarbeit über die Runden zu kommen.

Nach einer Wanderung von einer guten halben Stunde fand sie endlich eine Haltestelle, von der aus eine Buslinie in Richtung des Stadtteils Laufamholz fuhr.

Während sie sich im Bus durch die Gegend schaukeln ließ, dachte sie über den Aufbau der Festschrift nach. Sie wollte den Nachmittag nutzen, um ein vorläufiges Inhaltsverzeichnis zu erstellen. Vielleicht konnte sie heute noch mit Helen Weißenfels über ihre Ideen reden. Wenn sie den Text schon jetzt in Abschnitte gliederte, fiel es ihr wahrscheinlich leichter, in den vorhandenen Dokumenten die nötigen Informationen zu finden. Natürlich würde sie gleichzeitig versuchen, etwas über Lydias Schicksal in Nürnberg in Erfahrung zu bringen.

Valerie hatte ihren eigenen Hausschlüssel bekommen und benutzte ihn bei ihrer Rückkehr in die Villa zum ersten Mal. Es war ein komisches Gefühl, einfach ins Haus zu gehen, auch wenn sie während der nächsten Wochen hier leben würde.

Ihre Absätze klapperten laut über den Steinboden der Eingangshalle. Sie schlüpfte aus den Schuhen und nahm sie auf dem Weg zur Treppe in die Hand. Es war ihr jedes Mal peinlich, in dem stillen Haus einen solchen Lärm zu veranstalten.

»Sie müssen nicht auf Strümpfen durch die Halle gehen.« Als Helen Weißenfels sie von der Seite ansprach, ließ sie vor Schreck ihre Schuhe fallen, was schon wieder schrecklichen Krach machte. »Frau Landauer hat eine Putzhilfe, die täglich kommt. Wenn etwas schmutzig wird, ist das kein Problem. Dafür sind die Leute da.«

Die Hausherrin sprach in einem leicht herablassenden Ton mit ihr. Als würde sie es als lästige, aber unumgängliche Pflicht ansehen, der armen jungen Frau die Regeln und Gebräuche in einem Haus wie diesem nahezubringen.

»Ich wollte niemanden stören. Die Absätze haben so laut geklappert.« Sie hob ihre Schuhe wieder vom Boden auf.

»Deshalb haben wir Sie gehört.« Wieder ein betont milder Ton und ein Blick, der nicht ganz so verständnisvoll war. Wurde sie nun dafür getadelt, dass ihre Absätze geklappert hatten, oder bestand der Fehler darin, sich deshalb die Schuhe auszuziehen?

»Meine Tante ist zum Tee hier. Ich würde Sie Dorothea gerne vorstellen. Sie ist die Schwester meines verstorbenen Vaters und damit eines der Enkelkinder des Firmengründers. Vielleicht möchten Sie sie irgendetwas fragen.« Helen deutete hinter sich in den Salon, von wo das dezente Klappern von Porzellan zu hören war.

Gehorsam änderte Valerie die Richtung und folgte ihr. Erst als sie der erstaunte Blick der alten Dame traf, wurde ihr bewusst, dass sie immer noch ihre Schuhe in der Hand hielt. Hastig stellte sie sie auf den Boden und schob ihre Füße hinein.

»Dein Gast schont die Teppiche, Helen. Das gefällt mir.« Das Lachen der alten Dame schien aus den Tiefen ihres Bauchs zu kommen.

Helen ignorierte den Frohsinn ihrer Tante und stellte die beiden Frauen einander mit ernster Miene vor. »Das ist Valerie Falk, die junge Frau, die unsere Festschrift verfassen wird. Und das ist Dorothea Hillmer, geborene Weißenfels. Wie ich schon erwähnte, ist sie die Schwester meines Vaters.«

Valerie streckte der alten Dame die Hand hin, und Dorothea Hillmer packte mit für ihr Alter erstaunlicher Kraft zu. Sie musste über neunzig Jahre alt sein, hatte aber einen hellwachen Blick und einen spöttischen Zug um den Mund, der Valerie an Annemarie erinnerte. So ein Gesicht machte ihre Oma, wenn sie nicht ganz sicher war, was sie von einer Situation oder einer Person halten sollte.

»Setzen Sie sich zu uns.« Frau Hillmer deutete auf das freie Sesselchen am Teetisch.

Vorsichtig ließ Valerie sich nieder. Sie hatte jedes Mal aufs Neue Angst, die dünnen Beinchen dieser Sessel könnten unter ihr nachgeben. »Entschuldigen Sie. Hat man Sie als Kind Dotty genannt?«

Wieder polterte ein Lachen aus den Tiefen des schmalen Körpers der alten Dame hervor. »Woher wissen Sie das?«

»Ich habe ein paar Aufzeichnungen aus den 1920er-Jahren gelesen. Ihre Mutter war Marleen Weißenfels, nicht wahr?«

»Oh ja.« Mit einem strahlenden Lächeln nickte Dorothea.

Da Helen Weißenfels eine geradezu unerbittliche Gastgeberin war, bekam Valerie ebenfalls eine Tasse Tee, bevor sie die Unterhaltung fortsetzen durfte. Außerdem wurde ihr energisch angeboten, sich von den hauchdünnen Plätzchen zu nehmen. Oder von den Gurkensandwiches. Erstaunt betrachtete Valerie die Weißbrotdreiecke mit den Gurkenscheiben darauf. Gurkensandwiches? Wirklich? Darüber hatte sie in alten englischen Romanen gelesen, aber sie wäre nie auf den Gedanken gekommen, dass jemand heutzutage noch so etwas aß. Zum Tee, an einem runden Tischchen mit geschwungenen Beinen sitzend.

Da sie hungrig war, nahm sie sich eines von den Sandwiches und biss herzhaft hinein. Es schmeckte köstlich. Nach Butter, etwas Zitrone, einem Hauch Minze und frischer Gurke. Erst nachdem sie das zweite Brotdreieck verschlungen hatte, bemerkte sie die Blicke der beiden Frauen. Während Helen Weißenfels sie tadelnd musterte, hatte Dorothea ihr Gesicht zu einem breiten Lächeln verzogen. Unzählige Fältchen bildeten Strahlenkränze um ihre Augen.

»Es gefällt mir, wenn eine junge Frau einen gesunden Appetit hat. Du hast immer wie ein Spatz gegessen, Helen.«

»Ich habe auf meine Figur geachtet und tue es immer noch. Das ist eine Frage der Disziplin.« Der Blick, den Helen in Valeries Richtung abfeuerte, fühlte sich an wie ein Eiszapfen, den ihr jemand gegen die Stirn schlug.

»Ich habe seit dem Frühstück nichts gegessen.« Dass Valerie dank guter Gene essen konnte, was sie wollte, ohne zuzunehmen, behielt sie lieber für sich.

»Ich interessiere mich sehr für Ihre Erinnerungen an früher«, wechselte Valerie das Thema.

»Früher? Bei mir gibt es eine Menge früher. Ich bin schließlich zweiundneunzig Jahre alt.«

»Erinnern Sie sich gut an Ihre Mutter?« Valerie schielte verlangend zu den Gurkensandwiches hinüber. Sie hatte immer noch Hunger, wollte aber keine erneute Grundsatzdebatte über Frauen mit gutem Appetit anregen.

»Natürlich erinnere ich mich an meine Mutter. Selbst wenn ich senil wäre, würden die Erinnerungen an die Kindheit als letzte gelöscht werden, soweit ich weiß.« Jetzt nahm sich Dorothea eines von den Sandwiches und biss herzhaft hinein.

Valerie schluckte. Es machte ihr Angst, dass das Bild ihrer eigenen Eltern vor ihrem inneren Auge immer mehr verblasste. War das bei dieser alten Frau anders?

»Meine Mutter war eine ...« Dorothea runzelte bei dem Versuch, ein passendes Wort zu finden, die Stirn. »... eine sehr besondere Frau. Anders als die anderen Frauen in unserer Familie. Sie hatte viele Interessen, ständig etwas vor und wirkte äußerst lebendig. Als ich älter wurde, habe ich manchmal gedacht, das läge daran, dass sie so oft in die Modellwerkstatt ging und dort arbeitete. Meine Großmutter fand das schrecklich. Es gefiel ihr aber ohnehin nicht, dass mein Vater eine Frau geheiratet hatte, die in der Manufaktur beschäftigt war. Selbst als wir Kinder schon groß genug waren, um es mitzubekommen, ließ Großmutter unsere Mutter immer noch spüren, dass sie nicht in unsere Kreise gehörte.«

Valerie hörte der alten Frau mit angehaltenem Atem zu und nahm sich ganz in Gedanken nun doch ein weiteres Gurkensandwich. »Sie haben die ganze Zeit unter einem Dach mit Ihren Großeltern gelebt? Hier in dieser Villa?«, erkundigte sie sich, nachdem sie den ersten Bissen hinuntergeschluckt hatte.

»Sicher. Das Haus ist groß genug. Marleen konnte ihrer Schwiegermutter meistens aus dem Weg gehen. Obwohl die beiden in gewisser Weise einen gemeinsamen Haushalt zu führen hatten.« Dorothea knabberte an einem Plätzchen. »Das waren andere Zeiten. Helen und ich ziehen es vor, jeweils unser eigenes Reich zu haben, nicht wahr, meine Liebe?«

Helen Weißenfels nickte zustimmend, während sie in ihrer Teetasse rührte.

»Ohnehin liegt mir die Villa zu weit am Stadtrand«, verkündete die alte Dame mit Nachdruck. »Ich habe mit meinem Mann, Gott hab ihn selig, in der Innenstadt gelebt. Und in dieser Wohnung bin ich geblieben. Aber ich komme oft zu Besuch. Das hier ist schließlich mein Elternhaus.«

»Können Sie sich an ein Hausmädchen namens Lydia erinnern? Lydia Breuer?« Obwohl sie sich vorgenommen hatte, ihre Nachforschungen in dieser Richtung vorsichtiger anzugehen, musste sie die Gelegenheit einfach nutzen.

»Was haben Sie nur immer mit den Dienstboten?« Helen Weißenfels schüttelte den Kopf. »Mein Sohn erzählte mir, dass Sie draußen im Gesindehaus waren. Was wollten Sie denn um alles in der Welt dort recherchieren?«

Du liebe Güte, Mutter und Sohn sprachen über sie und das, was sie tat. Hastig legte Valerie das angebissene Sandwich auf den Teller, als wäre sie beim Essen ertappt worden und nicht beim Schnüffeln nach Informationen, die mit der Festschrift nichts zu tun hatten. »Ich brauche eine Art Gesamtbild, wie die Familie Weißenfels gelebt hat.«

Das hörte sich doch einigermaßen plausibel an. Helen Weißenfels war da offenbar andere Ansicht. Sie schüttelte energisch den Kopf.

»Und was hat dieses Hausmädchen damit zu tun? Sollten Sie sich nicht auf die Manufaktur und die Puppenhäuser konzentrieren und dann sehr dosiert, als menschliche Note sozusagen, ein paar private Informationen über die verschiedenen Generationen der Weißenfels einstreuen? Das hatten wir doch schon besprochen.«

»Ich bin nur in den Unterlagen über dieses Hausmädchen gestolpert. Sie muss gleichzeitig mit Marleen Weißenfels hier gelebt haben. Deshalb dachte ich ...«

Ein genervter Blick der Hausherrin brachte sie zum Schweigen. Sie musste vorsichtiger sein. Wenn Helen herausbekam, dass sie vor allem hier war, um etwas über ihre eigene Familiengeschichte in Erfahrung zu bringen, würde sie ihr möglicherweise den Auftrag entziehen. Schließlich wurde sie nicht schlecht für die Erstellung der Festschrift bezahlt.

Dafür erwartete Helen aber sicher, dass sie sich auf ihre Aufgabe konzentrierte. Besonders viel Zeit blieb ihr ohnehin nicht bis zum Firmenjubiläum.

Oder existierte ein Grund, aus dem es die Familie störte, dass Valerie sich für die früheren Hausangestellten interessierte? Gab es Geschichten im Zusammenhang mit dem Personal, die nicht öffentlich werden sollten? Waren Diener misshandelt oder junge Frauen missbraucht worden oder sonst irgendwelche Dinge geschehen, die ein schlechtes Licht auf die Weißenfels warfen und die deshalb geheim bleiben sollten?

Mit einem verbindlichen Lächeln wandte Valerie sich wieder an Dorothea Hillmer. »Erinnern Sie sich an besondere Begebenheiten aus Ihrer Kindheit? Oder wissen Sie noch, wie viele Stunden Ihre Mutter täglich in der Manufaktur gearbeitet hat?«

»Sie hat dort nicht im strengen Sinne gearbeitet. Nicht so, dass sie dort jeden Tag von sieben bis sechzehn Uhr hingegangen wäre.« Dorothea richtete ihren Blick über Valeries Kopf hinweg in die Ferne, als könnte sie dort die Vergangenheit sehen.

»Unsere Mutter fuhr in die Fabrik, wenn ihr Zeit blieb. Sie musste natürlich nicht selbst saubermachen und kochen, aber unsere Großmutter überließ ihr nach und nach die Organisation des Haushalts, was bei so vielen Personen und mindestens sechs oder sieben Angestellten durchaus eine Aufgabe war. Als ich älter wurde, habe ich manchmal gedacht, Großmutter wollte ihre Schwiegertochter beschäftigen. Sie beklagte sich sofort, wenn etwas nicht reibungslos funktionierte. Je mehr Aufgaben sie Marleen zuteilte und je größere

Ansprüche sie stellte, umso weniger Zeit fand unsere Mutter, nebenbei Puppenhäuser zu entwerfen.«

»Diese Dinge wollen Sie doch wohl nicht in der Festschrift ausbreiten?«, mischte Helen sich ein.

»Nein, natürlich nicht. Es geht mir nur darum, den Anteil von Marleen Weißenfels an der Entwicklung der Firma zu würdigen. Soweit ich weiß, stammen die Entwürfe für einige der erfolgreichsten Puppenhäuser von ihr.«

»Es reicht doch, wenn Sie das schreiben.« Helen runzelte die Stirn.

Hatte diese Familie tatsächlich etwas zu verbergen? Einzig Dorothea Hillmer schienen ihre Fragen nicht zu stören. Sie erzählte mit einem versonnenen Lächeln weiter: »Unser Vater wusste, wie sehr seine Frau an der Arbeit in der Modellwerkstatt hing. Und er sagte immer wieder, dass Marleens Entwürfe die schönsten und erfolgreichsten waren. Aber es ist ihm nicht gelungen, sich gegen seine Eltern durchzusetzen. Er hat es auch nie offen versucht. Nur ein einziges Mal – als er beschloss, unsere Mutter gegen den Willen seiner Eltern zu heiraten. Ich glaube, Marleen hätte sich sehr gewünscht, weniger in der Villa und mehr in der Manufaktur zu arbeiten, aber er unterstützte sie in der Hinsicht sehr wenig.«

Helen öffnete den Mund, möglicherweise um Dorothea daran zu hindern, weitere private Erinnerungen vor Valerie auszubreiten. Ihre Tante ließ dies aber gar nicht erst zu und erzählte einfach weiter. Offenbar gefiel es ihr, über ihre Kindheit zu reden.

»Als wir älter wurden, erzählte unsere Mutter manchmal von damals, als unsere Eltern sich kennenlernten und heirateten.

Über ihr Verhältnis zu ihrer Schwiegermutter sprach sie uns Kindern gegenüber nicht offen. Wir wussten ohnehin, dass sie sich nicht mochten und offenbar stillschweigend eine Art Waffenstillstand vereinbart hatten. Wobei die Waffen eher auf Seiten unserer Großmutter vorhanden waren. Unsere Mutter versuchte, durch den Alltag zu kommen, indem sie im Haus alles so machte, wie Großmutter es wollte. Ansonsten ging Marleen ihr so gut wie möglich aus dem Weg. Ich glaube, die Modellwerkstatt war eine Art Zufluchtsort für sie. Manchmal, wenn es wirklich schlimm wurde, verschwand sie für ein paar Stunden dorthin. Anschließend behauptete sie Großmutter gegenüber, sie hätte Besorgungen gemacht oder eine Bekannte zum Tee getroffen. Aber ich konnte den Leim riechen, und oft hatte sie Farbe an den Fingern oder feine Sägespäne in den Haaren.« Ein liebevolles Lächeln zog über Dorotheas Gesicht.

»Ihre Mutter hat also ihr Leben lang Modelle für Puppenhäuser entworfen?« Leider hatte Valerie an den verstaubten Modellen in der Fabrik keine Vermerke gefunden, wann sie von wem entworfen worden waren.

»Als wir noch klein waren, blieb ihr nicht viel Zeit, für Stunden das Haus zu verlassen. Ich kann mich erinnern, dass sie einen großen Zeichenblock hatte, in dem sie manchmal in ihrem Schlafzimmer Skizzen zeichnete.« Das Lächeln der alten Dame wurde noch breiter. »Nach dem Tod unserer Großmutter, damals waren wir schon groß, verbrachte sie ganze Tage in der Manufaktur. Ich glaube, das war ihre glücklichste Zeit, obwohl ich meine Eltern immer als sehr harmonisches Paar erlebt habe. Aber die Liebe allein ist manchmal nicht genug.«

Helen stand auf, ging zu einem Beistelltisch in der Nähe und nahm das oberste Buch von dem Stapel Bildbände, die dort lagen. Dann schob sie die Tassen und Teller auf dem runden Tisch zusammen, schlug das Buch auf und legte es vor Dorothea hin.

»Wir wollten uns doch die Bilder von Italien ansehen. Toskana, wo du als junge Frau so oft im Urlaub warst.« Ohne hinzuschauen deutete sie auf eines der Bilder auf der Seite, die sie vollkommen beliebig aufgeschlagen hatte.

»Wollten wir das?« Dorothea tat erstaunt und zwinkerte gleichzeitig Valerie zu. »Es sind doch keine Familiengeheimnisse, die ich hier verrate, Helen. Ich finde es lobenswert, dass die junge Frau sich ein vollständiges Bild von der Fabrikantenfamilie machen will, über die sie schreiben soll.«

»Mag sein. Aber ich denke, sie hat jetzt genug Informationen. Schließlich – und das sage ich nicht zum ersten Mal – soll es um die Firma gehen und nicht um die Familie mit ihren Schicksalen. Das geht niemanden etwas an.« Mit einem genervten Augenaufschlag schüttelte Helen den Kopf.

»Entschuldigen Sie. Ich wollte nicht indiskret sein.« Hastig stand Valerie auf.

»Sie sind einfach nur interessiert am Gegenstand Ihrer Arbeit, mein Kind.« Freundlich streckte Dorothea ihr zum Abschied die Hand hin. Sie lag kühl und fast gewichtslos zwischen Valeries Fingern.

»Wir sehen uns«, verabschiedete Helen sie knapp und beugte sich über den Fotoband.

Fast hätte Valerie auf Zehenspitzen den Salon verlassen, um nicht weiter aufzufallen.

12. Kapitel

Marleens Tagebuch, 6. Juni 1928

Gestern Abend führte Friedrich mich aus, um unseren Hochzeitstag zu zweit zu feiern. Manchmal bin ich immer noch erstaunt, was für ein komfortables Leben ich jetzt führe. Wenn Friedrich und ich es wollen, können wir jederzeit ausgehen. Die Mädchen sind im Bett, und die Kinderfrau hält sich im Nachbarzimmer auf, wo sie auch schläft. Während meine Schwiegermutter tagsüber immer neue Aufgaben für mich findet, lässt sie mich abends in Ruhe. Nachdem Friedrich aus der Fabrik nach Hause gekommen ist und wir alle gemeinsam gegessen haben, können Friedrich und ich uns in unseren privaten Salon zurückziehen oder auch ausgehen.

In dem feinen Restaurant am Stadtrand, wohin wir uns vom Chauffeur fahren ließen, war ich nie zuvor gewesen. Die Tischtücher waren blütenweiß, die Fräcke der vornehmen Kellner schimmerten wie schwarzer Lack, und die Kristallgläser funkelten so sehr, dass es mich fast blendete.

Zu Beginn unserer Ehe machte es mich nervös, in der Öffentlichkeit zu essen. Ich hatte Angst, die verschiedenen Besteckteile falsch zu verwenden oder mich durch irgendeine Ungeschicklichkeit lächerlich zu machen. Das ist mittlerweile vorbei. Es härtet ab, unter Gesines spöttischen Blicken täglich mehrere Gänge zu sich nehmen zu müssen. Mittlerweile kann ich problemlos die Fingerschale vom Salatschüsselchen unterscheiden und weiß genau, welche Gabel ich benutzen muss, wenn Langusten serviert werden.

»Sechs Jahre – ich kann es kaum glauben. Der Tag unserer Hochzeit war der glücklichste meines Lebens.« Nachdem der Kellner unsere Gläser mit perlendem Champagner gefüllt und sich diskret zurückgezogen hatte, sah Friedrich mir über den Rand seines Sektkelches hinweg in die Augen. Er meinte seine Worte ernst. Ich habe ihn noch nie bei einer Lüge oder einer plumpen Schmeichelei ertappt. Friedrich ist ein freundlicher, ehrlicher Mann.

Sein einziger Fehler ist, dass er in manchen Situationen zu freundlich und zu nachgiebig ist. Besonders seinen Eltern gegenüber. Wenn sein Vater und er in der Firma unterschiedlicher Meinung sind, gibt Friedrich immer nach, auch wenn jeder sehen kann, dass er im Recht ist. Und seiner Mutter überlässt er ohne jede Einmischung das Regiment im Haus. Manchmal deute ich ihm gegenüber an, dass ich darunter leide, wie barsch sie mit mir umgeht, wenn ich etwas nicht so erledigt habe, wie sie es getan hätte. Doch dann sagt er, der Haushalt sei Frauensache.

Dabei weiß ich ebenso gut wie Gesine und wahrscheinlich auch Friedrich, dass es nicht um die Haushaltsführung geht. Das Problem ist vielmehr, dass Gesines einziger Sohn ausgerechnet mich geheiratet hat. Eine ehemalige Hilfsarbeiterin, die niemals ein Lyzeum von innen gesehen hat. Eine Frau ohne Mitgift und ohne vornehme Familie.

Friedrich muss mich wirklich lieben, wenn es ihm gelang, seinen Wunsch nach einem Leben mit mir seinen Eltern gegenüber durchzusetzen. Aber es scheint, als wäre damit seine Kraft verbraucht. Seit dem Tag unserer Hochzeit tut er wieder genau das, was sein Vater und seine Mutter von ihm verlangen.

Aber wie kann ich Friedrich einen Vorwurf machen, wenn es mir selbst nicht gelingt, mit der Faust auf den Tisch zu schlagen.

Zum Beispiel, um Gesine zu erklären, dass ich weiterhin in der Modellwerkstatt arbeiten werde, wann immer ich Zeit habe. Ganz gleich, ob es ihr gefällt oder nicht. Aber das tue ich ebenso wenig, wie Friedrich sich gegen seine Eltern auflehnt.

Oft schleiche ich mich aus dem Haus und behaupte hinterher, mich zum Tee mit einer Bekannten getroffen zu haben. Wohlgemerkt mit einer der Frauen aus der guten Gesellschaft, deren Umgang Gesine mir empfiehlt. Oder ich erzähle etwas von Kopfschmerzen, die ich mit einem Spaziergang an der frischen Luft bekämpfen musste. Manchmal erfährt Gesine hinterher von Theodor oder durch eine unbedachte Bemerkung von Friedrich, dass ich in der Manufaktur war. Dann wirft sie mir einen ihrer tödlichen Blicke zu, die sich anfühlen, als würde sie mich mit einem Eimer Eiswasser übergießen.

Während meine Gedanken bei der Erinnerung an die vergangenen sechs Jahre hierhin und dorthin huschten, wartete Friedrich mit dem Sektkelch in der Hand auf meine Antwort.

»Natürlich war unsere Hochzeit wunderschön«, beteuerte ich eilig. »Aber ich war leider viel zu aufgeregt, um sie wirklich zu genießen.«

Das ist immerhin die halbe Wahrheit. Ich bringe es nicht über mich, ihm zu sagen, dass ich mir schon eine Woche vor unserer Hochzeit verzweifelt wünschte, es endlich hinter mir zu haben. Und dass diese Verzweiflung von Tag zu Tag wuchs.

Mehr als alles auf der Welt wollte ich Friedrich heiraten und mein Leben mit ihm teilen. Aber gleichzeitig fürchtete ich mich schrecklich vor dem Tag, an dem ich vor den Augen all der fremden, kalten, steifen Menschen ganz sicher etwas tun oder sagen würde, das mich für alle Zeiten in der Nürnberger Gesellschaft als furchtbare Idiotin dastehen lassen würde. Dann würde

Friedrich sich für mich schämen und bereuen, mich zu seiner Frau gemacht zu haben.

Von meiner Familie würde niemand zur Hochzeit kommen. Vater lag schon seit Monaten mit einem schrecklichen Husten im Bett. Mutter konnte ihn nicht allein lassen. Ohnehin fehlte es an Geld für die Fahrkarte und für ein passendes Kleid. Natürlich hätte ich Friedrich um Geld bitten können, aber das brachte ich nicht über mich. Und von allein kam er gar nicht auf den Gedanken, Menschen könnten so arm sein, dass es ihnen nicht möglich war, zur Hochzeit ihrer Tochter zu reisen.

Meine drei Brüder hätten vielleicht genug Geld zusammenkratzen können. Sie arbeiteten alle als Knechte auf großen Höfen, und ich wusste, dass sie wenigstens ab und zu etwas von ihrem Lohn zurücklegten, vor allem, um eines Tages einen eigenen Hausstand zu gründen. Ich erwartete nicht von ihnen, dass sie ihr hart verdientes Geld ausgaben, um sich auf meiner Hochzeit so fremd und unbehaglich vorzukommen, als wären sie unversehens auf dem Mond gelandet.

Also würde ich es allein durchstehen. Aber natürlich war ich nicht allein. Ich hatte ja Friedrich. Um ihn ging es. Für ihn tat ich es. Das sagte ich mir immer wieder und konnte doch schon eine Woche vor dem großen Tag kaum noch schlafen.

Und dann war der Tag meiner Hochzeit da. Ich war überglücklich und so furchtbar aufgeregt, dass ich kaum Luft bekam. Noch heute erinnere ich mich an jede Sekunde dieses besonderen Tages.

Wie es sich geziemte, hatte ich die Nacht natürlich nicht unter einem Dach mit Friedrich verbracht, sondern ein letztes Mal in meinem Zimmer bei der Witwe Burger geschlafen. Aber ich durfte mich vor der Trauung in der Villa Weißenfels umziehen.

Schon um acht Uhr holte mich der Chauffeur ab. Und als der Wagen vor der Villa hielt, kam Gesine mir bereits auf der Treppe zur Haustür entgegen. Tat sie das, weil sie Angst hatte, ich könnte allein in dem Haus herumlaufen, in dem ich von diesem Tag an leben würde?

Gesine führte mich in eines der Gästezimmer. Dort sollte ich mich auf die Trauung vorbereiten, die um elf Uhr in der Sankt Johanniskirche stattfinden würde. Für diese Kirche hatten Friedrich und ich uns gemeinsam entschieden. Sie war wunderschön und wirkte so friedlich inmitten des Blumenmeers des alten Friedhofs, auf dem wir während unserer Verlobungszeit manchmal spazieren gegangen waren. Dort lagen seine Großeltern begraben.

Friedrich war an unserem Hochzeitsmorgen ebenfalls irgendwo in dem riesigen Haus. Doch ich bekam ihn nicht zu Gesicht. Das durfte vor der Trauung nicht sein. Auch wenn er sich vielleicht nur wenige Türen entfernt aufhielt, war er so fern wie in einem anderen Land.

Er würde mich vor dem Altar erwarten – wenn ich es auf meinen wackligen Knien dorthin schaffte. Da mein Vater nicht da war, um mich zum Altar zu führen, würde ich den langen Weg durch die riesige Kirche allein zurücklegen. Festhalten konnte ich mich nur an meinem Blumenstrauß und dem in weiße Seide eingeschlagenen Gebetbuch, das ich auf Gesines Geheiß in der linken Hand halten sollte.

Aber so weit war es noch nicht. Erst einmal musste ich mich umziehen und die Stunden bis zur Trauung überstehen, ohne vor Aufregung in Ohnmacht zu fallen.

In dem mir zugedachten Gästezimmer erwartete mich bereits Erna. Es war Friedrichs Idee gewesen, dass ich wenigstens eine

Freundin zur Hochzeit einladen könnte, wenn schon niemand von meiner Familie kam. Die meisten anderen Frauen in der Modellwerkstatt tuschelten hinter meinem Rücken und gaben sich nicht einmal besondere Mühe, dass ich sie nicht hörte. Sie erzählten sich, von Anfang an sei es mein Plan gewesen, den Firmenerben in die Falle zu locken.

Im Gegensatz zu ihnen gönnte Erna mir mein Glück. Und sie freute sich über die Hochzeit und die verspätete Einladung.

»Was für ein prachtvolles Kleid. Das hat bestimmt ein Vermögen gekostet.« Fast ehrfürchtig breitete Erna das Hochzeitskleid auf dem Bett im Gästezimmer aus.

Auf Ernas Begeisterungsausbruch antwortete ich mit einem tiefen Seufzer. »Meine Schwiegermutter hat das Schnittmuster ausgesucht, das Kleid in Auftrag gegeben und bezahlt. Ich wollte mir selbst ein Hochzeitskleid nähen, aber das hat sie mir strikt verboten. Auf keinen Fall dürfe ich ihren Sohn in einem selbst genähten Kleid heiraten.«

Vorsichtig strich Erna über die schimmernde Seide des weiten Rocks, ließ ihre Fingerspitzen über die hohe, schmale Taille gleiten und zupfte die kurzen Puffärmel und den Ausschnitt zurecht. Dann richtete sie sich auf und sah Marleen tadelnd an. »Willst du dich etwa beklagen, dass dein künftiger Mann reich ist? Dass seine Familie euch eine wunderschöne Hochzeit ausrichtet und du ein solches Kleid tragen darfst?« Sie schüttelte ungläubig den Kopf.

»Nein«, behauptete Marleen. Obwohl es ihr tausendmal lieber gewesen wäre, keinen Firmenerben zu heiraten, sondern einen ganz normalen Mann. Aber die Tatsache, dass Friedrich ein Weißenfels war, ließ sich nun einmal nicht ändern. Und

Friedrich musste es sein. Über ihn, seine Liebe und ihre gemeinsame Zukunft würde sie sich niemals beklagen.

Wenn sie an ihr Leben mit ihm dachte, spielte es kaum eine Rolle, dass sie Gesine Weißenfels, die sie bisher kein einziges Mal auch nur angelächelt hatte, zur Schwiegermutter bekam. Und dass sie fortan mit ihr und dem ebenso kalten Theodor Weißenfels unter einem Dach leben musste.

Für ein Leben mit Friedrich hätte sie noch viel mehr auf sich genommen.

Als Erna ihr in all die Lagen aus Seide und Spitze half und die winzigen, mit weißem Stoff bezogenen Knöpfchen am Rücken schloss, versuchte Marleen, den weiten Rock vorne ein wenig herunterzudrücken. Sie hatte das Gefühl, dass kaum noch Platz im Zimmer war, wenn sie dieses Kleid trug.

»Findest du es nicht etwas ... übertrieben?« Zweifelnd betrachtete sie sich in dem großen Standspiegel, den Gesine hatte aufstellen lassen.

»Bist du verrückt?« Erna sah über ihre Schulter hinweg ebenfalls in den Spiegel. »Du siehst aus wie eine Prinzessin.«

»Ich bin nur leider keine Prinzessin und niemand wird mir abnehmen, dass ich eine bin. Ich habe ein rundes Gesicht und die Hände einer Bäuerin. Und das bin ich ja schließlich auch.« Nachdenklich schob sich Marleen eine ihre goldblonden Haarsträhnen aus der Stirn. Ihre Schwiegermutter hatte darauf bestanden, dass sie bis zur Hochzeit ihre Haare wieder wachsen ließ, damit sie unter dem silbernen Haarreif, an dem der bodenlange Schleier befestigt war, hochgesteckt werden konnten.

»Als ob sich jemand deine Hände angucken würde, wenn du dieses Kleid anhast. Und was spricht gegen ein rundes Gesicht? Friedrich scheint es jedenfalls zu gefallen.«

Marleen reagierte nicht auf Ernas heftiges Augenzwinkern. »Mich hat niemand gefragt, ob mir das Kleid überhaupt gefällt.«

»Kannst du dir wirklich ein Kleid vorstellen, das noch schöner ist?« Mittlerweile wirkte Erna ratlos. Da sie eine Art Brautjungfer darstellen sollte, hatte Gesine ihr in aller Eile ein Kleid für die Hochzeit schneidern lassen. Als sie zur Anprobe in der Villa gewesen war, hatte Erna vor Glück kaum sprechen können. Gegen das pompöse Brautkleid wirkte das altrosa Kleid eher einfach, und ein wenig mehr Schlichtheit hätte Marleen auch für ihr eigenes Kleid gut gefallen.

»Es ist mir zu ... auffällig. Wenn ich könnte, würde ich mit dir tauschen.«

Erna lachte laut auf. »Du bist verrückt! Soll ich an deiner Stelle den Juniorchef heiraten?«

»Du weißt genau, was ich meine. Ich möchte nicht vorgeben, jemand zu sein, der ich nicht bin. Außerdem habe ich wohl einen schlichteren Geschmack.« Marleen warf einen kurzen Blick in den Spiegel und sah rasch wieder weg.

»Du bist jetzt so was wie eine Prinzessin. Genau deshalb beneiden dich die anderen Frauen in der Werkstatt so sehr. Wenn sie dich in diesem Kleid sehen, werden sie vor Neid platzen.«

»Zum Glück werden sie mich nicht sehen.«

»Sie kommen natürlich alle in die Kirche. So ein Gottesdienst ist schließlich öffentlich. Dafür braucht man keine Einladung. Glaubst du, das lassen sie sich entgehen?«

Schon wieder musste Marleen seufzen. Eilig rief sie sich selbst zu Ordnung. Sie liebte Friedrich von ganzem Herzen und wusste, dass er sie ebenso sehr liebte. Heute würde sie ihr Leben für immer mit seinem verbinden. Da sollte sie lachen und tanzen und vor Glück fast platzen. Wenn nur das ganze Drumherum nicht gewesen wäre!

»Wann kommt die Zofe, die dir die Haare frisieren soll?«, erkundigte sich Erna und bewunderte den silbernen Haarreif mit den fein ziselierten Blüten.

»Es ist keine richtige Zofe, sondern ein Hausmädchen, aber sie hilft Frau Weißenfels häufig beim Ankleiden und beim Kämmen.« Es war Marleen wichtig zu betonen, dass sie nicht etwa die Dienste einer richtigen Zofe in Anspruch nahm.

In diesem Augenblick klopfte es wie auf Bestellung.

»Da ist sie schon.« Erna eilte zur Tür und riss sie mit Schwung auf.

Davor stand jedoch nicht die junge Zita, die Marleen schon oft in der Villa gesehen hatte, sondern Gesine Weißenfels. Sie trug bereits ihr Festkleid, ein schwarzes, knöchellanges Kostüm von schlichter Eleganz.

»Kann ich dich kurz sprechen, Marleen? Unter vier Augen?« Der eisgraue Blick der älteren Frau huschte zwischen Marleen und Erna hin und her. Als Erna nicht sofort Anstalten machte, das Zimmer zu verlassen, kniff Gesine die Lider zusammen und sah sie sekundenlang starr an.

»Soll ich ...? Wir sind noch nicht fertig. Wenn die Haare frisiert sind, muss ich sicher helfen, den Schleier zu befestigen ...«

»Warten Sie einfach draußen«, unterbrach Gesine das nervöse Geplapper und verzog genervt den Mund.

Stumm schlüpfte Erna durch die Tür und zog sie hinter sich ins Schloss. Marleen hätte sie am liebsten aufgehalten. Was, um alles in der Welt, wollte Gesine ihr jetzt noch so Dringendes sagen? In nicht einmal zwei Stunden erwartete Friedrich sie vor dem Altar.

Oder war dies der Augenblick, vor dem sie sich insgeheim seit der Verlobung fürchtete? Der Moment, in dem ihr mitgeteilt wurde, dass diese Hochzeit selbstverständlich nicht stattfinden würde, weil eine Ehe zwischen einem Firmenerben und einem armen Mädchen aus einem Bergdorf unter gar keinen Umständen infrage kam.

Plötzlich schlug ihr Herz so laut, dass es klang, als hätte sich direkt vor ihr ein Pauker mit seinem Instrument niedergelassen. Sie sah, dass Gesine die Lippen bewegte, konnte aber erst einmal kein Wort verstehen.

Mit gebieterischer Geste zeigte die ältere Frau auf den Hocker neben dem Bett, während sie selbst sich auf den einzigen Stuhl im Zimmer setzte. Vorsichtig, um die kostbares Seide ihres Hochzeitskleids nicht zu zerknittern, ließ Marleen sich auf das harte Holz sinken.

»Du wirst also heute meinen Sohn heiraten«, begann Gesine.

Zum Glück hatte sich das Rauschen und Pochen in Marleens Ohren etwas gelegt. Doch selbst wenn sie die Worte nicht verstanden hätte - sie wusste nur zu gut, wie ungeduldig Gesine das Gesicht verzog und ihre Lippen in einen schmalen Strich verwandelte, wenn sie der Meinung war, dass ihre künftige Schwiegertochter sich dumm verhielt oder begriffsstutzig war oder sonst irgendetwas falsch machte.

Marleen nickte, und fragte sich, ob es tatsächlich möglich war, eine groß angekündigte Hochzeit in letzter Minute abzusagen. Gab es irgendeine Begründung, die verhinderte, dass in der ganzen Stadt getuschelt und getratscht wurde? Denn das war für Gesine das Schlimmste, so viel wusste Marleen inzwischen über sie.

»Offenbar lässt es sich nicht verhindern, obwohl ich bis zur letzten Minute auf ein Wunder gehofft habe, was sonst nicht meine Art ist«, fuhr Gesine fort. Ihr strenger Blick ging durch Marleen hindurch, als wäre sie nicht anwesend. »Bevor es zur offiziellen Verlobung kam, habe ich verzweifelt versucht, meinen Sohn zur Vernunft zu bringen, das kannst du mir glauben. Friedrich war sonst immer ein braver Junge, aber in diesem Fall ... Ich weiß nicht, was du mit ihm gemacht hast. Als hättest du ihn verhext.«

»Ich habe gar nichts gemacht. Wir lieben uns.«

»Liebe, so, so.« Gesine schüttelte den Kopf und sah sie an, als hätte sie etwas vollkommen Absurdes von sich gegeben. »Wie auch immer. Da du nun einmal meine Schwiegertochter wirst, möchte ich dir schon heute, bevor du mit meinem Sohn vor den Altar trittst, sagen, was ich von dir erwarte.«

Wieso ausgerechnet jetzt, zwei Stunden bevor der Pfarrer sie trauen sollte? Damit sie doch noch einen Rückzieher machte? Das würde auf keinen Fall passieren. Friedrich hatte seinen Wunsch durchgesetzt, sie zu heiraten. Dann konnte auch sie tun, was nötig war, um ihr Leben mit ihm zu verbringen. Gemeinsam waren sie stark.

Sie warf den Kopf zurück und sah Gesine in die Augen. »Bitte.«

»Du wirst alles tun, was nötig ist, um in deinem Tun und Lassen so nahe wie möglich an eine Frau aus der Gesellschaft heranzukommen, wie wir sie für Friedrich ausgesucht hätten.

Ich werde dir beibringen, wie man den Haushalt und das Haushaltsbuch führt, wie das Personal anzusprechen und einzuteilen ist und dergleichen mehr. Nur weil du selbst mal zum Personal gehört hast, wünsche ich keine Nachlässigkeiten.«

Marleen schwieg. Was meinte Gesine mit Nachlässigkeiten? Ging es darum, dass sie möglicherweise zu freundlich zu den Menschen war, die so hart arbeiten mussten, wie sie es vor nicht allzu langer Zeit selbst noch getan hatte?

Die Uhr an der Wand tickte unerbittlich, und ihre Haare mussten noch frisiert und der Schleier festgesteckt werden. Nur weil seine Mutter versuchte, ihr Angst zu machen, würde sie Friedrich nicht vor dem Altar warten lassen. Notfalls würde sie zu Fuß und ungekämmt in die Kirche rennen, um ihn zu heiraten.

»Zudem wirst du lernen, dich in Gesellschaft so zu verhalten, dass Friedrich sich deiner nicht schämen muss.«

»Friedrich sagt, ganz gleich, was ich tue, er wird immer ...«, begann Marleen, doch ein eisiger Blick aus Gesines grauen Augen brachte sie zum Schweigen.

»Das Wichtigste aber, die eine Sache, bei der auch Friedrich keinen Kompromiss kennen wird und wir nicht zulassen können, dass du versagst ...« Gesine ließ den unbeendeten Satz wie eine Drohung in der Luft schweben.

»Ich werde tun, was ich kann, um Friedrich glücklich zu machen«, sagte Marleen schließlich, als sie die Stille im Zimmer nicht mehr ertragen konnte.

»In einer guten Ehe geht es nicht um Glück, es geht um Pflichterfüllung. Es ist deine Pflicht, unserem Sohn einen Erben zu schenken. Einen Erben für diese Villa und für die Manufaktur, die wir für kommende Generationen aufgebaut haben. Aber ...« Wieder eine Pause, die die Luft in dem kleinen Zimmer in Eis zu verwandeln schien. »Aber das ist der einzige Vorteil bei einer Frau deines Standes. Du wirst Friedrich jedes Jahr ein Kind gebären, solange er noch in dein Bett kommt.«

Durch Gesines Körper ging ein Ruck, dann stand sie von ihrem Stuhl auf. Marleen erhob sich ebenfalls. Sie und Gesine waren fast gleich groß. Nachdem sie einen Schritt nach vorn gemacht hatte, stand sie Gesine so gegenüber, dass ihre Gesichter nur wenige Zentimeter voneinander entfernt waren.

»Friedrich und ich werden gemeinsam beschließen, wie wir unser Leben gestalten.« Marleen konnte selbst hören, dass sie wie ein bockiges Kind klang, aber das war ihr egal.

»Auch wenn Friedrich dieses eine Mal unbedingt seinen Kopf durchsetzen musste, wirst du schon sehen, dass er die Dinge, die für unsere Familie wichtig sind, niemals vergessen wird. Ich habe meinen Sohn fünfundzwanzig Jahre lang erzogen. Da kannst du nicht daherkommen und das Leben unserer Familie auf den Kopf stellen. Glaube mir, das wird dir nicht gelingen.«

Gesine wandte sich um und verließ das Zimmer. Gleich darauf trat Erna in Begleitung des Hausmädchens Zita ein.

»Was wollte sie denn?«, wisperte Erna neugierig, während Zita auf dem Frisiertisch die Haarklammern, Kamm und Bürste bereitlegte.

Marleen zuckte mit den Schultern. »Mir Angst machen. Vielleicht hat sie gehofft, ich würde in letzter Minute das Weite suchen. Komischerweise bin ich mir jetzt viel sicherer als vorher, dass Friedrich und ich füreinander bestimmt sind. Auch wenn ich in einem Bahnwärterhäuschen aufgewachsen bin und er in einer riesigen Villa.«

Erna starrte sie mit weit aufgerissenen Augen an. »Womit wollte sie dir denn Angst machen?«

»Nichts von Bedeutung. Wie willst du einer Frau Furcht einjagen, die in zwei Stunden ihre große Liebe heiraten wird?« Das Lachen, das wie das Frühlingslied eines Vogels zur Decke aufstieg, kam aus den Tiefen von Marleens Brust.

13. Kapitel

Nürnberg, 30. Mai 2018

Valerie schlug in dem eleganten Ledersessel in der Besucherecke die Beine übereinander und wippte ungeduldig mit dem Fuß. Dabei sah sie sich aufmerksam in Alexanders Büro um. Es war zweckmäßig und gleichzeitig edel eingerichtet. Vor der Fensterfront stand ein riesiger Schreibtisch mit Glasplatte. Auf der Schreibunterlage aus schwarzem Leder lag ein aufgeklapptes Notebook, daneben ein hoher Papierstapel. An der Wand gegenüber der Polstergruppe, in der sie saß, gab es eine kleine Bar mit Gläsern, Softdrinks und einer Kristallkaraffe mit einer goldfarbenen Flüssigkeit.

Die Sekretärin, die sie gebeten hatte, hier auf Herrn Weißenfels zu warten, hatte ihr angeboten, sich etwas zu trinken zu nehmen. Valerie sprang auf, ging zur Bar, schnupperte an der Karaffe und zog die Nase kraus. Falls Alexander das Zeug benutzte, um Geschäftspartner einzulullen, war es sicher wirkungsvoll. Allein der Geruch sorgte bei ihr schon fast für einen Schwips. Sie hob den Glasdeckel des Kühlfachs und nahm sie sich eine der kleinen Mineralwasserflaschen. Die Flaschen schimmerten in einem tiefen Dunkelblau. Den Markennamen hatte sie noch nie gehört, was daran liegen mochte, dass es sich um eine besonders teure Marke handelte. Sie öffnete den silberfarbenen Verschluss und goss sich eines der bereitstehenden Gläser voll. Dann nippte sie an der kühlen, prickelnden Flüssigkeit und stellte fest, dass sie genauso schmeckte, wie das Mineralwasser, dass sie in großen Plastikflaschen im Supermarkt kaufte.

Mit dem Glas in der Hand spazierte sie durch den Raum, auf der Suche nach irgendeinem persönlichen Gegenstand, einem Hinweis auf den Mann, der hier einen nicht geringen Teil seines Lebens verbrachte. Es gab jedoch weder Fotos noch irgendwelche Erinnerungsgegenstände, wie andere Leute sie in ihren Büros aufstellten.

War Alexander Weißenfels ein so nüchterner Mensch, dass er keinen Wert auf solche Dinge legte? Oder gehörte er zu jenen Leuten, denen es unangenehm war, auch nur einen kleinen Teil ihres Privatlebens vor den Augen Fremder auszubreiten?

Mit einem Seufzer ließ Valerie sich wieder in den Sessel sinken. Sie stellte ihr Wasserglas auf den niedrigen Tisch und griff nach ihrer Mappe mit dem Entwurf für den ersten Abschnitt der Festschrift. Helen schien ein Teil ihrer Entschlossenheit verlorengegangen zu sein. Sie hatte verkündet, doch lieber nicht allein die Verantwortung für den Inhalt der Festschrift übernehmen zu wollen. Alexander sollte ebenfalls seine Meinung zu Valeries Arbeit sagen.

Daraufhin hatte der Firmenchef ihr ganz förmlich einen Termin in seinem Büro angeboten – um ihn jetzt nicht einzuhalten. Ein Blick auf ihre Armbanduhr zeigte ihr, dass er schon seit einer Viertelstunde überfällig war. Sie blätterte noch einmal den Ausdruck durch, obwohl sie jetzt am Inhalt ohnehin nichts mehr ändern konnte.

Valerie hatte ein schlechtes Gewissen, da sie sich während der guten Woche, die sie nun schon an dem Text arbeitete, absolut nicht nur mit dem Thema beschäftigt hatte, für dessen

Recherche sie bezahlt wurde. Sie hätte zweifellos schon weiter sein können. Dennoch war sie nicht unzufrieden mit ihrer Arbeit. Sie konnte nur hoffen, dass Alexander das ebenso sah.

Als sich schwungvoll die Tür öffnete, klappte sie ihre Mappe zu und sah von ihren Unterlagen auf.

»Alexander, du hast gestern Abend deine Jacke vergessen. Ich dachte mir, ich bringe sie ...« Bei Valeries Anblick stockte die junge Frau, die ins Zimmer gestürmt war. »Wo ist Alexander? Seine Sekretärin sitzt nicht an ihrem Schreibtisch.«

»Ich weiß nicht, wo die Sekretärin ist. Und auf Alexander warte ich seit über einer Viertelstunde. Ich habe einen Termin bei ihm.«

»Ich kenne ihn persönlich«, verkündete die Besucherin und wedelte mit der dunkelbraunen Lederjacke, die sie in der Hand hielt. Sie war groß und schlank, mit glatten schwarzen Haaren, die ihr wie schimmernde Seide bis über die Schultern flossen. Ihre großen, hellblauen Augen bildeten einen starken Kontrast zu den dunklen Haaren.

»Ich auch«, erwiderte Valerie gelassen.

»Ich bin Katharina Groß. Alexander und ich sind zusammen zur Schule gegangen. Die Jacke hat er gestern Abend beim Klassentreffen liegengelassen. Ich wollte sie ihm bringen.«

»Valerie Falk. Ich schreibe die Festschrift zum Firmenjubiläum.« So wie Katharina zuvor mit der Jacke gewedelt hatte, schwenkte Valerie nun ihre Mappe.

Katharina ließ sich auf einen der Sessel fallen und legte sich Alexanders Lederjacke über die Beine, die in einer edlen weißen Leinenhose steckten.

»Es gibt etwas zu trinken, falls Sie möchten.« Einladend deutete Valerie auf die Bar.

Sofort sprang Katharina wieder auf und inspizierte das Getränkeangebot. Ebenso wie vorher Valerie schnupperte sie an der Karaffe. »Brandy«, stellte sie fest, nahm sich ein Glas und schenkte einen Fingerbreit von der goldgelben Flüssigkeit ein.

»Nicht schlecht«, stellte sie anerkennend fest, nachdem sie an dem Getränk genippt hatte. »Auch einen?«

»Nein danke. Ich habe mir schon was genommen.« Valerie deutete auf ihr Wasserglas.

Achselzuckend ließ Katharina sich in den Sessel gegenüber von Valeries sinken. Sie sah auf ihre Armbanduhr, trank einen Schluck und schaute erneut auf die Uhr.

»Wenn Sie wollen, kann ich Alexander die Jacke geben«, schlug Valerie vor, nachdem sie sich eine Weile das ungeduldige Gebaren angesehen hatte. Angesichts dieser zappeligen Frau kam sie sich plötzlich sehr ruhig und gelassen vor. »Falls er nicht bald auftaucht, fahre ich zurück in die Villa. Dann nehme ich sie mit.«

»Ich wollte ihn noch was fragen.« Katharina legte die Hand auf die Jacke und lächelte.

In diesem Moment öffnete sich erneut die Tür. Katharina und Valerie drehten gleichzeitig die Köpfe in die Richtung. Es war jedoch wieder nicht Alexander, der den Raum betrat, sondern seine Sekretärin. Frau Zarge war eine zweckmäßig gekleidete Frau um die vierzig und hatte eine äußerst kompetente Ausstrahlung. Ob sie lächeln konnte, hatte Valerie bei ihren wenigen Besuchen in der Firma noch nicht festgestellt. Aber sie hatte scheinbar den Laden im Griff.

Jetzt blieb sie in der Tür stehen und ließ den strengen Blick ihrer dunklen Augen zwischen Valerie und Katharina hin und her wandern.

»Sie haben einen Termin bei Herrn Weißenfels«, sagte sie an Valerie gerichtet. »Und wer sind Sie bitte?« Diese Frage galt Katharina.

»Ich bin Alexanders Freundin. Also, eine Freundin von Alexander«, korrigierte sie sich, als der strenge Blick der Sekretärin sie traf. Wahrscheinlich wusste Frau Zarge bestens über Alexanders Privatleben Bescheid.

»Herr Weißenfels kommt vorerst nicht. Er lässt sich entschuldigen.«

»Aber ich hatte einen Termin und warte nun schon seit einer halben Stunde«, widersprach Valerie, obwohl ihr bereits klar war, dass es nichts bringen würde.

»Herr Weißenfels muss den Termin leider absagen. Ich soll Ihnen ausrichten, er wird sich den Text so bald wie möglich ansehen.«

Valerie stand auf und griff nach ihrer Mappe. Diesen Weg hätte sie sich jedenfalls sparen können. Aber selbstverständlich würde sie sich nicht beschweren. Schließlich wurde sie für ihre Arbeit gut bezahlt.

»Was ist Herrn Weißenfels denn so Dringendes dazwischengekommen?«, erkundigte Katharina sich. Zu Valeries Erstaunen bekam sie eine Antwort.

»Ein Problem in der Fertigungsstraße. Er muss sich darum kümmern und darf auf keinen Fall gestört werden.« Offenbar hatte Frau Zarge Sorge, Alexander könnte von den beiden Frauen in der Fabrikhalle heimgesucht werden.

Katharina trank ihren Brandy mit einem großen Schluck aus und schüttelte sich leicht. »Hast du Lust, was trinken zu gehen?«

»Alkohol ist um diese Zeit nichts für mich. Mir steigt das direkt in den Kopf.« Wieso kam sie sich Katharina gegenüber ständig wie eine Spielverderberin vor? Normalerweise entschuldigte sie sich nicht, wenn sie keinen Alkohol trinken wollte.

»Ich hatte nicht vor, mich zu betrinken.« Katharina lachte amüsiert. »Wie wäre es mit Kaffee oder Tee?«

»Ich wollte nach dem Termin hier eigentlich noch Besorgungen machen.«

»Shoppen? Etwa Klamotten?« Katharinas hellblaue Augen funkelten.

Wieder brauchte Valerie einen Moment Bedenkzeit, bevor sie antwortete, weil sie ahnte, was gleich kommen würde. »Ja. Ich war auf einen so langen Aufenthalt hier in Nürnberg nicht eingerichtet. Deshalb brauche ich unbedingt ein paar Sachen zum Wechseln.«

»Ich bin ziemlich gut darin, Leute zu beraten, wenn es um Kleidung geht. Falls du jemanden gebrauchen kannst, der dir Sachen zum Anprobieren in die Umkleidekabine bringt und schonungslos sagt, wenn etwas absolut unmöglich an dir aussieht ...«

Normalerweise ging Valerie allein einkaufen, wenn sie neue Kleidung brauchte. Sie hatte einmal versucht, Jana mitzunehmen und endlose Diskussionen mit ihr führen müssen, ob es tatsächlich die schlichten Jeans sein durften, wenn doch die extravagante Stoffhose mit dem Vintage-Druck so viel besser an ihr aussah. Was nun Katharina beträf, würde sie wohl trotzdem aus dieser Nummer nicht herauskommen, ohne ihre neue Bekannte vor den Kopf zu stoßen. Sie schien Shopping zu lieben. Beim Gedanken an eine gemeinsame Einkaufstour duzte sie Valerie sogar spontan.

»Das klingt ... gut«, sagte Valerie ergeben und ging zur Tür, die Frau Zarge ihnen aufhielt.

»Ich kenne ein paar tolle Boutiquen in der Innenstadt, da findest du garantiert was.« Strahlend hakte Katharina sich bei ihr unter. Offenbar hatte Valerie in Nürnberg eine Freundin gefunden, ob sie wollte oder nicht.

14. Kapitel

Nürnberg, 30. Mai 2018

Als ihre Handtasche, die sie achtlos aufs Bett geworfen hatte, anfing zu klingeln, verrenkte sich Valerie gerade vor dem Standspiegel in der Ecke ihres Zimmers den Hals. Sie hatte nicht widerstehen können, nach ihrer Shoppingtour mit Katharina die Sachen in der Villa noch einmal anzuprobieren. Eigentlich hatte sie vorgehabt, nur einige Shirts und etwas Unterwäsche zu kaufen. Angesichts der wunderschönen Kleider und Kostüme in den kleinen Läden, in die Katharina sie geführt hatte, war ihr eingefallen, dass sie auch etwas für die Jubiläumsfeier brauchte. Helen hatte ihr gesagt, als Autorin der Festschrift sollte sie auf jeden Fall anwesend sein und ein paar Worte zur Firmengeschichte sagen.

Katharina hatte sich mit Begeisterung in die Suche nach einem Kleidungsstück gestürzt, das dem Anlass angemessen, auf Valeries Wunsch jedoch keinesfalls zu auffallend sein sollte. Da Valerie selbst keine Ahnung hatte, was bei einer solchen Gelegenheit passend war, entpuppte sich Katharinas Begleitung letztlich als Segen. Sie wählte mit sicherer Hand Kleider, die Valerie gefielen und meistens auch passten. Und als Valerie schließlich in das schlichte dunkelblaue Kleid mit dem kleinen Stehkragen und den nackten Schultern schlüpfte, erklärte sie sofort, es sei wie gemacht für ihre neue Freundin.

Während Valerie sich nun in ihrem Schlafzimmer in der Villa im Spiegel betrachtete, stellte sie fest, dass sie noch nie ein so elegantes Kleid besessen hatte, in dem sie sich noch dazu ausgesprochen wohl fühlte. Allerdings war es auch das teuerste Kleidungsstück, das sie sich jemals geleistet hatte, aber angesichts des Honorars, das sie für die Festschrift erhalten würde, war sie über ihren Schatten gesprungen.

Überraschenderweise hatte es ihr Spaß gemacht, mit Katharina zu shoppen. Die Begeisterung, mit der ihre Begleiterin bei der Sache gewesen war, hatte sie angesteckt.

Valerie riss sich von ihrem Anblick im Spiegel los und angelte das klingelnde Handy aus ihrer Tasche.

»Hallo, Alexander«, meldete sie sich nach einem Blick aufs Display. »Ist die Krise in der Fabrik geklärt?« Sie ließ sich aufs Bett fallen und betrachtete die Pumps, die exakt das gleiche Blau hatten wie das Kleid.

»Wenn du dazu irgendwelche Schuhe anziehst, machst du den super Effekt dieses Kleides zur Hälfte zunichte. Mindestens.« Katharina hatte die Pumps hochgehalten und Valerie hatte zugegriffen. Das gab ihre Kreditkarte auch noch her.

»Es war nicht direkt eine Krise, aber doch eine Angelegenheit, um die ich mich kümmern musste. Momentan dringender als die Festschrift.«

»Das verstehe ich. Es wäre nur gut, wenn Sie sich dennoch bald meinen Entwurf ansehen könnten, damit ich weitermachen kann.«

»Wie wäre es mit sofort? Ich bin im Haus und hätte jetzt Zeit.«

»Jetzt? Wo?« Während Valerie mit der rechten Hand das Handy ans Ohr presste, zog sie mit der linken die Mappe mit dem Entwurf aus ihrer Tasche.

»In der Abendsonne.« Alexander lachte leise. »Ich sitze auf meiner Terrasse und bin an diesem wunderbaren Abend nicht bereit, mich länger als unbedingt nötig in einem geschlossenen Raum aufzuhalten. Ich erwarte Sie in zwei Minuten. Klopfen Sie an meine Tür, dann öffne ich Ihnen.«

»Aber ich brauche etwas mehr Zeit, um ...«

Alexander hatte aufgelegt. Dabei hätte sie ihm gern gesagt, dass sie sich erst noch umziehen musste und sicher allein fünf Minuten brauchte, um in der riesigen Villa zu seinem Bereich zu gelangen. Zumal sie nicht einmal genau wusste, wo sich seine Räume befanden.

Mit einem Seufzer griff sie nach ihrer Mappe und verließ ihr Zimmer. Dann musste es eben so gehen. Sie ließ Leute nicht gerne warten. Wahrscheinlich würde Alexander sowieso nicht bemerken, dass sie nicht wie sonst in Jeans und Shirt herumlief. Männern fiel so etwas in der Regel nicht auf.

Die neuen Schuhe waren ein wenig zu eng, aber schließlich hatte sie sie nicht zum Wandern gekauft. Sie widerstand der Versuchung, schon wieder auf Zehenspitzen zu gehen, um das laute Klappern der Absätze zu vermeiden, das hier im ersten Stock weithin zu hören war. Entschlossen marschierte sie weiter, obwohl sie keine Ahnung hatte, ob sie im richtigen Flur war.

Als direkt neben ihr eine Tür geöffnet wurde, fuhr sie herum. Alexander grinste sie an.

»Ich habe Sie sogar draußen auf der Terrasse gehört. Sind die Schuhe neu?«

»Das liegt am Fußboden und nicht an den Schuhen. Außerdem kann ich von Glück sagen, dass Sie mich gehört haben. Ich hatte keine Ahnung, wo ich Sie finde.«

»Sie haben sich extra umgezogen. Das wäre nicht nötig gewesen. Aber ich freue mich natürlich.« Sein Blick glitt über ihr neues Kleid, und sie spürte prompt, dass ihre Wangen vor Verlegenheit glühten.

»Ich habe mich Ihretwegen nicht extra umgezogen. Im Gegenteil, mir blieb nicht genug Zeit, die Kleidung zu wechseln, weil ich Sie nicht unnötig warten lassen wollte.« Nervös strich sie den Stoff über ihren Hüften glatt.

»Wie auch immer. Ein wirklich elegantes Kleid.« Er hob den Arm, es tat einen Ruck – und er reichte ihr das Preisschild, das hinten am Ausschnitt gehangen hatte.

»Danke. Ich war mit Ihrer Freundin Katharina einkaufen. Das Kleid ist für den Festakt zum Firmenjubiläum. Ich habe es nur noch mal anprobiert.« Sie schob das Pappschild in ihre Mappe und atmete durch.

»Falls Sie mal shoppen wollen, fragen Sie Katharina. Sie versteht was davon.« Valerie bemühte sich um einen lockeren Tonfall.

»Ich werde daran denken. Kommen Sie rein.« Er machte die Tür frei, und sie betrat ein Zimmer, dessen Größe und Einrichtung sie trotz der Geräumigkeit in der Villa überraschte.

Das Erste, was auffiel, wenn man den Raum betrat, waren die deckenhohen Regale an drei der vier Wände. Sie wurden durch geschlossene Schrankelemente ergänzt. Und obwohl es endlose Meter von Regalbrettern gab, waren alle gefüllt.

»Ich sammle alte Schallplatten. Und wenn ich ein Buch gelesen habe, kann ich mich nur schlecht davon trennen«, erklärte Alexander, als er ihren erstaunten Blick bemerkte.

Die übrigen Möbel im Zimmer waren aus dem gleichen hellen, leicht rötlichen Holz gearbeitet wie das Regal: ein großer Schreibtisch, mehrere niedrige Schränke und kleine Tische. Die mit weißem Leder bezogene Couch passte perfekt dazu.

Während sie Alexander folgte, der auf die gläsernen Schiebetüren am Ende des Zimmers zuging, konnte Valerie nicht widerstehen. Sie strich im Vorbeigehen über die schimmernde Platte eines kleinen Tisches. Alexander, dem offenbar nichts entging, blieb stehen und sah hinunter auf das Möbelstück, auf dem eine Vase mit einem bizarr gebogenen Ast stand.

»Eberesche«, sagte er lächelnd. »Es fühlt sich an wie Seide, nicht wahr?«

Sie nickte verblüfft.

»Und die Maserung ist schlicht, aber elegant, ein bisschen wie Ihr Kleid. Man kann die Jahresringe gut erkennen.« Mit den Fingerspitzen zog er eine Linie nach. »Wenn ich mich entscheiden müsste, wäre Eberesche mein Lieblingsholz. Aber das ist nicht schwer zu erraten, nachdem ich sämtliche Möbel in diesem Zimmer daraus gearbeitet habe.« Sein Lachen klang ein wenig verlegen, als hätte er ihr wider Willen ein Geheimnis anvertraut.

»Sie haben die Möbel selbst gebaut?«

Er nickte. »Irgendeinen Sinn musste es doch haben, dass ich vor meinem Studium Möbelschreiner gelernt habe. Das hat in unserer Familie Tradition. Wegen der Puppenhäuser, die wir schon längst nicht mehr bauen.«

»Es ist schade, dass die Häuschen nicht mehr hergestellt werden. Vielleicht sollte man überlegen ...«

Alexander drehte sich ruckartig um und trat durch die weit geöffnete Glastür hinaus ins Freie. Valerie folgte ihm. Die riesige Terrasse lag an der Rückseite der Villa, und man sah von hier in den kleinen Park mit den hohen Bäumen, den weiten Rasenflächen und den sorgsam gepflegten Blumenbeeten. Valerie hatte inzwischen mehrmals dort draußen einen Gärtner gesehen, der sich um die Grünanlage kümmerte.

Die Loungemöbel waren ebenfalls elegant, aber nicht selbstgemacht. Auf dem niedrigen Tisch mit der Glasplatte standen eine geöffnete Flasche Rotwein und zwei Gläser – ein halb volles und ein leeres, sauberes.

Alexander deutete auf einen der üppig gepolsterten Rattansessel, während er nach der Flasche griff und das zweite Weinglas füllte.

»Nein, danke. Besser nicht während der Arbeit.«

»Der Wein ist gut. Und ich trinke nicht gern allein.« Alexander schob das Glas neben die Mappe, die Valerie auf den Tisch gelegt hatte. »Sie sollen nicht mehr arbeiten, sondern mir nur kurz erklären, was Sie aus welchem Grund in den ersten Teil der Festschrift aufgenommen haben. Ich lese mir das dann morgen in Ruhe durch.«

Als Alexander sein Glas hob und sie über den Rand hinweg ansah, nahm sie ihres, prostete ihm kurz zu, führte das feingeschliffene Weinglas zum Mund, berührte es nur kurz mit den Lippen und stellte es zurück auf den Tisch.

Alexander, der sie nicht aus den Augen gelassen hatte, während er selbst einen Schluck nahm, zog die Brauen hoch, sagte aber nichts.

»Im ersten Teil der Festschrift habe ich mich auf die Firmengeschichte konzentriert. Auf die hundert Jahre, um die es beim Jubiläum geht.« Ohne aufzusehen, schlug Valerie ihre Mappe auf und starrte das oberste Blatt an, auf dem jedoch nur in großen Buchstaben Festschrift anlässlich des 100. FirmenjubiläumS von Weißenfels Spielwaren zu lesen war.

»Soweit ich Informationen dazu in den Unterlagen finden konnte, habe ich die Gründung der Firma skizziert und die Anfänge mit nur zwei verschiedenen Puppenhausmodellen beschrieben. Weiter geht es mit der Ausweitung der Produktion und dem Umzug in das neue, größere Manufakturgebäude. Schließlich führe ich die Änderungen der Produktpalette und die aktuelle Situation aus.«

»Klingt nachvollziehbar.« Alexander nickte und schwenkte den tiefroten Wein in seinem Glas.

»Im folgenden Abschnitt möchte ich mich der Familie Weißenfels und dem Einfluss der verschiedenen Generationen auf die Entwicklung der Firma widmen.«

»Oje.« Das drückte eher Entsetzen als Begeisterung aus.

Fragend sah sie ihn an. Warum gerieten die Weißenfels jedes Mal in Panik, wenn es auch nur am Rande um sie als Menschen ging?

»Wir können Sie als Fabrikantenfamilie nicht völlig außen vor lassen. Obwohl, wenn Sie das unbedingt wollen ...«

»Ich stelle mir nur vor, was Sie über meinen Einfluss auf die Geschicke der Firma schreiben werden.«

»Natürlich erwähne ich grundsätzlich nur Positives. Erst recht, was die augenblickliche Situation betrifft. Schließlich soll die Festschrift eine Art Werbung sein.«

»Na ja. Ich bin derjenige, der vollkommen auf Plastikspielzeug umgestellt hat. Nicht schön, aber seltsamerweise leicht verkäuflich. Die Firma stand am Abgrund, als ich sie übernahm. Etwas musste ich tun.« Er verzog den Mund, als hätte er in eine Zitrone gebissen.

»Ökonomische Zwänge. Aber so werde ich es selbstverständlich nicht ausdrücken.« Valerie hatte keine Ahnung, wie sie stattdessen formulieren würde, dass bei Weißenfels anstelle von liebevoll gestalteten Puppenhäusern jetzt Allerweltsplastikzeug hergestellt wurde.

»Die Puppenhäuser aus Plastik regen die Fantasie an«, fiel ihr spontan ein.

Alexander lachte kurz auf. »So kann man es mit viel gutem Willen sehen.«

Erneut hob er sein Glas und hielt es ihr über dem Tisch entgegen. Sie stießen an, und dieses Mal nahm Valerie einen richtigen Schluck von dem duftenden Wein. Auf ihrer Zunge explodierte das Aroma von reifen Brombeeren. Hm. Sie schluckte und schloss dabei genießerisch die Augen.

»Gut, nicht wahr?« Alexander entging einfach nichts.

Sie nickte. Was war schon dabei, abends ein Glas Wein mit ihrem Auftraggeber zu trinken? Noch dazu, wenn der Wein so köstlich war.

»Ich lese mir den Text durch, und falls ich Anmerkungen habe, melde ich mich.« Er klappte die Mappe zu und schob sie zur Seite.

Damit war die Besprechung offenbar beendet. Valerie nahm noch schnell einen Schluck aus ihrem Glas. Wahrscheinlich war es unhöflich, fast alles stehenzulassen. Bevor sie jedoch aufstehen und sich verabschieden konnte, schenkte Alexander ihr nach. Ohne zu fragen und obwohl sie nicht ausgetrunken hatte.

»Ich möchte wirklich nicht ...«

»Der Wein schmeckt Ihnen, und es ist nicht gut für mich, die ganze Flasche allein auszutrinken.« Sein Ton duldete keinen Widerspruch. Obwohl sie selbstverständlich widersprechen würde. Weil sie sich nicht zwingen ließ, einen milden Sommerabend auf dieser Terrasse zu verbringen, Wein zu trinken, zuzusehen, wie der Mond langsam über den Baumwipfeln aufstieg, dem verschlafen klingenden Abendgezwitscher der Vögel zu lauschen und ... Es war wirklich schön hier.

Sie lehnte sich zurück, atmete tief durch und entspannte sich ein wenig.

»Wie geht es Ihrem Arm?«, erkundigte sie sich, nachdem sie eine Weile einträchtig mit den Blicken zwei Fledermäusen gefolgt waren, die in der silbergrauen Dämmerung elegante Bögen und rasante Kurven flogen.

»Er ist unerwartet schnell verheilt. War ja nur angebrochen. Nächste Woche kommt voraussichtlich die Schiene ab.« Er lächelte zufrieden. »Obwohl ich mittlerweile gelernt habe, sogar Weinflaschen mit anderthalb Händen zu öffnen.«

Valerie nickte. »Tut mir übrigens leid, dass ich Sie in der Klinik angerempelt habe. Das war bestimmt sehr schmerzhaft.«

Sein lautes Lachen kam so überraschend, dass sie zusammenzuckte. »Sie haben sich schon entschuldigt. Ich muss um Verzeihung bitten, weil ich so unleidlich reagiert habe. Aber ich hatte nicht nur Schmerzen, ich habe mich auch über meine Ungeschicklichkeit geärgert. Mir war klar, dass ich ziemlich lange unter den Folgen leiden würde. So was ist furchtbar lästig. Ich war schlecht gelaunt. Was aber kein Grund ist, jeden anzumeckern.«

»Längst vergessen.«

Der fast volle Mond stand jetzt genau zwischen den Wipfeln von zwei Tannen am Himmel. Es sah aus, als würden ihn die Spitzen der beiden hohen Bäume stützen.

»War es wirklich Zufall, dass Sie am nächsten Tag an unserer Tür geklingelt haben?« Trotz des schwachen Lichts der Solarleuchten, die in den Boden der Terrasse eingelassen waren, konnte sie erkennen, dass er die Stirn runzelte.

Valerie zögerte. Es war kein gutes Gefühl, die gesamte Familie Weißenfels zu belügen, die sie aufgenommen und ihr einen lukrativen Auftrag erteilt hatte. Aber sie konnte nicht sagen, warum sie wirklich hier war. Also versuchte sie sich an einem harmlosen Lächeln.

»Glauben Sie etwa immer noch, ich bin auf der Suche nach Ihnen durch ganz Nürnberg gerannt, bis ich schließlich dieses Haus gefunden habe?«

»Ich muss gestehen, der Gedanke gefällt mir.« Er zwinkerte ihr zu, und im Gegensatz zu ihrem war sein Lachen fröhlich und echt. Er leerte sein Glas und schenkte sich nach.

»Träumen Sie ruhig weiter davon, dass irgendeine Masochistin Ihnen hinterherläuft, nachdem Sie sie so richtig unfreundlich angemacht haben.« Jetzt musste Valerie doch breit grinsen. »Ich wollte nach einem Bekannten fragen, der hier in der Nähe wohnen soll. Deshalb habe ich hier geklingelt.«

»Ich dachte, Sie hatten sich verlaufen und suchten den Weg zurück zu Ihrer Pension.«

Fast hätte sie, vor Ärger über sich selbst, ungeduldig geschnaubt. Sie war eine so miserable Schwindlerin. Und Alexander hatte ein viel zu gutes Gedächtnis.

»Ich habe den Weg zu diesem Bekannten gesucht.« Hoffentlich tauschten Mutter und Sohn sich nicht über die Begründungen für ihr Auftauchen aus.

Nervös rutschte sie in ihrem Sessel herum und nippte an ihrem Glas.

Hatte er sie zum Wein überredet, weil ihm ihr Verhalten verdächtig erschien und er sie aushorchen wollte? War ihm aufgefallen, dass sie neben der Recherche für die Festschrift hinter ganz anderen Informationen her war? Oder fand er es tatsächlich so seltsam, dass sie im Gesindehaus gewesen war? Dorthin hatte sie sich seither nicht mehr getraut, obwohl sie ihre Suche dort unbedingt fortsetzen wollte. Aber dazu musste sie einen Zeitpunkt abwarten, zu dem sie allein in der Villa war. Sie verspürte nicht die geringste Lust, sich noch einmal erwischen zu lassen und noch mehr Argwohn zu erregen.

»Haben Sie ihn denn inzwischen gefunden?«

»Wen?

»Ihren Bekannten.«

»Ich hatte keine Zeit, mich weiter darum zu kümmern. Wir waren nicht befreundet oder so. Wir gingen zwar in eine Klasse, aber unser Verhältnis war eher flüchtig. Nicht wie bei Katharina und Ihnen.« Sie griff nach ihrem Glas und schüttete sich den restlichen Wein in den Mund. Plötzlich hatte sie gar keinen Spaß mehr an dem Geschmack von reifen Beeren, Sonne und Blüten.

»Katharina und ich waren auch nicht sonderlich eng befreundet. Wir sind uns beim Klassentreffen über den Weg gelaufen und konnten uns noch daran erinnern, wie der jeweils andere heißt.« Er strich sich mit einer ungeduldigen Geste die Haare aus der Stirn.

»Sie hat noch Ihre Lederjacke, wollte sie mir aber nicht mitgeben, weil sie meinte, sie müsse sie Ihnen persönlich überreichen.«

»Nett von ihr. Ich dachte schon, die Jacke ist weg.«

»Nein. Sie wird bestens bewacht.« Bei der Erinnerung daran, wie Katharina die Jacke verteidigt hatte, musste Valerie grinsen.

Als wüsste er genau, woran sie gerade dachte, verzog auch Alexander den Mund zu einem Lächeln.

Sie sprang auf, geriet prompt auf den hohen Absätzen ihrer neuen Schuhe ins Straucheln und fiel wieder zurück auf das weiche Polster des Sessels.

»Genau. Die Flasche ist noch nicht leer.« Alexander füllte erneut ihr Glas.

»Es ist wirklich höchste Zeit für mich zu gehen. Weil ich heute fast den ganzen Nachmittag einkaufen war, habe ich mir vorgenommen, noch ein paar von den alten Dokumenten durchzusehen. Wenn ich zu viel Wein intus habe, wird das nichts.« Entschlossen stemmte sie sich wieder aus dem tiefen Sessel hoch und steuerte die Glastür an.

Tatsächlich war ihr der schwere Wein ein wenig in den Kopf gestiegen. Vielleicht war sie aber auch benommen von der milden Nachtluft und dem Verhör, das sie über sich hatte ergehen lassen müssen. Hinzu kamen die ungewohnten Pumps. Sie hatte echt Mühe, geradeaus über die Fliesen der Terrasse zu gehen.

Alexander begleitete sie höflich zur Tür. Als sie das Zimmer betraten, flammten automatisch Lampen auf und tauchten den Raum in gedämpftes Licht. Offenbar gab es Bewegungsmelder.

Sie ließ sich nicht anmerken, dass sie derartigen Luxus nicht gewohnt war, sondern ging wortlos weiter. Auf dem niedrigen Schrank neben der Tür stand eine Tischlampe mit elegant geschwungenem Messingfuß. Ihr Licht fiel auf einige Fotos in schlichten weißen Rahmen.

Erstaunt blieb Valerie stehen. »Sie haben ja doch Bilder.«

»Warum sollte ich keine Bilder haben?« Nachdem er vorhin zunächst locker und freundlich und anschließend misstrauisch geklungen hatte, hörte sich seine Stimme jetzt abwehrend an.

»In Ihrem Büro gibt es nichts Persönliches. Auch keine Fotos.« Sogar ihre Zunge hatte durch den Wein an Beweglichkeit eingebüßt. Wie viel hatte sie eigentlich getrunken? Er hatte ihr zwischendurch nachgeschenkt, obwohl ihr Glas noch gar nicht leer gewesen war.

»Im Büro arbeite ich. Das ist kein persönlicher Ort.« Er griff über ihre Schulter und stellte eines der Bilder schräg hin, sodass es von vorn nicht mehr gut zu erkennen war.

Wollte er nicht, dass sie ausgerechnet dieses Bild anschaute? Sie musste nur ein wenig den Kopf zur Seite legen, dann konnte sie doch das kleine blonde Mädchen auf dem Foto erkennen. Etwa vier Jahre alt, mit einer süßen Stupsnase, auf der sich zahlreiche Sommersprossen tummelten, und einem breiten, frechen Grinsen.

»Was für ein süßes Kind. Wer ist denn das?« Sie wollte nach dem Bild greifen, doch sofort war wieder seine Hand da. Mit einem Krachen stieß er den Fotorahmen um, sodass das Bild mit der Rückseite nach oben lag.

Erstaunt wandte Valerie sich um und sah Alexander an. Sein Kiefer arbeitete, und seine Lippen waren schmal. Offenbar hatte er nicht die Absicht, ihr eine Antwort zu geben.

»Tut mir leid, dass ich gefragt habe. Das geht mich nichts an.« Mit schnellen Schritten ging sie weiter zur Tür.

Auf dem Weg zurück zu ihrem Zimmer wurde ihr klar, dass offenbar nicht nur sie etwas zu verbergen hatte.

15. Kapitel

Nürnberg, 31. Mai 2018

Am nächsten Morgen kam mit der Post ein großer wattierter Umschlag für Valerie. Als Frau Landauer ihn in die Bibliothek brachte, wo sie seit acht Uhr am Laptop saß, erkannte sie sofort die große, etwas krakeliger Handschrift ihrer Großmutter auf dem Kuvert.

»Ich hab was an dich abgeschickt«, hatte Annemarie ihr vor zwei Tagen am Telefon angekündigt. »Ein paar Sachen, die ich in einem alten Koffer gefunden habe.«

Seit Valerie nach Nürnberg abgereist war, schaute Annemarie systematisch all die Schachteln, Kisten und alten Koffer auf dem Dachboden ihres Hauses durch. Die Sachen standen dort teilweise seit Jahrzehnten. Es waren nicht nur Dinge, die sie selbst benutzt, gesammelt und irgendwann dort verstaut hatte. Auch Kisten und Kästen vom Dachboden ihres Elternhauses und aus dem Keller des Hauses, in dem Valerie mit ihren Eltern gelebt hatte, waren dort gelandet. Niemals hatte sich jemand die Zeit genommen, alles durchzusehen und zu sortieren. Das tat Annemarie jetzt.

»Was ist es denn?«, hatte Valerie sich neugierig erkundigt. Wenn Annemarie ihr die Sachen extra nach Nürnberg schickte, musste es etwas sein, das sie für wichtig hielt.

»Du wirst schon sehen«, hatte Annemarie knapp erwidert und das Thema gewechselt.

Nun war ihre Sendung angekommen. Valerie wartete, bis

Frau Landauer das Zimmer verlassen hatte, dann öffnete sie den Umschlag.

Als sie den Inhalt auf die Tischplatte schüttete, fiel ein Stapel Briefumschläge heraus. Das Papier der schlichten Kuverts war vergilbt. Als Valerie sie durchschaute, stellte sie fest, dass sie alle ungeöffnet, jedoch eindeutig mit der Post transportiert worden waren. Jeder Brief war an Ottilie Hauser adressiert und mit einer abgestempelten Marke versehen. Und jeder Umschlag trug den Vermerk »Annahme verweigert« und als Absenderangabe Lydia Breuers Namen und ihre Nürnberger Adresse im Gesindehaus der Villa Weißenfels.

Offenbar hatte Lydia ihrer Schwester zahlreiche Briefe geschrieben, die diese ihr postwendend ungeöffnet zurückgeschickt hatte. Fast neunzig Jahre später hatte Annemarie diese Briefe in einem alten Koffer gefunden. Lydia hatte sie ihr Leben lang aufbewahrt.

War Annemarie nicht neugierig gewesen, was in diesen Briefen stand, die Lydia so beharrlich geschrieben und abgeschickt hatte, und die ihre Schwester ebenso ausdauernd ungeöffnet hatte zurückgehen lassen? Hatte Annemarie sich vor der Wahrheit gefürchtet, die sie vielleicht über ihre Mutter oder ihre eigene Herkunft aus diesen Briefen erfahren würde?

Bisher kannten sie einen Brief von Lydia an Ottilie. Jenen angefangenen und niemals abgeschickten, in dem Lydia andeutete, dass sie vor einem großen Problem stand und sich sehnlichst die Unterstützung ihrer Schwester wünschte. Lag der Rest der Geschichte hier vor ihr auf dem Tisch?

Valerie spürte, dass ihr Herz plötzlich schneller schlug. Sie sortierte die Briefe chronologisch, sodass der älteste oben lag. Dann schob sie den Finger unter die Lasche des ersten Umschlags und riss ihn vorsichtig auf. Es handelt sich um einen langen Brief. Drei große Bögen waren mit kleiner, ordentlicher Handschrift von beiden Seiten eng beschrieben.

Valerie zögerte einen Moment. Eigentlich hatte sie sich vorgenommen, an diesem Vormittag wenigstens den Abschnitt über die Gründer von *Weißenfels Spielwaren* fertigzustellen. Die Zeit wurde langsam knapp. Die Festschrift musste schließlich nicht nur geschrieben werden. Sie brauchte auch ein ansprechendes Layout und ein Titelblatt, musste durch Fotos ergänzt und schließlich gedruckt werden.

Dennoch konnte sie nicht widerstehen. Sie entfaltete die Briefbögen und begann zu lesen.

Nürnberg, den 2. Juni 1929

Liebe Ottilie,

über zwei Monate ist es jetzt her, seit ich Ohltal verlassen habe, um mein Glück in Nürnberg zu versuchen. Ich hoffe, Du hast mir inzwischen verziehen. Immer noch höre ich die Worte, die Du beim Abschied zu mir gesagt hast. Und ich sehe Deine schmalen Lippen vor mir und das wütende Funkeln in Deinen Augen.

»Du brauchst Dich nicht zu melden, solange Du nicht vorhast, nach Ohltal zurückzukehren.«

Viele Wochen habe ich mich daran gehalten, weil ich weiß, wenn Du etwas sagst, meinst Du es so. Doch heute breche ich mein Schweigen. Du fehlst mir, Ottilie, und ich hoffe, auch Du denkst manchmal an mich. Schließlich haben wir zwei seit dem

Tod unserer Eltern nur einander. Nachdem Ihr im vergangenen Herbst geheiratet habt, hast Du natürlich noch den Ludwig. Aber ein Mann ist etwas anderes als eine Schwester, mit der Du achtzehn Jahre eine kleine Kammer und viele Geheimnisse geteilt hast.

Ich weiß, Du kannst nicht verstehen, wieso ich fortgehen musste. Du warst furchtbar wütend, weil Du dachtest, wenn ich Dich lieb habe, müsste ich bleiben. Doch in unserem Dorf ist kein Platz mehr für mich. Unser Hof kann kaum Ludwig und Dich ernähren. Jedenfalls wird es schwierig, wenn ihr erst einmal Kinder haben werdet. Und der Toni, höre ich Dich sagen. Toni, der den Hof seiner Eltern erben wird und mich freien wollte? Ich kann ihn nicht heiraten, Ottilie! Er ist ein freundlicher Mann, aber es gibt nichts an ihm, was mich anzieht, nichts was mein Herz schneller schlagen lässt. Er kann mein Glück nicht sein, also muss ich es in der Ferne suchen. Hier in der Stadt.

Als ich ging, riefst Du mir bitterböse nach, ich würde sicher bald zurückkommen. Fast wäre es geschehen, denn die Stelle, die ich im Anzeiger gefunden hatte, war schlimm. Dort konnte ich nicht bleiben. Ich ging fort von da, und es war ein glücklicher Zufall, dass ich in der Villa Weißenfels Hausmädchen wurde.

Hier ist es schön, auch wenn es viel zu tun gibt. Ich habe ein Zimmer ganz für mich allein im Gesindehaus im Park hinter der Villa. Die Gnädigste, das ist die alte Frau Weißenfels, ist mürrisch. Es ist schwer, ihr etwas recht zu machen. Aber meistens arbeite ich für die junge Frau Weißenfels, die mich eingestellt hat.

Sie ist immer freundlich zu uns Dienstboten und will nicht einmal, dass wir sie gnädige Frau nennen. Aber die Gnädigste, also die alte Frau Weißenfels, besteht darauf. Die alte Frau Weißenfels ist nicht nur oft unzufrieden mit der Arbeit der Hausmädchen, sondern auch mit der jungen Frau Weißenfels, der Frau ihres Sohnes. Ich glaube, sie wollte nicht, dass die beiden heiraten.

Die Köchin hat vor Kurzem eine Andeutung gemacht, dass die junge Gnädige vor ihrer Heirat eines der Fabrikmädchen war. An manchen Tagen verschwindet sie stundenlang. Dann ist sie angeblich in der Manufaktur, um Puppenhäuser zu entwerfen, wie sie es vor ihrer Heirat getan hat. Sie sagt dann aber, sie geht wegen Kopfschmerzen spazieren oder besucht eine ihrer Freundinnen.

Die junge Frau Weißenfels hat zwei Töchter, und alle warten darauf, dass sich bei ihr bald wieder Umstände einstellen. Denn die Firma braucht einen Erben. Das hat sie mir neulich anvertraut, als ich ihr nach einer großen Gesellschaft beim Auskleiden half. Schon allein, um die langen Handschuhe auszuziehen, die weit über die Ellenbogen reichen, brauchen die vornehmen Damen Hilfe.

Es gibt viele Arbeiten, die ich für die junge Frau Weißenfels erledige. Die beiden Damen des Hauses frühstücken morgens im Bett. Ich bringe der jungen Gnädigen das Frühstück und lege ihre Kleidung bereit. Außerdem verrichte ich Näharbeiten für sie, wenn sie sich einen Saum oder einen Knopf abgerissen hat. Sie sagte mir, das würde sie gern selbst machen, doch dann darf sie sich nicht von der alten Gnädigen erwischen lassen.

Es sind angenehme Arbeiten, und ich fürchte, die anderen Hausmädchen beneiden mich ein wenig. Besonders Zita, die bisher solche Dinge für die beiden gnädigen Frauen erledigt hat. Da musste sie kaum noch schwere Arbeit im Haus verrichten, doch jetzt kümmert sie sich nur noch um die Kleidung und um die speziellen Wünsche der älteren Frau Weißenfels.

Die junge gnädige Frau behandelt mich ein bisschen wie eine Freundin. Sie fragt mich, wie es mir geht und ob die anderen Dienstboten mich nett aufgenommen haben. Einmal sagte sie, ich würde sie daran erinnern, wie es war, als sie nach Nürnberg gekommen ist. Damals habe ich sie nicht recht verstanden. Inzwischen habe ich ja von der Köchin gehört, dass sie selbst einmal ein armes Mädchen war, das aus einem Dorf in die Stadt gekommen ist, um hier zu arbeiten. Nun muss sie nicht einmal mehr arbeiten. Aber manchmal hat sie wohl Sehnsucht nach dem, was sie früher getan hat, und schleicht sich heimlich in die Manufaktur. Ist es nicht seltsam? Die Menschen wollen immer das, was sie nicht haben.

Du musst nun aber nicht mit den Augen rollen, Ottilie, und denken, ich wäre in die Stadt gekommen, weil ich glaube, mich würde hier ein reicher Mann heiraten. Das denke ich nicht und mein Leben hier ist auch so gut. Doch vor ein paar Tagen ist etwas Schlimmes passiert. Du bist die Einzige, mit der ich über solche Dinge reden kann. Wenn Du hier wärst, würde ich Dir alles genau erzählen. So aber muss ich Dir schreiben.

Es geschah am Geburtstag der kleinen Dotty. Weil es ein sonniger Tag war, ließ die junge Gnädige eine lange Tafel auf dem Rasen unter den Eichen aufstellen. Alle Bekannten der Familie waren eingeladen. Die Kinder spielten fröhlich zwischen den Büschen und Beeten.

Die anderen Hausmädchen und ich liefen mit großen Kaffeekannen, Kuchenplatten und Sahnetorten zwischen dem Haus und der Festtafel hin und her. Nach dem Kuchen gab es süßen Wein. Die Damen ließen sich gern immer wieder nachschenken, nachdem die Herren sich ins Haus zurückgezogen hatten, um dort Zigarren und Whisky zu genießen.

Als die Weinflaschen, die wir vor der Feier aus dem Keller geholt hatten, leer waren, ging ich freiwillig hinunter, um neue zu holen. Meistens muss ich so was sowieso machen, weil ich immer noch die Neue bin. Im Zweifel sorgt Zita dafür, dass ich die Dinge tue, zu denen die anderen keine Lust haben.

In den Keller geht keine von uns gerne. Es ist dort unten dunkel und feucht und ein bisschen unheimlich. Das Küchenmädchen Minna weigert sich, da auch nur noch ein einziges Mal hinunterzugehen, selbst wenn die Köchin ihr droht, sie zu entlassen. Minna behauptet, sie hätte einen Geist im Weinkeller gesehen. Und so sehr sie auch geschrien hätte, niemand könne einen da unten hören.

Bisher war es bei mir mit der Angst nicht so schlimm. Doch als ich gestern vor dem Abendessen schnell neuen Schinken von unten hochholen sollte, bin ich beim Hochlaufen auf der Treppe gestolpert und hingefallen, so sehr habe ich mich beeilt.

Es war kein Geist, der mir dort unten begegnet ist. Trotzdem fürchte ich mich. Denn was mir an Dottys Geburtstag dort unten widerfahren ist, werde ich wohl nie vergessen können. Wann immer ich daran denke, schnürt es mir die Kehle zu und eine Gänsehaut überzieht meinen Körper.

Dabei ging ich ganz fröhlich hinunter in den Keller, um den Wein zu holen. Wie hätte ich auch ahnen sollen, was mir dort unten zustoßen würde. Ich war so dumm und ahnungslos!

Lydia griff nach dem großen Henkelkorb, der stets neben der Tür zum Keller bereitstand, um darin die Vorräte nach oben zu tragen. Der Kellereingang lag unweit der Küche in einem kleinen Nebenflur, in den man von der Halle aus gelangte. Von hier aus konnte sie die geöffnete Tür zum Herrenzimmer sehen.

Dorthin hatten sich die männlichen Gäste mit den beiden Herren des Hauses nach der Kaffeetafel zurückgezogen. Noch am Kellereingang hörte sie das dröhnende Gelächter und das Klirren der Gläser. Als sie an der offenen Tür vorbeigehuscht war, hatten sie alle um den großen runden Tisch gesessen. Nicht so ruhig und ein bisschen steif wie noch eben an der Tafel mit den Damen, sondern lässig zurückgelehnt und entspannt vom Alkohol. Nur der junge gnädige Herr hatte etwas unbehaglich dreingeblickt. Er war anders als sein Vater, der mit einem Schulterklopfen ein Geschäft besiegelte und täglich in seinen Herrenklub ging, um Kontakte zu knüpfen.

Unter der Lampe des Herrenzimmers hing eine dichte Wolke aus Zigarrenrauch. Die Gnädigste würde schimpfen, dass die Tür nicht geschlossen war und der Geruch durchs ganze Haus zog. Vielleicht hätte Lydia im Vorbeigehen die Tür zumachen sollen. Aber das wagte sie nicht. Wenn die Herren eine geschlossene Tür wünschten, würden sie läuten oder sie selbst schließen.

Sie zog den großen Eisenschlüssel aus der Tasche ihrer weißen Schürze und schob ihn ins Schloss der Kellertür. Wahrscheinlich warteten die Damen im Garten schon ungeduldig darauf, dass ihre Gläser wieder gefüllt wurden. Als sie hinter sich in der Halle ein leises Geräusch hörte, wandte sie sich um und sah, dass einer der Gäste im Türrahmen zum Herrenzimmer lehnte. Sein Blick ruhte prüfend auf ihr. Sie fand es unangenehm, so gemustert zu werden. Dann kam sie sich vor wie eine Ware, die auf ihren Wert taxiert wurde. Lydia machte einen hastigen Knicks, packte den Henkel ihres Korbs fester und öffnete die schwere Holztür.

Vor ihr lag die schmale, steile Treppe aus grauem Stein. Sie konnte nur die oberen Stufen erkennen, auf die das Licht aus der Halle fiel. Auch nachdem sie den Schalter neben der Tür gefunden hatte, blieb die Beleuchtung ungewiss und bestand aus mehr Schatten als Helligkeit. Zwar verfügte der Keller, ebenso wie der Rest der Villa, über elektrisches Licht, doch hier unten war man sparsam mit Lampen umgegangen. Sie leuchteten nur schwach in großen Abständen an den Wänden der verwinkelten Gänge. Auch die großen Vorrats- und Abstellräume verfügten nur über jeweils eine Lampe, die die Regale, Fässer und Kisten als riesige dunkle Flächen erscheinen ließ, deren Schatten bizarre Formen und Linien gegen die Wände und auf den Boden zeichneten.

Die erste Lampe brannte unten an der Treppe. Um einigermaßen sicher dort anzukommen, musste man die Tür oben offenlassen und auf halber Höhe, wohin weder das Licht von oben noch von unten reichte, mit den Schuhspitzen nach den Kanten der Stufen tasten.

Als Lydia die Treppe hinter sich hatte, atmete sie auf. Auf dem Weg zum Weinkeller hörte sie es wie immer in den dunklen Ecken und Nischen der Gänge huschen und ab und zu leise piepen. Hier unten gab es Mäuse und wahrscheinlich auch Ratten, ganz gleich, wie viele Fallen der Hausdiener Lukas aufstellte. Als sie ein lautes Klirren vernahm, blieb sie erstaunt stehen. Es kam aus der Richtung, in der die große Waschküche lag. Heute war nicht Waschtag, aber vielleicht hatte dennoch eines der Mädchen dort zu tun.

Komisch, dass im Gang kein Licht gebrannt hatte. Aber die Waschküche konnte man auch vom Garten aus betreten, wo, verborgen hinter einer Reihe dichter Büsche, die Trockenwiese lag.

Energisch schüttelte Lydia den Kopf und ging weiter. Es gab keinen Grund, sich zu fürchten, nur weil es dunkel war. Soweit sie wusste, war noch niemandem im Keller der Villa etwas geschehen. Und an Geister glaubte sie sowieso nicht.

Im Weinkeller schaltete sie die nackte Glühbirne ein, die von der Decke baumelte, und durchquerte den großen Raum. Neben einem der hinteren Regale stellte sie ihren Korb auf den Boden und musterte mit zusammengekniffenen Augen die Flaschen, die dicht an dicht auf den Brettern lagerten. »Ziemlich weit unten«, hatte die Köchin gesagt und ihr eine der leeren Flaschen gezeigt. Allerdings war es schwierig, bei diesem Licht die Etiketten zu erkennen.

Sie zog eine der Flaschen heraus, um sie zur Mitte des Raumes zu tragen und unter der Lampe zu betrachten. Als sie den Kopf hob, starrte sie gegen ein dunkles Beinkleid.

Sie schrie auf und taumelte rückwärts gegen eines der Regale. Flaschen klirrten gegeneinander, die Weinflasche, die sie in der Hand hielt, glitt ihr aus den Fingern und zerschellte am Boden.

Erschrocken starrte sie den Mann an, der schon wieder viel zu dicht vor ihr stand, und erkannte das Gesicht des Gastes, der sie von der Tür des Herrenzimmers aus beobachtet hatte.

»Was wollen Sie?«, stieß sie atemlos hervor und versuchte, sich seitlich an ihm vorbeizuschieben. Das verhinderte er, indem er einen Schritt in dieselbe Richtung machte.

»Ruhig, mein Kätzchen. Wenn du brav bist, passiert dir nichts.« Unangenehm hoch und laut hallte die Männerstimme zwischen den Steinwänden wider.

»Ich muss nach oben. Die Damen warten auf den Wein.« Sie kannte den Mann nicht, weil Zita und Gertrude den Eintreffenden die Garderobe abgenommen hatten. Beim Anbieten des Kuchens und Füllen der Tassen hatte sie keine Zeit, die Gäste genauer anzusehen. Wahrscheinlich war der Mann, der ihr in den Keller gefolgt war, in Begleitung seiner Frau da, die in dieser Minute ahnungslos im Garten saß.

»Einen Moment wird es noch Zeit haben.« Er lachte, streckte die Hand aus und legte sie auf Lydias Schulter.

»Bitte, lassen Sie mich los.« Sie atmete tief durch und hob die Stimme. »Wenn Sie gekommen sind, um etwas zu trinken zu holen, sagen Sie mir, was Sie möchten.«

»Ich will nichts zu trinken.« Wieder dieses unangenehme Lachen.

»Dann kann ich Ihnen leider nicht helfen. Ich muss den Wein nach oben bringen.« Mit der Fußspitze schob sie eine Scherbe der zerbrochenen Flasche beiseite.

»Du kannst mir helfen. Ich bin mir sicher, du kannst mir wunderbar helfen.« Die Hand, die immer noch unangenehm schwer auf Lydias Schulter lag, glitt hinunter auf ihre Brust.

»Nehmen Sie Ihre Finger da weg!« Ihre Stimme zitterte, doch sie schaffte es, so laut zu rufen, dass es von allen Wänden hallte.

»Stell dich nicht so an.« Jetzt griff er mit beiden Händen zu, zog sie mit einem Ruck an sich und knetete ihr Hinterteil, während er gleichzeitig ihren Rock hochzog.

»Nein!«

»Sei ruhig.« Sein schaler Atem, der nach Zigarrenrauch und Whisky stank, strich über ihr Gesicht und verursachte ihr Übelkeit. »Es hat keinen Sinn, wenn du hier herumschreist. Ich habe die Tür oben zugemacht. Es geht ganz schnell. Wenn du schön ruhig bist, gebe ich dir genug Geld für ein neues Kleid.«

Lydia schnaubte wütend. »Ich brauche kein Kleid. Wenn Sie mich nicht sofort loslassen, sage ich der Gnädigsten, was Sie getan haben.«

»Das würde ich mir gut überlegen. Sie wird dir nicht glauben und dich wegen deiner Lügenmärchen entlassen.« Das klang vollkommen überzeugt. So als hätte dieser Mann schon mehr als ein Dienstmädchen überwältigt und wäre damit davongekommen.

»Natürlich wird sie mir glauben!« Sie musste an Marleen Weißenfels denken, die auch einmal ein armes, schutzloses Mädchen gewesen hatte. Sie würde wissen, was einer Frau widerfahren konnte, die ohne Geld und ohne Familie in der Fremde überleben musste. Zumindest würde sie Lydia nicht der Lüge bezichtigen.

»Ruhig jetzt. Dreh dich um.«

Sie spürte die Kälte des Kellerraums und die eklig feuchten Finger des Mannes an ihren nackten Schenkeln. Da sie offenbar nicht genug Kraft hatte, ihn wegzuschieben, ließ sie die Hände sinken, die sie bis jetzt gegen seine Brust gestemmt hatte. Sie tastete hinter sich nach den Regalbrettern und umklammert eines davon so fest, dass das raue Holz ihr in die Handflächen schnitt.

Doch das half ihr nichts. Der Fremde war stärker. Er packte sie bei den Hüften und drehte sie um, sodass sie mit dem Rücken zu ihm stand, während er ihren Rock immer noch in die Höhe hielt.

»Nein!«, schrie sie erneut und rüttelte an dem Regal vor sich. Die Flaschen klirrten heftig, doch oben würde sie niemand hören. Wände und Decke waren so dick, dass hier unten wahrscheinlich eine Kanone abgeschossen werden konnte, ohne dass man oben in der Villa etwas davon mitbekam.

»Zier dich nicht so. Halt den Mund und denk an dein neues Kleid.« Er hatte seine Stimme zu einem Zischen gesenkt. Sie hörte Kleidung rascheln, während der sie mit seinem Körper gegen das Regal drängte.

In Lydias Brust kämpften Angst und Wut miteinander. Seine Worte machten sie schrecklich wütend. Was bildete er sich ein? Dass sie wegen eines neuen Kleides bereit war stillzuhalten, bis er seine Geilheit an ihr befriedigt hatte? Gleichzeitig schnürte die Angst ihr die Kehle zu. Dieser Mann war gewalttätig und entschlossen, sich zu nehmen, was er wollte.

Direkt vor ihrem Gesicht waren die Flaschenböden. Wenn es ihr gelang, eine der Flaschen aus dem Regal zu ziehen, konnte sie sie vielleicht nach hinten schwingen und ihm über den Kopf schlagen. Sie tastete mit den Fingern der linken Hand am Brett entlang und schloss sie um eine Rundung aus kühlem Glas. Um die Flasche vom Brett zu nehmen, brauchte sie etwas Abstand vom Regal. Wild trat sie nach hinten aus, doch das beeindruckte ihren Peiniger nicht im Geringsten. Wieder lachte er auf jene ekelerregende Art, die Lydia bittere Galle in den Hals steigen ließ.

Als sie spürte, wie er an ihrer Unterhose zerrte, legte sie den Kopf in den Nacken und schrie, so laut sie konnte, während sie gleichzeitig wild zappelte. Vor Verzweiflung strömten ihr Tränen aus den Augen.

Das hier geschah nicht wirklich. Das durfte einfach nicht sein. Sie schüttelte den Kopf, schrie und weinte und wehrte sich, so gut sie konnte, während der schwere Körper sie noch fester gegen das Flaschenregal drückte. Nun konnte sie sich kaum noch rühren, nicht einmal mehr richtig atmen, so dicht war er hinter ihr. Sie spürte den Stoff seiner Hose an der nackten Haut ihrer Schenkel.

Das hier geschieht nicht. Es ist ein böser Traum, aus dem ich gleich erwachen werde. Ich muss endlich aufwachen. Wach auf, Lydia! Wach auf!

Doch es gab kein Erwachen aus diesem Albtraum. Keine Rettung. Das hier war die entsetzliche Wirklichkeit.

Immer noch schrie sie aus voller Kehle. Brüllte ihre Angst zur Steindecke hinauf, die sie von der Welt trennte, in der sie sich bis vor wenigen Minuten sicher und geborgen gefühlt hatte.

Die Tränen verschleierten ihren Blick, sodass sie nicht einmal mehr die Flaschen vor sich erkennen konnte. Alles um sie herum war dunkel und verschwommen. Sie wusste, dass sie die Momente, die unausweichlich auf sie zukamen, nie vergessen würde.

Als sie erst mit einem heftigen Ruck nach hinten gezogen wurde und gleich darauf plötzlich frei war, geriet sie ins Stolpern. Sie versuchte, sich an einem der großen Fässer festzuhalten, doch ihre schweißnassen Finger glitten ab, und sie landete schmerzhaft auf den Knien.

»Lassen Sie die Frau in Ruhe!« Die dröhnende Männerstimme klang in Lydias Ohren wie die schönste Musik auf Erden.

Sie rappelte sich vom Boden hoch und zerrte eilig ihre Unterhose, die ihr in den Kniekehlen hing, nach oben. Ihre Knie waren aufgeschrammt und brannten. Über ihre Schienbeine rann Blut, doch das war ihr egal.

Mit dem Handrücken wischte sie sich die Tränen aus den Augen. Gerade rechtzeitig, um zu sehen, wie der Mann, der sie eben noch mit aller Kraft festgehalten hatte, durch die Tür verschwand.

»Danke«, stieß sie atemlos hervor und wandte sich ihrem Retter zu. Der stand einige Schritte von ihr entfernt direkt unter der Lampe, sodass sie ihn gut erkennen konnte. Er war mittelgroß, hatte blonde Haare, breite Schultern und trug eine fleckige Kordhose und ein kariertes Hemd. Sie hatte ihn nie zuvor gesehen.

»Wer sind Sie?«, erkundigte sie sich, nachdem sie einander eine Weile stumm angesehen hatten.

»Richard.« Wenn er seine Stimme nicht gerade dröhnend erhob, klang sie sanft und tief. Eine schöne, beruhigende Stimme, deren Beisitzer Lydia vor etwas Grauenhaftem gerettet hatte.

»Wo kommen Sie so plötzlich her?« Zwar war es, als hätte ihn der Himmel geschickt, aber eigentlich glaubte sie nicht, dass Schutzengel in Gestalt von breitschultrigen Männern auf der Erde herumliefen.

»Ich bin auf der Walz, und als ich nach Arbeit fragte, wurde ich beauftragt, nach den Wasserrohren zu sehen.« Er deutete vage in die Dunkelheit.

Jetzt erinnerte sich Lydia an die Geräusche aus der Waschküche. »Ich bin froh, dass Sie da waren und mich gehört haben. Vielen Dank.«

»Ich bin auch froh, dass ich da war und Sie gehört habe.« Er verzog den Mund zu einem schwachen Lächeln. Nach kurzem Zögern fügte er hinzu: »Wer war der Kerl?«

»Ein Gast meiner Herrschaften. Die älteste Tochter der jungen Gnädigen feiert heute ihren Geburtstag. Er hat gesehen, dass ich in den Keller gegangen bin und ist mir gefolgt.« Ihr blieb für einen Moment die Luft weg, während sie sich an den Schreck erinnerte, als sie begriffen hatte, weshalb der Mann im Weinkeller aufgetaucht war.

»Was für ein Schwein. Wird zum Geburtstag eines kleinen Mädchens eingeladen und macht so etwas.« Das kam aus tiefstem Herzen. Hätte die Angst Lydia nicht immer noch die Gesichtszüge versteinert, hätte sie gelächelt.

»Ja, aber ich werde der gnädigen Frau erzählen, was passiert ist und ...«

»Lydia? Bist du hier? Wo bleibst du denn?« Zitas ungeduldige Stimme tönte durchs Kellergewölbe.

»Ich ...« Lydia merkte erst jetzt, dass sie vom Schreien heiser war. »Ich bin hier. Im Weinkeller.«

Während sie hörte, wie sich Zitas feste Schritte näherten, kontrollierte sie ihre Kleidung, zog den Rock zurecht und rückte die Schürze gerade. Als sie den Kopf hob, sah sie gerade noch Richards Schatten im Gang verschwinden. Sekunden später tauchte Zita auf.

»Was stehst du hier rum? Jetzt musste ich extra nach unten laufen, weil du nicht wiederkommst.« Zita redete zwar nie von Geistern, aber sie ging ebenfalls nicht gern in den Keller. Eigentlich vermied sie sowieso jeden Weg, wenn es irgendwie ging. Dass sie ausgerechnet wegen Lydia hatte in den ungemütlichen Keller herabsteigen müssen, passte ihr nun überhaupt nicht. Daran ließen weder ihre Stimme noch ihre Körperhaltung einen Zweifel.

»Ich komme schon.« Lydia hatte nicht die Absicht, ausgerechnet Zita zu erzählen, was geschehen war. Sie bückte sich nach dem Korb, der umgekippt neben dem Regal lag, und fing an, Flaschen hineinzulegen. Weil ihr dummerweise wieder Tränen in die Augen stiegen, konnte sie nicht noch einmal das Etikett überprüfen. Hoffentlich war es der richtige Wein.

»Dass du eine Flasche zerbrochen hast, musst du der Köchin sagen. Oder am besten gleich der Gnädigen. Das wird dir garantiert vom Lohn abgezogen. Wie kann man nur so ungeschickt sein.« Zita versuchte gar nicht erst, ihr Entzücken über Lydias Fehler zu verbergen. Seit die junge gnädige Frau Lydia ihr vorzog, führte Zita einen erbitterten Kleinkrieg gegen das neue Mädchen im Haus.

Nach dem, was eben geschehen war, hatte Lydia nicht die geringste Lust, auf Zitas Hohn einzugehen. Sie würde mit Marleen Weißenfels über die zerbrochene Flasche sprechen. Vor allem aber über den Grund, aus dem ihr der Wein aus der Hand gefallen war. Zwar wusste sie nicht, welche Reaktion sie sich erhoffte, aber sie musste etwas tun. Sie konnte nicht zur Tagesordnung übergehen und weitermachen wie bisher. Sicher würde Marleen Weißenfels dafür sorgen, dass der Mann, der Lydia im Keller überfallen hatte, nie mehr in die Villa eingeladen wurde. Das war zwar keine echte Strafe, aber wenigstens musste Lydia ihm nicht mehr begegnen.

Insgeheim hoffte Lydia sogar, dass die junge gnädige Frau wusste, was man noch tun konnte. Ob es möglich war, den Mann anzuzeigen? Obwohl sie nur ein Dienstmädchen war und er wahrscheinlich wohlhabend und möglicherweise mächtig?

Sie schob den Henkel des schweren Korbs über ihren Unterarm. Dass Zita ihr nicht beim Tragen helfen würde, war ohnehin klar.

»Komm endlich«, forderte Zita sie barsch auf.

Als sie sich der Treppe näherten, hörte sie wieder das leise Scheppern aus der Waschküche. Jetzt wusste sie, dass es Richard war, der nach den Wasserrohren schaute. Richard, ihr Schutzengel. Sie hoffte, dass sie ihn noch einmal sehen würde, um sich ordentlich bei ihm zu bedanken. Obwohl - was sollte sie zu jemandem sagen, der ihr, wenn nicht das Leben, so doch das Seelenheil gerettet hatte?

16. Kapitel

Nürnberg, 31. Mai 1928

»Du sollst zur Gnädigsten ins Frühstückszimmer kommen. Sofort.« Zita konnte angesichts der Nachricht, die sie Lydia zu überbringen hatte, ihre Schadenfreude kaum verbergen. Sie ging natürlich davon aus, dass Lydia getadelt werden sollte, wie es meistens geschah, wenn eines der Mädchen zur älteren Frau Weißenfels gerufen wurde.

»Ich wollte sowieso mit der gnädigen Frau sprechen.« Eigentlich hatte sie vorgehabt, der jungen Frau Weißenfels den gestrigen Vorfall im Keller zu schildern. Bisher hatte sich jedoch keine passende Gelegenheit ergeben. Und nachdem die erste Wut verraucht war, fand Lydia den Gedanken schrecklich, das Verhalten des Gastes zu beschreiben. Seinen Namen hatte sie immer noch nicht herausgefunden. Sie schämte sich, obwohl ihr klar war, dass nicht sie diejenige war, die sich genieren musste. Sie hatte nichts Falsches getan.

Nachdem sie am Vortag aus dem Keller nach oben gekommen war, hatte sie ihren Peiniger nicht mehr gesehen. Darüber war sie erleichtert gewesen. Offenbar hatte er das Fest vorzeitig verlassen. Was immerhin zeigte, dass er vermeiden wollte, zur Rede gestellt zu werden.

Vor der Tür zum Frühstückszimmer zog Lydia ihre Schürze glatt, strich sich über die Haare und atmete tief durch. Dann klopfte sie an.

Es dauerte eine Weile, bis Frau Weißenfels sie ins Zimmer bat. Das war immer so. Die Köchin behauptete, die Gnädige würde das tun, damit man vor der Tür nervös werden konnte. Bei Lydia funktionierte es.

Als sie in das sonnendurchflutete Frühstückszimmer trat, zwinkerte sie geblendet gegen das helle Licht. Frau Weißenfels stand in einem ihrer kostbar bestickten Morgenkleider vor dem kleinen Sekretär an der Wand. Dort erledigte sie ihre Korrespondenz und entwarf die Sitzpläne für größere Gesellschaften. Dann lagen auf der Schreibfläche tagelang kleine Kärtchen mit den Namen der geladenen Gäste, die sie auf dem Bogen mit der Zeichnung der langen Tafel endlos hin und her schob.

Heute war der Rolldeckel des Sekretärs geschlossen. Auf dem Tisch stand eine halb mit Tee gefüllte Tasse. Die anderen Hausbewohner hatten ihr Frühstück längst beendet und gingen ihren morgendlichen Tätigkeiten nach.

»Lydia.« Wie immer begann Frau Weißenfels die Unterhaltung, indem sie den Namen des Mädchens, das sie zu sich beordert hatte, in lautem, strafendem Ton hervorstieß.

Darauf war Lydia gefasst gewesen. Sie nickte, knickste und blieb einige Schritte vom Tisch entfernt stehen.

»Mir ist zu Ohren gekommen, dass du gestern im Keller eine Flasche von unserem guten Rheinwein zerbrochen hast.«

Gern hätte Lydia sich vergewissert, ob es Zita gewesen war, die sie bei der Gnädigen verpetzt hatte. Aber natürlich war es unangemessen, den Herrschaften solche Fragen zu stellen. Also nickte sie erneut und fügte nach einer kurzen Pause hinzu: »Ich habe gestern Abend noch die Scherben aufgesammelt und den Boden gewischt.«

»Das ist selbstverständlich.« Frau Weißenfels musterte sie mit strengem Blick. »Selbstverständlich ist aber auch, dass du uns diesen Schaden ersetzen wirst. Der Preis für die Weinflasche wird dir vom Lohn abgezogen. Schon allein, weil du versucht hast, deine Ungeschicklichkeit zu verschweigen.«

»Das war nicht meine Absicht«, widersprach Lydia. »Ich wollte mit der jungen gnädigen Frau über die Vorkommnisse im Keller reden. Aber gestern war wegen des Geburtstags keine Gelegenheit mehr. Und heute Vormittag ist die junge gnädige Frau außer Haus.«

Als sie sah, wie Frau Weißenfels die Lippen zusammenpresste, wurde ihr sofort klar, dass sie einen Fehler gemacht hatte.

»So, so, die junge gnädige Frau. Warum wolltest du wohl mit ihr sprechen und nicht mit mir?« Gesine Weißenfels legte die Handflächen gegeneinander und durchbohrte Lydia mit ihrem Blick.

»Weil ... sie es war, die mich eingestellt hat.« Obwohl sie sich vorgenommen hatte, aufrecht und ohne Scham ihre Geschichte zu erzählen, starrte Lydia sekundenlang die Spitzen ihrer schwarzen Schnürschuhe an. Wenn sie überlegt hatte, wie sie die Geschehnisse vom Vortag in Worte fassen sollte, hatte sie sich immer vorgestellt, dass sie mit Marleen Weißenfels darüber reden würde. Nicht mit Marleens strenger, harter Schwiegermutter, die sich sicher gar nicht vorstellen konnte, wie das Leben eines armen Mädchens war, das niemanden hatte, der für es eintrat.

»Was hat das mit einer teuren Flasche Wein zu tun, die durch deine Schuld zerbrochen ist?« Gesine Weißenfels begann, hinter dem Tisch auf und ab zu gehen.

»Es war nicht meine Schuld.« Jetzt spürte sie wieder die Wut, die sie dort unten im Keller gefühlt hatte.

»Wessen Schuld soll es denn sonst sein? Soweit ich weiß, wurdest du allein in den Keller geschickt, um Wein zu holen.« Gesine Weißenfels nannte es »Widerborstigkeit«, wenn jemand vom Personal etwas behauptete, was ihrer Meinung widersprach, und dann auch noch darauf beharrte. Sie stellte sich hinter einen der Stühle, stützte sich mit beiden Händen auf die Lehne und beugte sich vor. Dabei schaute sie Lydia an, als könnte sie nicht glauben, was sie eben gehört hatte.

»Da war ein Mann. Einer der Gäste. Er ist mir in den Keller gefolgt und wollte ... Ich habe mich furchtbar erschrocken, als er plötzlich so dicht vor mir stand. Da ist mir die Flasche aus der Hand gefallen. Und dann hat er meinen Rock hochgezogen.« Als das heraus war, atmete Lydia erleichtert auf.

»Was soll das bedeuten? Willst du einen unserer Gäste beschuldigen, den Wein heruntergeworfen zu haben?« Das Kopfschütteln der gnädigen Frau war vollkommen verständnislos.

»Es geht nicht um den Wein. Es geht darum, dass dieser Mann mir etwas Schlimmes antun wollte.« Lydia atmete tief durch und richtete sich kerzengerade auf. Sie war im Recht, und niemand durfte so tun, als sei es ihre Schuld, dass ein reicher Mann glaubte, mit ihr machen zu können, was er wollte.

»Ich verstehe nicht.« Die gnädige Frau räusperte sich. »Du stellst dich hin und beschuldigst einen unserer Gäste, nur um nicht die Schuld an der zerbrochenen Weinflasche tragen zu müssen?«

»Es geht nicht um den Wein«, wiederholte Lydia stur. »Dieser Mann hatte kein Recht, das zu tun.«

»Was zu tun?« Gesine Weißenfels verschränkte die Arme vor der Brust.

»Er wollte mich mit Gewalt ...« Jetzt konnte sie es doch nicht aussprechen. Lydia schluckte und kämpfte mit sich.

In diesem Moment öffnete sich die Tür, und Marleen Weißenfels betrat das Zimmer. Sie kam offenbar direkt von draußen, denn ihre Wangen waren rosig von der frischen Luft, und sie trug ihren Hut.

»Ich wollte noch mit dir über das Menü für die Einladung am kommenden ...« Als sie sah, dass ihre Schwiegermutter nicht allein war, stockte sie. »Gibt es ein Problem?« Sie ließ ihren warmen Blick zwischen ihrer Schwiegermutter und Lydia hin und her wandern. Sofort fühlt Lydia sich besser.

»Durchaus«, beantwortete Gesine Weißenfels die Frage. »Dein Protegé hat im Keller eine Flasche von unserem teuren Wein zerbrochen und versucht, die Schuld einem unserer Gäste zu geben.«

Marleen zog die Nadel aus ihrem flotten Hütchen, nahm es ab und warf es auf einen der Stühle. Instinktiv bückte Lydia sich und griff nach dem Hut. Wenn er dort liegenblieb, würde sich jemand daraufsetzen und das teure Stück für immer verderben.

»Eine Flasche Wein kann doch kein solches Problem sein.« Kopfschüttelnd strich Marleen sich eine goldblonde Strähne aus der Stirn.

»Es geht nicht um den Wein,« wiederholte Lydia ein weiteres Mal. »Wenn ich die Flasche durch eine Ungeschicklichkeit zerbrochen hätte, könnten Sie mir den Betrag vom Lohn abziehen, und ich wäre vollkommen einverstanden damit. Aber da war dieser Mann. Einer der Geburtstagsgäste. Er sah, dass ich allein in den Keller ging, folgte mir und wollte ... Er versprach mir ein neues Kleid, wenn ich ihm zu Willen bin. Als ich mich wehrte, drängte er sich mir mit Gewalt auf. Wenn in der Waschküche nicht dieser Handwerker gewesen wäre, der sich um die Rohre kümmern sollte ...« Nach Marleens Auftauchen waren die Worte ganz leicht gekommen. Aber nun konnte sie doch nicht fortfahren, weil ihre Kehle plötzlich ganz eng war. Sie schluckte und sah die junge Frau Weißenfels hilfesuchend an.

»Wie furchtbar. Er ist nicht dazu gekommen, etwas wirklich Schlimmes zu tun, hoffe ich?«

Obwohl Lydia den Kopf schüttelte, presste sich Marleen entsetzt die Fingerspitzen vor die Lippen. Ihre Hände waren breit und die Finger kurz. »Bauernhände«, hatte sie lachend gesagt, als Lydia ihr neulich die Nägel gefeilt und poliert hatte. »Meine Herkunft kann ich nicht verbergen.«

Dann hatten sie beide automatisch Lydias Hände betrachtet. Sie waren zwar schwielig, und die Haut hatte rissige Stellen, aber die Finger waren schmal und lang und die Handgelenke dünn und fast zerbrechlich.

»Die würden meiner Schwiegermutter besser gefallen«, hatte Marleen augenzwinkernd erklärt. »Aber es ist, wie es ist. Und Friedrich hat mir den Ring an genau diesen Finger gesteckt.« Sie hob die Hand mit dem funkelnden Diamanten und lächelte glücklich.

In diesem Moment hatte Lydia ihre Herrin ein wenig beneidet. Nicht wegen des vielen Geldes, das sie seit ihrer Heirat zur Verfügung hatte – obwohl es Lydia nicht gestört hätte, sorglos und umgeben von schönen Dingen leben zu dürfen. Viel mehr wünschte sie sich jedoch einen Mann, der ihre

Augen so zum Leuchten brachte, wie es Friedrich Weißenfels bei seiner Frau tat.

»Welcher von unseren Gästen war es?«, erkundigte sich Marleen, nachdem sie die Hand wieder hatte sinken lassen. »Wir müssen ihn zur Rede stellen. Ich will diesen Mann nie mehr im Haus haben.«

»Immer sachte«, mischte Gesine sich in scharfem Ton ein. »Du willst doch keinen Skandal auslösen. Wegen eines Hausmädchens, das die Aufmerksamkeit eines männlichen Gastes wahrscheinlich falsch interpretiert hat.«

»Wie soll ich es falsch verstehen, wenn ein Mann mir den Rock hochzieht und die Unterhose nach unten.« Lydia starrte die gnädige Frau wütend an. Schließlich hatte sie sie mehr oder weniger der Lüge bezichtigt.

»Und du hast ihn nicht herausgefordert? Ihm das Gefühl gegeben, dass du dieses Kleid, von dem du vorhin gesprochen hast, gern hättest?« Ungerührt erwiderte die alte Frau Weißenfels Lydias Blick.

»Ich ...« Sie presste die Lippen zusammen und schüttelte den Kopf. Plötzlich war ihr klar, dass sie sich der alten gnädigen Frau gegenüber zusammennehmen musste. Letztlich stand ihre Stellung auf dem Spiel. Hilfesuchend sah sie Marleen an. Die junge Gnädige glaubte ihr sicher. Aber wenn die alte Frau Weißenfels beschloss, dass Lydia das Haus verlassen musste, würde Marleen ihr nicht helfen können. Dann würde sie nach Ohltal zurückkehren müssen.

»Hast du ihm schöne Augen gemacht?«, fragte Marleen leise. »Oder irgendetwas gesagt oder getan, das er falsch verstanden haben könnte.«

Jetzt brannten in Lydias Augen die Tränen, die sie bis zu diesem Moment mühsam zurückgehalten hatte. »Ich würde niemals ... Er ist hinter mir her in den Keller gekommen und hat das von dem Kleid gesagt, und als ich gesagt habe, dass ich so was niemals tun würde, hat er meinen Rock und meine Unterhose ...« Sie schluckte und konnte nicht weitersprechen. Wie oft sollte sie diese schreckliche Szene denn noch schildern?

»Ich glaube ihr«, erklärte Marleen mit fester Stimme. »Lydia ist kein Mädchen, dass sich einem reichen Mann an den Hals werfen würde, um einen kleinen Vorteil zu haben.«

»Auch nicht für einen großen Vorteil«, fügte Lydia trotzig hinzu.

»Wer war es also?«, wiederholte Marleen ihre Frage, obwohl ihre Schwiegermutter heftig den Kopf schüttelte.

»Ich kenne seinen Namen nicht.«

»Dann können wir nichts tun. Im Keller ist es dunkel. Sie wird ihn nicht erkannt haben. Falls da tatsächlich etwas passiert ist.« Gesine Weißenfels zog das Spitzentüchlein hervor, das immer in ihrem Ärmel steckte, und tupfte sich die Lippen ab.

»Wie sah er aus?«, drängte Marleen. Ohne sich um ihre Schwiegermutter zu kümmern, sah sie Lydia unverwandt an.

»Ziemlich groß, schmal, mit einem dunklen Anzug. Er hatte nicht mehr so viele Haare, aber sie waren eher dunkel. So Mitte dreißig.«

»Dunkler Anzug. Mitte dreißig. Das ist ja eine sehr genaue Beschreibung.« Die ältere Frau Weißenfels ließ sich am Tisch nieder, nippte an ihrem Tee und verzog den Mund. Sicher war das Getränk längst kalt.

Suchend sah Lydia sich nach der Teekanne um, die immer auf einem Stövchen stand. Doch dann beschloss sie, dass dies nicht der richtige Zeitpunkt war, ihre Dienste zu verrichten und ihrer Herrin warmen Tee nachzuschenken. Erst musste diese Sache geklärt werden.

»Die meisten männlichen Gäste hatten gestern einen hellen Anzug an. Ich kann ich mich nur an zwei oder drei erinnern, auf den die Beschreibung zutreffen würde.« Nachdenklich spitzte Marleen die Lippen. »Doch selbst wenn es nur einer wäre, er würde behaupten, Lydia nicht angefasst zu haben.«

»Womit er möglicherweise recht hat.« Gesine Weißenfels ließ ihren kühlen Blick über Lydia hinweggleiten, als wäre sie gar nicht anwesend.

»Der Handwerker!«, fiel Lydia plötzlich ein. »Er hat mir geholfen und den ... Mann vertrieben.« Eigentlich hätte sie den Gast ihrer Herrschaften als Herrn bezeichnen müssen, aber das war zu viel der Ehre für ihn, fand sie.

»Was war das für ein Handwerker?« Interessiert wandte Marleen den Kopf. Sie stand immer noch neben Lydia auf der anderen Seite des Tisches, hinter dem Gesine Weißenfels wie eine Richterin thronte. Für Lydia fühlte es sich an, als wollte die junge Gnädige ihr zur Seite stehen.

»Er kam aus der Waschküche. Sein Name ist Richard. Er hat mir erzählt, dass er auf der Walz ist und den Auftrag bekommen hat, nach den Wasserrohren zu sehen.« Aufatmend sah Lydia die beiden Damen Weißenfels an. Jetzt würde alles gut werden. Sie hatte einen Zeugen. Richard würde ihre Worte bestätigen.

»Dann werde ich mich beim Hausdiener erkundigen, ob der Handwerker noch vor Ort ist.« Marleen eilte zur Tür.

»Ich finde, wir sollten dieser Geschichte nicht zu viel Bedeutung beimessen. Es ist schließlich nichts passiert.« Gesine Weißenfels redete nur noch mit der geschlossenen Tür. Marleen war verschwunden, auf der Suche nach Lukas, der für die technischen Einrichtungen der Villa zuständig war und wohl Richard mit der Wartung der Rohre beauftragt hatte.

»Sollte sich herausstellen, dass du unseren Gast zu Unrecht beschuldigt hast, kannst du hier nicht bleiben.« Gesine Weißenfels' harte Worte ließen Lydia zusammenfahren.

»Ich habe nicht gelogen.« Sie drehte Marleens kleinen Hut zwischen ihren Händen.

Die Gnädigste zog die Brauen hoch, griff nach der Morgenzeitung, die neben ihrer Teetasse auf dem Tisch lag, schlug sie auf und vertiefte sich in einen der Artikel.

Nach einem hastigen Knicks verließ Lydia das Zimmer. Ihr Herz klopfte wie wild. Wenn sie ihre Stellung verlor, weil sie über den schrecklichen Gast die Wahrheit gesagt hatte, war das nicht nur ungerecht, sondern eine Katastrophe. Dann hatte sie kein Dach mehr über dem Kopf und musste zurück nach Ohltal. Dort würden nicht nur alle über sie lachen, sie hatte auch keine Möglichkeit, ihr täglich Brot zu verdienen. Es sei denn, sie nahm Tonis Antrag an und zog auf seinen Hof. Ein furchtbarer Gedanke. Das durfte nicht geschehen. Hätte sie nur nichts über den Vorfall im Keller gesagt. Eigentlich hatte die gnädige Frau recht. Letztlich war nichts geschehen.

Mitten in der Halle blieb sie stehen und ballte die Fäuste. Doch! Es war etwas passiert, und beim Gedanken daran schnürte es ihr vor Ekel die Kehle zu. Entschlossen machte sie sich auf den Weg in den Keller. Sie hoffte, Richard dort bei der Arbeit anzutreffen. Sie würde ihn bitten, auf der Stelle mit ihr zur Gnädigsten zu gehen und ihr zu sagen, was er gesehen hatte.

Bei dem Gedanken, dass er dort war, hatte sie gar keine Angst, hinunter in den Keller zu steigen.

Als sie am Fuß der schmalen Steintreppe angekommen war und die feuchte, ein wenig muffige Kellerluft einatmete, blieb sie stehen und lauschte mit angehaltenem Atem. Dieses Mal war kein Klopfen und Klirren zu hören. Entschlossen ging sie weiter. Erst als sie die geschlossene Tür zur Waschküche sehen konnte, drang ein dumpfer Ton an ihr Ohr.

Sie atmete auf. Er war da. Mit einem Ruck riss sie die Tür auf und trat ein. Gertrude, die sich gerade über den Waschtrog beugte, wandte sich erstaunt um.

»Du hast's ja eilig. Is' irgendwas?« Mit dem tropfenden Wäschestück in der Hand, das sie gerade auf dem Waschbrett bearbeitet hatte, sah sie Lydia erstaunt an.

»Ich suche Richard. Hast du ihn gesehen.«

»Wen?« Gertrude runzelte die Stirn.

»Richard. Das ist ein Handwerker. Lukas hat ihn beauftragt, die Wasserrohre zu überprüfen. Mittelgroß und blond und sehr freundlich.«

»Da hast du dich wohl verguckt in den Bengel.« Gertrude lachte vor sich hin, während sie anfing, das weiße Unterhemd über das Waschbrett zu ziehen.

»Ich muss ihn was fragen. Dringend. Weißt du, wo er jetzt die Rohre prüft?«

»In einem anderen Haus, nehm ich an. Ich hab gesehen, wie Lukas so 'nem blonden Kerl heute Morgen das Geld für

217

seine Arbeit gegeben hat. Der is' weg. Hätt's dich ranhalten müssen. War ein hübscher Bursche, wenn auch ein bisschen zu jung für mich.« Wieder kicherte das Hausmädchen, das die vierzig längst hinter sich hatte.

Lydia stürmte zurück durch den Keller, die Treppe hinauf und weiter in die Schuhputzkammer hinter der Küche. Dort hielt Lukas sich meistens auf, wenn er nicht im Haus unterwegs war. In der Tür zur Kammer wäre sie fast mit Marleen Weißenfels zusammengestoßen.

»Tut mir leid, aber der Klempner, der gestern im Keller gearbeitet hat, ist schon wieder weg. Er hat die Nacht in einer der leeren Mansarden verbracht, weil er auf der Walz ist und die Unterkunft zur Bezahlung gehört. Heute Morgen ist er weitergezogen.« Offenbar hatte Marleen bereits ausführlich mit Lukas über den fremden Handwerker gesprochen.

Enttäuscht stieß Lydia den Atem aus. Plötzlich wurde ihr bewusst, dass sie seit dem Aufstehen einem Wiedersehen mit Richard entgegengefiebert hatte. Trotz der furchtbaren Situation, in der sie ihm begegnet war, hatte sie seine kräftige Gestalt und die hellen Haare ständig vor sich gesehen. Und nun brauchte sie ihn dringend als Zeugen für das, was ihr widerfahren war. Doch er war nicht mehr da und niemand wusste, wohin er weitergezogen war.

17. Kapitel

Nürnberg, 1. Juni 2018

»Selbst beim Frühstück mit der Recherche beschäftigt?«

Als sie von der Tür des Frühstücksraums Alexanders Stimme hörte, schob Valerie Lydias Brief, den sie soeben gelesen hatte, hastig in die Mappe vor sich auf dem Tisch. Sie hatte alle Umschläge geöffnet, die Briefbögen glattgestrichen und nach Datum geordnet in eine der roten Mappen gelegt, in denen sie sonst Dokumente sammelte und ordnete, die sie für die Festschrift verwenden wollte.

»Nur nebenbei.« Wieder einmal hatte sie ein schlechtes Gewissen, weil sie nur einen Teil ihrer Zeit der Festschrift widmete. »Ich denke, ich habe bald genügend interessante Informationen über die Familienmitglieder zusammen, die in den verschiedenen Generationen das Schicksal von *Weißenfels Spielwaren* geprägt haben.«

»Auch über mich?« Mit einem amüsierten Lächeln ließ Alexander sich ihr gegenüber nieder und schenkte sich Kaffee ein. Seit einigen Tagen war er seine Armschiene los und schnitt gekonnt ein Brötchen auf.

»Nein«, gab Valerie zu. »Ehrlich gesagt, wollte ich Sie fragen, ob es etwas gibt, was ich über Sie erwähnen soll. Sie kommen in den Unterlagen, die mir vorliegen, nicht vor. Was ja nicht verwunderlich ist, denn darin geht es fast ausschließlich um die Vergangenheit.«

»Ich fürchte, die Vergangenheit von *Weißenfels Spielwaren*

ist um einiges romantischer als die Gegenwart.« Als wäre ihm plötzlich der Appetit vergangen, legte Alexander das Messer weg, mit dem er Butter auf sein Brötchen gestrichen hatte.

Machte es ihm so sehr zu schaffen, dass er anstelle der hochwertigen Puppenhäuser Plastikspielzeug herstellte? Schon einmal hatte er eine Bemerkung in dieser Richtung gemacht.

»Glauben Sie, dass es für Puppenhäuser, wie Weißenfels sie früher hergestellt hat, keinen Markt mehr gibt?«, erkundigte sie sich vorsichtig. »Vielleicht als Liebhaberobjekte für Erwachsene. Ich könnte mir vorstellen, dass viele Frauen Freude daran hätten, sich ein hochwertiges Puppenhaus anzuschaffen und es nach und nach mit Möbeln auszustatten. Und kleine Mädchen sicher teilweise auch.«

Alexander sah sie stumm an, während er in seiner Tasse rührte. Sein Schweigen machte sie nervös.

»Ich zum Beispiel«, fuhr sie fort, als er nach einer Weile immer noch nichts sagte. »Ich habe nie sonderlich begeistert mit Puppen gespielt. Aber ich hatte eine Freundin, die ein richtiges Puppenhaus besaß. Nicht so schön wie die von Weißenfels, aber ein richtiges Häuschen mit einem Dach und vier Zimmern, kleinen Holzmöbeln und passenden Püppchen. So etwas habe ich mir selbst als Zwölfjährige noch gewünscht. Und wenn ich heute die alten Puppenhäuser sehe, die Weißenfels hergestellt hat ... das fasziniert mich.«

»Umso schlimmer, was wir heute produzieren. Nichts als billigen Schund.« Alexander klang regelrecht wütend. »Vielleicht haben wir es nicht richtig angepackt. Es nicht lange genug versucht. Sie haben recht, möglicherweise haben wir einfach nicht die richtige Zielgruppe angesprochen. Jetzt konkurrieren wir mit einem Haufen anderer Plastikkramhersteller. Wenn wir auch ganz gut über die Runden kommen, so macht es keinen Spaß.« Alexander starrte mit gerunzelter Stirn vor sich hin und biss endlich in sein Brötchen.

»In der Festschrift werde ich natürlich alles so positiv wie möglich darstellen.«

Er nickte und streckte die Hand nach ihrer Mappe aus. »Darf ich mal sehen? Ist das ein Entwurf für den nächsten Abschnitt?«

Vor Schreck verschluckte Valerie sich an ihrem Orangensaft. Hustend und keuchend hielt sie die Mappe fest, in der Lydias Briefe an ihre Schwester lagen.

»Bitte nicht. Das ist ... noch nicht fertig.«

»Ich erwarte nichts Perfektes. Es interessiert mich nur, was Sie über die anderen Familienmitglieder geschrieben haben. Weil Sie mich nach Informationen über meine Person fragten.« Er ließ die andere Seite der Mappe nicht los, und sie zogen beide daran.

Valerie hustete immer noch. Der Orangensaft reizte ihre Kehle und trieb ihr die Tränen in die Augen. Dennoch durfte sie nicht zulassen, dass Alexander sich die Briefe anschaute. Sie waren sehr privat. Außerdem sollte er nicht wissen, womit sie sich nebenbei beschäftigte.

Mit einem Ruck zerrte sie die Mappe zwischen seinen Fingern hervor und legte sie auf den freien Stuhl neben sich. »Entschuldigen Sie. Aber es macht mich nervös, wenn jemand unfertige Sachen von mir liest. Es ist mir peinlich.«

Er zwinkerte ihr zu. Der kleine Zwischenfall schien ihn zu amüsieren. »Ich habe aber wirklich keine Ahnung, was über mich Persönliches in der Festschrift stehen könnte.«

»Eine Lieblingssportart oder ein anderes Hobby. Gehen Sie angeln, segeln, lieben Sie Kunst? Es geht darum, scheinbar persönliche Dinge zu erwähnen, die nicht wirklich persönlich sind.« Das war die Richtlinie, auf die sie sich nach einigen Diskussionen mit Helen Weißenfels geeinigt hatte. Auf diese Weise würden die Familienmitglieder als sympathische Unternehmerpersönlichkeiten herüberkommen. Ein Gedanke, der selbst Helen gefiel.

»Persönliche Dinge, die nicht persönlich sind?« Er lachte und sah sie fragend an.

»Na ja.« Sie machte eine vage Handbewegung. »Die Art von persönlicher Information, über die man auf einer Party mit einem Fremden reden würde.«

»Meine Künste in Mannschaftssportarten würde ich lieber außen vor lassen.« Er deutete auf seinen frisch verheilten Arm. »Aber wenn Sie ein, zwei Stunden Zeit haben, zeige ich Ihnen etwas. Sie können dann entscheiden, ob Sie darüber schreiben wollen.«

»Okay.« Sie nickte und spürte ein seltsames Pochen in der Magengegend, als würde dort ein zweites Herz schlagen. Was er ihr wohl zeigen wollte?

Offenbar befand sich sein wie auch immer geartetes Hobby nicht in der Villa und auch nicht direkt in der Nähe. Jedenfalls forderte er sie auf, in sein Auto zu steigen. Alexander fuhr einen schwarzen Audi. Repräsentativ und trotzdem unauffällig.

»Wohin fahren wir?«, erkundigte sich Valerie nach einer Weile.

»Rate doch mal.« Plötzlich duzte er sie, und ihr erschien es ganz normal. Seit dem Abend auf seiner Terrasse hatte sie das Gefühl, dass eine Mauer zwischen ihnen gefallen war, auch wenn er sich am Ende geweigert hatte, ihr etwas über das kleine Mädchen auf dem Foto zu erzählen.

Ob der heutige Ausflug mit dem Kind zusammenhing? Obwohl sie beschlossen hatte, dass die Fotos in Alexanders Räumen sie nichts angingen, hatte sie doch darüber nachgedacht. Wer war das kleine Mädchen, über das er nicht sprechen wollte? Schließlich war sie zu der Ansicht gelangt, dass er als sehr junger Mann Vater geworden war. Wahrscheinlich ungeplant. Und das Kind lebte nun bei seiner Mutter. Eine andere Erklärung für seine seltsame Reaktion, als sie das Foto gesehen hatte, fiel ihr nicht ein. Wahrscheinlich wollte er nicht, dass jemand von dem Kind erfuhr. Weshalb auch immer.

»Fällt dir gar nichts ein, was es sein könnte?« Seine Stimme ließ sie aus ihren Gedanken aufschrecken.

»Ein Kind?« Die Worte waren heraus, bevor sie es verhindern konnte. Sie spürte, wie er sie von der Seite anstarrte, und wagte nicht, den Kopf zu wenden.

»Wie kommst du denn darauf?«

»Vergiss es. Das ist Quatsch. Ich dachte nur, wegen der Püppchen, die du so gern verschenkst.« Tatsächlich hatte sie neulich vom Fenster des Frühstückszimmers aus gesehen, wie er auf der Straße ein paar Erstklässlern mit Ranzen auf dem Rücken, Puppen geschenkt hatte. Er schien wirklich immer welche bei sich zu haben.

Sie hoffte, dass er nicht darauf kam, warum sie das mit dem Kind wirklich gesagt hatte. Schnell riet sie weiter: »Ein Pferd? Fahren wir in einen Reitstall?«

Er lachte so laut, dass sie zusammenzuckte. »Sehe ich aus wie ein Reiter?«

»Warum nicht?« Sie konnte sich ihn zwar nicht in rotem Jackett mit schwarzem Reithelm vorstellen, aber als Cowboy durchaus.

»Na ja, ein bisschen geht es in die Richtung«, sagte er geheimnisvoll, als er sich wieder beruhigt und aufgehört hatte zu lachen.

Inzwischen kurvten sie durch die Altstadt. Hier waren die Straßen sehr eng, viele davon durften nur in einer Richtung befahren werden. Schließlich lenkte Alexander den Wagen schwungvoll in den Hof eines gut erhaltenen Fachwerkhauses mit einer Holzbank und zahlreichen Blumenkübeln vor der Hintertür.

»Hier wohnt mein Freund Bernd.« Er zog die Handbremse an und öffnete die Wagentür.

Valerie stieg ebenfalls aus und sah sich erstaunt um. »Ist das einer von denen, die dich nach deinem Sportunfall ins Krankenhaus begleitet haben?«

Er schüttelte den Kopf. »Das waren nur Sportkameraden. Bernd ist ein echter Freund. Einer der wenigen, die ich habe. Ich halte nichts davon, jeden flüchtigen Bekannten als Freund zu bezeichnen. Bernd könnte ich zu jeder Tages- und Nachtzeit anrufen, er würde kommen, wenn ich Hilfe brauchte.«

Valerie nickte. Seine Definition von Freundschaft gefiel ihr. Sie hatte auch nicht viele Freunde, aber den wenigen, die sie besaß, konnte sie blind vertrauen.

»Komm. Ich stelle ihn dir vor.« Alexander ging seitlich am Haus entlang. Jetzt erkannte Valerie, dass hinter dem Wohnhaus ein großer Schuppen oder Stall stand. Alexander hatte gesagt, es ginge um etwas Ähnliches wie ein Pferd. Hielt er zusammen mit seinem Freund Bernd irgendwelche Tiere? Esel oder Schafe? Züchteten sie Hunde? Gespannt folgte sie ihm.

Als sie sich der weit geöffneten Tür zur Scheune näherten, hörte sie zunächst ein lautes Klirren, gefolgt von einem ausdrucksvollen Fluch.

»Wollen die Schrauben wieder nicht wie du? Soll ich es mal probieren?« Alexander lachte.

»Angeber«, kam es in heiterem Ton zurück.

In dem großen Raum, den Valerie an Alexanders Seite betrat, standen mehrere Motorräder. Vor einem davon kniete ein junger Mann und warf gerade mit Schwung einen Schraubenschlüssel auf den Betonboden. Als er seine Besucher sah, stand er auf und wischte sich die öligen Finger an einem Lappen ab.

»Das ist mein Freund Bernd. Und das ist Valerie«, stellte Alexander vor. »Bernd und ich lieben zweirädrige Oldtimer, wie du siehst. Wir machen zusammen herrliche Touren auf den alten Schätzchen. Bernd ist ein sehr begabter Schrauber. Ich kann ihm nicht das Wasser reichen, höchstens mal das Werkzeug. Und die eine oder andere Schraube lösen, die Bernd nicht loskriegt.« Er zwinkerte seinem Freund zu.

»Nachdem ich mich eine Ewigkeit an den Dingern abgemüht habe, sind die so locker, dass Alexander sie praktisch nur ansehen muss. Das funktioniert erstaunlicherweise ziemlich oft, wenn er hier hereinschneit.« Bernd reichte Alexander den Schraubenschlüssel und deutete auf eine Stelle unten an der schwarz lackierten Maschine.

Wortlos bückte sich Alexander, setzte das Werkzeug an, machte eine ruckartige Bewegung, drehte einige Male den

Schraubenschlüssel herum und legte dann eine angerostete Schraube in Bernds ausgestreckte Hand. Die beiden Freunde lachten. Valerie konnte deutlich erkennen, wie wohl sie sich miteinander fühlten.

»Klappt immer wieder. Nach meinem Armbruch mache ich das sogar immer noch hauptsächlich mit Links«, stellte Alexander fest. »Manchmal glaube ich, wenn du mein Auto hörst, tust du so, als würdest du schon seit Stunden an einer sowieso schon lockeren Schraube herumprobieren, damit ich nicht so frustriert bin, weil du so viel von den Maschinen verstehst und ich sie nur fahren kann.«

»Du hast schon eine Menge gelernt. Außerdem könnte ich mir ohne dich dieses teure Hobby gar nicht leisten.«

»Was hältst du von einem Ausflug in die Fränkische Schweiz?«, wandte Alexander sich an sie.

»Auf einem Motorrad? Ich habe noch nie auf einem gesessen.«

»Du sollst ja nicht fahren. Nur mir vertrauen.«

»Aber ich habe keinen Helm und keine Lederjacke und was man da so braucht.«

»Die Ausrede gilt nicht. Irgendwas wird dir schon passen.« Alexander deutete auf ein Regal, in dem Motorradhelme lagen. Daneben hingen an mehreren Haken Lederklamotten.

Stumm legte Valerie die Stirn in Falten.

»Du musst es sagen, wann du dich nicht traust.« An Alexanders Blick erkannte sie, dass das hier eine Art Test war. Aus irgendeinem Grund wollte sie ihn bestehen.

»Natürlich traue ich mich.«

»Dann los, ihr zwei.« Bernd hatte die Szene amüsiert beobachtet. »Ich schätze, du nimmst die Norton Commando?«

»Klar. Du weißt doch, welche meine Lieblingsmaschine ist.« Im Vorbeigehen tätschelte Alexander fast zärtlich den Ledersitz eines burgunderroten Motorrads. Die Farbe gefiel Valerie. Ansonsten verstand sie absolut nichts von diesen Fahrzeugen. Aber zumindest würde sie schon bald wissen, wie es sich anfühlte, hinten auf einem Motorrad zu sitzen.

* * *

Nach dem ersten Schreck, als Alexander auf dem Hof vor dem Haus so schwungvoll startete, dass sie sich panisch an ihm festklammerte, gefiel ihr das Motorradfahren ganz gut. Selbst innerhalb der Stadt war es ein vollkommen anderes Gefühl, als mit dem Auto unterwegs zu sein.

In gemächlichem Tempo, aber mit einigem Lärm fuhren sie durch die Straßen der Altstadt. Valerie hatte das Gefühl, sie müsste nur die Hand ausstrecken, um die hübschen alten Häuser zu berühren, an denen sie vorbeiglitten. Manche von ihnen ähnelten mit ihren Butzenscheiben, den Tüllgardinen dahinter und den grün oder rot lackierten Türen verblüffend den Puppenhäusern, die Weißenfels früher hergestellt hatte.

Einmal holperten sie über buckeliges Kopfsteinpflaster, und sie kam sich vor, als würde sie in einem Cocktailshaker durchgerüttelt. Aber auch das war ganz lustig. Sie musste sich einfach nur gut an Alexander festhalten.

Als sie die Stadt hinter sich ließen und schon bald die hügelige Landschaft der Fränkischen Schweiz erreichten, kam sie sich ein bisschen vor, als würde sie fliegen. Alexander fuhr jetzt schneller, aber immer noch sehr sicher. Nicht einmal in den Kurven, wenn die Maschine sich zur Seite legte, hatte sie Angst.

Die sanften Hänge, die hohen Bäume und die blühenden Wiesen zogen wie in einem Traum an ihnen vorbei. Sie spürte den Wind, obwohl er ihre Haut nicht berührte, denn sie trug eine Lederhose, eine passende Jacke und sogar dicke Handschuhe. Die Sachen gehörten Bernds Freundin Monika und passten ihr erstaunlich gut.

Nach etwa einer halben Stunde hielt Alexander am Straßenrand an, drehte sich zu ihr um und schob sein Visier hoch. Sie tat es ihm gleich und blinzelte in die Sonne, die ihre Wangen streichelte.

»Alles in Ordnung?«, erkundigte er sich. »Willst du zurück, oder möchtest du da oben hin? Das ist die Neideck.«

Sie sah in Richtung seiner ausgestreckten Hand. Auf einem Felsen, der sich über die Wipfel der umstehenden Bäume erhob, thronte vor ihnen am Horizont eine Burgruine. Der Turm erhob sich wie ein dicker, ausgestreckter Finger mit abgebrochener Spitze in den hellblauen Sommerhimmel.

»Es ist toll auf dem Motorrad. Ganz anders als im Auto. Irgendwie habe ich das Gefühl ...« Sie stockte. Wenn sie ihren Gedanken aussprach, würde er sie sicher auslachen.

»Es ist ein bisschen wie fliegen, nicht wahr?«

Erstaunt nickte sie. »Ich könnte ewig so weiterfahren. Und ich würde mir die Burgruine gern ansehen. Aber kommen wir auf dem Motorrad da hoch?«

»Nicht ganz bis nach oben, aber ein paar Schritte können wir ja laufen. Der Blick vom Turm ist einfach gigantisch. Die kleine Mühe lohnt sich.«

»Dann los!« Valerie lachte, klappte ihr Visier herunter und schlang die Arme um Alexanders Taille. Ebenfalls lachend startete er die Maschine wieder. Es war, als hätten sie zusammen schon Dutzende von Motorradausflügen gemacht.

* * *

»Das ist atemberaubend.« Valerie lief auf die andere Seite der Aussichtsplattform des Burgturms, um von dort aus den Blick zu bewundern. Sie wechselte schon seit einigen Minuten dauernd die Position, konnte sich aber nicht entscheiden, in welcher Himmelsrichtung die Aussicht über die umliegenden Hügel und Täler am schönsten war.

In all das Grün zu ihren Füßen schmiegten sich mehrere kleine Orte, die von hier oben wie Spielzeugstädte wirkten. Als hätte jemand mehrere Dutzend Puppenhäuser von Weißenfels in einer Spielzeuglandschaft verteilt. Auf schmalen, gewundenen Straßen fuhren winzige Autos in Rot, Schwarz und Weiß. Dazwischen funkelte ein kleiner Fluss in der Sonne.

Auf der anderen Seite des Tals befand sich eine weitere Ruine. Die ehemalige Streitburg, wie Alexander ihr erklärt hatte.

Alexander trat neben sie und sie bemerkte, dass er sie nachdenklich von der Seite betrachtete.

»Was ist?«, fragte sie irritiert.

»Ich war schon oft hier oben, aber mit dir zusammen sehe ich die Landschaft mit anderen Augen. Als wäre es das erste Mal. Du kannst dich so wunderbar begeistern.«

Verlegen zuckte sie mit den Schultern. »Was soll ich machen? Es ist wunderschön.«

Er nickte, atmete tief durch und sah sie immer noch an, anstatt seine Aufmerksamkeit der hügeligen Landschaft zu widmen, wegen der sie schließlich hier heraufgekommen waren.

Eine Weile erwiderte sie seinen Blick, dann wurde ihr in ihrer Ledermontur ganz heiß, und sie wandte sich wieder dem Geländer und der Aussicht zu.

»Dann schreibe ich also in der Festschrift über dich, dass du Oldtimer-Motorräder und lange Touren durch die Natur liebst«, sagte sie nach einer Weile, während sie mit ihrem Blick einem roten Milan folgte, der auf der Suche nach Beute über den Himmel glitt.

»Du bist die Autorin.«

»Ich finde, Oldtimer und Natur klingen gut. Persönlich, sympathisch, aber nicht zu intim.« Sie nickte entschieden.

»Wie du schon sagtest. Es ist etwas, das ich jedem Unbekannten auf einer Party erzählen würde.«

Ohne es zu wollen, sah sie ihn nun doch wieder an. »Gibt es Dinge, die du in deiner Freizeit tust und die du nicht auf einer Party erzählen würdest.«

»Meinst du das ernst?« Er grinste sie an. »Ich tue eine Menge Dinge, die sich nicht für Small Talk eignen.«

»Nein, nein. So was meinte ich nicht.« Rasch hielt sie ihre brennenden Wangen in den kühlen Wind, was bedeutete, dass sie sich von Alexander wegdrehen musste.

Er ging um sie herum und baute sich auf ihrer anderen Seite auf. »Ich wollte dich nicht in Verlegenheit bringen. Es war zu verführerisch. Du bist so ernsthaft, wenn du über die Festschrift sprichst.«

»Ich nehme meine Arbeit eben ernst. Schließlich werde ich für das Schreiben der Festschrift gut bezahlt.«

»Mir fällt ein Ort ein, an dem ich schon viel Zeit verbracht habe, den ich aber nicht auf einer Party erwähnen würde.«

Sie hielt die Luft an und wartete, ob er ihr diesen geheimnisvollen Ort verraten würde. Dabei betrachtete sie sein männliches Profil. Plötzlich wirkte er ganz ernst, und in seinem Kiefer zuckte ein kleiner Muskel.

»Es ist der Johannisfriedhof«, sagte er nach einer langen Pause.

Sie schluckte und wartete weiter. Doch er verriet ihr nicht, welches Grab er auf diesem Friedhof besuchte. Stattdessen warf er einen Blick auf seine Armbanduhr.

»Es wird Zeit, dass ich mich in der Firma blicken lasse. Und du willst doch sicher in der Festschrift verkünden, was Alexander Weißenfels gern in seiner Freizeit tut.«

Stumm stieg sie hinter ihm die Turmtreppe hinunter. Obwohl es ein schöner Sommertag war, hatten sie an diesem Vormittag die Ruine für sich allein gehabt.

Als sie schon fast wieder das Motorrad erreicht hatten, blieb Alexander stehen. Er hielt sie beim Arm fest, sodass sie ebenfalls anhalten musste.

»Wenn du Lust hast, kann ich ihn dir irgendwann in den nächsten Tagen zeigen.«

»Den Friedhof?«, flüsterte sie mit enger Kehle.

Er nickte und ging weiter. Stumm folgte sie ihm.

Beim Motorrad angekommen, stieg sie hinter ihm auf, schlang die Arme um seine Brust und atmete seinen Duft ein, den sie trotz des würzigen Lederaromas seiner Jacke deutlich wahrnahm. Alexander roch immer ein bisschen nach frisch gesägtem Holz. Was möglicherweise daran lag, dass er oft mit Holz arbeitete. Sie musste an seine selbst gebauten Möbel denken.

Früher hatte es in der Manufaktur sicher nach dem Holz geduftet, aus dem die Puppenhäuser gebaut worden waren. Jetzt gab es in der Fabrik kein Holz mehr. Und in der Produktionshalle roch es nach Chemie und Plastik.

Alexander startete den Motor, und als sie sich in Bewegung setzten, hatte sie wieder das Gefühl zu fliegen.

18. Kapitel

Nürnberg, 6. Juni 1928

Ach, meine Ottilie,

wenn Du doch dieses Mal meinen Brief lesen wolltest! So gern würde ich das Glück mit Dir teilen, das mein Herz fast zum Platzen bringt. Dabei war vorher alles so schrecklich. Erinnerst Du Dich daran, was Oma immer gesagt hat? Dass man durch ein tiefes Tal gehen muss, um auf einen sonnigen Berg zu gelangen? So war es bei mir während der vergangenen Woche.

Erst die schreckliche Geschichte, als der Geburtstagsgast mir vom Herrenzimmer in den Weinkeller folgte und mir Gewalt antun wollte. Da hat Richard mich im letzten Moment gerettet. Doch als mir am nächsten Tag die Gnädige nicht glaubte oder jedenfalls so tat, weil sie keinen Skandal wollte, war Richard nicht mehr im Haus. Er hatte seine Arbeit beendet und war weitergezogen. Schließlich ist er ein Handwerker auf der Walz.

So konnte er nicht als Zeuge bestätigen, was passiert war. Obwohl die Gnädigste wahrscheinlich behauptet hätte, dass er genauso lügt wie ich. Wenn die junge Frau Weißenfels nicht gewesen wäre, hätte sie mich entlassen. Wohl nicht so sehr wegen meiner angeblichen Lüge, sondern weil ich überhaupt etwas gesagt habe. Sie ist der Meinung, ein Dienstmädchen müsste solche Sachen über sich ergehen lassen. Und da Richard rechtzeitig gekommen ist und den schrecklichen Kerl verjagt hat, ist ja gar nichts passiert.

Das hat sie mehrmals gesagt, dass ja nichts passiert ist. Ich möchte sie mal sehen, wenn ein Mann kommt, ihr im Keller die Unterhose runterzieht und sie gegen das Flaschenregal drückt. Ob sie dann immer noch sagen würde, das ist ja nichts?

Jedenfalls hat die junge Frau Weißenfels meine Entlassung verhindert. Nur muss ich mir jetzt besonders viel Mühe mit meiner Arbeit geben, denn ich bin der Gnädigsten ein Dorn im Auge. Aber meistens arbeite ich ohnehin für Marleen Weißenfels, die sehr freundlich ist und genau weiß, wie sich das Leben für ein armes Mädchen anfühlt, das ganz allein in die Stadt gekommen ist.

In den Tagen nach der Geburtstagsfeier habe ich oft an Richard gedacht und mir gewünscht, ich könnte mich wenigstens noch einmal bei ihm bedanken. Und dann, ich kam abends aus der Villa und konnte vor Müdigkeit kaum meine Füße vom Boden heben, stand er plötzlich vor der Tür des Gesindehauses.

Es war schon fast dunkel, doch im Licht des Halbmonds habe ich ihn sofort erkannt. Die hellen Haare und die breiten Schultern. Als er mich kommen sah, lächelte er. Da wurde das Grübchen in seinem Kinn noch tiefer, und ich hätte ihn am liebsten genau dort geküsst, während ich ihm in die Augen starrte.

Natürlich tat ich das mit dem Küssen nicht. Jedenfalls nicht an diesem Abend. Erst einmal war ich erstaunt und ein bisschen erschrocken, als sich aus dem Schatten direkt neben ihm Zita löste. Sie hatte bei ihm gestanden.

Aus irgendeinem Grund wusste ich dennoch, dass er nicht zu Zita wollte, sondern zu mir. Aber Zita schien das nicht klar zu sein. Sie packte ihn beim Ärmel und funkelte mich entschlossen an.

Offenbar wollte sie mir mitteilen, dass dieser Mann ihr gehörte. Aber ich dachte, dass er das immer noch selbst zu entscheiden hat.

»Da bist du ja, Lydia. Ich warte schon ziemlich lange auf dich.« Er kümmerte sich nicht darum, dass Zita wie eine schwindsüchtige Braut an seinem Arm hing.

»Tut mir leid. Ich musste der jungen Gnädigen noch aus ihrem Abendkleid helfen. Es hat schrecklich viele kleine Haken. Sie sagt, dafür sind die Finger des gnädigen Herrn zu ungeschickt. Sonst hilft er ihr meistens, aber wenn sie dieses Kleid anhat, warte ich, bis sie nach Hause kommt.« Lydia merkte, dass sie vor lauter Nervosität ins Plappern gekommen war, und biss sich auf die Zunge.

»Kein Problem.« Richard lächelte. »Ich hätte auch noch länger gewartet.«

»Nun, ich habe dir ja wohl bestens die Zeit vertrieben, nicht wahr?«, meldete Zita sich schlecht gelaunt zu Wort.

Sanft befreite Richard seinen Arm aus ihrem Griff. »Das war sehr nett von dir. Vielen Dank.«

Zita erwiderte nichts und blieb stur stehen.

»Wenn du nicht zu müde bist, können wir einen kleinen Spaziergang machen. Ich möchte kurz mit dir reden«, wandte Richard sich wieder an Lydia.

Sie nickte und brachte kein Wort hervor. Was sollte sie auch sagen, wenn plötzlich der Mann vor ihr stand, von dem sie seit einer Woche heimlich träumte? Sie war sicher gewesen, dass sie ihn niemals wiedersehen würde.

»Wir können uns hinter dem Haus auf die Bank setzen«, mischte Zita sich ein.

Doch Richard hatte nur Augen für Lydia.

Die nickte langsam und wandte sich dem Weg zu, der um den Park herumführte. Zita sah ein, dass sie verloren hatte, murmelte etwas Unverständliches und verschwand im Gesindehaus.

Lydia und Richard gingen eine Weile stumm nebeneinander her. Dann räusperte sich Richard.

»Ich bin gekommen, weil ich so oft an dich denken musste.« Er blieb stehen und sah sie forschend an. »Wie geht es dir nach der furchtbaren Geschichte im Weinkeller? Hat der Kerl eine Strafe bekommen?«

Sie zuckte mit den Schultern. »Ich hatte gehofft, du könntest bezeugen, was mir passiert ist, aber du warst fort. Und die gnädige Frau wollte keinen Skandal.«

»Keinen Skandal?« Er klang empört. »Ich gehe morgen zu ihr und sage ihr, was ich gesehen habe.«

Lydia schlenderte langsam weiter. »Es hat keinen Sinn. Obwohl die junge gnädige Frau auf meiner Seite ist, wird niemand den schrecklichen Mann zur Rede stellen. Und er wird es bei irgendeinem anderen Mädchen versuchen.«

»Aber ...«

»Psst.« Spontan legte sie den Zeigefinger gegen seinen Mund und zuckte zurück, als sie die Berührung seiner Lippen spürte. Hastig versteckte sie die Hand hinter ihrem Rücken. »Sprechen wir nicht mehr davon. Ich werde mich vorsehen, dass ich diesem Kerl nie mehr allein begegne. Bisher war er noch nicht wieder zu Gast in der Villa. Ich glaube, die junge Gnädige ahnt, wer es ist und sorgt dafür, dass er nicht mehr kommt. Und falls doch, gehe ich nicht allein in den Keller. Ich bin nur ein Dienstmädchen. Im Zweifel werde ich eher entlassen, als man diesen Mann aus der Gesellschaft ausstößt.«

»Das ist nicht gerecht.«

»Ich weiß. Aber es ist die Welt, wie sie nun einmal ist.« Lydia atmete tief durch. »Lass uns nicht mehr davon reden. Ich freue mich, dass du gekommen bist. Ich dachte, du wärst längst weitergezogen.«

»Ich bin hier in Nürnberg nur zum nächsten Dienstherrn weitergezogen. Auf der Walz zu sein bedeutet nicht, nach jeder Arbeit in den nächsten Ort zu wandern. Man bleibt so lange, wie man jemanden findet, der Kost, Unterkunft und etwas Geld gegen Arbeit bietet.«

»Gibt es in Nürnberg viel Arbeit?« Ihr Herz klopfte schnell, als sie ihn das fragte.

»Ich bin jetzt auf einer Baustelle, wo es noch für einige Wochen zu tun gibt. Und vielleicht finde ich anschließend noch eine andere Arbeit.«

Sie nickte und freute sich heimlich. Sie hatte schon genug über Handwerksgesellen auf der Walz gehört, um zu wissen, dass die »Tippelbrüder«, wie sie sich selbst nannten, irgendwann weiterziehen mussten. So lauteten die Regeln ihrer Zunft. Aber *irgendwann* lag an diesem Abend in weiter Ferne.

»Wann ist dein freier Tag?«, unterbrach Richard ihre Gedanken.

»Übermorgen.« Wieder klopfte ihr Herz schneller.

»Hast du Lust, mir die Stadt zu zeigen? Nürnberg hat viele schöne Flecke, habe ich gehört. Abends lade ich dich in eine Wirtschaft ein. Vielleicht finden wir ein Lokal, in dem wir tanzen können.«

Vor Entzücken stockte ihr der Atem. Wie lange hatte sie sich schon nicht mehr zur Musik bewegt. Seit sie in Nürnberg war, war ihr gar nicht in den Sinn gekommen, tanzen zu gehen. Meistens war sie viel zu müde. Und mit wem sollte sie auch tanzen?

»Ich lebe erst seit ein paar Monaten hier und kenne mich noch nicht gut in der Stadt aus«, gestand sie.

»Das macht nichts. Dann lernen wir Nürnberg gemeinsam kennen.«

* * *

»Es ist wirklich Zeit für mich, wenn ich wenigstens noch ein paar Stunden schlafen will.« Lydia konnte selbst hören, dass sie nicht sonderlich überzeugend klang. Sie legte den Kopf in den Nacken und sah hinauf zum Turm der Frauenkirche. Es war eine halbe Stunde nach Mitternacht. Der Hauptmarkt, an dessen Ostseite die Kirche stand, war menschenleer.

Seit jenem Abend, an dem Richard vor dem Gesindehaus auf Lydia gewartet hatte, waren mehr als sechs Wochen vergangen. Inzwischen verbrachten sie fast alle Abende und die halben Nächte miteinander. Es hatte sich schnell herausgestellt, dass der eine freie Tag, den sie beide in der Woche hatten, ihnen nicht ausreichte. Also schlich Lydia sich abends aus dem Gesindehaus und in den frühen Morgenstunden wieder hinein. Außer an ihren freien Tagen war es den Hausmädchen verboten, nachts fortzugehen. Aber natürlich wurde niemand eingeschlossen.

Richard und Lydia schlenderten in den milden Sommernächten stundenlang durch die Straßen. Sehnsüchtig betrachteten sie die erleuchteten Fenster der hübschen Häuser im alten Teil der Stadt. Wenn sie ein solches Haus für sich hätten oder nur eine Stube ... Ihnen blieben jedoch nur die Bänke am Rand der großen Plätze. Dort konnte Lydia sich an Richard schmiegen, während er sie sanft streichelte und zärtlich küsste. Sie mussten nur aufpassen, dass keiner der Schutzleute vorbeikam, die Liebespaare gnadenlos vertrieben oder ihnen sogar mit einer Anzeige wegen Unzucht drohten.

»Ich schlafe bei meinem neuen Meister auf dem Dachboden im Stroh«, sagte Richard nachdenklich und strich über Lydias Wange. Unter seinen rauen Fingerspitzen kribbelte ihre Haut. »Dort oben bin ich ganz allein. Die Treppe knarrt zwar schrecklich, aber das ist nur gut, weil man sofort hört, wenn jemand kommt. Es war aber noch nie jemand oben bei mir.«

»Hm«, machte Lydia, die genau wusste, was er ihr mit seinen Worten sagen wollte.

Sie war ihm nicht böse, denn ihre Sehnsucht, ihn zu spüren, war genauso groß wie seine. Sie wusste, dass Richard ein guter Mann war. Er war strebsam und wollte nach seinen Jahren auf der Walz in seine Heimatstadt Münster zurückkehren, um dort eine eigene Werkstatt aufzumachen. Heimlich träumte sie davon, dass er sie fragte, ob sie seine Frau werden und mit ihm nach Münster ziehen wollte. Je mehr Zeit sie gemeinsam verbrachten, umso sicherer war sie, dass er sie liebte. Er würde sie fragen.

»Wollen wir sehen, ob noch eine der Bratwurstküchen geöffnet hat?«, fragte er müde. Obwohl sie beide nicht aus Nürnberg stammten, liebten sie die Nürnberger Rostbratwürstchen. Meistens leisteten sie sich nur jeder »Drei im Weggla«. Die konnten sie mitnehmen und essen, während sie durch die Straßen schlenderten.

»Ich habe heute keinen Hunger. Nicht auf Würstchen.« Lydia beugte sich vor und küsste Richard auf den Mund. »Im Gesindehaus schlafe ich allein in einem Zimmer. Man kann es sogar abschließen. Wenn wir leise sind und du dich morgen früh fortschleichst, bevor um halb sechs die Küchenmagd aufsteht, wird keiner merken, dass du da warst.« Natürlich war es noch strenger verboten, Männer mit ins Zimmer zu nehmen, als es verboten war, an einem Arbeitstag nachts fortzuschleichen.

»Das willst du wirklich?« Richard klang plötzlich atemlos.

Sie nickte stumm, stand auf und streckte ihm die Hand entgegen. »Komm.«

* * *

»Was war das für ein merkwürdiges Geräusch heute Nacht in deinem Zimmer? Außerdem war mir, als hätte ich eine Männerstimme gehört.« Zita ließ die Silbergabel sinken, die sie gerade putzte, und betrachtete Lydia prüfend.

Die sah von ihrer Arbeit nicht auf, sondern hauchte den großen Vorlegelöffel an und rubbelte kräftig daran herum. Dabei hoffte sie inständig, nicht rot zu werden.

»Ich habe nichts gehört. Muss wohl fest geschlafen haben«, murmelte sie.

»Dann musst du schlafen wie eine Tote. Das kam aus deinem Zimmer. Vielleicht Ratten. Das war ein riesen Lärm. Klang wie ein ganzes Dutzend. Wir sollten den Herrschaften Bescheid sagen. Oder zumindest Lukas, dass er Fallen aufstellen soll.« Immer noch starrte Zita über den Tisch hinweg Lydia an, als hoffte sie auf irgendeine verräterische Reaktion.

Lydia sagte nichts, konnte aber ein kräftiges Gähnen nicht unterdrücken.

»Wieso bist du so müde, wenn du doch so fest geschlafen hast?« Misstrauisch kniff Zita die Lider zusammen.

»Frühjahrsmüdigkeit«, sagte Lydia aufs Geratewohl und warf den fertig geputzten Löffel in den Kasten für das Vorlegebesteck.

»Mitten im Sommer? Ich weiß schon, was los war und warum du so müde bist.«

Da sie keine Lust hatte, sich mit Zita anzulegen, die sie sowieso nicht leiden konnte, schwieg Lydia und nahm ein angelaufenes Silbermesser aus der Schachtel.

»Da fällt dir keine Ausrede mehr ein«, stellte Zita zufrieden fest. »Ich werde die Wahrheit rausfinden, und dann ist es vorbei mit deinen Vorrechten.«

Lydia genoss keine Vergünstigungen, auch wenn Zita das glaubte. Es war nur so, dass Marleen Weißenfels ihr alle Aufgaben zuteilte, die mit ihrer Kleidung zusammenhingen.

Selbst die junge Frau Weißenfels hätte nicht gutgeheißen, dass Lydia seit einer Woche jede Nacht in ihrem Zimmer Besuch von einem Mann empfing. Nicht einmal, wenn Lydia ihr gesagt hätte, dass sie diesen Mann von ganzem Herzen liebte und er sie auch und dass sie sicher bald heiraten würden.

Es waren wunderschöne Nächte, die sie mit Richard in der kleinen Kammer verbrachte. Niemals hätte sie sich ausmalen können, wie herrlich es war, mit einem Mann das Bett zu teilen, seine Leidenschaft und seine Zärtlichkeit zu spüren und später in seinen Armen einzuschlafen.

Wie wunderbar wäre es gewesen, hätte sie nicht die ganze Zeit Angst haben müssen, entdeckt zu werden. So würde es in Münster sein, wenn sie verheiratet waren und ihre eigene kleine Wohnung hatten.

Zita, die Lydia nicht aus den Augen ließ und ständig versuchte, sie bei etwas Verbotenem oder einem Fehler zu ertappen, lauschte offenbar an ihrer Tür. Bis jetzt konnte sie nichts beweisen und würde sich daher hüten, Lydia zu verpetzen. Doch was, wenn sie zufällig sah, wie Richard aus dem Fenster stieg oder sich durch den Flur schlich? Wenn das herauskam, würde Lydia auf der Stelle entlassen werden.

Erstaunlicherweise hatte Lydia keine große Angst, auf die Straße gesetzt zu werden. Es gab immer noch Richard. Er hatte seinen Anteil an der Sache, und wenn es schiefging, würde er ihr helfen.

19. Kapitel

Marleens Tagebuch, 7. September 1928

Ich bin wieder schwanger. Die Anzeichen sind eindeutig. Leider ist meine Freude gedämpft, und ich zögere, mit Friedrich zu sprechen. Natürlich ist es etwas Wunderschönes, ein Kind zu bekommen. Ganz besonders wenn ich Dotty und Lulu ansehe, liebe ich das Kind, das in mir heranwächst, von ganzem Herzen. Weil ich schon die Erfahrung gemacht habe, wie wunderbar es ist, ein neues Leben willkommen zu heißen.

Leider weiß ich jedoch, dass meine Familie nicht jedes Kind freudig begrüßen wird. Meine Aufgabe ist es, einen Erben für die Manufaktur zur Welt zu bringen. Das hat meine Schwiegermutter mir schon am Tag meiner Hochzeit unmissverständlich klargemacht. Bis jetzt habe ich diese Aufgabe nicht erfüllt. Meine beiden Töchter zählen nicht. Die Manufaktur soll dem jeweils ältesten Sohn übergeben werden. Gesine hat nur ein Kind geboren, Friedrich. Das bedeutet, sie hat als junge Ehefrau innerhalb kürzester Zeit ihre Pflicht erfüllt. Ich jedoch bin seit sechs Jahren verheiratet und habe zwei Töchter. Nur zwei Töchter, würde Gesine sagen, doch das verbitte ich mir, auch wenn meine Schwiegermutter sich natürlich von mir nichts verbieten lässt.

Ich horche ständig in mich hinein. Besonders nachts, wenn alles still ist und ich schlaflos im Bett liege. Kann eine Frau spüren, ob sie ein Mädchen oder einen Jungen unter dem Herzen trägt? Was passiert, wenn ich die dritte Tochter zur Welt bringe?

Ich fürchte, dann wird Gesine behaupten, dass ich nicht in der Lage bin, einen Jungen zu empfangen. Sie wird sagen, dass zweifellos auch mein viertes und fünftes Kind ein Mädchen sein wird. Was die Familie auf keinen Fall akzeptieren wird. Ich habe Angst!

»Mama ist für ein paar Stunden außer Haus, ihr Süßen. Lia kümmert sich um euch.« Für den Fall, dass sie in der Halle Gesine begegnete, hatte Marleen ihren guten Mantel angezogen. Darunter trug sie ein schlichtes Kleid, bei dem es nichts ausmachte, wenn sie sich einen Faden zog oder etwas Leim darauf kleckerte.

Offiziell ging sie in die Stadt, um sich mit Agnes, einer Freundin aus der guten Gesellschaft, zum Tee zu treffen. Besagte Freundin war ebenfalls froh über die Ausrede. Ihre Leidenschaft war das Lesen. Sie verkroch sich viele Stunden in einer Ecke der städtischen Bibliothek. Zu Hause hatte sie keine Ruhe. Dort wurde von ihr erwartet, dass sie den ganzen Tag mit ihrer Mutter Deckchen stickte und sich über den neusten Tratsch austauschte.

Irgendwann waren Marleen und Agnes darauf gekommen, dass sie einander Alibis geben konnten. Gesine akzeptierte es ohne Nachfrage, wenn Marleen angeblich mehrmals in der Woche zum Tee ausging. Gesellschaftliche Kontakte waren gut. Auf diese Weise musste sie ihrer Schwiegermutter nicht immer wieder erklären, wie wichtig es ihr war, wenigstens ab und zu in der Modellwerkstatt zu arbeiten.

Seltsamerweise verriet Theodor sie nie absichtlich an seine Frau. Nur manchmal verplapperte er sich. Es konnte ihm nicht entgehen, dass Marleen ganze Nachmittage am Werktisch saß und an ihren Modellen arbeitete. Ihm war jedoch klar, wie gut sich die Puppenhäuser verkauften, die Marleen entworfen und ausgestattet hatte. Also ließ er sie gewähren.

Und Friedrich wusste nur zu genau, wie sehr seine Frau ihre Arbeit in der Werkstatt liebte. Zwar wagte er nicht, seiner dominanten Mutter klarzumachen, dass sie Marleen ihre Freiheit lassen sollte. Aber er unterstützte sie zumindest im Stillen. Wenn Gesine zufällig sah, wie er aus der Manufaktur nach Hause kam, tat er so, als hätte er Marleen seit dem Mittagessen in der Villa nicht gesehen. Dabei hatte sie die Firma kurz vor ihm verlassen und vorher im Büro vorbeigeschaut.

Nach einem letzten Winken schloss Marleen die Kinderzimmertür hinter sich, stieg auf Zehenspitzen die Treppe hinunter und durchquerte ebenso leise die Halle. Seit sie wusste, dass sie wieder ein Kind erwartete, zog es sie ganz besonders in die Modellwerkstatt. Nach der Geburt würde sie eine Weile ans Haus gefesselt sein. Also wollte sie bis dahin mindestens noch ein neues Puppenhaus entwerfen.

Zum Glück bemerkte Gesine an diesem Nachmittag nicht, dass Marleen im Begriff war, das Haus zu verlassen. Zu ihrem Geburtstag hatte Marleen von Friedrich einen eigenen Wagen bekommen. Den Führerschein hatte sie schon vorher gemacht, aber nur selten am Steuer von Friedrichs Auto gesessen.

Da Marleen wusste, dass die Umsätze der Manufaktur wegen der Wirtschaftskrise stark zurückgegangen waren, hatte sie ein etwas schlechtes Gewissen wegen des teuren Fahrzeugs. Aber Friedrich beruhigte sie damit, dass die Familie seit einiger Zeit keinen Chauffeur mehr beschäftigte. Wenn Marleen ein eigenes Auto hatte, konnte sie viele Besorgungen selbst machen und vor allem schnell in der Fabrik und ebenso rasch wieder zu Hause sein.

Seltsamerweise hatte Gesine nichts dagegen einzuwenden gehabt, dass Marleen einen Wagen besaß und ihn auch selbst fuhr. Im Gegenteil, sie ließ sich gern von ihrer Schwiegertochter kutschieren.

Schon deshalb war es besser, wenn sie nicht bemerkte, dass Marleen aus dem Haus ging. Dann bat sie sie oft, sie mit in die Stadt zu nehmen. Manchmal war Marleen deshalb schon gezwungen gewesen, eine Teestube anzusteuern und dort eine Weile auszuharren, bevor sie in die Manufaktur fuhr.

Marleen eilte zur Remise hinter der Villa und stieg in ihren Wagen. Als sie die Hände aufs Lenkrad legte, bemerkte sie, dass ihre Finger geschwollen waren. *So früh schon.* Während ihrer ersten beiden Schwangerschaften hatte sie ebenfalls unter Wasser in Armen und Beinen und selbst in den Händen gelitten. Aber nicht so früh. Ob das auf einen Jungen hindeutete?

Während sie in Richtung Manufaktur fuhr, verbot sie sich energisch, ständig darüber nachzudenken, welches Geschlecht ihr Kind wohl hatte. So viel sie auch grübelte, nichts würde etwas an der Wahrheit ändern. Das Schicksal hatte längst entschieden.

Als sie hinter dem flachen, langgestreckten Firmengebäude hielt, atmete sie tief durch. Wie immer, wenn sie herkam, stieg ein freudiges Kribbeln in ihr auf. Sie liebte ihre Arbeit. Daran änderte auch ihr schönes Leben in der Villa nichts. Selbst die wunderbare Zeit, die sie mit ihren geliebten Töchtern verbrachte, konnte ihr die kreative Arbeit in der Modellwerkstatt nicht vollständig ersetzen. Sie brauchte beides – das Leben als Mutter und das Gefühl, in der Manufaktur etwas Sinnvolles zu schaffen.

Marleen betrat die Firma durch den rückwärtigen Eingang. Ihr Weg zur Werkstatt führte sie an den Büros vorbei. Vor Friedrichs Tür blieb sie zögernd stehen. Obwohl sie ihren Mann erst vor knapp zwei Stunden beim gemeinsamen Mittagessen in der Villa gesehen hatte, konnte sie nicht widerstehen, ihn kurz zu begrüßen.

Sie klopfte, wartete kurz und öffnete die Tür. Enttäuscht stellte sie fest, dass Friedrichs Platz hinter dem großen Schreibtisch aus Eichenholz leer war. Er war wohl im Gebäude unterwegs. Möglicherweise begegnet sie ihm auf einem der Gänge. Manchmal kam er auch in der Modellwerkstatt vorbei. Der Grund dafür war oft vorgeschoben. Sie wusste, dass er kam, um sie zu sehen.

Als sie wieder hinaus auf den Flur trat, hörte sie durch die angelehnte Tür von Theodors Büro, das direkt neben Friedrichs lag, die Stimmen der beiden Männer. Theodor hatte sicher kein Verständnis dafür, wenn sie hereinkam, um ihrem Mann einen Kuss zu geben. Bei der Vorstellung, was ihr Schwiegervater dann für ein Gesicht machen würde, musste sie lächeln.

»Dieser Meinung ist nicht nur deine Mutter, ich bin es auch, Friedrich.« Theodor sprach so laut, dass Marleen ihn deutlich hören konnte.

»Das kann nicht euer Ernst sein, Vater!« Friedrich hörte sich verzweifelt an. Worüber redeten die beiden?

Marleen wollte nicht lauschen. Sie wandte sich ab, um in die Modellwerkstatt zu gehen. Als sie ihren Namen hörte, erstarrte sie mitten in der Bewegung.

»Marleen ist meine Frau. Ich liebe sie.«

Ihr Herz klopfte schneller. Wieso sprachen die beiden Männer über sie?

»Papperlapapp!« Sie konnte förmlich vor sich sehen, wie Theodor ungeduldig den Kopf schüttelte. »Es geht um die Manufaktur und nicht um irgendwelche albernen Gefühle. Letztlich zählt die Familie. Wir brauchen einen Nachkommen, dem wir die Manufaktur vererben können.«

»Wir haben Nachkommen.« Wie so oft, wenn seine Eltern energisch ihren Standpunkt vertraten, klang Friedrich plötzlich kleinlaut.

»Zwei Töchter«, kam es fast spöttisch von Theodor.

»Wir können noch viele Kinder haben. Söhne und Töchter.«

»Marleen geht auf die dreißig zu. Was willst du tun, wenn das nächste Kind wieder ein Mädchen ist? Auf das vierte warten?«

Erschrocken presste sich Marleen die Hand vor den Mund. Ihr war klar gewesen, dass alle in der Familie dringend auf männlichen Nachwuchs warteten. Aber zu hören, wie kalt Theodor sich zu diesem Thema äußerte, verstärkte ihr Unbehagen.

»Warum nicht?« Marleen konnte regelrecht vor sich sehen, wie ihr Mann mit ratloser Miene die Schultern hochzog und wieder fallenließ.

»Weil Frauen nicht mehr so viele Kinder bekommen, wenn sie erst einmal ein gewisses Alter erreicht haben. Denkst du, Marleen bringt mit vierzig dann endlich einen Stammhalter und Erben zur Welt? Deine Mutter und ich haben gute Miene zum bösen Spiel gemacht, als du unbedingt diese Fabrikarbeiterin, heiraten wolltest. Wir sind davon ausgegangen, dass solche Frauen wenigstens fruchtbar sind.«

»Marleen hat mir innerhalb der ersten sechs Jahre unserer Ehe zwei Kinder geschenkt«, verteidigte Friedrich sie mit schwacher Stimme.

Theodor stieß einen Ton aus, der wie ein verächtliches Schnauben klang. Dann hörte Marleen, wie er begann, mit schweren Schritten auf dem Holzfußboden auf und ab zu gehen.

»Ich sage dir, was wir tun, mein Sohn.« Als seine Schritte sich der Tür näherten, presste Marleen sich erschrocken an die Wand. »Wir geben deiner Frau noch zwei Jahre. Wenn bis dahin kein Stammhalter da ist, bekommt sie eine gewisse Summe, mit der sie sich irgendwo anders ein neues Leben aufbauen kann. Die Kinder bleiben bei uns. Es sind immerhin Weißenfels. Mit unseren Beziehungen wird es kein Problem sein, eure Ehe annullieren zu lassen. Dann kannst du dir eine junge Frau aus unseren Kreisen suchen. Eine Frau aus guter Familie, die noch jung genug ist, um dir mit Leichtigkeit einen Erben zu schenken.«

Während Theodor Weißenfels drinnen im Zimmer diese Rede an seinen Sohn hielt, lauschte Marleen vor der Tür mit angehaltenem Atem. In ihrer Kehle lauerte ein entsetzter Aufschrei, den sie nur mit Mühe unterdrücken konnte.

»Marleen wird einen Sohn bekommen.« Offenbar versuchte Friedrich sich selbst Mut zu machen.

»Zwei Jahre, dann hat Marleen ihren dreißigsten Geburtstag hinter sich und wir werden handeln«, wiederholte Theodor Weißenfels.

Was ihr Mann darauf erwiderte, erfuhr Marleen nicht, denn in diesem Augenblick hörte sie Stimmen, die auf dem

Gang schnell näher kamen. Hastig entfernte sie sich von der Bürotür, um nicht beim Lauschen ertappt zu werden.

Die Mädchen aus der Produktion, die ihr auf dem Flur entgegenkamen, verstummten, als sie Marleen erkannten. Eine von ihnen arbeitete schon seit jener Zeit in der Manufaktur, als Marleen hier Hilfsarbeiterin gewesen war. Jetzt knickste sie zusammen mit den anderen flüchtig, als sie an der Frau des Juniorchefs vorbeigingen.

Sonst nahm Marleen sich immer Zeit, um ein paar freundliche Worte mit den Frauen zu wechseln. Sie wollte ihnen zeigen, dass sie nicht hochnäsig war. Heute nickte sie nur knapp.

Plötzlich war ihr schrecklich übel. Sie schaffte es gerade noch in eine der Personaltoiletten, wo sie sich in die Kloschüssel übergab. Selbst als ihr Magen schon vollkommen leer war, würgte sie noch minutenlang bittere Gallenflüssigkeit hervor.

Endlich richtete sie sich auf, wischte sich mit dem Handrücken über den Mund und tupfte mit den Fingerspitzen der anderen Hand ihre Augen trocken. Die Angst, die sie vorher noch einigermaßen unter Kontrolle gehabt hatte, beherrschte sie nun vollkommen.

Sie legte die Hand auf ihren Bauch und streichelte ihn beruhigend.

»Heute Abend spreche ich mit deinem Vater«, flüsterte sie. »Gleich heute Abend.«

* * *

Marleen legte die Haarbürste weg und drehte sich auf dem Hocker vor ihrer Frisierkommode zu ihrem Mann um, der bereits in dem breiten Doppelbett lag. Sie zögerte. Plötzlich wusste sie nicht, wie sie die schwierige Unterhaltung beginnen sollte.

Friedrich wandte den Kopf und lächelte. Mit seinen liebevollen Blicken und Gesten brachte er auch nach sechs Jahren Ehe ihr Herz immer wieder zum Klopfen. Wenn er doch nur seinen Eltern gegenüber ein wenig energischer auftreten würde.

»Ich war noch nicht beim Arzt, aber ich bin ziemlich sicher, dass ich guter Hoffnung bin«, sagte sie schließlich, nachdem sie Friedrich in dem schwach beleuchteten Zimmer eine Weile nachdenklich angesehen hatte.

Er richtete sich kerzengerade in den Kissen auf. »Wirklich! Wie wunderbar! Dann bekommen wir endlich einen Sohn.«

»Oder eine Tochter.« Sie biss sich auf die Unterlippe.

»Dieses Mal wird es bestimmt ein Junge.« Er nickte, als sei das beschlossene Sache.

»Deine Eltern bestehen darauf, dass es endlich einen Erben für die Manufaktur gibt, nicht wahr?«

Er zuckte mit den Schultern. »So ist die Familientradition. Es muss einen männlichen Erben geben.«

»Und wenn wir keinen Jungen bekommen?«

»Dieses Mal wird es sicher einer sein.«

Marleen schluckte krampfhaft. »Aber was willst du tun, wenn wir noch ein Mädchen bekommen? Und dann vielleicht noch eins? Niemand garantiert uns, dass wir jemals einen Sohn haben werden. Irgendwann kann ich dann überhaupt keine Kinder mehr bekommen.«

»Du wirst einen Sohn haben. Schon bald.«

Langsam stand sie auf und ging zu ihrer Seite des Betts. Offenbar hatte Friedrich nicht die Absicht, mit ihr über den absurden Vorschlag seines Vaters zu sprechen, sie abzufinden und wegzuschicken, wenn sie nicht innerhalb von zwei Jahren einen Sohn zur Welt brachte. Er redete sich einfach ein, dass sie jetzt einen Jungen bekam und damit alles gut sein würde.

Stumm schlug sie die Decke zurück und legte sich neben ihren Mann. Sie drehte sich auf die Seite und sah ihn an.

»Ich liebe dich Friedrich, aber manchmal habe ich Angst, dass ich mich nicht in jeder Situation auf dich verlassen kann.«

Aus seiner aufgerichteten Position sah er zu ihr herunter. In seinen Augen sah sie die Unsicherheit. Und eine Angst, die sie an ihre eigene erinnerte.

»Ich liebe dich, Marleen. Von ganzem Herzen.« Er lächelte mühsam.

»Bist du auch der Meinung, dass nur ein Sohn die Manufaktur übernehmen kann?«, fragte sie leise.

Zögernd nickte er. »So ist es festgelegt und so soll es sein.« Nachdem er sich hatte tiefer in das Kissen gleiten lassen, nahm er sie in den Arm. »Ich bin so froh, dass unser Sohn nun bald kommt.« Sanft küsste er sie auf die Lippen.

Sie sparte es sich, ihn ein weiteres Mal zu fragen, was geschehen sollte, wenn sie wieder ein Mädchen zur Welt brachte. Mittlerweile schnürte ihr die Angst die Kehle zu.

Noch lange lag sie mit weit geöffneten Augen im Dunkeln. Ihre Hand ruhte auf ihrem Bauch. Stumm betete sie, dass ihr Kind ein Junge war, und hatte gleichzeitig ein schlechtes Gewissen. Denn sie wollte das kleine Wesen da drinnen ohne jeden Vorbehalt lieben. Aber das ließ ihre Angst nicht zu.

20. Kapitel

Nürnberg, 11. Juni 2018

Mittlerweile lebte Valerie seit über zwei Wochen in der Villa Weißenfels. Sie hatte sich daran gewöhnt, zu den Mahlzeiten an einem gedeckten Tisch Platz zu nehmen. Allerdings ließ sie es sich nicht nehmen, nach dem Essen Frau Landauer beim Abräumen des Geschirrs zu helfen, auch wenn die Haushälterin jedes Mal protestierte.

Langsam kannte Valerie auch die Abläufe innerhalb der Familie. Sie wusste, dass Helens Tante Dorothea mehrmals in der Woche unangemeldet zu einer Stippvisite vorbeikam, ganz gleich wie oft die Hausherrin sie bat, doch lieber vorher anzurufen. Dorothea traf Helen so gut wie immer zu Hause an. Offenbar kannte sie Helens regelmäßige Termine genau. Mittlerweile wusste auch Valerie, wann Helen das Haus verließ und wann sie sich in der Villa aufhielt. Die Hausherrin war in der Gestaltung ihres Alltags nämlich alles andere als spontan. Am Dienstagnachmittag spielte sie Golf, am Donnerstag traf sie sich mit drei Freundinnen zum Bridge, freitags ging sie ausgiebig shoppen und am Samstagabend ins Theater oder in die Oper.

Da Valerie sich noch einmal im Gesindehaus umsehen und auf keinen Fall wieder dabei ertappt werden wollte, plante sie ihre Erkundungstour für den Dienstagnachmittag. Dann würde Helen beim Golf und Alexander in der Firma sein. Frau Landauer hatte dienstags und donnerstags nachmittags frei.

Nach dem gemeinsamen Mittagessen, zu dem auch Alexander aus der Firma kam, zog Valerie sich in die Bibliothek zurück. Sie ließ die Tür angelehnt, damit sie hören konnte, wenn die anderen Hausbewohner die Villa verließen.

Als nach kurzem Klopfen die Tür aufschwang und eine hochgewachsene Gestalt eintrat, sah sie erstaunt auf.

»Alexander.« Sie räusperte sich und spürte ein Kribbeln in der Magengegend. Eine solche Wirkung hatte noch kein Mann auf sie gehabt. »Der Entwurf für den nächsten Abschnitt ist leider noch nicht fertig.«

Langsam wurde die Zeit knapp. Es waren nur noch zehn Tage bis zur Jubiläumsfeier. Sie vertrödelte entschieden zu viele Stunden mit ihren privaten Recherchen.

»Ich bin nicht wegen der Festschrift hier. Ich wollte dich fragen, ob du Lust hast, heute Abend mit mir in die Stadt zu gehen. Das Wetter ist wunderbar, es ist lange hell, und ich könnte dir ein paar interessante Orte und Gebäude zeigen. Du hast doch bestimmt noch nicht viel von Nürnberg gesehen, oder?«

Täuschte sie sich, oder wirkte er fast verlegen, während er seine Einladung aussprach?

Sie lächelte. »Gern. Gehen wir auch auf den Johannisfriedhof?«

»Wenn du möchtest.« Das klang nicht gerade begeistert. Bereute er mittlerweile, ihr von diesem Ort erzählt zu haben?

»Nur falls du mit mir dort hingehen willst. Weil du doch gesagt hast, das sei etwas, worüber du mit Fremden nicht sprechen würdest.«

»Du bist mir nicht fremd.« Seine dunklen Augen suchten ihren Blick und hielten ihn fest. »Um zwanzig Uhr?«

Sie nickte stumm und hatte plötzlich ein noch viel schlechteres Gewissen, weil sie vorhatte, sich noch einmal ins Gesindehaus zu schleichen. Sie beruhigte sich damit, dass sie der Familie Weißenfels nichts Übles wollte und nur nach der Wahrheit suchte.

Da es tatsächlich so war, hätte sie eigentlich sowohl Helen als auch Alexander erzählen können, was sie außer der Arbeit an der Festschrift in ihrer Villa tat. Doch das konnte und wollte sie nicht. Schließlich ging es nicht nur um die Tatsache, dass sie einen Teil ihrer Arbeitszeit mit ihrer privaten Recherche verbrachte. Es war nicht auszuschließen, dass die Weißenfels etwas mit dem zu tun hatten, was im Geburtsjahr ihrer Großmutter geschehen war. Möglicherweise kannten sie das Geheimnis und waren strikt dagegen, dass es gelüftet wurde.

»Dann bis heute Abend.« Sein Lächeln ließ sie für einen Moment ihre komplizierten Gedanken vergessen und sich einfach nur auf die Stunden mit Alexander freuen.

»Bis heute Abend«, wiederholte sie seine Worte.

»Ich freue mich.«

»Ich mich auch.« Während er zur Tür ging, sah sie ihm hinterher und wischte dabei mit einer nervösen Bewegung einige Notizzettel vom Tisch. Sie rutschte vom Stuhl, um sie aufzusammeln.

Offenbar hatte er das Rascheln gehört, denn im Türrahmen wandte er sich um. Das erkannte sie an seinen Schuhen, die sie von ihrem Platz am Boden sehen konnte und deren Spitzen wieder in ihre Richtung zeigten.

»Nichts passiert«, beteuerte sie und hob den Kopf über die Tischplatte.

»Gut.« Er grinste sie an.

Im nächsten Moment waren seine Schuhe verschwunden, und Valerie atmete auf. Normalerweise war sie nicht sonderlich tollpatschig. Nur in Alexanders Gegenwart passierten ihr seltsamerweise immer wieder peinliche Dinge. Sie durfte gar nicht an ihre erste Begegnung in der Klinik denken, als sie ihn angerempelt hatte. Oder an die Szene im Gesindehaus, als sie den alten Kleiderschrank zum Einsturz gebracht hatte. Dieses Mal würde er sie zumindest im Gesindehaus nicht sehen. Sie konnte sich also so ungeschickt anstellen, wie sie wollte.

Während sie die vorhandenen Unterlagen zur Produktpalette von *Weißenfels Spielwaren* sortierte, lauschte sie mit einem Ohr hinaus in die Halle. Alexander war heute spät dran. Normalerweise kehrte er nach seiner Mittagspause gegen halb drei in die Firma zurück. Und Helen brach etwa eine Viertelstunde später zum Golfplatz auf.

Da sie nicht wusste, wie lange sie brauchen würde, um im Gesindehaus jedes Zimmer gründlich zu durchsuchen, wollte sie anfangen, sobald das Haus leer war. Manchmal kam Helen schon nach zwei Stunden zurück. Dann musste sie wieder an ihrem Platz in der Bibliothek sitzen.

Durch die offene Tür wehte ein kühler Luftzug. Valerie erschauderte in ihrer ärmellosen Bluse. Vielleicht sollte sie sich für ihren Ausflug einen Baumwollpullover holen.

Als sie die Halle durchquerte, waren weder Alexander noch seine Mutter zu sehen. Sie beeilte sich, in ihr Zimmer zu kommen, damit sie nicht verpasste, wenn die Weißenfels das Haus verließen. Nur so konnte sie sicher sein, dass sie bei ihrer Suche nicht überrascht wurde.

Als sie mit ihrem dunkelgrünen Pulli in der Hand zurück

zu Treppe eilte, hörte sie von unten Stimmen. Offenbar waren Helen und Alexander im Begriff zu gehen.

Sie hatte schon fast das Geländer erreicht, als sie Helen ihren Namen sagen hörte. Automatisch blieb sie stehen.

»Es stimmt doch, dass du ein gewisses Interesse an Valerie Falk entwickelt hast, Alexander?« Helen senkte kaum die Stimme, obwohl sie annehmen musste, dass Valerie in der Bibliothek saß.

»Ich weiß wirklich nicht, warum wir über dieses Thema reden müssen, Mutter.« Im Gegensatz zu Helen sprach Alexander so leise, dass Valerie ihn nur mit Mühe verstand.

»Weil ich mitbekommen habe, dass du dich für heute Abend mit ihr verabredet hast. Es klang für mich wie ein Date. So sagt ihr jungen Leute doch, wenn ihr miteinander ausgeht und es auch intimer werden kann.«

»Mutter! Wirklich! Ich finde nicht, dass es dich etwas angeht, mit wem ich den Abend verbringe oder gar die Nacht.« Alexander klang ehrlich entrüstet.

»Ich habe meine Gründe.«

Vorsichtig reckte Valerie den Kopf in Richtung Geländer. Direkt unter ihr befand sich die Garderobe, vor der Helen und Alexander standen. Helen war damit beschäftigt, vor dem Spiegel ihr teures Seidentuch zu einem komplizierten Knoten zu schlingen. Alexander sah ihr mit gerunzelter Stirn dabei zu.

»Und welche Gründe sollen das sein?« Als hätte er Valeries Blick gespürt, guckte er plötzlich nach oben. Erschrocken wich sie zurück. Offenbar hatte er sie nicht gesehen, denn er fuhr fort: »Du hast sie selbst ins Haus geholt, wenn ich dich daran erinnern darf.«

»Mir gefielen ihre Ideen zur Festschrift, und ich dachte, es sei ein glücklicher Zufall gewesen, dass sie bei uns geklingelt hat. Inzwischen denke ich, sie ist eine Goldgräberin. Erinnerst du dich, dass ich dir schon nach kurzer Zeit gesagt habe, sie verwickelt sich in Widersprüche, wenn man sie fragt, was sie hier in Nürnberg macht und was sie zu uns geführt hat?«

Alexander antwortete nicht. Oben auf der Galerie brach Valerie der Schweiß aus. Tatsächlich hatte sie verschiedene Geschichten erzählt, was sie bewogen hatte, an der Tür der Villa zu klingeln. Alexander war das auch aufgefallen, aber sie hatte es als Missverständnis hingestellt und er hatte ihr geglaubt. Vielleicht aber auch nicht.

»Sagtest du nicht, dass du sie schon aus der Klinik kanntest, wo dein Arm nach dem Sportunfall behandelt wurde? Sie hat deinen Namen gehört, sich nach dir erkundigt und ist hier aufgetaucht, weil du ein unverheirateter und sehr wohlhabender Mann bist.«

»Vermeintlich wohlhabend«, korrigierte Alexander sie mit einem Auflachen. »Hast du vergessen, dass es um die Firma nicht allzu gut steht?«

»Ich weiß das, aber Valerie nicht«, erklärte Helen streng. »Außerdem ist für ein Mädchen aus ihren Verhältnissen der Gewinn, den die Firma immer noch einbringt, sehr, sehr viel Geld.«

»Ich gebe zu, es ist etwas merkwürdig, dass sie hier aufgetaucht ist, nachdem wir uns in der Klinik begegnet sind. Aber es gibt solche Zufälle.«

»Das ist ohnehin nicht der wichtigste Grund, aus dem du dich anderweitig orientieren solltest.«

Valerie hörte das leise Scheppern eines Bügels. Stoff raschelte. Wahrscheinlich half Alexander seiner Mutter in den Mantel.

»Anderweitig orientieren?« Alexander klang amüsiert.

»Eine kräftige Finanzspritze wäre von großem Vorteil für die Firma. Du bist der Geschäftsführer und weißt das besser als ich.«

»Es stimmt, dass die Umsätze zurückgegangen sind. Aber wir haben noch Spielraum und genügend Zeit, uns neue Zielgruppen und Märkte zu erschließen. Valerie hatte eine Idee, über die ich seit einigen Tagen nachdenke.«

»Valerie hat schon Ideen, wie die Firma zu führen ist? Ich sage doch – sie ist eine Goldgräberin.«

Als Valerie erneut diese Behauptung hörte, wäre sie am liebsten die Treppe hinuntergelaufen, um laut zu widersprechen. Aber damit hätte sie verraten, dass sie Mutter und Sohn belauscht hatte.

»Hör bitte mit diesen haltlosen Unterstellungen auf. Ich werde heute Abend mit Valerie ausgehen. Und falls sie und ich uns näherkommen, bitte ich dich, das zu akzeptieren, Mutter.«

Als Alexander diese Worte aussprach, presste Valerie die Hand auf die Brust. Ihr Herz klopfte so laut, dass sie den ersten Teil von Helens Antwort nicht verstand.

»... geht es nicht. Gestern hat Katharina mich zum Tee besucht. Katharina Groß. Erinnerst du dich, wie häufig sie während deiner Schulzeit bei uns zu Gast war? Mir scheint, sie hat dich noch genauso gern wie früher. Sie sagte mir ganz offen, dass es sie freuen würde, wenn du Zeit mit ihr verbringen würdest. Seit sie wieder in der Stadt ist, seiest du zu ihrem Kummer etwas zurückhaltend.«

»Wir haben uns fünfzehn Jahre nicht gesehen. Und nach dem Abitur sind wir mit einem ziemlichen Krach auseinandergegangen. Sie hat in unsere Freundschaft schon immer mehr hineininterpretiert, als da von meiner Seite war.«

Nachdenklich legte Valerie den Zeigefinger gegen die Lippen. Deshalb hatte Katharina die Jacke Alexander unbedingt selbst geben wollen. Er bemühte sich, ihr aus dem Weg zu gehen, sie dagegen wollte ihn möglichst oft sehen. Und jetzt versuchte sie, Alexanders Mutter auf ihre Seite zu ziehen. Was ihr offenbar gelungen war.

»Das solltest du dir gut überlegen. Du weißt, dass Katharinas Familie sehr wohlhabend ist. Eine Verbindung mit ihr wäre im Gegensatz zu dem Versuch, einen neuen Markt zu erschließen, eine sichere Methode, der Firma wieder ein gesundes finanzielles Fundament zu verschaffen.«

»Das kann nicht dein Ernst sein. Ich soll zum Wohle der Firma eine Frau heiraten, die ich bestenfalls ganz nett finde? Noch dazu, obwohl es die Möglichkeit gibt, durch Umstrukturierung verbesserte Umsätze zu erreichen?«

»Das sind doch nur Luftschlösser, Alexander. Niemand weiß, ob es funktioniert.« An den klappernden Absätzen hörte Valerie, dass Helen die Halle in Richtung Haustür durchquerte. »Ich bin zu alt und habe zu viel durchgemacht, um mit dieser Unsicherheit zu leben. Vergiss nicht, dass durch deine Schuld schon einmal mein Leben zerstört wurde. Nimm mir nicht auch noch die Sicherheit, dass unsere Familie etwas Bleibendes geschaffen hat. Die Fabrik, unser Erbe, das von einer Generation zur nächsten weitergegeben wird.«

Die Tür öffnete sich und wurde wieder geschlossen. Alexander und Helen hatten das Haus verlassen.

Valerie stand noch eine Weile wie angewurzelt auf der Galerie. Was meinte Helen damit, dass Alexander schon einmal ihr Leben zerstört hatte? Das hatte sich wie Erpressung angehört. Als würde sie seine Schuldgefühle ausnutzen, damit er das tat, was sie wollte.

Nachdenklich stieg sie die Treppe hinunter. Falls Helens Worte die gewünschte Wirkung gehabt hatten, würde Alexander die Verabredung absagen. Und wenn er das tat, war es nicht schade um die gemeinsame Zeit mit einem Mann, der sich von seiner Mutter vorschreiben ließ, mit welcher Frau er Zeit verbrachte.

Sie zog sich den Baumwollpulli über den Kopf und eilte in die Küche. Dort nahm sie den Schlüssel zum Gesindehaus vom Haken und ging durch den Hinterausgang nach draußen. Jetzt würde sie sich auf die Suche nach weiteren Puzzlesteinchen zu Annemaries Schicksal konzentrieren und nicht mehr über Alexander und seine Mutter nachdenken.

Im Gesindehaus begann sie mit dem Zimmer ganz links im Flur und suchte es systematisch ab. Sie tastete sämtliche Hohlräume der wenigen Möbel ab, klopfte aufs Fensterbrett und auf die Wände, drehte die klumpige Matratze um, die hier noch auf dem Bett lag, und untersuchte alle Holzdielen des abgetretenen Fußbodens.

Dieses Mal war sie darauf gefasst, dass dünne Beinchen über ihre Finger krabbelten, doch nichts dergleichen geschah. Nur klebrige Spinnweben musste sie von ihrer Hand abwischen, nachdem sie das Fach ganz oben im Kleiderschrank untersucht hatte.

Als sie fertig war, klopfte sie ihre Jeans ab und ging eine Tür weiter, um von vorn zu beginnen. Sie zerrte die Matratze vom Bett und sah zwischen die Latten des darunterliegenden Rosts. Dann zog sie die Schublade vollständig unter dem kleinen Tisch hervor, untersuchte den Boden der Lade und die Tischfläche von unten. Nichts.

Ein Blick auf die Armbanduhr zeigte ihr, dass sie sich beeilen musste, wenn sie die restlichen vier Zimmer ebenso gründlich durchsuchen wollte. Falls Helen nach dem Golfspiel nicht noch im Clubhaus etwas trinken ging, war sie schon in anderthalb Stunden wieder zu Hause.

Bei schönem Wetter machte Helen vor dem Abendessen manchmal einen Spaziergang im Park. Dann musste sie nur durch eines der Fenster sehen, um Valerie hier drinnen zu entdecken. Und schon würde sie wieder nach einer Erklärung gefragt werden, die sie nicht liefern konnte.

Eilig wechselte Valerie ins Nachbarzimmer. Langsam bekam sie Routine. Bett, Nachtschrank, Tisch, Kleiderschrank. Dann Fensterbrett und Wände. Schließlich der Fußboden. Für das dritte Zimmer brauchte sie nur knapp zwanzig Minuten.

Als sie nach nebenan ging, taten ihr die Knie vom Herumkriechen auf dem harten Holzboden weh. Sie dachte darüber nach, wie gering die Wahrscheinlichkeit war, einen brauchbaren Hinweis zu finden. Einen Moment zögerte sie, dann machte sie dennoch weiter.

Immerhin war es nicht ausgeschlossen, dass sie irgendetwas entdeckte, was ihr weiterhalf. Ein vergessenes Foto, eine Notiz, ein Brief. Solche Dinge ließen die meisten Leute in einer Unterkunft, die sie mit anderen Menschen teilten, nicht offen herumliegen. Aus eigener Erfahrung wusste sie, dass sie Dinge, die sie besonders sorgfältig weggelegt hatte, nach einiger Zeit vergaß und eher zufällig wiederfand. Also war es durchaus möglich, dass eines der Hausmädchen beim Auszug einen sorgfältig verborgenen Schatz vergessen hatte.

Als sie dann aber im hintersten Zimmer die lose Holzdiele unter dem Bett entdeckte und eine kleine Schachtel hervorzog, stockte ihr vor Überraschung der Atem.

Mit zitternden Händen nahm sie den Deckel von der Pappschachtel, die ungelenk mit Blüten und Ranken bemalt war. In dem Kästchen lag ein kleiner Stapel Briefe und Postkarten. Als sie die Adresse auf dem obersten Umschlag las, stieß sie enttäuscht die Luft durch die Nase.

Natürlich wäre es ein unfassbarer Glücksfall gewesen, hätten die Briefe Lydias Namen und Adresse getragen. Dieses Kästchen hatte jedoch Zita Färber gehört. Immerhin handelte es sich wahrscheinlich um jene Zita, die Lydia gelegentlich in ihren Briefen an Ottilie erwähnte.

Valerie legte den Deckel zurück auf die Schachtel, verließ das Gesindehaus, schloss sorgfältig von außen ab und kehrte zur Villa zurück. Sie war noch nicht ganz fertig mit dem Lesen von Marleens Tagebuch und von Lydias Briefen an ihre Schwester. Anschließend konnte sie die Briefe an Zita nach Hinweisen durchforsten. Vielleicht ging einer der Absender auf etwas ein, das Zita ihm über Lydia geschrieben hatte.

In der Villa war es immer noch still. Offenbar war Helen noch nicht zurück. Eilig brachte Valerie die Schachtel in ihr Zimmer. Dort wusch sie sich, bürstete sich gründlich die Haare aus und zog frische Sachen an. Vom Herumkriechen in den seit Langem unbewohnten Räumen war sie von Kopf bis Fuß staubig.

Bis zu ihrer Verabredung mit Alexander waren es noch drei Stunden. Ein prüfender Blick aufs Handy zeigte ihr, dass er sich nicht gemeldet hatte. Doch es blieb ihm noch genug Zeit, sich die Worte seiner Mutter durch den Kopf gehen zu lassen und das Treffen abzusagen.

21. Kapitel

Nürnberg, 13. September 1928

Liebe Ottilie,

wenn Du das hier doch lesen, wenn Du mir doch antworten würdest! Du bist meine große Schwester und hast so oft gewusst, was zu tun ist. Vielleicht könntest Du mir auch jetzt einen Rat geben. Denn so sehr ich mir auch den Kopf zermartere: Ich weiß nicht ein noch aus. Gestern habe ich schon einen Brief an Dich begonnen, konnte ihn aber nicht zu Ende bringen. Es ist so schwer, Dir zu schreiben, was ich Dir doch erzählen will. Heute versuche ich es noch einmal.

Wie kann etwas, das unter anderen Umständen so wunderbar wäre, so angsteinflößend sein? Ich habe ein schlechtes Gewissen, wenn ich meine Lage als ausweglos bezeichne. Und doch ist sie genau das: vollkommen aussichtslos. Ich kann nur hoffen, dass mir etwas einfällt oder dass ein Wunder geschieht. Ich brauche ein Wunder! Und ich brauchte Dich, Ottilie.

Lydia saß in der Leutestube am Tisch und starrte auf das angebissene Brot vor sich auf dem Teller. Es war dick mit Leberwurst bestrichen. Sie liebte Leberwurst, und heute hatte die Köchin einen ganzen Kringel auf den Tisch gestellt.

»Die junge Gnädige ist wieder guter Hoffnung. Langt nur ordentlich zu und wünscht ihr einen gesunden Jungen«, hatte sie gesagt.

Lydia hatte schon vorher gewusst, dass Marleen Weißenfels in anderen Umständen war. Die junge Gnädige hatte mit ihr die weiten Kleider durchgesehen, die sie vor der Geburt ihrer beiden Töchter getragen hatte. An einigen mussten Knöpfe festgenäht oder Säume nachgebessert werden.

Lydia hatte sich über die Leberwurst gefreut und genau wie die anderen Dienstboten kräftig zugelangt. Doch schon nach dem ersten Bissen mochte sie nichts mehr davon essen. Nicht einmal den würzigen Geruch konnte sie ertragen.

Zita, die ihr gegenübersaß, musterte sie aus zusammengekniffenen Augen. »Du siehst blass aus. Was ist dir denn für eine Laus über die Leber gelaufen? Hat dein Liebster dich im Stich gelassen? So ein Handwerker auf der Walz ist nicht gerade eine sichere Bank. Du weißt ja wohl, dass Tippelbrüder ledig sein müssen?«

Lydia wollte ihr antworten. Wollte sich gleichgültig stellen und behaupten, das mit Richard wäre ein kleines Intermezzo gewesen. Ein Spaziergang und ein Tanzabend, vielleicht auch zwei. Mehr nicht.

Seit drei Tagen hatte sie nichts mehr von Richard gehört. Das würde sie Zita und den anderen am Tisch, die alle die Ohren spitzten, natürlich nicht sagen und stattdessen so tun, als würde sie keinen Gedanken an ihn verschwenden.

Es stimmte, dass Handwerkergesellen auf der Walz ledig sein mussten. Das hatte Richard ihr gleich zu Anfang gesagt. Er hatte aber hinzugefügt, dass selbst die längste Walz irgendwann zu Ende gehen musste.

Warum also nicht jetzt, hatte sie gedacht. Dann würde er zurück nach Münster gehen und dort seine eigene Werkstatt aufmachen.

Als sie den Mund öffnete, um zu erklären, dass sie keinen Gedanken an Richard verschwendete, wurde ihre Übelkeit heftiger. Sie brachte kein Wort heraus. Konnte nur die Lippen aufeinanderpressen und versuchen, tief und gleichmäßig zu atmen und zu hoffen, dass das furchtbare Gefühl vorüberging.

Das tat es aber nicht. Sie würgte, hielt sich die Hand vor den Mund und lief zum Abort neben der Hintertür. Dort gab sie ihren Mageninhalt innerhalb von Sekunden von sich.

Anschließend wischte sie sich mit der Schürze den Mund ab und lehnte noch eine Weile von innen an der Tür zu dem kleinen Raum. Schon unter normalen Umständen atmete sie hier drinnen nur ganz flach, um den scharfen Ammoniakgeruch nicht allzu deutlich wahrzunehmen. In der schlechten Luft kam die Übelkeit dennoch fast sofort wieder, obwohl sie nichts mehr hatte, was sie ausspeien konnte.

Lydia drehte sich um, riss die Tür auf und rannte Zita direkt in die Arme. Sie lehnte an der Hauswand, hatte die Arme vor der Brust verschränkt und musterte Lydia mit hämischem Blick.

»Du solltest schleunigst auf einen Leberwurstkringel fürs Gesinde sparen. Gibt wohl auch bei dir was zu feiern.«

»Blödsinn! Ich habe gestern was Verdorbenes gegessen. Wahrscheinlich war das Apfelkompott nicht mehr gut.« Lydia wollte zurück in die Leutestube gehen, doch Zita hielt sie am Arm fest.

»Von dem Apfelkompott habe ich mir zwei Mal genommen. Ich weiß, warum dir schlecht ist. Und ich werde es der Gnädigen sagen. Dauert ohnehin nicht mehr lange, bis es sich da vorne wölbt.« Mit der flachen Hand strich Zita über

Lydias Schürze. »Aber warum soll ich noch warten? Da tue ich doch gern meine Pflicht und erzähle es den Leuten, die es wissen sollten.«

Mit einem Ruck riss Lydia sich los und kehrte an den Gesindetisch zurück. Den Teller mit dem angebissenen Brot schob sie Lukas hin, der immer Hunger hatte. Der Hausdiener stürzte sich begeistert auf das Wurstbrot, während Lydia an ihrem lauwarmen Kaffee nippte.

Zita kam nicht wieder in die Leutestube. Lydia versuchte, nicht darüber nachzudenken, was ihre missgünstige Kollegin gerade tat. Falls Zita ihre Drohung wahrmachen wollte, konnte sie es ohnehin nicht verhindern.

Als auf der schmalen Tafel über der Tür die Lampe aufleuchtete, die anzeigte, dass Marleen Weißenfels in ihrem Zimmer geläutet hatte, stand Lydia langsam auf. Wenn sie sich vorsichtig bewegte, bekam sie die Übelkeit, die längst wieder da war, bestimmt in den Griff. Vielleicht war es ja wirklich nur eine verdorbene Speise. Oder sie hatte sich mit irgendetwas angesteckt, und morgen war alles wieder gut. Dann war egal, was Zita herumerzählte.

Vor der Tür zu Marleens Schlafzimmer atmete Lydia noch einmal tief durch, klopfte und trat ein. Die junge Frau Weißenfels saß im Morgenmantel vor ihrer Frisierkommode. Das Frühstück hatte Lydia ihr schon vor einer Stunde gebracht, um halb acht, kurz nachdem Herr Weißenfels in die Manufaktur gefahren war.

Lydia blieb drei Schritte von Marleen entfernt stehen und knickste. »Soll ich das Frühstückstablett mitnehmen?« Ihr war immer noch übel, und sie wollte das Zimmer so schnell wie möglich wieder verlassen.

»Später«, sagte Marleen und wickelte sich gedankenverloren eine ihrer goldblonden Strähnen um den Finger. »Setz dich einen Moment.« Sie deutete auf eines der Sesselchen in der Fensternische.

Nachdem Lydia sich zögernd auf der Kante der Sitzfläche niedergelassen hatte, stand Marleen auf, machte ein paar Schritte über den weichen Teppich und setzte sich auf den zweiten Sessel. Sie bewegte sich genauso geschmeidig wie immer. Doch das war kein Wunder, denn ihr Bauch war noch ganz flach. Unter Übelkeit schien sie auch nicht zu leiden.

»Du kommst doch vom Lande und kennst dich mit, äh, Fortpflanzung aus? Wegen der Schweine und Rinder und so weiter. Nicht wahr?«

Lydia schluckte krampfhaft und zuckte mit den Schultern. Offenbar hatte Zita keine Zeit verloren. »Ich weiß nicht«, sagte sie leise. »Natürlich hatten wir Ferkel und manchmal ein Kälbchen. Aber wenn es so weit war, haben sich die Männer drum gekümmert.«

»Ich dachte nur, weil du vom Bauernhof kommst und die Leute auf dem Land viel von der Natur und solchen Dingen verstehen.« Marleen zögerte.

Erstaunt beugte Lydia sich vor. Das Gespräch ging in eine andere Richtung, als sie erwartet hatte.

»Gibt es irgendwelche Anzeichen, an denen man erkennt, ob es ein Junge oder ein Mädchen wird?« Um zu zeigen, wessen Geschlecht sie möglichst noch vor der Geburt erfahren wollte, legte Marleen die Hand auf ihren Bauch.

Verblüfft zuckte Lydia mit den Schultern. »Bei den Tieren nicht, soweit ich weiß. Aber im Dorf haben die alten Frauen immer spekuliert, wenn jemand guter Hoffnung war. Irgendwie ging es um die Form des Bauchs und solche Dinge. Ich habe aber nie so genau hingehört. Damals hat mich das nicht interessiert.« Während sie sprach, spürte Lydia, wie eine neue Welle der Übelkeit in ihr aufstieg. Sie atmete so ruhig es ging und betete stumm, dass sie sich nicht auf den teuren Teppich übergeben musste.

»Glaubst du, eine Hebamme könnte solche Dinge wissen?«

Lydia fühlte, wie ihr Magen sich zusammenkrampfte. Sie wagte nicht, den Mund aufzumachen und zu sprechen. Mit zusammengepressten Lippen nickte sie vorsichtig. Trotzdem konnte sie nichts mehr dagegen tun. Säure biss sie in die Kehle. Sie sprang auf, sah sofort, dass der Weg zur Tür zu weit war, stürzte zur Waschschüssel, beugte sich darüber und gab einen Schwall bräunlicher Flüssigkeit von sich. Offenbar der Kaffee, den sie zuletzt getrunken hatte.

Als sie sich wieder aufrichtete, stand Marleen neben ihr und streichelte ihr den Rücken. »Hat Zita tatsächlich recht? Ich dachte, sie redet schlecht über dich, weil sie eifersüchtig ist.«

»Entschuldigung«, flüsterte Lydia. »Ich bringe das weg.« Mit zitternden Händen griff sie nach der Waschschüssel, aus der ein säuerlicher Geruch aufstieg.

Energisch nahm Marleen ihr die Schüssel aus der Hand, stellte sie auf den Waschtisch und deckte sie mit einem Tuch zu. Obwohl es in der Villa Bäder mit fließendem Wasser gab, behielt sie Schüssel und Krug aus feinem, handbemaltem Porzellan in ihrem Schlafzimmer, weil sie die Sachen so schön fand. Lydia hatte sie einmal danach gefragt und ihre

Begründung gut verstanden. Im Gesindehaus gab es im Flur einen Wasserhahn, unter dem sie alle ihr Waschgeschirr füllen konnten. Krüge und Schüsseln in den Zimmern waren aus abgestoßenem, gelblichem Emaille. Hätte Lydia eine so schöne Schüssel besessen, hätte sie sie auch nicht einfach weggeworfen.

»Das muss dir nicht peinlich sein. Du kannst ja nichts dagegen tun. Ich bin froh, dass mir während meiner Schwangerschaften die Übelkeit erspart bleibt. Aber wenn es anders wäre, würde ich sicher auch alle möglichen Gefäße benutzen, wenn es nun mal passiert.«

»Aber ich weiß ja gar nicht, ob ich wirklich in Umständen bin«, flüsterte Lydia und wagte nicht, die Gnädigste anzusehen. »Vielleicht habe ich nur etwas Falsches gegessen.«

»Gibt es einen Vater? Einen möglichen Vater, meine ich?«

»Ich glaube, er ist nicht mehr in der Stadt.« Lydias Lippen waren ganz steif, als sie die Worte aussprach, die sie kaum zu denken wagte.

»Unsere Kinder könnten etwa zur gleichen Zeit zur Welt kommen«, stellte Marleen nachdenklich fest.

»Möglich.« Lydia zuckte mit den Schultern, weil ihr klar war, dass sie zu dieser Zeit längst nicht mehr in der Villa sein würde.

»Mach dir nicht zu viele Sorgen. Manchmal gibt es eine Lösung, mit der niemand gerechnet hat.« Marleens Hand legte sich so leicht auf ihre Schulter, dass Lydia es kaum spürte. Sie nickte, nahm endlich die Schüssel, knickste und verließ das Zimmer.

Draußen blieb sie einen Moment stehen und schüttelte entschieden den Kopf. Es mochte sein, dass Marleen ein gewisses Verständnis für Hausmädchen und andere arme Frauen hatte, weil sie selbst eine von ihnen gewesen war. Aber mittlerweile lebte sie ein Leben mit allen Annehmlichkeiten und konnte sich offenbar kaum noch vorstellen, dass es für Frauen wie Lydia eben nicht immer irgendeine Lösung gab.

22. Kapitel

Marleens Tagebuch, 14. September 1928

Karla, die Hebamme, die Dorothea und Lieselotte auf die Welt geholt hat, lebt in einem kleinen Haus am Stadtrand, fast schon im Wald. Dort sammelt sie die Kräuter, aus denen sie ihre Tees kocht. Die Tränke sind erstaunlich wirkungsvoll, wie ich während meiner beiden Geburten feststellen konnte. Sie lindern die Schmerzen und bringen die Sache voran.

Doktor Fabrizius, den Friedrich und meine Schwiegereltern unbedingt dabeihaben wollten, betrachtete ihr Tun misstrauisch aus der Ferne. Sie ließ ihn nur auf drei Schritte an mein Bett heran. Dieses Mal werde ich darauf bestehen, dass nur Karla bei der Geburt dabei ist. Schließlich hat sie dreißig Jahre Erfahrung und ihre Kräuter.

Der Weg zu ihrem Haus wird auf den letzten Metern so schmal, dass die Büsche am Wegrand mir das Auto zerkratzt hätten. Ich hielt an und ging zu Fuß weiter. Karla saß auf der Bank vor ihrer Haustür und reckte das Gesicht in die Sonne.

»Guten Tag, Marleen«, sagte sie, ohne die Augen zu öffnen. Karla nennt alle Frauen, deren Kinder sie entbunden hat, beim Vornamen und duzt sie. Dabei spielt es nicht die geringste Rolle, ob man in einer Villa oder einer Hütte lebt. Wahrscheinlich klingt es auch ziemlich komisch, wenn eine Hebamme die keuchende Gebärende anherrscht: »Reißen Sie sich zusammen, gnädige Frau, und pressen Sie endlich!«

Während ich auf das kleine Haus zuging, hatte ich nicht bemerkt, dass sie die Lider geöffnet und nachgesehen hatte, wer da kam. Da ich jedoch nicht an übersinnliche Fähigkeiten glaube, musste sie irgendwann in meine Richtung geschaut haben.

»Guten Tag, Karla«, erwiderte ich und ließ mich neben ihr auf der Bank nieder.

»Ich hörte, dass du bald wieder meine Dienste brauchen wirst«, sagte sie, nachdem wir eine Weile schweigend in den zartblauen Himmel geblickt hatten.

»Bis dahin ist es noch Zeit. Heute bin ich aus einem anderen Grund hier. Ich frage mich ...«

Als ich zögerte, sah sie mich von der Seite an. »Ja?«

»Kann man schon vor der Geburt feststellen, ob es ein Mädchen oder ein Junge wird?«

Sie dachte lange nach, bevor sie mir antwortete. »Es gewisse Anzeichen, aber keines davon ist sicher.«

»Und was sind die Anzeichen?«, drängte ich und spürte, wie mein Herzschlag sich beschleunigte.

»Meistens spüren es die Mütter. Zumindest wenn sie schon mehrere Kinder haben. Viele behaupten, es fühlt sich anders an, einen Jungen zu tragen als ein Mädchen. Meistens ist den Frauen, die Jungen erwarten, ständig schlecht, und bei Mädchen ist das nicht so. Ein sicheres Zeichen ist das nicht, aber oft stimmt's.«

Ganz still saß ich auf der harten Bank und fühlte in mich hinein. Mein Herz lag wie ein Stein in meiner Brust. Ich wusste, dass Karla recht hatte. Ich spürte es, hatte es von Anfang an gewusst.

Mit einem Ruck wandte ich den Kopf und sah sie an. »Ich liebe meine Töchter, und wenn ich noch eine bekomme, werde ich sie ebenso lieben. Aber ich muss unbedingt einen Sohn zur Welt bringen.«

Karla nickte langsam. »Einen Erben, nicht wahr?«

»Wenn es wieder ein Mädchen ist, verliere ich alles. Meinen Mann und meine Töchter, mein Zuhause und die Arbeit, die ich liebe. Aber ich weiß vielleicht eine Lösung. Dazu brauche ich deine Hilfe. Du bekommst von mir, was du willst. Jedenfalls wenn ich es dir irgendwie beschaffen kann.«

»Lass hören.«

Geduldig folgte Karla meinen Ausführungen. Ich hatte mir alles genau überlegt. Als ich fertig war, wiegte sie bedenklich den Kopf.

»Wenn sie dir draufkommen, verlierst du erst recht alles.«

Ich nickte. »Ich weiß. Es muss einfach funktionieren.« Dann wartete ich, was sie noch zu sagen hatte.

»Hast du die Frau schon gefragt?«

»Ich wollte erst wissen, ob du mir hilfst. Es ist auch für sie eine Lösung. Ein Weg aus einer aussichtslosen Lage.«

»Dann frag sie.«

Ich saß noch eine Weile neben Karla, deren Gegenwart ich schon immer beruhigend fand. Dann stand ich auf, nickte ihr zu und ging zurück zu meinem Wagen.

Auch wenn mein Plan verrückt ist, habe ich Hoffnung geschöpft. Lydia hat zugestimmt, nachdem sie sich vergewissert hatte, dass ich meine Worte ernst meinte.

Vielleicht täuschen mich meine Gefühle, und das Kind, das nun langsam anfängt, sich in meinem Bauch zu bewegen, ist ein Junge. Dann müssen wir den Plan nicht in die Tat umsetzen. Ich bete weiter jede Nacht darum, dass in mir ein Junge wächst.

23. Kapitel

Nürnberg, 11. Juni 2018

»Das wäre als Puppenhaus wunderschön.« Valerie blieb vor einem perfekt restaurierten Fachwerkhaus in der Altstadt stehen. Die weiß verputzten Wände bildeten einen zauberhaften Kontrast zu den dunkelbraunen Balken. Hinter den Butzscheiben hingen duftige Rüschengardinen, davor Blumenkästen, aus denen wie aus einem Füllhorn bunte Blüten quollen. Neben der blau lackierten Haustür stand eine Bank aus dem gleichen Holz wie die Balken des Fachwerks. Rechts und links von der Tür schmiegten sich bis fast zur Dachrinne verschwenderisch blühende Kletterrosen an die Hauswand.

Ein sanfter Abendwind strich durch die Gasse. Rosenblätter taumelten durch die Luft und landeten, wie für eine Sommerbraut gestreut, auf dem Kopfsteinpflaster.

Alexander hob die Hand, zupfte ein rotes Blatt aus Valeries Haaren und hielt es ihr hin.

Zögernd griff sie zu und zuckte zusammen, als ihre Fingerspitzen sich berührten. Es war wie ein leichter elektrischer Schlag. Ein Kribbeln, das ihr das Gefühl schenkte, nie zuvor so lebendig gewesen zu sein wie in diesem Moment an diesem Ort.

Sie betrachtete das tiefrote Rosenblatt auf ihrer Hand, dann blies sie es fort und sah zu, wie es durch die Luft tanzte, bevor es auf der Holzbank landete.

»Komm. Ich zeige dir etwas ganz Besonderes. Vertraust du mir und machst die Augen zu?« Alexander deutete die Gasse hinunter, wo sie zwischen zwei Häusern einen schmalen Durchgang erkannte.

Fest und warm umschloss seine Hand die ihre. Während der ersten Schritte schielte sie noch zwischen ihren gesenkten Wimpern auf ihre Füße. Doch als Alexander ihren Arm unter seinen zog, wusste sie, dass sie nicht fallen würde.

Ihre Schritte bewegten sich wie nach einer stummen Musik im gleichen Takt über das buckelige Pflaster.

»Darf ich jetzt gucken?«, erkundigte sie sich, als er stehenblieb.

Er nahm sie bei den Schultern und drehte sie ein wenig herum. »So.« Er schob sie ein kleines Stück nach links. »Nein, besser so.«

Sie musste lachen. »Jetzt mache ich aber die Augen auf.«

»Okay.«

»Oh! Das ist wirklich ... zauberhaft. Wie sind wir so schnell hierhergekommen? Eben standen wir doch noch mitten in der Altstadt.« Sie drehte sich langsam um die eigene Achse, und so weit ihr Auge reichte, sah sie eine gepflegte Gartenanlage, nur an einer Seite begrenzt von hohen, alten Häusern mit halbrunden Erkern und in der Sonne funkelnden Fenstern.

»Die Hesperidengärten«, erklärte Alexander und sah so stolz aus, als hätte er die Gartenlandschaft selbst angelegt. »Sie liegen hinter den früheren Bürgerhäusern hier im Stadtteil St. Johannis. Vom sechzehnten bis ins achtzehnte Jahrhundert wurden sie als barocke Ziergärten angelegt und in den letzten Jahren nach alten Plänen neu erschaffen. Das

Gute ist, dass der Stadtteil im Krieg nicht zerbombt wurde. Die schönen alten Häuser stehen noch, und jetzt gibt es auch wieder die zugehörigen Gärten. Nur dass sie nun für die Öffentlichkeit zugänglich sind.«

»Das ist wirklich eine Überraschung. Vielen Dank, dass du es mir gezeigt hast.« Valerie betrachtete die vier Frauenstatuen, die wie zu einem abendlichen Plausch um einen munter plätschernden Springbrunnen versammelt waren.

Wie selbstverständlich hielt Alexander immer noch ihre Hand, während sie durch die Gärten spazierten. Die Gartenanlagen gingen ineinander über, waren zum größten Teil ähnlich gestaltet und boten doch immer wieder Überraschungen.

Lachend blieb Valerie vor einer Gruppe Gartenzwerge aus hellem Stein stehen, die mit den bemalten Tonfiguren, die sie kannte, nur entfernt verwandt waren. Die Statuen standen auf Sockeln und waren größer als Valerie selbst. Sie hatten dicke Bäuche, lustige Gesichter und trugen Mützen, deren lange Zipfel über ihre Schultern nach vorn hingen.

»Sie sehen aus, als würden sie gleich in einer Reihe singend zur Gartenarbeit losmarschieren.«

Alexander nickte und zog sie weiter. »Ich wollte dir noch den Johannisfriedhof zeigen. Wir müssen uns beeilen. Es wird bald dunkel.«

»Warum heißen die Gärten nach den Hesperiden? Das waren doch griechische Sagengestalten, nicht wahr?« Während sie schneller von einem Garten zum anderen eilten, konnte Valerie sich immer noch nicht sattsehen.

»Damals wuchsen in den Gärten kostbare Zitruspflanzen. Und da die Hesperiden in der Sage die goldenen Früchte der

Götter bewachen, nannten die Eigentümer die Gartenanlage nach ihnen. Jedenfalls habe ich es so in der Schule gelernt.«

»Ich wundere mich, dass die Villa der Familie Weißenfels nicht hier steht. Sie gehörten doch auch zu den wohlhabenden Bürgern der Stadt.«

»Das wohl. Aber sie haben sich einen großen Teil ihres Wohlstandes erst durch die Manufaktur erarbeitet. Im achtzehnten Jahrhundert hätte es noch nicht für ein Haus hier gereicht. Und als sie sich die Villa leisten konnten, war hier schon alles vollgebaut. Man erzählt sich in unserer Familie, Gesine Weißenfels, die Frau des Firmengründers, hätte einiges dafür gegeben, hier zu leben. Sie gehörten zur guten Gesellschaft Nürnbergs, aber ein bisschen blieben sie zu jener Zeit immer die Neureichen.«

»Es hätte wahrscheinlich geholfen, wenn Friedrich, ihr einziger Sohn, eine Frau aus guter Familie geheiratet hätte.« Als der Satz heraus war, biss Valerie sich auf die Lippe. Es stand ihr nicht zu, über die Ehepolitik der Familie zu urteilen.

Alexander lachte nur. »Das nehme ich an.«

»Natürlich werde ich solche Dinge nicht in der Festschrift erwähnen«, erklärte sie hastig.

»Da meine Mutter alles vorab lesen wird, besteht da keine Gefahr. Ein wenig existiert der Standesdünkel von damals wohl auch noch bei ihr.«

»Ich habe gehört, was sie über mich gesagt hat«, rutschte es Valerie heraus. »Wegen der Goldgräberin und so. Glaubst du das?«

Er schwieg lange. Ein wenig zu lange, wie sie fand. Dann

schüttelte er den Kopf. »Es war ein merkwürdiger Zufall, aber so etwas gibt es. Ein bisschen gefällt mir der Gedanke sogar, du hättest nach unserer Begegnung in der Klinik bewusst nach mir gesucht und deshalb an der Tür geklingelt. Nicht etwa, weil du mich für einen steinreichen Mann gehalten hättest, sondern ... aus anderen Gründen.«

»So war es aber nicht. Es hatte nichts mit unserer Begegnung in der Notaufnahme zu tun.« Das war jedenfalls nicht gelogen. Dennoch verschwieg sie ihm bewusst den wahren Grund für ihr Auftauchen in der Villa.

Ihm die Wahrheit zu sagen, wurde immer schwieriger. Nachdem sie den Teil der Aufzeichnungen von Lydia und Marleen gelesen hatte, aus dem hervorging, dass sie beide gleichzeitig schwanger gewesen waren, dämmerte ihr, was damals geschehen war. Allerdings hatte sie keine Ahnung, ob diese Entdeckung irgendwelche weiterreichenden Folgen haben würde. Folgen, die sich auf die Familie Weißenfels auswirken konnten. Sie musste unbedingt mit Jana telefonieren. Am besten bevor sie ihrer Großmutter erzählte, was sie in Erfahrung gebracht hatte.

»Ich glaube dir«, sagte Alexander schlicht und drückte ihre Hand.

In diesem Moment spürte sie ihr Gewissen wie einen Stein in ihrer Brust. Fast wünschte sie sich, Alexander hätte auf seine Mutter gehört und die heutige Verabredung abgesagt. Andererseits war es wunderschön, mit ihm durch die romantischen Ecken der Stadt zu spazieren. Nein, diesen Abend hätte sie um nichts in der Welt verpassen wollen.

»Hier ist er.« Alexander öffnete ein schmiedeeisernes Tor und ließ sie vorangehen.

Obwohl sie dieses Mal ihre Augen nicht geschlossen hatte, traf der Anblick des Friedhofs sie ebenso überraschend wie vorher der der Gärten. Valerie schnappte überrascht nach Luft.

»Wie ... eindrucksvoll und besonders!« Sie war sich nicht ganz sicher, ob sie einen Friedhof schön nennen durfte.

»Ist das nicht ein wunderbar friedlicher und gleichzeitig bunter und lebendiger Ort?« Alexander hatte seine Stimme zu einem Flüstern gesenkt.

»Ja«, hauchte Valerie und ging an seiner Seite langsam zwischen den erhöhten Grabstätten entlang, die die Form von prunkvollen, steinernen Särgen hatten. Fast alle waren mit großen Schalen voller blühender Blumen geschmückt.

Im Schein der untergehenden Sonne schimmerten die hellen Steine honiggolden, während die Kirche am Rand des Friedhofs rot leuchtete wie das Innere einer Rose.

Zwischen den Gräbern ragten weiße und bronzene Statuen auf. Betende Engel beugten sich schützend über die Grabstätten, Blumenmädchen mit Körben über den Armen streckten die Hände aus, als hätte sie die Blütenblätter gestreut, die durch die Luft taumelten.

Valerie blieb stehen, um ein Grab zu betrachten, das deutlich kleiner war als die anderen. »Es ist viel dunkler, wenn ein Stern erlischt, als es sein würde, wenn er nie gestrahlt hätte. George Bernhard Shaw«, las sie mit leiser Stimme vor.

Als sie den Kopf hob und Alexander ansah, schaute er mit starrem Blick in die Ferne, während seine Kiefermuskeln mahlten. Dachte er an jemanden, den der Tod ihm genommen hatte? Sie wagte nicht zu fragen.

Langsam gingen sie weiter. Valerie betrachtete einen kleinen Vogel aus Bronze und eine kunstvoll geschmiedete Rose auf einer Grabstätte. Alexander wirkte seltsam abwesend.

»Du sagtest, dass du oft hierherkommst. Tust du das nur, weil dies so ein friedlicher Ort ist? Oder liegt jemand hier, den du besuchst?«, wagte sie schließlich doch auszusprechen, was ihr auf der Seele brannte.

»Komm mit.« Energisch griff er nach ihrer Hand und führte sie mit schnellen Schritten auf verschlungenen Wegen kreuz und quer über den Friedhof – als hätte er Angst, es sich anders zu überlegen. Im Vorbeigehen machte er sie wie ein pflichtbewusster Fremdenführer mit knappen Worten auf die Gräber von Albrecht Dürer und Hans Sachs aufmerksam, ließ ihr aber kaum Zeit, sie näher zu betrachten.

Schließlich erreichten sie einen Bereich, in dem offenbar die neueren Gräber ihren Platz hatten. Wortlos blieb er vor einer Grabstätte stehen. Valerie schnappte nach Luft, als sie sah, wie klein es war. Ein Kindergrab. Dann las sie den Namen, der in die Bronzeplatte auf dem weißen Grabmal eingraviert war, und schaute Alexander entsetzt an. »Marie Weißenfels?«

»Meine kleine Schwester«, sagte er so leise, dass sie ihn kaum verstand. »Es ist meine Schuld. Ich hätte ihr helfen müssen.«

Stumm ließen sie sich auf der Bank neben dem Grab nieder. Valerie betrachtete Geburts- und Todesdatum unter dem Namen und rechnete. Alexanders kleine Schwester war mit fünf Jahren gestorben.

»Es war Winter, Februar und sehr kalt«, erzählte Alexander mit gedämpfter Stimme. »Der Teich hinten im Park war zugefroren. Kennst du die Stelle?«

Sie nickte. Wenn sie lange über ihren Notizen und dem Laptop gesessen hatte, ging sie oft zwischendurch im Park der Villa spazieren. Dabei hatte sie natürlich auch schon den kleinen See gesehen. Er lag unter hohen Bäumen dicht an der Außenmauer des Grundstücks und war vom Haus aus nicht zu sehen.

»Marie und ich haben dort gespielt. Ich habe sie auf dem Schlitten über die spiegelglatte Fläche gezogen. Ich weiß bis heute nicht, wie es passiert ist. Vielleicht bin ich zu wild um die Kurven gefahren und sie hat sich nicht richtig festgehalten. Jedenfalls fiel sie vom Schlitten, stand auf, lief hinter mir her und rief mich. Als ich stehenblieb und mich nach ihr umdrehte, sah ich gerade noch, wie das Eis unter ihren Füßen zersprang und sie in dem Loch verschwand, das plötzlich da war. Von einer Sekunde auf die andere war sie weg. Einfach so.«

Valerie hörte Alexanders schwere Atemzüge, als würde er jetzt noch vor sich sehen, wie seine kleine Schwester ins Eis einbrach. Er starrte hinauf in den Abendhimmel, der im Westen tiefrot leuchtete. Instinktiv griff sie nach seiner Hand und hielt sie fest.

»Das tut mir so leid. Wie alt warst du damals?«

»Zwölf. Ich wusste, dass ich nicht einfach zu dem Loch im Eis laufen durfte. Also legte ich mich bäuchlings auf den Schlitten und schob mich mit den Händen vorwärts. Doch das dauerte viel zu lange. Alles dauerte viel zu lange. Noch bevor ich dort war, tauchte Maries kleiner Kopf mit der roten Mütze in dem Loch auf. Sie hat mich angesehen und laut geschrien, bevor sie wieder in dem eisigen Wasser versank. Niemals werde ich ihren Blick vergessen. Ihre Augen flehten mich an, ihr zu helfen.« Alexander schwieg, und Valerie wagte nicht, ihn anzusehen. Sie hielt nur weiter seine Hand fest.

»Als ich das Loch endlich erreichte, war nichts mehr von ihr zu sehen. Ich streckte meine Arme in das eisige Wasser, rief sie ... Es schien eine Ewigkeit zu dauern, doch plötzlich erwischte ich ein nasses Stück Stoff. Es war die Kapuze von Maries Jacke. Ich zerrte mit aller Kraft daran, und irgendwie gelang es mir, sie aus dem Wasser zu holen. Ihre wunderschönen blauen Augen starrten in den grauen Winterhimmel, aber es war kein Leben mehr in ihnen. Sie sahen aus wie gläserne Murmeln. Genau in diesem Moment begann es zu schneien, und ein paar Flocken fielen in ihr Gesicht. Sie schmolzen nicht auf ihrer eiskalten Haut.«

»Quäl dich nicht so furchtbar. Du musst mir das nicht erzählen.« Valerie konnte es kaum ertragen, die Geschichte anzuhören, deren Ausgang sie schon kannte. Wie schrecklich musste es erst für Alexander sein, sie beim Erzählen noch einmal zu durchleben.

»Doch. Das muss ich. Es ist Maries Schicksal, das sich für sie niemals ändern wird. Also werde ich es ja wohl aushalten, ihre Geschichte zu erzählen.« Entschlossen fuhr er fort: »Ich zog ihren kleinen, leblosen Körper über das Eis bis ans Ufer. Die ganze Zeit rief und schrie ich, aber niemand kam, um Marie zu helfen. Also lief ich zum Haus. Mutter war unten im Frühstückszimmer. Sie hörte mich erst, als ich in der Halle war. Das Entsetzen schnürte mir derart die Kehle zu, dass ich ihr kaum erzählen konnte, was passiert war. Als sie es begriff, ließ sie mich stehen, rannte erst zum Telefon und dann aus dem Haus. Jetzt war sie diejenige, die schrie. Ich folgte ihr bis kurz vor den See. Doch ich brachte es nicht über mich, bis ans Ufer zu gehen. Dort lag meine Mutter auf den Knien und hielt Marie im Arm. Ein paar Minuten später traf die Feuerwehr ein und kurz darauf ein Rettungswagen. Aber niemand konnte Marie mehr helfen.«

Wieder und wieder schüttelte er den Kopf, als könnte er immer noch nicht begreifen, was damals geschehen war. Valerie ließ seine Hand los, legte die Arme um seine Schultern und zog ihn an sich. Sie spürte, dass in ihm immer noch der zwölfjährige Junge weinte, den niemand jemals getröstet hatte.

»Es ist nicht deine Schuld. Du hast getan, was du tun konntest und noch viel mehr«, sagte sie leise an seinem Ohr. Plötzlich fiel ihr der Satz ein, den Helen zu ihrem Sohn gesagt und den sie damals nicht verstanden hatte. »Es ist klar, dass ihr alle immer an deine kleine Schwester denken werdet, aber nicht du bist es, der das Leben deiner Mutter zerstört hat. Das glaubst du doch nicht wirklich, oder?«

Er zögerte lange, bevor er antwortete: »Ich war sieben Jahre älter als sie. Ich hätte auf sie aufpassen oder sie zumindest schneller wieder aus dem eisigen Wasser holen müssen.«

»Du hast mehr getan, als man von einem Jungen in diesem Alter erwarten kann. Warum macht deine Mutter sich selbst keine Vorwürfe? Sie hätte euch verbieten können, auf den zugefrorenen See zu gehen. Oder sie hätte euch begleiten können. Vielleicht ist so etwas aber auch einfach Schicksal, und alle müssen irgendwie damit leben, so schwer es auch ist ...«

Die Ungerechtigkeit dem kleinen Jungen gegenüber, der Alexander damals gewesen war, machte Valerie wütend. Wie konnte Helen Weißenfels derart skrupellos alle Schuld auf ihren Sohn schieben und dann auch noch sein schlechtes Gewissen ausnutzen?

»Danke«, sagte Alexander nach einer weiteren langen Pause.

Sie hielt ihn immer noch tröstend umschlungen und sah ihm dabei in die Augen, die schwarz wie die dunkelste Nacht waren.

»Was ich dir gesagt habe, weißt du alles selbst. Du brauchst mich nicht, um dir das zu erklären. Und du musst dich erst recht nicht bei mir bedanken, wenn ich dir sage, was dir fast jeder Mensch sagen würde.« Vorsichtig strich sie ihm über die Wange und spürte seine Bartstoppeln an ihren Fingerspitzen.

»Ich rede schon lange nicht mehr über diese Geschichte. Wenn ich sie erwähne, werden die meisten Menschen verlegen und wissen nicht, wie sie reagieren sollen. Du bist anders. Du sagst mir, was du denkst und was du empfindest.« Er ließ seinen Blick wie suchend über ihr Gesicht wandern, als würde er dort Antworten auf viele ungestellte Fragen suchen.

Dann fuhr er mit leiser Stimme fort: »Ich weiß, dass ich nicht allein schuld bin, aber ich werde die Schuldgefühle nicht los. Viele Jahre hatte ich schreckliche Albträume, in denen ich wieder und wieder sah, wie Marie unter dem Eis verschwand. In diesen Träumen stand ich da und konnte mich nicht rühren. Konnte nichts tun, um ihr zu helfen. Und so war es schließlich auch. Ich habe nicht das Richtige getan, um sie zu retten.«

»Hör auf. Bitte.« Valerie nahm sein Gesicht in beide Hände. Als er den Mund öffnete, um weiterzureden, presste sie spontan ihre Lippen auf seine, um ihn zum Verstummen zu bringen.

Sie spürte, wie sein Atem, der in ihren Mund floss, langsamer wurde und wie sein Körper sich auf der Bank ihrem entgegenneigte, bis sie seine Wärme und Nähe spürte. Seine Hände strichen über ihren Rücken, und durch den Stoff ihrer Bluse fühlte sie ein Prickeln.

Sein Kuss war anders als alle Küsse, die sie bisher mit einem Mann getauscht hatte. Nicht nur, weil das hier so überraschend kam. Es kam aus einer Nähe heraus, mit der sie noch vor einer Woche nicht im Traum gerechnet hätte. Es war gleichzeitig sanft und aufregend. Als würde eine riesige Welle über ihr zusammenschlagen und sie in ein unbekanntes Land mitnehmen, von dem sie zwar schon gehört, an das sie jedoch nicht wirklich geglaubt hatte.

Als Alexander den Kopf hob, waren sie beide atemlos und starrten einander erstaunt an.

»Tut mir leid, wenn ich dich irgendwie ... überrollt habe«, sagte Alexander schließlich, weil sie ausdauernd schwieg und einfach nur immer weiter ansah. Sie konnte in seinen Augen lesen, dass es ihn selbst überwältigt hatte.

Langsam schüttelte sie den Kopf. »Das war sehr schön.«

Sie stand auf, und sofort sprang Alexander ebenfalls hoch. Mit einer selbstverständlichen Geste, die ihr Herz schneller klopfen ließ, griff er nach ihrer Hand.

Bevor sie sich umdrehte, um an seiner Seite zum Ausgang des Friedhofs zu gehen, las sie noch einmal den Spruch, der unter Maries Namen stand.

Ein Engel kam in unsere Welt, lächelte und ging wieder. Wir werden dich nie vergessen.

»Es ist ihr Foto, das auf deiner Kommode steht.«

Zu ihrem Erstaunen lachte er leise und zärtlich. »Ja. Ich habe ein ganzes Album mit Fotos aus unserer Kindheit. Meine Mutter konnte es nicht ertragen, die Bilder in ihrer Nähe zu haben. Sie wollte sie wegwerfen, aber ich habe sie gestohlen und versteckt. Kommst du mit und siehst sie dir mit mir an?«

Sie nickte. »Erinnerst du dich noch gut an Marie? Erzählst du mir von ihr?«

»Ja.« Mehr sagte er für lange Zeit nicht, und auch sie schwieg. Erst als sie durch einen der Seiteneingänge den Friedhof verlassen hatten, blieb er plötzlich stehen und sah sie an. »Sie lachte viel, spielte am liebsten draußen im Park, und sie hasste grüne Bohnen und Kartoffelpüree. Ich habe nie über sie gesprochen, weil es so schrecklich wehtat. Aber heute möchte ich dir alles über sie erzählen, was ich noch weiß.«

»Danke«, flüsterte sie und drückte seine Hand, deren Finger mit ihren verschlungen waren.

»Bleibst du heute Nacht bei mir?«

»Ja«, erwiderte sie knapp. Mehr gab es nicht zu sagen.

24. Kapitel

Nürnberg, 12. Juni 2018

Vorsichtig öffnete Valerie die Tür zum großen Salon, überzeugte sich, dass niemand im Zimmer war, und schlüpfte in den sonnendurchfluteten Raum. Es war acht Uhr morgens. Alexander hatte nach dem gemeinsamen Frühstück wegen eines wichtigen Termins schon früh das Haus verlassen. Helen frühstückte fast immer in ihrem Zimmer. Und Frau Landauer war um diese Zeit in der Küche beschäftigt.

Suchend schaute Valerie sich um und entdeckte das Gemälde in der Nische neben dem großen Biedermeierschrank. Es hing dort eher versteckt und war nur mittelgroß. Deshalb war ihr das Bild bisher nicht aufgefallen. Ohnehin hatte sie sich in diesem Zimmer eher selten aufgehalten.

Obwohl die dicken Teppiche ihre Schritte verschluckten, ging sie auf Zehenspitzen durch den Raum, blieb vor dem Gemälde stehen und starrte es an. Als ihr Handy läutete, zuckte sie wie ertappt zusammen. Hastig zog sie das kleine Telefon aus der Tasche ihrer Jeans und nahm das Gespräch an.

»Hallo, Jana. Du bist ja früh dran.«

»Was soll ich machen, wenn du dich nur alle Jubeljahre meldest? Hast du inzwischen was Konkretes rausgefunden?«

»Ich glaube, ja. Obwohl ich mir nicht vorstellen kann, wie die beiden Frauen die Sache organisiert haben. Ein paar von Marleens Tagebucheinträgen und die letzten Briefe, die Lydia an ihre Schwester geschrieben hat, muss ich noch lesen. Ich hoffe, dann verstehe ich, wie sie es gemacht haben.«

»Was meinst du denn, und warum flüsterst du?«

»Ich bin in einem Zimmer, in dem ich nichts zu suchen habe. Und ich habe keine Lust mir eine Erklärung auszudenken, was ich hier mache. Darin bin ich nämlich nicht sonderlich gut, wie sich herausgestellt hat.« Ohne ihren Blick von dem Bild an der Wand zu lösen, zog Valerie das Medaillon, das Annemarie ihr mitgegeben hatte, unter ihrer Bluse hervor. Die Kette war so lang, dass der Anhänger praktisch immer unter ihren Oberteilen verschwand, wenn Valerie angezogen war. Dennoch legte sie ihn jeden Morgen um. Für sie war das Medaillon so etwas wie ein Talisman geworden. Eine Verbindung zu jener Vergangenheit, über die sie die Wahrheit herausfinden wollte.

»Und was machst du da?« Jana flüsterte jetzt ebenfalls.

»Ich habe gerade ein Gemälde entdeckt. Und die Frau auf dem Bild trägt genau das Medaillon, das Lydia kurz vor ihrem Tod Annemarie gegeben hat. Annemarie wollte, dass ich das Medaillon mit nach Nürnberg nehme. Schließlich sollte es angeblich die einzige Verbindung zu ihrer Vergangenheit sein. Es ist tatsächlich dasselbe. Die Frau auf dem Gemälde muss Marleen sein.«

Valerie betrachtete das zarte Herz auf dem Deckel des Medaillons an ihrer Kette. Das Schmuckstück, das Marleen auf dem Gemälde trug, zeigte ebenfalls ein Herz, umgeben von einigen Ranken. Dann schob sie den Goldanhänger hastig wieder in ihre Bluse und schloss sie bis zum obersten Knopf. Deutlicher als zuvor spürte sie das kühle Gold über ihrem aufgeregt schlagenden Herzen. Es war ein seltsames Gefühl, jenes

Medaillon zu tragen, das vor fast hundert Jahren Marleen gehört hatte.

»Und wie kommst du plötzlich darauf, nach dem Bild mit dem Medaillon zu suchen?« Jana pustete aufgeregt ins Telefon.

»Ich muss hier erst wieder raus. Wenn ich in meinem Zimmer bin, können wir in Ruhe reden. Moment mal.«

Valerie huschte durch den Salon, in dem sie zuvor erst zwei Mal gewesen war – bei ihrem allerersten Besuch in der Villa und beim Tee mit Dorothea. Vorsichtig öffnete sie die Tür und streckte den Kopf hinaus in die Halle. Als sie Frau Landauer sah, die mit einem Frühstückstablett in den Händen zur Treppe eilte, wollte sie sich hastig zurückziehen, doch die Haushälterin hatte sie schon bemerkt.

Ihr blieb nichts anderes übrig, als mit einem harmlosen Lächeln den Salon zu verlassen. »Haben Sie Alexander gesehen, Frau Landauer? Ich muss ihn dringend sprechen, bevor er ins Büro fährt.«

Die Haushälterin blieb auf der untersten Stufe stehen und zog erstaunt die Brauen hoch. »Aber Sie haben ihn doch vor einer Viertelstunde selbst zur Tür gebracht.«

Valerie schluckte. Dieser Frau entging offenbar nichts, was in der Villa geschah. Wahrscheinlich hatte sie auch den langen Kuss beobachtet, mit dem Alexander sich verabschiedet hatte.

»Ich dachte, ich hätte ihn gehört und er sei noch mal zurückgekommen.«

Frau Landauer lächelte. »Das war wohl ich. Rufen Sie ihn doch einfach im Büro an, wenn Sie ihm etwas mitzuteilen haben.«

»Das werde ich tun. Vielen Dank.« Valerie zog endlich die Tür zum Salon hinter sich zu und trödelte ein bisschen herum, bis die Haushälterin die Treppe hinaufgestiegen und oben verschwunden war. Dann nahm sie endlich ihr Handy wieder ans Ohr, während sie ebenfalls in den ersten Stock hinaufstieg.

»Bist du noch da, Jana?«

Als Antwort kam ein fröhliches Kichern. »Du erinnerst mich an die Detektivin in dieser Jugendbuchreihe, die wir früher verschlungen haben. Wie hieß die noch? Das Mädchen, das dauernd irgendwelche geheimnisvollen Geschichten aufklärte, überall herumschlich und Ausreden erfinden musste, wenn sie erwischt wurde.«

»Keine Ahnung, was du meinst«, behauptete Valerie missmutig. So ein Spaß war das hier nun wirklich nicht. Aufatmend schloss sie die Tür ihrer Zimmerflucht hinter sich.

Ihr Bett war unberührt, und sofort waren die Gefühle der vergangenen Nacht wieder da, der Nacht, die sie mit Alexander verbracht hatte. Sie spürte wieder die Traurigkeit, als Alexander von seiner toten Schwester erzählt hatte. Sah das wehmütige Lächeln, das um seine Lippen gespielt hatte, als er von ihren Streichen erzählt hatte und von den Tricks, die sie anwandte, um keine Bohnen und keinen Kartoffelpüree essen zu müssen.

Dann war plötzlich eine Leidenschaft zwischen ihnen aufgelodert, die ihr jetzt noch den Atem nahm. Sie hatten Trost beieinander gesucht, hatten begonnen, sich zu küssen. Erst verhalten und tastend, dann immer wilder und drängender. Bis sie atemlos auf sein breites Bett gesunken waren und der

Rest der Nacht in einem Wirbel aus Zärtlichkeit, Nähe und Leidenschaft vergangen war.

»Ich habe mit Alexander geschlafen«, platzte sie heraus. Erstens hatte sie vor Jana keine Geheimnisse, und zweitens musste sie mit jemandem über ihre Gefühle reden.

»Oh. Das macht die ganze Sache nicht einfacher, nehme ich an. Hast du ihm gesagt, weshalb du in der Villa bist?«

»Nein. Ich kann doch nicht plötzlich ein solches Geständnis ablegen, während wir ...« Sie stockte und starrte durchs Fenster in den morgendlichen Park. Der Tau funkelte an den Gräsern, und die Blumenbeete leuchteten rot und golden in der Sonne.

»Ich fühle mich schrecklich«, sagte sie in das Schweigen hinein, das in der Leitung herrscht. »Obwohl ich so glücklich bin. Alexander ist ein wunderbarer Mann.«

»Natürlich ist er wunderbar. Ich nehme an, sonst wärst du gar nicht erst in die Situation geraten, mit dem Mann ins Bett zu gehen, dessen Familie du ausspionierst.«

»Ausspionieren ist ein hartes Wort. Ich will die Wahrheit über meine Familie und über meine Herkunft herausfinden. Und ich bin dicht davor, die Geschichte zu verstehen.«

»Und was war das vorhin mit dem Medaillon?«

»Alexander hat es erkannt.« Valerie schloss die Augen und erinnerte sich an seine Finger auf ihrer Haut, die sanft und prickelnd über den Ansatz ihrer Brust gestrichen hatten, bevor er das Medaillon an der langen Kette hervorzog und betrachtete.

»Er fand es erstaunlich, dass ich das gleiche Schmuckstück trage wie seine Urgroßmutter auf dem Gemälde im Salon. Zumal das Medaillon verschwunden ist. Er erinnert sich, dass in seiner Kindheit manchmal darüber gesprochen wurde, dass Marleen die Kette verloren und niemals zurückbekommen hat.«

Sie hatte sich furchtbar erschrocken, als Alexander das Medaillon entdeckt hatte. Er war ganz aufgeregt gewesen. Minutenlang sprach er darüber, dass es ein zauberhafter Zufall wäre, wenn genau das Medaillon seiner Urgroßmutter auf verschlungenen Wegen in Valeries Familie gelangt war. Schließlich hatte er beschlossen, dass es ein identisches Stück sein musste, was noch Zufall genug war.

»Das wäre die Gelegenheit gewesen, es ihm zu sagen. Es sei denn, das war ein bedeutungsloser One-Night-Stand für dich.

»Nein. Das war mehr. Auch für ihn.«

»Dann solltest du dir überlegen, wann und wie du es ihm sagst. Möglichst schnell und möglichst so, dass er sich nicht vollkommen hintergangen fühlt.«

Natürlich hatte Jana recht. Aber das war leichter gesagt, als getan.

»Hast du Annemarie schon erklärt, wer sie wahrscheinlich ist?«, erkundigte Jana sich nach einer Pause.

»Das sage ich ihr erst, wenn ich genau weiß, was passiert ist. Stell dir vor, meine bisherigen Vermutungen stimmen nicht, und am Ende kommt etwas ganz anderes ans Licht.«

»Was vermutest du denn nun?«, drängte Jana.

Eilig erzählte Valerie ihr, dass Marleen und das Hausmädchen Lydia, die etwa gleichzeitig schwanger geworden waren, eine Abmachung getroffen hatten, die eigentlich nur eines bedeuten konnte: Dass sie ihre Kinder tauschen wollten, falls Lydia einen Jungen und Marleen ein Mädchen bekam.

»Hm«, machte Jana, nachdem sie die Geschichte gehört hatte. »Vielleicht ist es tatsächlich besser, deine Oma erst einzuweihen, wenn du ihr die Geschichte in allen Einzelheiten erklären kannst und sicher bist, dass Marleen und Lydia damals tatsächlich …« Sie stockte, als müsste sie sich noch einmal vergegenwärtigen, was Valerie ihr eben erzählt hatte.

»Es klingt unglaublich«, fuhr sie dann fort, »aber es wäre eine Erklärung dafür, dass Annemarie und ihre Schwester nicht blutsverwandt sind. Hoffentlich muss deine Oma nicht mehr zu lange warten. Ich glaube, die Ungewissheit macht sie ziemlich fertig.«

»Mir bleibt ohnehin nur Zeit bis um Firmenjubiläum.«

»Dann müsstest du normalerweise aus der Villa und aus Alexanders Leben verschwinden, weil dein Job getan ist. Das heißt, bis dahin solltest du auch die Sache mit Alexander geklärt haben.«

»Wir haben erst heute beim Frühstück festgestellt, dass es bis um Jubiläum noch schrecklich viel zu tun gibt.« Wieder musste Valerie seufzen. Wie sollte sie zwischen all der Arbeit und den neuen, starken Gefühlen für Alexander die Ruhe und den Mut finden, mit dem Mann zu reden, der ihr inzwischen so viel bedeutete?

»Hast du schon mal darüber nachgedacht, dass Annemarie und nicht Helen und Alexander die rechtmäßige Erbin der Weißenfels ist, falls deine Vermutung stimmt? Dann könnt ihr die Hexe Helen aus der Villa werfen.«

»Hör auf.« Jetzt wurde ihr ganz schwindelig. Sie war nicht gekommen, um Alexander irgendetwas wegzunehmen. Nicht einmal seiner Mutter wollte sie das antun. Seit der vergangenen

Nacht schon gar nicht. »Wir haben doch gar keine Ahnung, was in einem solchen Fall passiert.«

»Ich werde Gregor fragen. Der ist schließlich Jurist und kennt sich mit solchen Sachen aus. Aber mir erscheint es ganz logisch, dass Annemarie die wahre Erbin ist.«

»Erzähl ihr bloß nichts. Ich will vorher die letzten Briefe von Lydia lesen. Die Handschrift ist manchmal schwer zu entziffern. Genauso die in Marleens Tagebuch. Ich muss genau wissen, was passiert ist. Weil ich einfach nicht glauben kann, dass die beiden Frauen diese verrückte Sache durchgezogen haben.«

»Trotzdem. Annemarie sollte es möglichst bald erfahren. Nur weil du dich nicht traust, deinem Alexander zu sagen, was los ist, kannst du deine Großmutter nicht ewig in der Luft hängen lassen.«

»Ich weiß.«

»Ich bin sicher, am Ende wird alles gut. Wird es immer, wenn Liebe im Spiel ist. Wegen Alexander freue ich mich wirklich für dich.«

»Ja. Sicher. Danke.« Als sie die liebevolle Stimme ihrer Großcousine hörte, stiegen Valerie Tränen in die Augen.

Nachdem sie aufgelegt hatte, ging sie zum Schreibtisch am Fenster, in dessen Schublade sie Marleens Tagebuch, Lydias Briefe und neuerdings auch die Briefe an Zita aufbewahrte, die sie im Gesindehaus gefunden hatte.

Sie griff nach der Mappe mit den Briefen, die Lydia ihrer Schwester geschickt und alle ungeöffnet zurückbekommen hatte. Wie hatte Ottilie nur so herzlos sein können? Zwischen dem Brief, in dem Lydia die Entdeckung ihrer Schwangerschaft, Richards wortloses Verschwinden und ihre Angst vor der Zukunft beschrieb, und dem nächsten Schreiben an Ottilie lagen fast sieben Monate. Warum hatte sie sich so lange nicht bei ihrer Schwester gemeldet? Was war in diesen Monaten geschehen?

Valerie schlug die rote Mappe auf und vertiefte sich in einen der letzten Briefe, die Lydia an ihre Schwester geschrieben hatte.

Nürnberg, 2. Mai 1929

Liebe Ottilie,

lange habe ich Dir nicht geschrieben. Manchmal dachte ich, sicher hast Du von einem meiner Briefe den Absender abgeschrieben, bevor Du ihn mir zurückgeschickt hast. Es wäre so schön gewesen, wenn Du Dich bei mir gemeldet hättest. Irgendwann, ganz unerwartet, um mir zu sagen, dass Du manchmal an mich denkst oder mich sogar ab und zu vermisst. Aber nachdem Du nun weißt, dass ich ein Kind von einem Mann erwarte, der ohne Abschied aus der Stadt verschwunden ist, willst Du wohl gar nichts mehr mit mir zu tun haben.

Heute schreibe ich Dir, weil ich schon seit Längerem eine andere Adresse habe. Marleen, die junge gnädige Frau, hat mir ein Angebot gemacht, das mir aus meiner Notlage hilft.

Aus irgendeinem Grund ist meine Herrin überzeugt, dass das Kind, das sie ungefähr zur gleichen Zeit zur Welt bringen wird wie ich meines, ein Mädchen sein wird. Aber ihre Familie verlangt einen Sohn und Erben von ihr. Sie machte mir gegenüber nur Andeutungen, aber ich glaube, sie hat Angst, dass sie fortge-

schickt wird. Dann soll die Ehe annulliert werden und ihr Mann eine andere Frau heiraten, um mit ihr einen Sohn zu haben.

Ist das nicht verrückt? Reiche Leute sind manchmal sehr seltsam. Doch wenn ich es recht überlege, sind die Bauern bei uns im Dorf nicht anders. Ein Sohn als Erbe für den Hof muss her.

Nun fürchtet Marleen Weißenfels, ihr ganzes Leben zu verlieren, wenn sie eine dritte Tochter bekommt. Sogar ihre Kinder wird man ihr dann wegnehmen, obwohl doch niemand in der Familie die Mädchen will. Deshalb hat sie mir einen Handel vorgeschlagen. Falls ich einen Jungen zur Welt bringe und sie ein Mädchen, möchte sie mein Kind und wird mir ihres geben. Wenn ich einverstanden bin, bekomme ich so viel Geld, dass ich in einer anderen Stadt ein neues Leben anfangen kann. Ganz gleich, ob der Tausch stattfindet oder nicht. Ich werde von hier fortgehen und in meinem neuen Wohnort behaupten, dass ich Witwe bin. Eine junge Witwe mit Kind. Vielleicht mache ich einen kleinen Laden auf oder eine Nähstube. Irgendetwas wird mir schon einfallen.

Ich weiß, das klingt schrecklich. Doch was erwartet mein Kind und mich sonst? Mit viel Glück wäre ich während der letzten Wochen vor der Geburt in einem Heim für ledige Mütter untergekommen.

Und hinterher? In unser Dorf dürfte ich sicher nicht zurückkehren. Diese Schande würdest Du mir nie verzeihen. Und niemand stellt eine ledige Mutter als Hausmädchen ein.

Wenn ich einen Sohn bekomme und ihn weggebe, schenke ich ihm eine glanzvolle Zukunft als Erbe einer Spielwarenmanufaktur.

Jeden Abend und jeden Morgen bete ich, dass ich ein Mädchen zur Welt bringe. Und Marleen Weißenfels einen Jungen. So wäre uns beiden geholfen. Das Geld, das Marleen mir in diesem Fall dennoch geben würde, kann sie gut entbehren, und ihre Familie wird es gar nicht bemerken.

Bis es so weit ist und ich weiß, ob meine Gebete erhört wurden, lebe ich bei Marleens Hebamme in einem kleinen Haus außerhalb der Stadt. Ich musste die Villa Weißenfels verlassen, sobald ich meinen Bauch nicht mehr unter der Schürze verbergen konnte.

Bitte, Ottilie, falls Du dies liest, bete für mich und mein Kind.
Bitte, Ottilie, meine große Schwester, ich habe Angst ...

»Trink das!« Karla hielt Lydia einen angeschlagenen Tonbecher mit dampfendem Tee hin.

Die Schwangere richtete sich auf dem Lager auf, das die Hebamme ihr in dem kleinen Verschlag neben der Küche hergerichtet hatte. Sie stöhnte, stemmte die Hand in ihren schmerzenden Rücken und schüttelte den Kopf.

»Ich habe keinen Durst. Wenn ich so viel trinke, muss ich dauernd auf den Hof zum Abort.«

»Trink!«, wiederholte Karla und kniff drohend die Augen zusammen. »Und hör auf zu jammern. Das ist hier kein Sanatoriumsaufenthalt.«

»Aber ich habe schon zwei Tassen von dem bitteren Zeug getrunken.« Zögernd nahm Lydia die Tasse und nippte an dem heißen Sud, der so stark war, dass der Dampf ihr in den Augen biss.

»Dann wirst du eben drei Tassen trinken oder noch mehr. Lass endlich dein Kind heraus. Du musst es gehen lassen.«

Karla setzte sich auf die Kante des schmalen Lagers und griff nach ihrem Hörrohr, das sie auf dem Hocker neben der Tür lag.

Zwischen Tür und Bett blieb nur wenig Platz. Mittlerweile war es Lydia vollkommen egal, dass sie Tag und Nacht in dieser winzigen Kammer lag. Sie war so dick und behäbig wie ein Walfisch, den eine Welle an Land gespült hatte. Ihre Beine waren geschwollen, der Rücken tat ihr weh, sie bekam schlecht Luft und mochte kaum essen. Dennoch wollte sie nicht, dass dieser Zustand zu Ende ging. Wenn sie ihr Kind im Arm hielt, konnte es sein, dass sie sich schon bald von ihm verabschieden musste. Solange es in ihrem Bauch lag, war es sicher, war es bei ihr.

»Zieh das Hemd hoch!« Karla half ihr ungeduldig, den Stoff des weiten Nachthemds beiseitezuschieben, und betastete mit ihren kühlen Händen Lydias Bauch. Dann lauschte sie mit dem Hörrohr nach den Herztönen des Kindes.

»Heute Nacht ist es so weit. Trink den Tee aus.«

Da Lydia wusste, dass es zwecklos war, protestierte sie nicht mehr, sondern leerte wortlos die Tasse. An den letzten Schlucken würgte sie ein bisschen, brachte sie aber dennoch hinunter.

Mit einem leisen Ächzen lehnte sie sich gegen das dicke, mit Stroh gefüllte Kissen, das Karla ihr ans Kopfende ihres Lagers gelegt hatte. Die Hebamme stand neben dem Bett und sah auf sie hinunter. Lydia starrte entschlossen zurück.

Plötzlich durchzuckte sie ein scharfer Schmerz, als hätte jemand ihr ein Messer im Unterleib umgedreht. Sie biss sich auf die Unterlippe und versuchte, sich nichts anmerken zu lassen. Gleichzeitig spürte sie, wie Schweißperlen auf ihre

Stirn traten und ihre Schenkel anfingen zu zittern. Mit einem unsicheren Handgriff zerrte sie sich die Decke über Beine und Bauch.

Wortlos verschwand Karla und tauchte gleich darauf wieder auf. Sie hielt Lydia einen Esslöffel mit einer trüben Flüssigkeit, in der kleine grüne Flecke schwammen, vor den Mund.

»Was ist das?« Die Worte kamen mit einem Keuchen über Lydias Lippen, weil das Messer sich schon wieder in ihren Bauch bohrte.

»Schafgarbe, Eisenkraut und ein paar andere Kräuter, die dafür sorgen, dass dein Kind schnell kommt.«

»Ich will das nicht. Ich habe noch mindestens eine Woche Zeit. Hatten Sie das nicht ausgerechnet?«

»Die Zeit drängt. Dein Sohn muss geboren werden, bevor das Kind in der Villa zur Welt kommt. Sonst funktioniert unser Pakt nicht. Du willst doch dein Geld, nicht wahr? Ich will jedenfalls meines. Mein Dach ist undicht, und der Hühnerstall ist seit dem letzten Sturm ganz schief.«

Lydia wollte sagen, dass das undichte Dach und der schiefe Stall der Hebamme sie nicht interessierten. Und sie wollte Karla verbieten, ständig von einem Sohn zu reden, wo sie sich doch mehr als alles auf der Welt eine Tochter wünschte.

Doch Karla kümmerte es nicht, was sie wollte. Als Lydia nach Luft schnappte, weil da schon wieder dieser scharfe Schmerz war, schob Karla ihr den Löffel zwischen die Lippen, und die bittere Flüssigkeit floss in ihren Mund. Sie versuchte, sie wieder auszuspucken, aber Karla drückte ihren Kopf nach hinten. Das Zeug biss sie in die Kehle wie flüssiger Pfeffer.

Als die nächste Schmerzwelle Lydia durchrollte, hatte sie das Gefühl, weit fort auf einer Wolke zu sitzen und zuzusehen, wie sie sich auf dem schmalen Lager krümmte. Sie fühlte den furchtbaren Schmerz, doch sie war gleichzeitig so weit fort, dass sie ihr Leid spürte, wie das einer fremden Frau.

Über ihre Lippen kam ein unverständliches Lallen, das sie selbst nicht verstand. Sie öffnete weit den Mund und schrie, als der Schmerz sich in ein Stampfen verwandelte, das sich anfühlte, als würde ein Horde Pferde über ihren Körper hinwegtrampeln, von dem sie sich zwar weit entfernt hatte und den sie doch so deutlich spürte.

Ihr Schweiß tränkte den dünnen Baumwollstoff ihres Nachthemds, bis er kalt und nass auf ihrer Haut klebte. Karla sorgte dafür, dass sie sich auf den Rücken legte und die Knie gegen die Brust zog. Sie wollte das nicht. So tat es noch mehr weh, und sie war ausgeliefert wie ein Tier, dem die Eingeweide herausgeschnitten wurden. Denn so fühlte es sich an: Als würde ihr jemand mit einem scharfen Messer die Organe entfernen, während ihr Körper sich zitternd aufbäumte.

Dann ging sie in einem endlosen Albtraum aus grellen Farben und spitzen Schreien unter. Die ganze Zeit war die dunkle Gestalt der Hebamme wie ein riesiger, furchteinflößender Schatten über ihr. Lydia versuchte, sich zu wehren. Sie wollte fort, wollte sich befreien, aber sie war viel zu schwach. Karla drückte sie einfach nieder, und sie fand nicht die Energie, sich erneut aufzurichten.

Irgendwann hatte Lydia nicht einmal mehr Kraft zu schreien, obwohl der Schmerz sie zu zerreißen drohte. Sie spürte wieder das kalte Metall des Löffels an ihren Lippen, spuckte und schluckte und versank noch tiefer in der Welt aus bizarren Farben und Formen.

Irgendwann hörte sie ein Geräusch wie das Mauzen eines Kätzchens. Sie wollte die Augen öffnen, aber ihre Lider waren so schwer, als hätte jemand sie mit Leim verklebt. Ihr Körper war taub und leer. Sie spürte ihn nicht mehr. Aber da war auch kein Schmerz.

»Isss esss da?«, flüsterte sie und verstand ihre eigenen Worte nicht, so dick und ungelenk bewegte sich die Zunge in ihrem Mund.

Jemand, es musste wohl Karla sein, schob ein warmes Bündel in ihren Arm. Es gelang ihr, das linke Auge zu öffnen und nach unten zu schielen. Verschwommen sah sie ein rundes Gesichtchen mit einer winzigen Knopfnase und einem halb geöffneten Rosenmündchen. Ihr Herz ging so weit auf wie eine Blüte. Sie liebte dieses Kind. Ihr Kind.

»Iss ein Määächen?«, fragte sie, immer noch halb betäubt, aber voller Hoffnung.

»Ein kräftiger, gesunder Junge«, antwortete Karla. »Marleen Weißenfels wird zufrieden sein.«

25. Kapitel

Marleens Tagebuch, 14. Juni 1929

Ich sitze im kleinen Schlafraum der Säuglingsschwester, der direkt neben Fritzchens Zimmer liegt. Den heutigen Tag und die ganze Nacht habe ich Flora, der Säuglingsschwester, freigegeben, damit sie nach ihrer kranken Mutter in Rosenheim sehen kann. Friedrich wollte, dass Fritzchens Wiege heute Nacht neben unserem Bett steht. Doch ich habe ihm erklärt, dass ein vier Wochen altes Kind alle zwei oder drei Stunden aufwacht und schreit. Und Friedrich braucht schließlich ausreichend Schlaf, wenn er seinen Aufgaben in der Manufaktur nachkommen will. Obwohl er so stolz auf seinen Stammhalter ist, ließ er sich schnell überreden.

Es ist schwer für mich, Friedrich und den kleinen Fritz zusammen zu sehen. Wenn ich beobachte, wie er das Kind liebevoll wiegt und stolz betrachtet, legt sich die Schuld wie eine Schlaufe um meinen Hals und nimmt mir die Luft zum Atmen. Dann wünsche ich mir fast, dass die Wahrheit herauskommt. Obwohl ich in diesem Fall sicher das Haus verlassen müsste und Friedrich, unter dem Druck seiner Eltern oder sogar aus eigenem Antrieb, unsere Ehe annullieren würde.

Ich ertrage den Gedanken kaum, dass meine süße Tochter, die genau wie ihre beiden großen Schwestern mit einem Schopf goldblonder Locken geboren wurde, bei einer fremden Frau aufwachsen wird. Dass ich nicht sehen werde, wie sie größer wird und in die Schule kommt und sich später verlieben und heiraten wird.

Die Enkel, die sie mir vielleicht eines Tages schenkt, werde ich niemals sehen. Und nur ich werde wissen, dass die Kinder des kleinen Fritz nicht mit unserer Familie verwandt sein werden.

Die Geburt meiner dritten Tochter ging rasch vonstatten. Von der ersten Wehe bis zu dem Moment, in dem Karla sie mir in den Arm legte, brauchte sie kaum vier Stunden, um auf die Welt zu kommen. Wahrscheinlich wäre es noch schneller gegangen, wenn ich mich nicht zu Beginn so sehr gewehrt hätte, sie aus der Sicherheit meines Körpers freizugeben. Auch wenn ich immer noch versuchte, mir einen Rest Hoffnung zu bewahren, wusste ich doch fast sicher, dass ich im Begriff war, ein kleines Mädchen auf die Welt zu bringen. Und wenn ich zuließ, dass Karla tat, womit ich sie beauftragt hatte, würde ich mein Kind nur für einen kurzen Moment spüren, sehen und halten dürfen.

Ich hätte Karla sagen können, dass sie ihr Geld bekommen würde, ohne dass sie die Kinder austauschte. Aber welche Zukunft schenkte ich damit meiner Tochter? Sie würde keine Mutter haben, wenn Friedrichs Eltern ihre Drohung wahr machten. Und vielleicht eine Stiefmutter, die ihr eigenes Kind, den in der Villa so heiß ersehnten Erben, verhätscheln und meine Kinder vernachlässigen würde. War es da nicht besser, wenn meine dritte Tochter eine Mutter bekam, die sich fürsorglich um sie kümmerte? Ich kenne Lydia und ich weiß, sie ist ein guter Mensch.

»Pressen«, rief Karla mir immer wieder zu, während sie meinen Bauch massierte und mir den Schweiß von der Stirn wischte.

Schließlich ließ ich meine kleine Tochter hinaus, und nachdem ich sie zärtlich auf die Stirn geküsst hatte, gab ich sie her. Die Tränen liefen mir über die Wangen, während ich zusah, wie Karla mein wunderschönes Kind in eine weiße Decke wickelte.

Sie hatte die Tür abgeschlossen, hinter der Friedrich immerzu rief: »Ist alles in Ordnung? Ich habe das Kind schreien hören. Geht es meiner Frau gut?«

»Ist es ein Junge?« Das war Gesines Stimme, und ich hasste sie für ihre Frage.

Karla rief nur: »Wir brauchen noch einen Moment. Es ist alles in Ordnung. Geduld.«

Daraufhin blieb es höchstens eine Minute hinter der verschlossenen Tür still. Dann setzte das Klopfen und Rufen wieder ein.

»Warum dürfen wir das Kind nicht sehen? Sagen Sie uns wenigstens, ob es ein Junge oder ein Mädchen ist!« Gesine klang verärgert, wie immer, wenn sie nicht sofort ihren Willen bekam.

»Sollen wir nicht doch lieber den Doktor rufen«, erkundigte sich Friedrich besorgt.

»Alles in Ordnung, sagte ich!« Es fiel Karla nicht schwer, noch wütender zu klingen als Gesine.

Mit dem kleinen weißen Bündel im Arm eilte sie zum Fenster, zog die Gardine ein Stückchen auf und öffnete den linken Flügel. Schon als sie kam, hatte sie draußen aufs Sims ein Wäschekörbchen gestellt und das Seil, das an den Griffen befestigt war, ums Fensterkreuz geschlungen.

Ich erschauderte in der kühlen Luft, die ins Zimmer wehte und über meine schweißfeuchte Haut strich. Dennoch richtete ich mich so weit wie möglich im Bett auf, um einen letzten Blick auf mein Kind zu erhaschen. Sie war ganz still, weinte nicht einmal.

Ich öffnete den Mund, um Karla zu sagen, dass sie mir meine Tochter zurückbringen sollte. Im selben Moment hörte ich Friedrichs Stimme vor der Tür: »Sag es mir doch bitte, Marleen.

Wenn es eine Tochter ist, freue ich mich auch. Dann müssen wir es weiter versuchen.«

Ich erkannte die Verzweiflung und die Angst in seiner Stimme und atmete tief durch. »Es ist ein Junge, Friedrich. Einen kurzen Moment noch, dann kannst du ihn sehen.«

Um das Geräusch des Schluchzers zu dämpfen, der sich aus meiner Kehle drängte, presste ich mir die Hand vor den Mund. Durch den Tränenschleier in meinen Augen sah ich zu, wie Karla meine Tochter in das Körbchen legte und es vorsichtig am Seil nach unten ließ.

»Ist das Lydia, die im Garten wartet?«, flüsterte ich, unterdrückt schluchzend.

»Gott bewahre!« Karla lachte fast amüsiert auf. »Nie im Leben würde sie ihr Kind in den Korb legen. Ich musste es ihr fast mit Gewalt wegnehmen, und während der vergangenen Nächte habe ich ihre Tür verriegelt. Sonst wäre sie mit ihrem Sohn auf und davon.«

Als ich das hörte, blutete mir das Herz. Ich wusste nur zu gut, wie sich das anfühlte, was Lydia hatte erleiden müssen. Was wir beide jetzt durchlitten und was vielleicht niemals aufhören würde.

»Ich habe ihr klargemacht, dass ihr kleiner Junge und sie keine Zukunft haben, wenn sie ihren Teil der Abmachung nicht erfüllt. Dann gibt es für sie kein Geld und kein neues Leben in einer anderen Stadt, und ihr Sohn wird Hunger leiden und ein geächteter Bastard sein. Das hat gewirkt.« Karla sprach über ihre Schulter mit mir, während sie ab und zu einen Blick nach unten warf.

»Und wer wartet da unten?«, erkundigte ich mich ängstlich.

»Eine alte Frau, die ich vom Kräutersammeln kenne. Eine, die nicht viel redet und keine Fragen stellt. Sie lebt allein im

Wald und niemand im Dorf spricht mit ihr. Die Dummköpfe nennen sie Hexe. Selbst wenn sie etwas erzählte, würde niemand ihr glauben. Ich habe ihr ein paar Münzen zugesteckt. Sie wartet seit zwei Stunden mit dem kleinen Jungen hinter den Büschen im Park.«

Ich schwieg und presste die Lippen aufeinander. Seit ich Friedrich gesagt hatte, dass es ein Junge war, gab es kein Zurück mehr.

Dann legte Karla mir ein Bündel in den Arm. Es duftete genauso süß wie mein eigenes Kind. Mit zitternder Hand schlug ich die Ecke der weißen Decke zurück. Der kleine Junge, der von nun an mein Sohn sein würde, hatte ebenso goldblondes Haar wie meine Tochter. Das gleiche Haar wie Lydia und wie ich. Selbst sein Stupsnäschen war wie ihres. Vorsichtig küsste ich ihn auf die Stirn.

Dann fiel mir etwas auf, und ich sah Karla alarmiert an. »Das ist die Decke, in die meine Tochter eingewickelt war.«

»Sicher. Willst du, dass jemand etwas bemerkt, weil hier plötzlich eine fremde Decke auftaucht?«

»Aber meine Tochter – hat sie es warm?«

»Sicher. Dein Töchterchen ist nun in die Decke eingewickelt, in der vorher dieser junge Herr lag. Sie ist nicht ganz so weich und fein wie diese, aber sie wärmt trotzdem.«

»Wird sie sofort zu Lydia gebracht?«

»Natürlich. Lydia wird sich um sie kümmern, keine Sorge. Ich sehe nach ihr, wenn ich nachher nach Hause gehe. Und jetzt lassen wir den stolzen Vater rein, nicht wahr?«

Ohne meine Antwort abzuwarten, ging Karla zur Tür, drehte den Schlüssel um und drückte die Klinke herunter. Friedrich stürzte ins Zimmer und zu unserem Bett.

»Marleen! Ich danke dir.« Er beugte sich über mich und drückte mir einen festen Kuss auf die Lippen.

»Mein Sohn.« Fast ungläubig starrte er das Kind in meinen Armen an, bevor er die Hände danach ausstreckte und es hochnahm.

Ich sah die Tränen in seinen Augen und wusste, dass er sich über unsere dritte Tochter auch gefreut hätte. Aber nicht auf diese Weise. Sicher war es die Erleichterung, dass wir unsere Pflicht erfüllt hatten, aber wohl auch das stolze Gefühl eines Mannes, der einen Sohn und Erben gezeugt hat.

Auch ich werde lernen, den Jungen zu lieben, der zu uns kam. Aber niemals werde ich das kleine Mädchen vergessen, das ich nur eine Minute gehalten hatte.

Im Hintergrund stritt Gesine sich mit Karla herum, warum man sie so lange vor der Tür hatte warten lassen, bis sie endlich den Stammhalter sehen durfte. Natürlich ließ Karla sich von ihrem Gezeter nicht beeindrucken.

»Es dauert so lange, wie es dauert, auch wenn das Kind schon da ist«, sagte sie nur, wandte sich ab und legte ein paar blutige Tücher zusammen.

»Herzlichen Glückwunsch zum Stammhalter, mein Junge.« Gesine trat neben Friedrich und starrte kritisch ihren Enkel an. Erst nachdem sie sich überzeugt hatte, dass das Kind rosig und durchaus ansehnlich war, gönnte sie mir einen Blick.

»Endlich können Theodor und ich ruhig schlafen. Wenn man etwas geschaffen hat, muss man wissen, dass es einen Erben gibt, der die Firma im Sinne der Familie weiterführen wird.«

Ich nickte erschöpft und fragte mich, was sie beim Anblick meiner Tochter gesagt hätte. Noch weniger herzlich hätten ihre Worte kaum sein können. Manchmal verstehe ich, dass es

Friedrich nicht gelingt, sich gegen seine Eltern durchzusetzen. Er besitzt nicht halb so viel Härte wie seine Mutter.

Seit jenem Abend ist nun schon ein ganzer Monat vergangen. Manchmal bin ich froh, dass ich Friedrich zu einem hohen Preis einen Sohn verschafft habe. Und damit meine ich nicht das Geld, das es gekostet hat. Dann wieder versinke ich in tiefer Verzweiflung und schäme mich entsetzlich, wenn ich sehe, wie glücklich Friedrich den kleinen Fritz betrachtet. Es ist nicht leicht, ständig meine Scham und die verzweifelte Sehnsucht nach meinem kleinen Mädchen zu verbergen.

Einmal hat Friedrich mich ertappt, als ich Fritzchen in meinen Armen wiegte und dabei weinte. Entsetzt fragte er mich, ob das Kind krank sei. Ich behauptete, vor Glück zu weinen. Er schien misstrauisch, denn eine allzu gute Schauspielerin bin ich nicht. Doch wie sollte er ahnen, was ich getan habe? Wozu Verzweiflung und Angst mich getrieben haben? Er darf es niemals erfahren.

So bin ich insgeheim froh um diese Nacht, die ich im Zimmer der Säuglingsschwester verbringen kann. Hier kann ich weinen und muss mich nicht verstellen.

Endlich konnte ich ungestört die Erinnerung an die wenigen Momente mit meiner Tochter aufschreiben. Bisher war ich kaum in der Lage, meine Gefühle in Worte zu fassen. Noch immer fühle ich den Schmerz wie einen Dorn, der sich tiefer und tiefer in mein Herz bohrt. Und ich kann nur hoffen, dass dieses Leid eines Tages dumpfer wird und leichter zu ertragen.

Durch die angelehnte Tür zum Kinderzimmer kommen seltsame Geräusche. Fritzchen scheint aufgewacht zu sein. Ich werde zu ihm gehen und ihn füttern und trösten. Wahrschein-

lich vermisst er seine Mutter ebenso wie ich meine Tochter. Aber immerhin hat er mich und ich habe ihn. Das muss uns genügen ...

Marleen klappte ihr Tagebuch zu und verbarg es unter dem Sitzkissen des Stuhls. Sie durfte nicht vergessen, es später wieder ins Geheimfach ihres Sekretärs unten im Frühstückszimmer zu legen.

Sie ging zur Verbindungstür, die in das Zimmer führte, in dem Fritzchen vorerst allein schlief, bis er keine Säuglingsschwester mehr brauchte und alt genug war, zu seinen Schwestern ins Kinderzimmer zu ziehen. Dort schliefen die Kinder unter der Obhut der Kinderfrau in ihren kleinen weißen Betten.

Als Marleen sich der Tür näherte, hörte sie etwas, das sie mitten in der Bewegung erstarren ließ. Es war nicht Fritzchens leises Gebrabbel und nächtliches Weinen, sondern eine flüsternde Frauenstimme, die eindeutig nicht Flora gehörte. Marleen hatte die Säuglingsschwester schon oft beruhigend auf Fritz einreden hören. Sie sprach tiefer und lauter als die Frau da drinnen. Außerdem war Flora bei ihrer Mutter in Rosenheim.

Mit zwei großen Schritten war Marleen an der Verbindungstür und riss sie auf. Im Zimmer brannte nur ein schwaches Nachtlicht, und im ersten Moment erkannte sie die Frau nicht, die Fritz gerade aus seiner Wiege hob.

»Wer sind Sie? Was machen Sie hier?« Marleen sah sich nach einer Waffe um, nach einem Gegenstand, mit dem sie ihr Kind verteidigen konnte. Sie griff nach der Puderdose auf dem Wickeltisch. Damit konnte sie zumindest werfen. Erst später fiel ihr auf, dass sie in diesem Moment zum ersten Mal an Fritz als an ihr Kind gedacht hatte.

Die Frau im dunklen Kleid, mit dem Wolltuch um den Kopf, fuhr herum. Sie hielt den Säugling im Arm und presste ihn an ihre linke Schulter.

»Lydia!« Als das sanfte gelbe Licht auf das Gesicht des Eindringlings fiel, erkannte Marleen die Mutter des Kindes, das sie als ihren Sohn ausgab.

»Ich ... ich kann das nicht.« Das Kind immer noch fest umschlungen haltend, wich Lydia einige Schritte zurück.

»Es ist furchtbar schwer«, stimmte Marleen ihr zu und stellte die Puderdose zurück auf den Wickeltisch.

»Wollen Sie auch Ihr Kind wiederhaben?« Lydias Stimme klang gepresst.

»Mehr als alles auf der Welt, doch jetzt geht das nicht mehr. Mein Mann liebt Fritz als seinen Sohn und Erben. Wenn ich ihm erzähle, wie schrecklich ich ihn hintergangen habe ... Nein, so wie es jetzt ist, muss es bleiben.«

Sie hatte oft über die Möglichkeit nachgedacht, Lydia ausfindig zu machen und die Kinder wieder auszutauschen. Ihr war klar gewesen, dass das nicht ging, aber noch nie hatte sie den Gedanken in dieser Deutlichkeit zu Ende gedacht. Es war vollkommen unmöglich. Damit würde sie alles verlieren, ihre zwei älteren Kinder und auch ihre dritte Tochter.

»Das war eine schreckliche Idee und gar nicht gut«, widersprach Lydia heftig und schaukelte Fritz in ihren Armen, als er leise anfing zu weinen.

»Liebst du meine Tochter nicht?« Vorsichtig machte Marleen einen Schritt in Lydias Richtung.

»Doch. Sie ist wunderbar. Aber ich frage mich die ganze Zeit, wie es meinem Sohn geht. Manchmal schleiche ich in den Park und warte, bis die Säuglingsschwester einen Spaziergang mit ihm macht. Aber wenn er in dem großen, teuren Kinderwagen liegt, kann ich ihn nicht sehen.«

»Es fehlt ihm an nichts, dafür werde ich immer sorgen. Sein Vater liebt ihn abgöttisch, und ich werde lernen, zwischen ihm und meinen Töchtern keinen Unterschied zu machen. So wie du lernen wirst, meine Tochter als dein eigenes Kind zu sehen.« Marleen nickte energisch.

»Ich sehe sie so. Es wäre schwer, sie wieder herzugeben. Aber es ist auch schwer, auf ihn zu verzichten.« Lydia presste ihre Wange gegen das Köpfchen an ihrer Schulter. »Er heißt Fritz, nicht wahr? Ich habe die Geburtsanzeige in der Zeitung gesehen.«

Marleen nickte. »Nach meinem Mann. Als Kurzform von Friedrich. Und wie heißt sie?«

»Annemarie.«

»Ein schöner Name. Ich hätte sie Marianne genannt. Das klingt ganz ähnlich, nicht wahr?«

Lydia nickte stumm. Dann machte sie einen Schritt zurück, sodass sie wieder neben der Wiege stand. »Sie werden immer für ihn da sein, und ich werde immer für Annemarie da sein«, sagte sie leise. Dann küsste sie Fritzchen auf den blonden Kopf und legte ihn zurück in sein Bettchen.

»Wenn du irgendetwas brauchst, für dich oder für das Kind, meldest du dich«, sagte Marleen eindringlich.

»Ich hatte noch nie in meinem Leben so viel Geld. Es wird reichen, um für uns beide in einer anderen Stadt ein neues

Leben aufzubauen. So war es ja auch gedacht. Und an Liebe wird es ihr auch niemals fehlen, das verspreche ich.«

»Trotzdem. Falls etwas Unvorhergesehenes passiert, falls du doch Geld brauchst oder sonst in Not gerätst, schreib mir, ruf mich an, komm her, bitte melde dich.«

Lydia nickte und wandte den Kopf, um noch einmal auf das Kind in der Wiege hinunterzusehen.

Mit zitternder Hand löste Marleen den Verschluss der Kette, an der das Medaillon hing, das Friedrich ihr zum Hochzeitstag geschenkt hatte. Sie ließ den schweren Goldanhänger in ihre Hand fallen und hielt sie Lydia hin.

»Das ist für Annemarie. Gib es ihr, wenn du denkst, dass es an der Zeit ist, ihr die Wahrheit zu sagen. Darin ist ein Foto ihrer beiden Schwestern und ein Bild ihrer Eltern. Vielleicht ... eines Tages ...«

Lydia zögerte und streckte Marleen dann die Handfläche entgegen. Mit Tränen in den Augen legte Marleen das Medaillon in die Hand der Frau, die fortan die Mutter ihrer Tochter sein würde. Dann drückte sie sanft Lydias Finger nach oben, sodass sie sich über dem Schmuckstück schlossen.

»Ich werde schon bald mit Annemarie die Stadt verlassen. Heute konnte ich plötzlich den Gedanken nicht ertragen, meinen Sohn zurückzulassen, aber ich denke, jetzt werde ich es können. Er hat es gut hier. Bei Ihnen.« Mit einem wehmütigen Lächeln ließ Lydia das Medaillon in die Tasche ihres schwarzen Kleids gleiten. Dann holte sie aus der anderen Tasche einen Schlüssel und gab ihn der erstaunten Marleen.

»Ich habe ihn aus dem Schlüsselkasten in der Küche gestohlen, als ich zu Karla gezogen bin. Der Gedanke, dass ich jederzeit kommen könnte, um mir mein Kind zu holen, hat mich getröstet. Aber was wir getan haben, können wir nicht rückgängig machen. Wir sind zwei Mütter, und jede von uns ist verantwortlich für das Kind, das ihr anvertraut wurde.«

»Ja«, hauchte Marleen, während Lydia wie ein dunkler Schatten durchs Zimmer huschte und, ohne sich noch einmal umzudrehen, durch die Tür zum Flur verschwand.

Obwohl sie angestrengt lauschte, hörte Marleen ihre Schritte weder auf dem Gang noch auf der Treppe. Lydia konnte sich vollkommen lautlos durchs Haus bewegen, schließlich hatte sie lange genug als Dienstmädchen in dieser Villa gearbeitet.

Marleen beugte sich über die Wiege und schaukelte sie sanft. Fritzchen sah sie mit großen Augen an und verzog plötzlich den Mund zu einem breiten Lächeln - seinem ersten Lächeln.

»Hallo, mein Sohn«, sagte Marleen leise und wischte sich mit dem Handrücken die Tränen aus dem Gesicht.

26. Kapitel

Nürnberg, 19. Juni 2018

Valerie saß an dem kleinen Schreibtisch vor dem weit geöffneten Fenster ihres Zimmers in der Villa Weißenfels und starrte hinaus in den Park. Seit Wochen regnete es zum ersten Mal, und die Natur schien aufzuatmen. Die Blätter an den Bäumen und die weiten Rasenflächen vor dem Haus sahen aus wie frisch gewaschen. Tief atmete sie die nach Gras und feuchter Erde duftende Luft ein. Doch der friedliche Anblick da draußen konnte die Unruhe in ihrer Brust nicht dämpfen. Nicht einmal das melodiöse Tropfen, mit dem der sanfte Regen von einem Blatt zum anderen abwärtsglitt, wirkte beruhigend auf Valerie.

Am Vorabend hatte sie in Marleens Tagebuch über das Leid der beiden Mütter gelesen, die aus nackter Not ihre Kinder getauscht hatten. Seitdem verfolgten sie die Gefühle, die eine ihr fremde Frau vor fast hundert Jahren so eindringlich beschrieben hatte. Was für eine Tragödie hatte sich damals in den Wänden der luxuriösen Villa abgespielt.

Nervös griff Valerie nach dem Bleistift und strichelte ein wenig an ihrer Zeichnung herum, die längst fertig war. Sie hatte nicht widerstehen können, sich einen großen Bogen Papier besorgt und ein Puppenhaus entworfen. Ihr Vorbild waren die Fachwerkhäuser in der Nürnberger Altstadt. Zu ihrem eigenen Erstaunen stellte sie fest, dass sie sich viele

Details gemerkt hatte, die sie auf ihrer Zeichnung zu einem harmonischen Ganzen zusammengestellt hatte.

Es gab einen geschnitzten Dachfirst, dunkelblaue Fensterläden, Blumenkästen vor den Butzenscheiben und sogar einen kleinen Vorgarten mit einem schmiedeeisernen Zaun. Auch die einzelnen Zimmer hatte sie gezeichnet und dafür Möbel entworfen, die heimelig altertümlich wirkten, teilweise jedoch moderne Elemente aufwiesen.

Wann immer die Arbeit an der Festschrift ihr Zeit ließ oder wenn sie abends zu müde war, um weiter daran zu arbeiten, hatte sie sich mit ihrem ganz privaten Entwurf eines Puppenhauses abgelenkt.

Seit gestern war die Festschrift fertig. Helen hatte sie bereits gelesen und zu Valeries Erstaunen nur einige Kleinigkeiten kritisiert. Diese wenigen Stellen hatte sie schon geändert. Jetzt fehlte noch Alexanders Rückmeldung, bevor das Heft in den Druck ging. Zeit wurde es, denn der Festakt anlässlich des Firmenjubiläums fand übermorgen statt.

Die Tage waren wie im Flug vergangen. Tagsüber hatte sie intensiv an den Texten über *Weißenfels Spielwaren* gearbeitet, die Abende hatte sie mit Alexander verbracht. Manchmal hatten sie über die Festschrift gesprochen, aber früher oder später legten sie die Unterlagen weg. Dann dauerte es nur Sekunden, bis sie einander in die Augen sahen, einander berührten und sich leidenschaftlich küssten.

Jeden Morgen hatte sie sich aufs Neue vorgenommen, mit Alexander über die Geschichte zu sprechen, die ihre beiden Familien verband. Ihm zu gestehen, weshalb sie wirklich in die Villa Weißenfels gekommen war. Aber niemals schien es der richtige Moment zu sein. Vielleicht fand sie diesen Augenblick nur nicht, weil ihre Angst so groß war. Denn sie wollte Alexander nicht verlieren, hatte aber keine Ahnung, wie er auf ihr Geständnis reagieren würde. Schließlich hatte sie ihn wochenlang hintergangen, obwohl sie mittlerweile ein Liebespaar waren. Hinzu kam die Tatsache, dass sie keine Ahnung hatte, was passieren würde, wenn es möglicherweise offiziell gemacht wurde, dass Annemarie und nicht Helens Vater Fritz das leibliche Kind von Marleen und Friedrich Weißenfels war.

Seufzend strichelte Valerie an den Dachziegeln ihrer Zeichnung herum. Sie musste es ihm sagen, bevor sie es Annemarie erklärte. Denn sonst erfuhr er es möglicherweise auf andere Art.

Beim Klingeln ihres Handys zuckte sie zusammen. Und als sie Annemaries Namen auf dem Display sah, zögerte sie, anstatt sich zu freuen, dass ihre Großmutter sie anrief. Dann griff sie nach dem silberfarbenen Telefon und meldete sich.

»Du warst so komisch, als wir gestern telefoniert haben«, sagte Annemarie ohne Umschweife, nachdem sie sich wie immer herzlich begrüßt hatten. »Und jetzt klingt deine Stimme auch ganz komisch. Ich werde das Gefühl nicht los, du verschweigst mir etwas. Kennst du die Wahrheit längst und wagst nicht, sie mir zu sagen? Ist es so furchtbar?«

»Ich habe dir doch gestern schon erklärt, dass ich zwar einiges herausgefunden habe, aber bisher nicht dazu gekommen bin, alle wichtigen Aufzeichnungen zu lesen. Es ist kompliziert, und da ich sowieso bald zurück nach Münster komme, finde ich, es ist besser, wenn wir erst dann —«

»Valerie, Liebes«, unterbrach Annemarie sie ungeduldig. »Kannst du dir vorstellen, wie es ist, mir jeden Tag und jede

Nacht den Kopf zu zermartern, wer ich nun eigentlich bin und was ich mit dieser Familie Weißenfels zu tun habe? Denn irgendetwas habe ich mit denen zu tun, nicht wahr?«

Mit zusammengekniffenen Augen betrachtete Valerie den einen Brief, den letzten Brief von Lydia an Ottilie, den sie bisher nicht gelesen hatte. Jeden Tag holte sie ihn aus der Schublade und jeden Tag legte sie ihn wieder dorthin zurück. Wohl auch, um ihrer Großmutter ehrlich sagen zu können, dass sie noch nicht alles wusste. Obwohl ihr längst klar war, wessen Blut in Annemaries Adern floss. Aber das konnte und wollte sie ihrer Großmutter nicht am Telefon erzählen. Auch wenn Jana sie ebenfalls fast täglich drängte, Annemarie zu erklären, was nach ihrer Geburt geschehen war.

»Kannst du dich noch ein paar Tage gedulden, Omi? Bitte. Es ist besser so.«

»Das beruhigt mich jetzt wirklich nicht.« Annemarie lachte bitter. »Offenbar ist es eine richtig schlimme Sache, die du in Erfahrung gebracht hast.«

»Nein. Es ist nur ... Ich will dir alles sagen können und das Ende der Geschichte fehlt mir noch.«

»Das Ende der Geschichte ist, dass ich offensichtlich nicht das leibliche Kind meiner Eltern war. Was soll mich denn da noch erschrecken?«

Valerie unterdrückte einen Seufzer. Wäre sie ihrer Großmutter gegenüber ehrlich gewesen, hätte sie ihr sagen müssen, dass der Grund für ihr hartnäckiges Schweigen einen Namen hatte: Alexander. Ihm musste sie alles erzählen, bevor Annemarie es erfuhr. Ihrer spontanen Großmutter war zuzutrauen, dass sie in den nächsten Zug sprang, um die

Villa zu sehen, in der ihre leiblichen Eltern und Geschwister gelebt hatten. Oder um ihre Schwester Dorothea kennenzulernen. Oder um sonst etwas zu tun, das Alexander die Wahrheit verriet.

»Ich muss weiterarbeiten, Omi«, behauptete sie, um das Gespräch zu beenden, das sich längst im Kreis drehte.

»Wie du meinst. Manchmal wünsche ich mir, ich hätte die alten Briefe von meinem Dachboden erst mal selbst gelesen, bevor ich sie dir geschickt habe.« Annemarie klang ungehalten, und Valerie konnte das verstehen. Sie war sich nicht einmal sicher, ob ihre Großmutter ihr verzeihen würde, wenn sie ihr irgendwann gestand, dass ihre Feigheit Alexander gegenüber der wahre Grund für ihr Schweigen gewesen war.

»Ich melde mich. In ein paar Tagen bin ich ohnehin wieder in Münster, Omi.« Sanft tippte sie auf den roten Hörer auf dem Display ihres Handys.

Dann griff sie entschlossen nach der Mappe, in der sie Lydias Briefe an ihre Schwester abgeheftet hatte. Der Letzte aus dem Stapel ungeöffneter Briefe, die Annemarie auf dem Dachboden gefunden hatte, war ganz unten abgeheftet. Mit einem Seufzer vertiefte Valerie sich in Lydias Worte.

27. Kapitel

Münster, 2. August 1929

Liebe Ottilie,

wieder habe ich lange nichts von mir hören lassen und wieder schreibe ich Dir, damit Du meine neue Adresse erfährst, falls Du Dich doch eines Tages bei mir melden möchtest. Ich lebe jetzt weit von Dir und unserem Dorf entfernt in Münster.

Zunächst eines: Ich bin glücklich. Auch wenn es immer noch wunde Stellen in meinem Herzen gibt und wohl auch immer geben wird. Aber so ist das Leben. Und wer weiß? Vielleicht werde ich eines Tages doch von Dir hören. Vielleicht werde ich auch irgendwann, in einer fernen Zukunft, meinen Sohn sehen. Jeden Morgen beim Aufwachen und beim Einschlafen denke ich an ihn, bete für ihn und hoffe, dass es ihm gutgeht, dort, wo ich ihn zurückgelassen habe.

Doch bis auf diese blutenden Stellen in meinem Herzen ist mein Leben wunderbar. Stell dir vor, ich hatte alles vorbereitet, um nach München zu ziehen und dort mit meiner kleinen Annemarie ein neues Leben zu beginnen. In letzter Minute kam es anders. Mir widerfuhr ein Glück, das ich bis heute kaum fassen kann.

Die Wochen nach der Geburt verbrachte ich bei der Hebamme Karla. Ich konnte ihr nun Miete für die kleine Kammer zahlen, in der ich mit meinem Kind schlief, und während der sonnigen Frühsommertage half ich bei der Gartenarbeit und beim Kräutersuchen, während Annemarie auf einer Decke im Gras fröhlich mit den Beinchen strampelte und den Ärmchen ruderte.

Ich besorgte mir regelmäßig in der Stadt die Münchner Zeitungen und studierte die Wohnungsangebote. Die kleine Wohnung mit dem Laden erschien mir ideal. Ein Glücksfall, dass ich sie mieten konnte, als ich nach München fuhr, um sie mir anzusehen. In dem Laden waren bisher Milch und Käse verkauft worden, aber er eignete sich auch als Nähstube.

Als ich nach Nürnberg zurückkam, wo ich Annemarie in Karlas Obhut zurückgelassen hatte, fing ich sofort an, meine Sachen zu packen. Viel hatte ich ohnehin nicht. Am nächsten Morgen sollte es losgehen.

Ich saß auf der Bank vor Karlas Haus und sah zu, wie die Sonne hinter den Wipfeln der Bäume versank. Neben mir strampelte Annemarie auf einem Kissen.

Als plötzlich ein Mann am Zaun auftauchte, brauchte ich eine Weile, bis ich wagte, meinen Augen zu trauen. Dann sprang ich auf, nahm Annemarie in den Arm und rannte zu ihm.

»Richard«, brachte Lydia mühsam hervor. »Wo kommst du plötzlich her, und wieso warst du einfach verschwunden, ohne ein Wort zu sagen?« Tränen liefen ihr in Sturzbächen über die Wangen, und einige davon tropften in Annemaries blonde Löckchen, wo sie in der tiefstehenden Sonne schimmerten wie kleine Diamanten.

»Es tut mir so leid.« Er öffnete die schiefe Holzpforte, blieb vor ihr stehen, sah ihr lange in die Augen und zog sie dann mit Annemarie auf ihren Armen vorsichtig an sich.

»Ist das ... mein Kind?«, flüsterte er, nachdem sie lange stumm aneinander gelehnt unter dem Apfelbaum neben dem Zaun gestanden hatten.

Lydia zögerte nur einen winzigen Moment, bevor sie nickte. Sie würde ihr Geheimnis bewahren. Was half es, wenn Richard erfuhr, wozu die Not sie getrieben hatte? Dieses Geheimnis würde sie für immer bewahren. Nur Annemaries Mutter und die Hebamme wussten davon. Nicht einmal ihre Schwester Ottilie, denn die hatte niemals einen ihrer Briefe gelesen.

»Warum bist du weggegangen?«, wiederholte sie, legte den Kopf in den Nacken und sah ihn fragend an.

»Ich war ein Idiot. Es tut mir so schrecklich leid.« Sein Gesicht war verzerrt, als würde er unter furchtbaren Schmerzen leiden. »Ein Handwerksgeselle auf der Walz darf sich nicht binden. Nicht solange er unterwegs ist. Und ich musste noch fast ein Jahr unterwegs sein, um mich hinterher mit einer eigenen Werkstatt niederlassen zu dürfen. Während unserer wunderschönen Spätsommertage wollte ich dir so oft sagen, dass wir uns noch einmal für viele Monate trennen müssen. Doch ich verschob es immer wieder auf den nächsten Abend, den nächsten Morgen. Unsere gemeinsamen Stunden waren so kostbar. Ich wollte sie nicht verderben.« Mit der linken Hand strich er sich sein helles Haar aus der Stirn, während er die Fingerspitzen seiner Rechten zärtlich über Annemaries blonde Locken gleiten ließ.

»Und ich hatte Angst, dass du dich von mir abwendest, wenn du hörst, dass ich meine Pläne über unsere Liebe stelle«, fügte er zögernd hinzu. »Doch um für uns ein Auskommen in Münster zu schaffen, brauchte ich die Jahre der Walz.«

»Glaubst du, ich verstehe nicht, dass du Geld verdienen musst?« Lydia schüttelte langsam den Kopf. »Ich war so verzweifelt. Ich dachte, ich hätte dich für immer verloren. Und dann bemerkte ich, dass ich dein Kind unter dem Herzen trug ...« Ihre Stimme versagte.

»Aber ich habe dir doch in meinem Brief alles geschrieben. Ich weiß, dass es feige war, nicht mit dir zu reden. Mich deinen Tränen und deiner Wut nicht zu stellen. Aber ich dachte, so hast du Zeit, dir bis zu meiner Rückkehr zu überlegen, ob du mit mir nach Münster ziehen und mein Leben mit mir teilen willst.«

»Dein Leben teilen?«, flüsterte Lydia verwirrt. »Welchen Brief meinst du? Ich habe keinen Brief bekommen.«

»Mein Gott! Du dachtest, ich wäre einfach fortgegangen? Ohne jede Nachricht?« Richard wurde leichenblass. »Und du wusstest auch nicht, dass ich wiederkommen würde, um dich zu fragen ...«

»Mich zu fragen ...« Lydia verbarg ihr Gesicht im duftenden Haar ihrer Tochter.

»... ob du meine Frau werden willst.«

»Ich ... Du hast mir geschrieben, dass du mich heiraten wolltest?« Vor Überraschung riss sie die Augen weit auf. »Aber wieso habe ich den Brief nicht bekommen? Wo hast du ihn hingelegt?«

»Ich wollte ihn im Gesindehaus unter der Tür deines Zimmers durchschieben. Doch der Spalt war zu eng, und als Zita vorbeikam, bot sie mir an, dir den Brief zu geben. Ich fand es eine gute Möglichkeit, dir über deine Freundin den Brief zu schicken, um sicherzugehen, dass du meine Nachricht bekommst.«

»Ausgerechnet Zita.« Erschrocken presste Lydia sich die Hand vor den Mund. »Sie war schrecklich eifersüchtig auf mich. Wegen der jungen Frau Weißenfels und wohl auch wegen dir. Hast du nicht bemerkt, dass sie dir schöne Augen gemacht hat?« Manchmal waren Männer wirklich dumm.

»Ich fürchte, ich habe immer nur dich angesehen.« Richards Blässe reichte bis in die Lippen.

»Sie hat es genossen, meine Verzweiflung zu sehen, als ich in anderen Umständen war und keinen Vater für mein Kind hatte.«

»Glaubst du, sie hat den Brief gelesen und dir trotzdem nichts gesagt? Nicht einmal, als sie wusste, dass du ein Kind von mir erwartetest.« Richard ballte wütend seine Hände zu Fäusten und bohrte sie in die Hosentaschen.

»Sicher hat sie den Brief gelesen, bevor sie ihn versteckt oder vielleicht vernichtet hat.«

»Ich hatte die Empfehlung für einige Dienstherren in den Städten, durch die ich noch tippeln wollte. Die Adressen hatte ich dir aufgeschrieben. Für den Fall, dass du in Not warst und mich dringend erreichen musst.«

»Ich hätte also gewusst, dass du mich willst, und ich hätte dir schreiben können, dass ich dein Kind unter dem Herzen trage.« Beim Gedanken daran, wie viel Kummer und Leid ihr Zita bereitet hatte, indem sie aus lauter Missgunst Richards Brief hatte verschwinden lassen, wurde es Lydia ganz übel.

»Ich gehe in die Villa und stelle diese Frau zur Rede.« Richard wandte sich ab, als wollte er sich sofort auf den Weg machen, doch Lydia hielt ihn am Ärmel fest.

»Sie ist nicht mehr dort. Sie wurde entlassen, weil sie meine Nachfolgerin die Treppe hinuntergestoßen hat. Ich habe gehört, sie ist sogar ins Gefängnis gekommen, weil die Frau fast gestorben wäre.«

»Das Gefängnis ist genau der richtige Ort für eine böse Frau wie sie.« Richard legte die Stirn in Falten.

»Denk nicht mehr an sie. Wir sollten uns auf die Zukunft konzentrieren.« Lydia sah ihn bittend an. »Lass uns so schnell wie möglich hier weggehen. Ich habe meine Sachen schon gepackt. Morgen wollte ich nach München ziehen.«

»Dann bin ich ja in letzter Minute gekommen.«

»Du hättest mich auch in München gefunden«, sagte Lydia mit fester Stimme. Sie wollte daran glauben, dass er ihr Schicksal war.

»Du hast mir noch nicht geantwortet«, erinnerte Richard sie nach einer langen Pause.

Obwohl sie genau wusste, was er meinte, sah sie ihn über Annemaries Köpfchen hinweg mit gerunzelter Stirn an. »Auf welche Frage möchtest du denn eine Antwort?«

»Ob du ... meine Frau werden willst.« Er zögerte. »Ich verstehe, dass du wütend auf mich bist, weil ich dich im Stich gelassen habe. Von jetzt an werde ich immer für dich da sein. Immer.«

»Die Antwort ist ja. Wenn du mich noch willst, als ledige Mutter mit Kind.« Sie lächelte schief.

»Sag nicht so dummes Zeug. Ich liebe unsere Tochter jetzt schon genauso sehr, wie ich dich liebe.«

»Das ist gut«, sagte sie leise und sah das kleine Mädchen auf ihrem Arm an. Alles würde gut werden. Zumindest so gut, wie es jetzt noch werden konnte.

Sie beschloss, nie wieder darüber nachzudenken, wie anders alles gekommen wäre, wenn Zita ihr Richards Brief gegeben hätte. Die Vergangenheit ließ sich nicht ändern, sie musste nach vorn sehen. Und ihre Zukunft kam ihr in diesem Moment längst nicht mehr so schwierig und dunkel vor wie noch vor wenigen Stunden.

28. Kapitel

Nürnberg, 19. Juni 2018

Valerie ließ Lydias Brief an Ottilie auf die Schreibtischplatte fallen. Energisch wischte sie sich mit dem Handrücken die Tränen aus den Augen. Wie seltsam doch manchmal das Leben spielte. Wenn es Richard gelungen wäre, seinen Abschiedsbrief unter Lydias Tür durchzuschieben oder wenn er ihn nicht ausgerechnet Zita gegeben hätte, wäre Annemarie nicht zu Lydias Tochter geworden. Dann wäre Annemarie zwischen den Mauern der Villa Weißenfels aufgewachsen, vielleicht jedoch ohne Mutter und mit einer Stiefmutter.

Plötzlich fiel Valerie etwas ein, und sie zog hastig die unterste Schublade des Sekretärs auf. Hier verwahrte sie die Briefe, die sie in Zitas Zimmer unter der lockeren Bodendiele gefunden hatte. Bisher hatte sie weder Zeit noch Lust gehabt, die Umschläge und Postkarten durchzusehen. Nur falls sich nach der Lektüre von Marleens Tagebuch und Lydias Briefen Lücken in der Geschichte ergaben, wollte sie die Briefe an Zita zu Rate ziehen. Ohnehin hielt sie es für unwahrscheinlich, dass die Verwandten, mit denen Zita korrespondierte, in ihren Briefen auf Geschehnisse in der Villa Weißenfels eingingen, von denen Zita ihnen zuvor geschrieben hatte.

Sie löste das verblichene rosa Band, das die Briefe zusammenhielt, und sah sie durch. Alle waren an Zita adressiert.

Bis auf einen. Er trug in energischen Männerschrift Lydias Namen.

Valerie zog den Brief aus dem geöffneten Kuvert. Lydia hatte recht gehabt: Selbstverständlich hatte Zita Richards Brief gelesen, bevor sie ihn verschwinden ließ.

Nürnberg, 6. September 1928

Liebste Lydia,

ich bin ein einfacher Handwerker und kein Mann vieler Worte. Diesen Brief zu schreiben, fällt mir sehr schwer, denn es ist ein Abschiedsbrief.

Hoffentlich ahnst du wenigstens, wie sehr ich Dich liebe. Denn das tue ich. Dennoch muss ich wieder auf die Walz. Es gibt Regeln unter uns Tippelbrüdern, und wenn ich mich nicht an diese Regeln halte, wird mein Traum von der eigenen Werkstatt in Münster niemals in Erfüllung gehen. Ich habe die Walz begonnen, und ich will sie auch beenden. Tippelbrüder müssen alleinstehend sein. Erst wenn ich zurückkomme, werde ich Dir deshalb die Frage stellen dürfen, die mir jetzt schon auf der Seele brennt.

Ich werde zurückkommen, meine Liebste. In etwas über zehn Monaten ist die Zeit meiner Walz vorbei. Und wenn Du mich dann noch willst, möchte ich nichts lieber, als Dich mit nach Münster zu nehmen. Vorausgesetzt, Du beantwortest meine Frage mit Ja.

Eigentlich sollte ich mein Herz als Tippelbruder nicht bei Dir lassen, doch dagegen kann ich nichts tun. Ich bin nicht mehr so frei und ungebunden, wie ich es sein sollte, doch das darf niemand wissen.

Für den Fall, dass Du in Not gerätst und dringend meine Hilfe brauchst, schreibe ich Dir unten ein paar Adressen von Meistern auf, bei denen ich auf meiner Reise für einige Zeit wohnen werde. Wenn Du mich wirklich brauchst, wird es keine Regel und keinen Grund geben, die mich davon abhalten können, zu Dir zu kommen.

Ich liebe Dich, Lydia und ich werde zu Dir zurückkehren!

Dein Richard

29. Kapitel

Nürnberg, 21. Juni 2018

Nervös ging Valerie im Zimmer auf und ab, blieb immer wieder vor dem Wandspiegel stehen, zupfte ihr Kleid zurecht und setzte ihre Wanderung über den weichen Teppich fort.

Ihre Unruhe rührte nicht allein von der Tatsache her, dass sie während des Festakts vor über zweihundert geladenen Gästen einen kurzen Vortrag über die Geschichte des Unternehmens halten sollte. In der Uni hatte sie schon vor noch mehr Menschen gesprochen. Das fand sie zwar nicht besonders angenehm, sie wusste aber, dass sie so etwas konnte.

Deutlich mehr Kummer als ihr bevorstehender Auftritt machte ihr die Tatsache, dass sie immer noch nicht mit Alexander gesprochen hatte. Während der Tage vor der Jubiläumsfeier hatte er so viel zu erledigen gehabt, dass sie ihn praktisch nur im Vorbeigehen gesehen hatte. Selbst seine Bemerkungen zur Festschrift hatte er ihr als E-Mail übermittelt.

Sie hatte keine Chance gehabt, in Ruhe mit ihm zu sprechen. Schließlich konnte sie ihm nicht auf dem Flur hinterherrufen: »Übrigens habe ich mich in euer Haus gemogelt, weil ich die Wahrheit über die Herkunft meiner Großmutter herausfinden wollte. Und wenn wir schon dabei sind: Nicht deine Mutter und du seid die rechtmäßigen Erben von *Weißenfels Spielwaren*. Das ist meine Großmutter.«

In solchen oder ähnlichen Worten durfte sie ihm die Sache ohnehin nicht erklären. Sie musste einen anderen Weg finden. Aber was sollte das für ein Weg sein, der ihr Handeln und das, was sie hinter dem Rücken von Helen und Alexander Weißenfels herausgefunden hatte, nicht als Lüge und Verrat erscheinen ließ?

Sie musste an das denken, was Alexander ihr vor wenigen Tagen gesagt hatte, als sie abends gemeinsam auf seiner Terrasse vor dem Schlafengehen ein Glas Wein getrunken hatten.

»Ein bisschen fürchte ich mich vor dem Tag des Firmenjubiläums.« Er hatte nicht sie angesehen, sondern die untergehende Sonne über dem Park der Villa Weißenfels.

»Warum?«

»Dann hast du deine Aufgabe hier erledigt. Was mich betrifft, möchte ich nicht, dass du einfach wieder aus meinem Leben verschwindest.«

Seine Worte hatten ihr gleichzeitig Hoffnung und Angst gemacht. Ihm lag etwas an ihr, und er wollte sie in seinem Leben haben. Aber würde er das noch so sehen, wenn er die Wahrheit kannte?

»Oh. Das möchte ich auch nicht.« Sie biss sich auf die Unterlippe. »Aber wie soll das gehen?«

Mit einem leisen Seufzer stellte er sein Weinglas auf den Tisch und griff nach ihrer Hand. »Lass uns gemeinsam darüber nachdenken, wenn wir die Feier hinter uns haben.«

»Okay«, flüsterte sie, während er sich in seinen Stuhl zu ihr herüberbeugte und ihren Mund mit seinem verschloss.

Bevor sich in ihrem Körper das herrliche Kribbeln ausgebreitet hatte, das seine Küsse unweigerlich auslösten, war ihr durch den Kopf geschossen, dass sie wieder eine Gelegenheit hatte verstreichen lassen, ihm die Wahrheit zu sagen.

Vielleicht ergab sich heute Abend nach dem Festessen die Möglichkeit. Sie musste sich eine Gelegenheit schaffen.

Valerie warf einen Blick auf ihre Armbanduhr. Noch eine Stunde bis zum Beginn des Festakts. Sie würde gemeinsam mit Helen und Alexander in die Firma fahren, wo die Veranstaltung in der großen Produktionshalle stattfinden sollte.

Die Idee stammte von Alexander und er hatte sie gegen Helens entschiedenen Widerstand durchgesetzt. Sie wollte den Festakt in einem großen Nürnberger Hotel durchführen. Nachdem Alexander gestern seiner Mutter und Valerie die vorbereitete Halle gezeigt hatte, schien Helen jedoch gar nicht mehr so unzufrieden zu sein. Und Valerie war begeistert.

Natürlich musste die Produktion heute ruhen, aber das war sowieso geplant gewesen. Man hatte einige kleinere Maschinen und Arbeitstische aus der Halle geschafft, um Stühle für die Gäste aufzustellen. An der Stirnseite des Raums war ein großes Plakat mit der Aufschrift »100 Jahre Weißenfels Spielwaren – 100 Jahre Kinderlachen« angebracht. Darunter standen das Rednerpult und einige üppige Blumengestecke.

Die Stuhlreihen befanden sich zwischen den beiden großen Fließbändern, die selbstverständlich nicht liefen. Auf ihnen waren in lockerer Folge die Produkte aus zehn Jahrzehnten angeordnet. Im Eingangsbereich lagen auf zwei Tischen die Hochglanzbroschüren mit der von Valerie verfassten Festschrift zum Mitnehmen. Sie hatte sie am Vormittag persönlich in der Druckerei abgeholt, in die Fabrik gebracht und an ihren Platz gelegt.

Valerie war erleichtert, dass sie die Festschrift trotz ihrer Suche nach der Wahrheit über ihre eigene Familie zur allgemeinen Zufriedenheit hinbekommen hatte.

Selbst Helen, die meistens ein finsteres Gesicht zog, wenn sie Valerie in der Villa begegnete, hatte genickt und ein knappes »Gut« herausgestoßen. Ansonsten verhielt sie sich Valerie gegenüber äußerst zurückhaltend. Wahrscheinlich weil sie immer noch glaubte, sie hätte es auf das Vermögen ihres Sohnes abgesehen. Wenn sie erfuhr, was Valerie wirklich in ihrer Villa gesucht hatte, würde ihre Abneigung in blanken Hass umschlagen, so viel stand fest.

Valerie beschloss, unten in der Halle zu warten, bis alle zur Abfahrt bereit waren. Alexander war nachmittags noch in der Firma gewesen, um die letzten Vorbereitungen zu überwachen. Anschließend wollte er sich in der Villa umziehen. Wahrscheinlich war er nun bereits in seinem Zimmer.

Valerie wäre gern zu ihm gegangen, um die wenigen Minuten, die ihnen vor der Veranstaltung blieben, mit ihm zu verbringen. Doch sie wagte es nicht, weil sie zwar einerseits die Zeit mit ihm genoss, andererseits von ihrem schlechten Gewissen fast umgebracht wurde, wenn sie weiter schwieg. Aber sie konnte wohl kaum direkt vor dem Festakt mit der Wahrheit herausplatzen.

Gerade wollte sie die Hand auf die Klinke legen, als es kurz klopfte und sofort darauf die Tür aufgerissen wurde. Mit wütend funkelnden Augen stand Alexander im Türrahmen. Als Valerie sah, was er in der Hand hielt, wurde ihr so übel, dass sie krampfhaft schlucken musste.

Nachdem er sie stumm mit seinem Blick aufgespießt hatte, ging er an ihr vorbei zum Sekretär und knallte ihr Notizbuch auf die Schreibplatte.

»Das ist ja wohl deins. Es ist aus der Mappe mit dem Ausdruck der Festschrift gerutscht, den du mir zuletzt zur Durchsicht gegeben hast.« Seine Stimme war so eisig, dass ihr ein Schauer den Rücken hinunterlief.

Das Schlimmste war geschehen: Er hatte die Wahrheit herausgefunden, bevor sie dazu gekommen war, sie ihm zu gestehen. Krampfhaft versuchte sie, sich zu erinnern, was sie in das Büchlein geschrieben hatte. Obwohl es darum nicht ging. Er wusste genug, um furchtbar wütend auf sie zu sein. Und sie schuldete ihm ohnehin die ganze Geschichte.

Dennoch war sie nicht bereit, sich von ihm anschreien oder beschimpfen zu lassen. »Können wir in Ruhe darüber reden? Heute Abend, wenn die Veranstaltung vorbei ist?«

»Ich weiß nicht, ob ich das möchte. Meine Mutter hatte also doch recht.« Er stand mit erhobenem Kopf da und kam ihr größer vor als jemals zuvor.

»Was meinst du?« Valerie atmete so tief wie möglich, um den Tumult in ihrer Brust unter Kontrolle zu bekommen.

»Du hast dich bei uns eingeschlichen. Unsere Adresse ist unter einem Datum eingetragen, als du noch gar nicht in Nürnberg warst. Tage, bevor du an der Haustür geklingelt hast.«

»Das stimmt«, gab sie zu. »Ich bin nicht zufällig hier. Aber wenn du auch nur ein kleines bisschen in mich verliebt bist, solltest du versuchen zu verstehen –«

»Dass du genau darauf aus warst: dass ich mich in dich verliebe«, unterbrach er sie grob, und seine Augen wurden dunkler als die dunkelste Nacht. »Hast du dich zu Hause hingesetzt und dir im Internet wohlhabende Typen rausgesucht, die noch zu haben sind, und dann versucht einzuschätzen, welcher von ihnen blöd genug aussieht, auf deine Masche hereinzufallen?«

Sie spürte, wie auch in ihr Zorn aufstieg. »Das glaubst du doch nicht wirklich? Dass ich aus Münster hierhergereist bin, um dich um den Finger zu wickeln, damit du mich heiratest? Also ehrlich!« Ohne ihr Zutun kam ein verächtliches Schnauben aus ihrer Kehle.

»Was soll ich denn sonst denken? Unsere Begegnung in der Klinik war dann auch kein Zufall. Meine Mutter hatte recht. Goldgräberin nennt man so was.«

»Weißt du was? Du bist so was von auf dem Holzweg, dass ich nur lachen kann. Aber ich gebe zu, dass ich dir schon längst hätte sagen müssen, warum ich hier bin. Ich habe die ganze Zeit auf den passenden Moment gewartet. Nur leider ist der nie gekommen. Außerdem ist die Geschichte ziemlich verworren, und die Sache zwischen uns wird dadurch nicht einfacher.«

»Aha.« Nach ihrer langen Rede sah er sie leicht irritiert an. Immerhin hatte er sie nicht unterbrochen.

»Heute Abend, nach dem Festessen? Gibst du mir eine Chance, dir alles zu erklären?« Während sie auf seine Antwort wartete, klopfte ihr Herz wie wild.

Langsam schüttelte er den Kopf. »Wenn ich daran denke, was ich dir alles über Marie erzählt habe. Wie konnte ich nur. Das war ...« Er stockte mitten im Satz und machte ein Gesicht, als würde er sich ekeln. Vor ihr, vor sich selbst, vielleicht vor dem Vertrauen, das er ihr geschenkt hatte.

»Bitte, Alexander.« Ihr stiegen Tränen in die Augen. »Ich habe jedes Wort ernst gemeint, jede Berührung, jeden Kuss. Ich wollte nie –«

»Wir müssen los«, unterbrach er sie in kühlem Ton. »Der Wagen steht schon vor dem Haus, und meine Mutter wartet unten in der Halle. Vergiss die Unterlagen für deinen Vortrag nicht.«

Sie nahm die bedruckten Bögen vom Schreibtisch. Als sie sich umdrehte, hatte Alexander das Zimmer bereits verlassen.

* * *

»Das war ein netter Vortrag. Und an manchen Stellen richtig witzig.« Dorothea Hillmer kicherte. Sie hatte nach Valeries Beobachtung mindestens schon drei Gläser Sekt getrunken und fand mittlerweile alles lustig.

Valerie mochte die trinkfreudige alte Dame, die sie immer wieder aufs Neue an Annemarie erinnerte. Was nicht weiter erstaunlich war, da es sich schließlich um Schwestern handelte.

Sie lächelte Dorothea an. »Ich freue mich, dass es Ihnen gefallen hat. Es war mir eine Ehre, etwas zur Firmengeschichte erzählen zu dürfen.«

»Alexanders Rede war auch nicht übel.« Dorothea stellte ihr leeres Glas auf einen der Stehtische und sah sich suchend um. Hoffentlich kam nicht so bald einer der Kellner mit Nachschub vorbei, dachte Valerie. Zwar schien die alte Dame einiges zu vertragen, aber nachher zum Essen gab es auch noch Wein.

»Alexander hat wirklich gut geredet.« Als sie seinen Namen aussprach, wurde Valeries Kehle eng, und sie musste sich räuspern. Suchend sah sie sich in der Eingangshalle um, in der der Sektempfang im Anschluss an den Festakt stattfand. Alexander war nirgends zu sehen. Ob er ihr aus dem Weg ging? »Mir hat aber auch gefallen, was der Bürgermeister gesagt hat.«

Wieder kicherte Dorothea. »Gerade habe ich gedacht, dass Sie und Alexander ein hübsches Paar waren, als Sie nebeneinander da vorn standen. Der Bürgermeister störte die traute Zweisamkeit ein bisschen.«

»Ich sollte nachsehen, ob noch genug Festschriften zum Mitnehmen da sind. Haben Sie schon eine?«, wechselte Valerie hastig das Thema.

»Sicher, sicher. Könnten Sie bei der Gelegenheit nach einem Kellner mit Tablett Ausschau halten und ihn in meine Richtung schicken?« Dorothea zwinkerte ihr zu.

Valerie nickte unverbindlich und schob sich durch die Menge in Richtung Tür.

»Hallo, Valerie.« Als ihr von hinten jemand auf die Schulter tippte, drehte sie sich erstaunt um. »Schönes Kleid. Und gute Rede.« Katharina lächelte sie breit an. Natürlich erinnerte sie sich, dass sie dabei gewesen war, als Valerie das Kleid für die Jubiläumsveranstaltung gekauft hatte. Es kam Valerie vor, als wäre das schon ewig lange her.

Seit ihrem gemeinsamen Einkaufsbummel hatten sie sich einmal zum Kaffee in der Stadt getroffen. Bei dieser Gelegenheit hatte Katharina versucht, Valerie über Alexander auszuhorchen. Vor allem wollte sie wissen, ob ihr alter Schulfreund eine andere Frau traf. Auf den Gedanken, Valerie könnte diese andere Frau sein, schien sie nicht im Traum zu verfallen.

Valerie hatte ahnungslos getan, obwohl sie zu diesem Zeitpunkt bereits eine Nacht mit Alexander verbracht hatte.

»Hast du eine Ahnung, wo Alexander ist? Ich will ihm zum Firmenjubiläum gratulieren. Helen hat dafür gesorgt, dass ich nachher beim Essen seine Tischdame sein werde. Ist das nicht toll?«

Valerie nickte. Ihr war ohnehin klar gewesen, dass sie bei dem offiziellen Essen, das die Weißenfels nach dem Empfang für drei Dutzend wichtige Gäste gaben, am Katzentisch landen würde. Schließlich hatte Helen die Tischordnung gemacht.

»Ich habe Alexander seit seiner Rede nicht gesehen«, beantwortete sie Katharinas Frage wahrheitsgemäß. »Möglicherweise nutzt er die Gelegenheit, um sich mit wichtigen Geschäftspartnern zu treffen. Soweit ich weiß, hat er auch Termine mit einigen Journalisten.«

»Schade. Ich möchte so gern mit ihm anstoßen.« Katharina seufzte sehnsüchtig. »Aber das kann ich ja nachher beim Essen tun.«

»Wir sehen uns später.« Valerie nickte ihr zu und ging endlich zu dem Tisch, auf dem die Festschrift ausgelegt war.

Die beiden hohen Stapel waren schon beträchtlich zusammengeschmolzen, aber es gab noch genügend Exemplare. Sie sorgte dafür, dass die Hefte wieder ordentlich übereinanderlagen. Als sie sich umdrehte, sah sie direkt in Alexanders Augen. In dem allgemeinen Stimmengemurmel hatte sie ihn nicht kommen hören. Stumm starrte sie ihn an.

»Ich will verstehen, was du getan hast.« Seine Stimme war leise und eindringlich, und seine Worte sorgten dafür, dass der feste Ring, der schon den ganzen Abend um ihre Brust lag, sich öffnete.

Sie atmete tief durch. Es war längst noch nicht alles gut, aber er gab ihr eine Chance. Er würde ihr zuhören, und er würde versuchen, sie zu verstehen. Sie nickte.

»Wann können wir reden?« Über seine Schulter sah sie Katharina, die ihn aus der Ferne erspäht hatte und sich eifrig durch die Gäste in ihre Richtung drängelte.

»Um halb elf in der Villa. Dann ist die Sache hier vorbei.« Er machte eine ungeduldige Handbewegung, als wäre das so lange und sorgfältig vorbereitete Jubiläum eine lästige Angelegenheit, die er hinter sich bringen musste.

»Alexander! Ich gratuliere dir so, so herzlich.« Endlich hatte Katharina ihn erreicht und warf die Arme um seinen Hals. Dass er gerade mit jemand anders sprach, schien sie gar nicht zu bemerken. Valerie ließ die beiden allein.

Das festliche Dinner lief wie ein Film an ihr vorbei. Während Alexander im Anschluss die Gäste verabschiedete, rief sie ein Taxi. Sie hielt es nicht mehr aus, höflich zu lächeln und über Belanglosigkeiten zu sprechen. In einer Stunde war sie mit Alexander verabredet. Wenn sie vorher ein bisschen Ruhe hatte, würde ihr vielleicht einfallen, wie sie ihm die Wahrheit so erklären konnte, dass er nicht allzu schockiert war. Aber war das überhaupt möglich?

Vor der Villa stieg Valerie aus dem Taxi und ging zur Haustür. Die schmale Gestalt im dunklen Mantel bemerkte sie zunächst nicht. Erst als sie sich aus dem Schatten neben dem Eingang löste, blieb Valerie erschrocken stehen.

»Omi?«

»Endlich! Wo warst du denn so lange? Ich klingle seit einer halben Stunde an dieser Tür, aber niemand macht auf.«

»Ich hatte keine Ahnung, dass du kommst. Heute war die Jubiläumsfeier.« Valerie blieb ratlos vor ihrer Großmutter stehen, bis ihr einfiel, wie lange sie sie nicht gesehen hatte. Sie nahm sie in den Arm.

»Jana hat mir alles erzählt«, verkündete Annemarie, nachdem sie sich wieder voneinander gelöst hatten.

»Jana hat dir was erzählt?« Hatte sie ihre Großcousine nicht gebeten, vorerst den Mund zu halten?

»Na ja, dass ich tatsächlich als Kind vertauscht wurde. Mit voller Absicht. Weil meine richtige Familie, die Weißenfels, einen Sohn und Erben brauchten und ich die dritte Tochter war.« Annemarie erzählte die Geschichte so selbstverständlich, als wäre es die normalste Sache der Welt, Kinder auszutauschen.

»Ich habe Jana doch extra gebeten, das für sich zu behalten, bis ich wieder in Münster bin.« Vorsichtig berührte Valerie die Schulter ihrer Großmutter. »Es ist ziemlich kompliziert, was damals passiert ist. Ich wollte es dir schonend beibringen.«

»Papperlapapp.« Wie ein Blatt im Wind wischte die helle Hand vor Valeries Gesicht durch die Dunkelheit. »Ich bin froh, dass ich jetzt wenigstens in groben Zügen weiß, was passiert ist und wo ich in Wirklichkeit herkomme. Die Einzelheiten kannst du mir später in Ruhe erzählen. Sei Jana nicht böse. Ich habe ihr keine Ruhe gelassen, bis sie mit der Wahrheit herausgerückt ist. Es war ihr schon länger an der Nasenspitze anzusehen, dass sie etwas wusste.«

»Ich wollte trotzdem nicht, dass du allein damit klarkommen musst. Ich wollte ...«

»Muss ich doch nicht. Ich bin ja hier bei dir. Warum sollte ich außerdem schockiert sein? Schließlich weiß ich schon seit Wochen, dass ich nicht das leibliche Kind meiner Eltern bin.«

»Und du kannst deiner leiblichen Mutter verzeihen, dass sie dich weggegeben hat?« Im schwachen Licht versuchte Valerie den Gesichtsausdruck ihrer Oma zu erkennen, doch sie sah nur ein helles Oval mit Augen und Mund.

Annemarie zögerte nur kurz, bevor sie nickte. »Ja. Sie hat mich einer Frau gegeben, von der sie wusste, dass sie liebevoll für mich sorgen würde. Ich hatte kein schlechtes Leben. Sicher, wenn Marleen nichts getan hätte, wär ich in einer Villa aufgewachsen. Aber meine beiden Schwestern und ich wären womöglich überflüssige Anhängsel eines Vaters gewesen, der unsere Mutter verstoßen hatte, um mit einer anderen Frau einen Sohn zu zeugen. Das wollte Marleen verhindern.«

Ein leiser Seufzer schwebte durch die Dunkelheit, dann fuhr Annemarie fort: »Ich hatte eine wunderbare Familie und ein gutes Leben. Womit ich nicht sagen will, dass ich mit dem Handeln meiner echten Großeltern einverstanden bin. Oder mit der Schwäche meines Vaters. Aber das ist Vergangenheit. Ich sehe jetzt einfach nach vorn. Die Zeit, die mir noch bleibt, will ich nicht damit vergeuden, mich zu grämen und Menschen zu hassen, die ich niemals kennengelernt habe.«

Valerie, der das leichte Zittern in der Stimme ihrer Oma nicht entgangen war, strich ihr tröstend über den Ärmel.

Mit einem Ruck hob Annemarie den Kopf und sah sich suchend um. »Wo sind denn die Weißenfels?«, wechselte sie abrupt das Thema.

Erst in diesem Moment fiel Valerie ein, dass Alexander und Helen gleich kommen würden. Sie ahnten nichts von ihrem neuen Familienmitglied – mit dem sie, bei Licht betrachtet, auch gar nicht verwandt waren. Nur Dorothea würde eine neue Schwester bekommen.

»Hast du ein Hotelzimmer, Omi? Ich könnte dich hinbegleiten, du ruhst dich erst einmal aus, und morgen reden wir weiter.«

»Wieso Hotelzimmer? Ich bin vom Bahnhof mit dem Bus direkt hierhergefahren. Es war niemand zu Hause. Aber ich dachte mir, irgendwann wird schon jemand kommen.« Annemarie begleitete ihre Worte mit einem nachdrücklichen Nicken.

»Mit dem Bus? Warum hast du mich nicht auf dem Handy angerufen? Du hast doch meine Nummer. Ich hätte dir ein Zimmer gebucht und dich morgen früh im Hotel abgeholt.« Unruhig sah Valerie die Straße hinunter.

»Was redest du denn dauernd von Hotels? Ich möchte das Haus sehen, in dem ich geboren wurde. Und die Leute, die jetzt dort leben und die ich wohl als meine Familie betrachten muss.« Auffordernd deutete Annemarie auf die Haustür. »Du hast doch einen Schlüssel?«

»Ja. Aber es ist nicht mein Haus, und ich kann nicht einfach Leute mitbringen oder sogar zur Übernachtung einladen.« Valerie durfte sich Helens Gesichtsausdruck gar nicht vorstellen. Obwohl ihr egal war, was Helen dachte. Ganz anders war es bei Alexander. Bevor Annemarie ihn freudig mit der Nachricht überfiel, dass sie in dieser Villa geboren worden war, musste Valerie unbedingt mit ihm reden.

»Omi. Ich bitte dich ... Ich muss die Leute erst vorbereiten. Sie wissen nicht ...«

Valerie stockte, als Alexanders schwarzer Audi in die Auffahrt glitt. Zu spät! Was konnte sie jetzt noch sagen oder tun, um die Situation zu retten?

Kaum war der Wagen geparkt, wurde die Fahrertür aufgestoßen, Alexander sprang heraus, lief um die Motorhaube und half seiner Mutter aus dem Auto.

Entschlossen packte Valerie ihre Großmutter beim Arm. »Lass uns gehen«, sagte sie flehend, wenn sie auch keine Ahnung hatte, wohin sie zu dieser späten Stunde mit Annemarie so spontan hinwollte.

Im nächsten Moment standen Alexander und seine Mutter Valerie und ihrer Großmutter gegenüber.

»Guten Abend«, grüßte Alexander erstaunt.

Helen schwieg und musterte den späten Gast misstrauisch.

»Guten Abend«, erwiderte Annemarie fröhlich. »Meine Enkelin hat Sorge, dass ich ungelegen komme. Aber bei so einem großen Haus und wenn man bedenkt, dass wir doch sozusagen eine Familie sind ... Wenn Sie darauf bestehen, gehe ich aber erst mal in ein Hotel.«

»Eine Familie?«, stieß Helen mit schriller Stimme hervor.

Aus Valeries Mund kam ein seltsames, hohes Lachen, über das sie selbst erschrak.

»Die Sache ist kompliziert«, stieß sie hervor. »Ich schlage vor, wir reden morgen darüber.«

»So kompliziert ist es nun auch wieder nicht. Ich bin das

leibliche Kind von Marleen und Friedrich Weißenfels. Der Junge, der hier aufgewachsen ist, wurde mit mir vertauscht, weil die Weißenfels unbedingt einen Sohn und Erben wollten, ich aber die dritte Tochter war.«

»Was für ein Unsinn!« Helen schüttelte den Kopf. »Ich bin müde und gehe ins Haus, Alexander. Sorgst du bitte dafür, dass diese verrückten Leute verschwinden? Und zwar auf der Stelle.«

Ohne Valerie und ihre Großmutter eines weiteren Blickes zu würdigen, stakste Helen auf ihren hohen Absätzen die Treppe hinauf, schloss die Haustür auf und war im nächsten Moment in der Villa verschwunden.

Im milchigen Lichtkegel der Bogenlampen sahen die drei Zurückgebliebenen einander stumm an. »Ist es das, was du wolltest, als du dich in unser Haus geschlichen hast?«, fragte Alexander dann in scharfem Ton und musterte Valerie so kalt, dass sie seinen Blick wie Nadeln in der Haut spürte. »Bist du in unser Haus gekommen, um angeblich zu beweisen, dass deine Großmutter die wahre Erbin unserer Firma, unseres Hauses und unseres Vermögens ist?« Seine Stimme schnitt schmerzhaft in ihr Ohr.

»Gehört tatsächlich alles von Rechts wegen mir?«, meldete Annemarie sich erstaunt zu Wort. »Darüber habe ich noch gar nicht nachgedacht.«

»Das wissen wir doch gar nicht. Niemand will euch die Firma wegnehmen, Alexander. Oder das Haus. Kannst du dir nicht vorstellen, wie es für meine Großmutter war, als sie mit fast neunzig Jahren erfuhr, dass sie nicht das Kind der Menschen ist, die sie ihr ganzes Leben für ihre Eltern hielt. Ich wollte ihr helfen, und deshalb …«

»Deshalb konntest du nicht zu uns kommen und mit uns reden«, unterbrach Alexander sie und wich einen Schritt zurück, als wäre sie eine giftige Natter, vor der er sich in Acht nehmen musste. »Stattdessen schreibst du ganz harmlos die Festschrift zu unserem Firmenjubiläum und nutzt die Gelegenheit, nebenbei herumzuschnüffeln.« Er machte eine kurze Pause und fügte in bitterem Ton hinzu: »Und dich in mein Herz zu schleichen. Wahrscheinlich, damit ich keinen Verdacht schöpfe. Ich Idiot habe geglaubt, das mit uns sei echt.«

»Es war echt«, flüsterte sie, doch er schien sie nicht zu hören.

»Es tut mir leid«, wandte Alexander sich an Annemarie, die stumm der Unterhaltung gefolgt war. »Sie sind eine alte Dame und können wahrscheinlich nichts dafür, auf welche Weise Ihre Enkelin sich bei uns eingeschlichen hat. Aber ich kann Sie leider nicht ins Haus bitten. Wenn es so ist, wie Valerie behauptet, werden Sie sich Ihr Recht mithilfe eines Anwalts und des Gerichts verschaffen müssen. Wobei ich mir nicht vorstellen kann, dass dieses wirre Geschichte stimmt.«

»Natürlich stimmt sie. Aber ich will gar nicht ...« Die sonst so resolute Annemarie wirkte angesichts der Entwicklung irritiert. »Ich wollte doch nur ...«

Alexander öffnete die hintere Tür seines Wagens. »Selbstverständlich fahre ich Sie, wohin Sie möchten. Entschuldigen Sie bitte, dass ich Sie so lange hier habe stehen lassen. Das war sehr unhöflich von mir. Wir warten nur, bis Valerie ihre Sachen geholt hat.«

Auffordernd sah er Valerie an. »Wenn ich mich recht entsinne, bist du mit einem kleinen Koffer bei uns eingezogen.

Es dürfte nicht allzu lange dauern, ihn zu packen. Fünf Minuten?«

Sie nickte. »Setz dich ruhig schon in den Wagen, Omi. Ich bin gleich da.«

Während sie in die Villa ging, wusste sie, dass sie Alexander für immer verloren hatte. Die Chance, von der sie vor einer Stunde noch geträumt hatte, war vertan. Aber dafür konnte ihre Großmutter nichts. Sie allein war schuld, weil sie viel zu lange geschwiegen hatte. Das Schlimmste war: An seiner Stelle hätte sie genauso gehandelt, wie er es nun tat.

Sie ging in die Villa, stieg zum letzten Mal die breite Treppe zur Galerie hinauf und warf einen langen Blick in die Richtung, in der Alexanders Zimmerflucht lag. Dann beeilte sie sich, in ihr Zimmer zu kommen und ihre Sachen zu packen.

30. Kapitel

Münster, 1. Oktober 2018

Mit gerunzelter Stirn starrte Valerie auf den Monitor ihres Laptops. Der altersschwache Rechner brauchte schon wieder eine kleine Ewigkeit zum Speichern. Ihre Masterarbeit war fast fertig. Sie musste nur noch die Zusammenfassung schreiben und die Literaturliste überprüfen.

Fast bedauerte sie, dass sie schon bald nicht mehr von morgens bis abends mit der Arbeit beschäftigt sein würde. Wenn sie nämlich nicht arbeitete, dachte sie nach. So wie ohnehin fast jede Nacht, während sie sich schlaflos im Bett wälzte. Nur manchmal versank sie für einige Stunden in einem unruhigen Schlaf, wenn sie so erschöpft war, dass ihr Körper sein Recht verlangte.

Sonst kreisten ihre Gedanken unablässig um die Villa in Nürnberg. Und um eine Spielwarenfabrik, die von Rechts wegen ihrer Großmutter gehörte. Annemaries leibliche Schwester Dorothea hatte sich vor vielen Jahren auszahlen lassen, ebenso wie ihre andere Schwester Lieselotte, die seit fast zehn Jahren tot war. Demzufolge war Annemarie die Alleinerbin von *Weißenfels Spielwaren*. Das hatte mittlerweile das zuständige Gericht festgestellt, nachdem ein Bluttest den Beweis erbracht hatte, dass Annemarie und Dorothea Schwestern waren. Dorothea hatte sich äußerst kooperativ verhalten und schien begeistert über ihre neue Schwester, aber auch über die Tatsache, dass die hochmütige Helen einen ziemlichen Dämpfer bekam.

Meistens aber dachte Valerie an Alexander. Sie hatte nichts mehr von ihm gehört, seit er Annemarie und sie an jenem Abend nach der Jubiläumsfeier vor einem Hotel in der Nähe des Nürnberger Hauptbahnhofs abgesetzt hatte.

Annemarie war schrecklich wütend über Helens herablassendes Verhalten gewesen. Sofort nach ihrer Rückkehr nach Münster hatte sie alles in die Wege geleitet, um offiziell feststellen zu lassen, dass Helen und ihr Sohn zu Unrecht in der Villa Weißenfels wohnten und dass *Weißenfels Spielwaren* ihnen ebenso wenig gehörte.

»Wir können ihnen das Haus und die Firma nicht einfach wegnehmen«, hatte Valerie versucht, ihre Großmutter von drastischen Maßnahmen abzuhalten. »Sie haben sich all die Jahre um den Besitz gekümmert. Und was willst du damit machen? Du kennst dich mit der Produktion von Spielwaren nicht aus, und so ein riesiges Haus brauchst du auch nicht. Willst du etwa nach Nürnberg ziehen?«

»Warum nicht?« Annemarie zuckte mit den Schultern. »Dann hätte ich Gelegenheit, Dotty besser kennenzulernen. Meine Schwester ist wirklich nett. Die einzig Verträgliche in der Familie Weißenfels, wie mir scheint. Wenn Erika Lust hat, kann sie auch nach Nürnberg ziehen und mit mir in der Villa leben. Schließlich ist sie genau wie ich Witwe. Dotty werde ich auch einladen. Das stelle ich mir sehr lustig vor. Ich habe jetzt zwei Schwestern: Erika und Dotty. Schade, dass Lulu nicht mehr lebt. Auf jeden Fall haben wir genug Platz in der Villa und können auch noch jederzeit Besuch von der Verwandtschaft aus Münster bekommen. Vielleicht ziehst du auch gleich mit ein, Valerie.«

Mit leuchtenden Augen schmiedete Annemarie Zukunftspläne. Seit sie wusste, woher sie kam und wohin sie gehörte, schien sie trotz ihrer fast neunzig Jahre entschlossen, noch einmal von vorn anzufangen.

Vor einigen Tagen hatten Alexander und seine Mutter die offizielle Benachrichtigung erhalten, dass die Villa und die Firma Annemarie gehörten. Gleichzeitig hatte Annemaries Anwalt ihnen mitgeteilt, er und seine Klientin würden sich in den nächsten Wochen mit ihnen in Verbindung setzen, um das weitere Vorgehen zu besprechen.

»Ich will, dass du die Firma übernimmst«, sagte Annemarie bei jeder sich bietenden Gelegenheit zu Valerie. »Hast du mir nicht immer wieder von den wunderhübschen Puppenhäusern vorgeschwärmt? Du könntest welche produzieren. Schließlich hast du sogar schon eins entworfen, nicht wahr? Es liegt dir im Blut.«

»Ich habe nicht die geringste Ahnung, wie man eine Firma führt«, gab Valerie zu bedenken, wenn Annemarie auf diese Weise ins Schwärmen geriet. »Und ich will das auch gar nicht. Vielleicht hätte ich Spaß daran, Puppenhäuser zu entwerfen, aber der ganze Rest ... Finanzplanung, Bilanzen, Marketing ...«

»Wir stellen einen Geschäftsführer ein.« Annemarie hatte auf alles eine Antwort. Seit sie die Wahrheit über ihre Herkunft kannte, wünschte sie sich nichts mehr, als Valerie das Vermögen zu hinterlassen, um das sie selbst vor fast neunzig Jahren betrogen worden war.

Valerie jedoch wollte sich nicht einmal vorstellen, Alexander das wegzunehmen, was sein Leben war und was er als seine sichere Zukunft betrachtet hatte. Es war nicht seine Schuld, dass vor vielen Jahren zwei Mütter aus Not ihre Kinder getauscht hatten. Sie konnte den Gedanken nicht ertragen, ihm den Boden unter den Füßen wegzuziehen und ihm das Zuhause zu nehmen. Dann würde er sie noch mehr hassen, als er es ohnehin schon tat.

Sie aber liebte ihn immer noch und würde wohl so schnell nicht damit aufhören können.

Als es an der Tür ihrer kleinen Wohnung klingelte, schreckte Valerie aus den Gedanken hoch, in denen sie sich trotz der Ablenkung durch ihre Arbeit unversehens verloren hatte. Seufzend stand sie auf. Das konnte nur ihre Oma sein oder vielleicht Jana. Seit auch offiziell feststand, dass *Weißenfels Spielwaren* ihrer Familie gehörte, besuchte Annemarie sie fast jeden Tag, um ihr klarzumachen, dass eine Entscheidung getroffen werden musste, wie es weitergehen sollte.

Sie öffnete mit Schwung die Wohnungstür, um ihrer Großmutter zu sagen, dass sie sich auf ihre Masterarbeit konzentrieren musste. Als sie jedoch sah, wer geklingelt hatte, verschlug es ihr die Sprache. Im Treppenhaus vor ihrer Tür stand Helen Weißenfels. Elegant gekleidet, perfekt geschminkt, jedes Härchen am richtigen Platz.

»Guten Tag, Frau Falk«, sagte sie, nachdem sie sich eine Weile schweigend angestarrt hatten. Aus unerfindlichen Gründen fügte sie »Valerie« hinzu, obwohl sie sie sonst nie beim Vornamen genannt hatte.

»Guten Tag, Frau Weißenfels«, murmelte Valerie, strich sich die zerrauften Haare aus der Stirn und rieb ihre linke Fußsohle am rechten Schienbein. In ihrer Wohnung ging sie immer barfuß, und an diesem Morgen war sie auf dem Weg zum Schreibtisch nur schnell in weite Shorts aus Sweatstoff und ein ausgeleiertes T-Shirt geschlüpft.

»Ich würde gern mit Ihnen reden.« Als Valerie keine Anstalten machte, sie hereinzubitten, tat Helen probeweise einen kleinen Schritt nach vorn.

»Eigentlich habe ich keine Zeit. Ich muss meine Abschlussarbeit schreiben.« Valerie blieb im Türrahmen stehen. Sie wollte diese Frau nicht in ihrer Wohnung haben.

»Es dauert nicht lange. Ich möchte Ihnen einen Vorschlag machen.« Helen verzog den Mund zu einem schmallippigen Lächeln, das ihre Augen nicht erreichte.

Stumm trat Valerie beiseite. Helen wirkte in ihrem engen Flur wie ein Fremdkörper. Als hätte sich ein edles Rennpferd auf einen Bauernhof verirrt.

Valerie zögerte und nahm Helen Weißenfels dann mit in die Küche. Im Wohnzimmer lagen selbst auf dem Boden Bücher, und ihre Notizzettel hatte sie auf der Couch und dem niedrigen Tisch verteilt.

»Ich kann Ihnen nur Kräutertee oder Wasser anbieten. Momentan fehlt mir die Zeit zum Einkaufen.«

Mit einem Kopfschütteln lehnte Helen ein Getränk ab, ließ sich auf einem der beiden Holzstühle nieder und schlug die elegant bestrumpften Beine übereinander. Während sie sich ebenfalls hinsetzte, bemerkte Valerie ein nervöses Flackern in den Augen ihres Gastes.

»Ich muss mich bei Ihnen entschuldigen«, platzte Valerie heraus. »Was passiert ist, war nie meine Absicht. Ich bin nach Nürnberg gefahren, um herauszufinden, warum meine Großmutter nicht blutsverwandt mit ihrer Schwester ist, mit der sie gemeinsam aufwuchs. Dass ich auf so einfache Weise Zugang zu den Unterlagen Ihrer Familie bekam, sah ich als glücklichen Zufall an. Aber ich hätte die Geschichte sicher auch anhand der Briefe meiner Urgroßmutter rekonstruieren können, die wir mittlerweile gefunden haben. Nur nicht so leicht und so lückenlos.«

»Sie haben uns hintergangen«, stellte Helen ruhig fest. »Aber das ist nun einmal geschehen. Jetzt müssen wir sehen, wie wir mit der Angelegenheit so umgehen, dass wir alle zu unserem Recht kommen.«

Valerie schluckte. Was kam jetzt? Soweit sie informiert war, hatte Annemarie das Recht auf ihrer Seite, und es würde nach Ansicht des Anwalts nicht allzu schwierig sein, dieses Recht durchzusetzen.

»Ich fürchte, Alexander hat ernsthafte Gefühle für Sie entwickelt. Aber das ist in Anbetracht der Situation gar nicht so schlecht.«

Valerie runzelte angestrengt die Stirn. Sie hatte nicht die geringste Ahnung, wo diese seltsame Unterhaltung hinführen sollte.

»Seit er weiß, wie sehr Sie sein Vertrauen missbraucht haben, leidet er still vor sich hin.«

»Das tut mir leid«, flüsterte Valerie. »Ich wollte es ihm sagen, aber ...« Sie stockte. In der Zwischenzeit hatte sie sich schon so oft gefragt, wieso sie nicht viel früher mit Alexander geredet hatte. Spätestens als sie bemerkt hatte, dass es zwischen ihnen ernster wurde, hätte sie ihm die Wahrheit sagen müssen. Im Nachhinein erschien es ihr kaum nachvollziehbar, wie sie so lange hatte schweigen können. Sie hatte furchtbare Angst gehabt, ihn zu verlieren, wenn sie ihm alles sagte. Und genau das war jetzt geschehen, weil sie geschwiegen hatte: Sie hatte ihn verloren.

»Ich schlage vor ...« Helen machte eine Kunstpause. »...

dass Alexander und Sie heiraten. Das ist die beste Lösung für uns alle. Sie können Ihrem Ehemann die Hälfte der Firma überschreiben, wenn Sie Ihre Großmutter beerben. Alexander wird *Weißenfels Spielwaren* weiterhin führen, und Sie profitieren ebenfalls von unserem Vermögen.«

Verblüfft starrte Valerie die ältere Frau an. »Das meinen Sie nicht ernst!«

Helen zog die Augenbrauen hoch. »Da Sie ohnehin schon mit meinem Sohn im Bett waren, ist das Opfer für Sie nicht allzu groß. Sie bekommen auf diese Weise nicht nur einen kompetenten Geschäftsführer, sondern auch einen gesellschaftlich angesehenen Ehemann. Im Ernst: Sie können sich doch nicht wohl dabei fühlen, wenn Sie dem Mann, mit dem Sie immerhin ein ausgedehntes Techtelmechtel hatten, seinen gesamten Besitz wegnehmen.«

Valerie sprang mit so viel Schwung von ihrem Stuhl auf, dass er krachend zu Boden fiel. »Zufällig habe ich gehört, wie Sie Ihren Sohn dazu bringen wollten, sich mit seiner alten Schulfreundin Katharina einzulassen, weil sie aus einer reichen Familie stammt. Ich dagegen war angeblich nur auf der Suche nach einem wohlhabenden Ehemann und deshalb verboten. Und jetzt, da ich eine reiche Erbin bin, kommen Sie an und sagen mir, ich solle Alexander heiraten?«

»Eines werden Sie noch lernen müssen, meine Beste. Das Wohl der Firma ist wichtiger als irgendwelche Befindlichkeiten.« Helen Weißenfels sah sie mit unbewegter Miene an.

»Es ist besser, wenn Sie jetzt gehen.« Die Hand, mit der Valerie zur Tür deutete, zitterte leicht.

Helen rührte sich nicht. »Wenn Sie sich bei Alexander entschuldigen und ihn ein bisschen umschmeicheln, wird er

Ihnen verzeihen. Und Sie mögen ihn doch. Wo ist das Problem?«

»Meine Großmutter ist Ihnen nur kurz begegnet, aber sie sagt mir immer wieder, dass Sie die Firma nicht verdient haben und die Villa ebenso wenig. Ich habe versucht, meine Großmutter zu überreden, *Weißenfels Spielwaren* mit Ihnen zu teilen. Ab sofort werde ich das sein lassen. Und jetzt raus.«

»Ich verstehe Sie nicht. Falls Sie nicht über erstaunliche Schauspielkünste verfügen, mögen Sie Alexander wirklich. Ich habe Sie schließlich zusammen gesehen.« Kopfschüttelnd stand Helen auf. Sie schien ehrlich verwundert über Valeries Reaktion.

»Das klang ganz anders, als Sie Ihrem Sohn erklärten, ich sei nur hinter seinem Geld her. Da mir wirklich viel an Alexander liegt, verstehe ich, wie verletzt er ist. Und ich weiß, dass er mir niemals wird verzeihen können. Er weiß nichts davon, dass Sie hier sind, um mir die Ehe mit ihm schmackhaft zu machen, nicht wahr?«

»Natürlich nicht! In manchen Dingen ist mein Sohn etwas ... sensibel. Allerdings wusste ich nicht, dass Sie so sentimental und albern sind.« Helen stakste auf ihren sündhaft teuren Schuhen zur Tür.

»Was ist sentimental daran, wenn ich nicht dafür sorgen will, dass Sie weiterhin im Wohlstand leben? Alexander wird mit seiner Erfahrung und seiner Ausbildung sicher einen guten Job finden. Vielleicht finanziert er Ihnen ja eine kleine Wohnung in der Stadt.«

Ohne sich noch einmal umzudrehen, verschwand Helen im Flur. Als Valerie aus der Küche trat, fiel soeben die Wohnungstür hinter ihrem ungebetenen Gast ins Schloss.

Schnaubend vor Wut suchte Valerie nach ihrem Handy. Schließlich fand sie es unter einem Stapel Notizzettel auf dem Sofa. Annemarie meldete sich fast sofort, als hätte sie auf Valeries Anruf gewartet.

»War sie etwa auch bei dir?«, erkundigte Valerie sich ohne Begrüßung.

»Wer denn, mein Kind?«

»Falls sie kommt, wirf sie raus und rede gar nicht erst mit ihr. Kein Wort. Du wirst dich nur aufregen, und das ist in deinem Alter gefährlich.« Beim Gedanken an Helen Weißenfels zog sich vor Wut und Ekel Valeries Magen zusammen.

»Ich weiß zwar immer noch nicht, wen du meinst, aber ich nehme an, falls diese Person bei mir auftaucht, werde ich es wissen.« Annemarie lachte leise. Sie ließ sich nicht so leicht aus der Ruhe bringen. Seltsamerweise hatten die Ungewissheit wegen ihrer Herkunft und die Erkenntnis der Wahrheit ihr noch mehr Ruhe und Selbstvertrauen geschenkt, als sie schon vorher besessen hatte.

»So ist es.« Als könnte ihre Großmutter sie sehen, nickte Valerie. »Ich möchte dir etwas sagen.«

»Ja?«

»Du bist die Erbin von *Weißenfels Spielwaren*. Und du musst allein entscheiden, was mit der Firma geschehen soll. Ich will nichts damit zu tun haben. Ich möchte nicht einmal etwas davon hören. Auf keinen Fall will ich die Firma haben und sie auch nicht führen. Weder allein noch zusammen mit Alexander.«

Eine Weile blieb es am anderen Ende der Leitung still. »Du klingst entschlossen«, stellte Annemarie dann fest.

»Das bin ich auch.«

»Das ist schade, aber ich verstehe dich. Du kannst offenbar den Gedanken nicht ertragen, dass er durch deine Schuld alles verliert. Ich habe einen guten Anwalt, mit dem ich mich besprechen kann. Und ich werde so entscheiden, wie ich es für richtig halte, mein Kind. Solange du mich nicht fragst, wirst du nicht erfahren, welche Lösung ich gewählt habe.«

»Danke. Ich hab dich lieb, Omi.«

»Ich dich auch. Es tut mir leid, dass du durch die alte Geschichte so viel Kummer hast.« Obwohl Valerie ihrer Großmutter nur andeutungsweise von Alexander erzählt hatte, wusste Annemarie, dass ihre Enkelin unter Liebeskummer litt.

»Schon gut. Was vorbei ist, ist vorbei. Bald habe ich meinen Abschluss in der Tasche. Dann suche ich mir einen tollen Job und starte richtig durch.« Was hoffentlich bedeutete, dass sie keine Zeit mehr haben würde, ständig an Alexander zu denken.

»Ich drücke die Daumen, dass alles so klappt, wie du es dir vorstellst.«

Nachdem Valerie sich von ihrer Großmutter verabschiedet hatte, machte sie sich wieder an die Arbeit.

Tatsächlich gelang es ihr, fast gar nicht mehr an Alexander, Helen und *Weißenfels Spielwaren* zu denken. Sie hatte ihre eigene Zukunft, um die sie sich kümmern musste. Und diese Zukunft hatte nichts mit der Firma und den Menschen in Nürnberg zu tun.

Epilog

Münster, 11. Dezember 2018

»Hättest du geglaubt, dass so viele Menschen in eine so kleine Wohnung passen?« Valerie und Jana hatten sich mit ihren Drinks und einem Pappteller voller Leckereien in die Ecke neben dem Fenster zurückgezogen. Staunend beobachtete Valerie all die gut gelaunten Menschen, die zu ihrer Party gekommen waren.

»Wie viele Gäste hast du denn eingeladen?«, erkundigte sich Jana und nippte an ihrem Moscow Mule.

»Ungefähr zwanzig. Aber das sind doch viel mehr.«

»Du hast eben eine Menge Freunde, die wiederum eine Menge Freunde haben«, stellte Jana heiter fest. »Ist doch schön, dass alle mit dir deinen Masterabschluss und deinen Geburtstag feiern. Praktisch, dass beides in eine Woche fällt.«

Jana stieß Valerie den Ellbogen in die Seite und machte eine unauffällige Kopfbewegung in Richtung Tür. »Da drüben steht übrigens Adrian. Nachdem euer Date vor deiner spontanen Abreise nach Nürnberg ausgefallen ist und du in den letzten Monaten so furchtbar beschäftigt warst, könntest du ihn heute kennenlernen.«

»Nachher. Der Abend ist noch lang.« Valerie sah hinüber zu dem durchaus ansehnlichen Typen, der so gar nichts in ihr auslöste. Ihr Herz trauerte immer noch einem anderen nach. »Annemarie wollte noch kurz reinschauen, um mir zu gratulieren. Eigentlich waren wir heute zum Frühstück verabredet, aber da ist ihr ein Termin dazwischengekommen. Ich nehme an, schon wieder ihr Anwalt«, wechselte sie das Thema. »Wir müssen ein bisschen auf die Türklingel achten. Sie hat zwar einen Schlüssel, aber den vergisst sie oft.«

»Tatsächlich? Ich habe das Gefühl, seit sie Firmeneigentümerin ist, hat sie einfach alles im Griff. Unglaublich, wie sie mit ihren fast neunzig Jahren ganz allein all diese Entscheidungen getroffen hat. Ihr Anwalt scheint aber auch richtig gut zu sein.«

Anstelle einer Antwort nahm Valerie einen großen Schluck aus ihrem Glas.

»Ich sag ja nichts mehr.« Jana verzog das Gesicht. »Dass du überhaupt nicht neugierig bist, wie Annemarie wegen der Spielzeugfirma entschieden hat. Ich weiß, es ist wegen Alexander und so. Aber es ist schließlich schon fast ein halbes Jahr her, seit er dich praktisch aus dem Haus geworfen hat. Kannst du den Kerl nicht langsam vergessen?«

Valerie seufzte und musste das wegen der dröhnenden Musik nicht einmal leise tun. Sie fand den Gedanken gar nicht so schlimm, dass sie wahrscheinlich ihr Leben lang an Alexander denken würde. Denn je mehr Zeit verging, umso weniger taten ihr die Erinnerungen an den Motorradausflug, den Spaziergang über den Johannisfriedhof und die leidenschaftlichen Zärtlichkeiten während der gemeinsamen Nächte weh. Manchmal musste sie sogar schon lächeln, wenn sie an ihn dachte.

»Komm tanzen, Valerie.« Leon, ein ehemaliger Kommilitone, nahm ihr das leere Glas aus der Hand, stellte es auf die Fensterbank und zog sie mit sich. Der freie Platz in der Mitte des Zimmers war so eng, dass sich alle im gleichen Takt bewegen mussten. Und als jemand anfing, auf und ab zu hüpfen, waren alle anderen gezwungen mitzumachen.

Lachend tanzte, hüpfte und sang Valerie mit ihren Gästen. Erst als sie vollkommen außer Atem war, schob sie sich wieder an den Rand der ausgelassenen Menge. Leon war ihr schon vor längerer Zeit abhandengekommen.

»Herzlichen Glückwunsch, meine Kleine.« Vor Valeries Gesicht tauchte ein Strauß rosafarbener Röschen auf. »Ich wünsche dir, dass alle deine Träume in Erfüllung gehen und du genau die Arbeit findest, die dich glücklich macht.«

»Vielen, vielen Dank, liebe Omi. Zum Glück hast du an den Schlüssel gedacht.« Valerie fiel ihrer Großmutter um den Hals. »Bei dem Lärm hätte niemand die Klingel gehört. Komm mit in die Küche. Da steht das Büfett. Du musst wenigstens was essen und mit mir anstoßen. Vorher lasse ich dich nicht wieder weg.«

»Guck erst mal vor die Wohnungstür. Da steht ein Geschenk für dich.«

»Wieso vor der Tür? Das ist ja komisch.« Energisch schob Valerie ihre alte Freundin Silke beiseite, die im Flur mit einem Typen herumknutschte, den Valerie noch nie gesehen hatte. Es gelang ihr, die Tür zum Treppenhaus gerade weit genug zu öffnen, um sich hindurchschieben zu können.

Als sie sah, was neben ihrer knallroten Fußmatte stand, erstarrte sie für kurze Zeit. Dann hockte sie sich hin, um ihr Geschenk genauer zu betrachten.

Sanft strich sie über das Dach mit den kleinen roten Tonziegeln, berührte mit den Fingerspitzen die winzigen Stoffblümchen in den Blumenkästen vor den Butzenscheiben, klappte die blau lackierten Fensterläden auf und zu und verrückte die

Couch mit dem Chintzbezug und den passenden Kissen ein kleines Stück nach links. Das war ihr Nürnberger Haus! Jemand hatte nach dem Entwurf, den sie in der Villa Weißenfels hatte liegen lassen, dieses Puppenhaus gebaut.

Zögernd griff sie nach dem dunkelblauen Briefumschlag, der am Schornstein lehnte. Er hatte denselben Farbton wie die Fensterläden und die Haustür. »Für Valerie« stand in einer großzügigen Handschrift darauf, bei deren Anblick ihr Herz schneller schlug.

Ihre Finger waren plötzlich ganz ungeschickt. Es gelang ihr kaum, den Briefbogen aus dem Kuvert zu ziehen und zu entfalten. Sie musste sich rasch über die Augen wischen, bevor sie die Zeilen lesen konnte, die er ihr geschrieben hatte.

Münster, 11. Dezember 2018

Liebe Valerie,

dies ist, zumindest für mich, das schönste Haus, das jemals in der Modellwerkstatt von Weißenfels Spielwaren entstand. Wahrscheinlich sollte ich das nicht behaupten, weil ich es selbst gebaut habe. Jedes noch so kleine Detail habe ich von deinem Entwurf übernommen.

Ich gratuliere dir zum Geburtstag und wünsche dir alles Glück dieser Erde.

Alexander

Valerie ließ den Brief fallen und schob die Tür zur Wohnung wieder auf. Über die Köpfe von zwei Paaren hinweg, die im Flur ein Trinkspiel nach Regeln spielten, die sie wahrscheinlich nicht einmal selbst verstanden, rief sie Annemarie zu: »Hast du ihn gesehen? Wo ist er?«

»Als ich kam, stand er unten vor der Tür, wollte aber nicht mit raufkommen.« Annemarie sah sie ernst an. »Das Puppenhaus war schon oben. Vielleicht wartet er unten auf dich. Kann aber auch sein, dass er schon auf dem Rückweg nach Nürnberg ist. Bei euch beiden weiß ich wirklich nicht, was ich denken soll.«

Wortlos drehte Valerie sich um, zog die Tür hinter sich ins Schloss und rannte die Treppe hinunter. Noch nie war ihr der Weg durchs Treppenhaus so lang erschienen.

Als sie endlich unten war und die Haustür aufriss, blies ihr ein eisiger Wind große Schneekristalle ins Gesicht. Ungeduldig wischte sie sich über die Augen und trat hinaus auf den Bürgersteig. Dabei bemerkte sie nicht einmal, dass der Schnee ihre neuen dunkelgrünen Schuhe durchnässte.

Er stand bewegungslos unter der Laterne auf der gegenüberliegenden Straßenseite, die jeden Abend direkt in ihr Schlafzimmer schien, und sah sie einfach nur an. In seinen dunklen Haaren funkelte der Schnee.

Sie trat vom Gehweg hinunter auf die Straße, versank mit ihren hohen Absätzen tief im Schnee und ging geradeaus auf ihn zu. Um diese Zeit fuhren in dieser Nebenstraße kaum Autos. Und wenn doch eines gekommen wäre, hätte sie es wahrscheinlich nicht bemerkt und sich darauf verlassen müssen, dass der Fahrer rechtzeitig bremste. Sie hatte nur Augen für den Mann unter der Laterne.

Als sie vor ihm stand, sah sie, dass an seinen dunklen Wimpern geschmolzene Schneeflocken wie Tränen hingen.

»Hallo«, flüsterte sie. »Vielen Dank für das Puppenhaus. Es ist wunderschön.«

»Ich weiß. Du hast es entworfen.« Um Alexanders Lippen zuckte ein verhaltenes Lächeln, das in seinen dunklen Augen ein Licht entzündete.

»Bist du noch in der Firma?« Sie verschränkte die Arme vor der Brust, weil sie in ihrem dünnen Kleid plötzlich die Kälte der Winternacht spürte. »Führst du sie noch?«

Er sah sie ungläubig an. »Weißt du das nicht?«

Ernst schüttelte sie den Kopf, und der Schnee, der mittlerweile auch auf ihren Haaren lag, fiel ihr ins Gesicht. Sie kümmerte sich nicht darum. »Ich habe meiner Großmutter gesagt, dass ich nichts mit der Firma zu tun haben und auch nichts davon hören will, wie sie sich entscheidet. Daran hat sie sich gehalten.«

Sie war oft in Versuchung gewesen, Annemarie oder Jana zu fragen, wer nun die Fabrik leitete. Wem sie gehörte. Ob Annemarie den Weißenfels einen Teil des Besitzes gelassen hatte. Ob Alexander weiter die Leitung innehatte oder ob ihre Großmutter einen fremden Geschäftsführer eingesetzt hatte. Aber jedes Mal hatte sie aufs Neue beschlossen, dass es weniger schmerzte, nichts von ihm zu hören. Nicht zu wissen, ob sie ihn seinen Besitz gekostet hatte.

Wortlos knöpfte er seine Jacke auf, zog sie aus und legte sie ihr um die Schultern. Sie spürte seine Körperwärme wie eine Umarmung und sehnte sich sofort nach mehr.

»Du wolltest nichts von mir hören«, stellte er fest.

Unter dem schweren, warmen Stoff seiner Jacke zuckte sie mit den Schultern. »Ich hatte Angst.« Sie wich seinem Blick aus.

»Deine Großmutter hat sich uns gegenüber äußerst fair verhalten. Sie hat mir die Hälfte der Firma überschrieben, und ich führe sie bis auf Widerruf. Wenn du sie irgendwann beerbst, wird dir die andere Hälfte gehören. Sie sagte, wenn du die Fabrik tatsächlich nicht willst, könntest du deinen Anteil verkaufen.«

»Aha ... Bist du mir noch böse?«

»Nicht mehr. Du hast nichts anderes getan, als die Wahrheit herauszufinden. Natürlich hättest du ein bisschen früher sagen können, warum du wirklich da warst, aber ich verstehe, wieso du so lange gezögert hast.«

»Ich habe dich die halbe Firma gekostet und deine Eigenständigkeit.«

»Du kannst nichts für das, was damals geschehen ist. Es ist eine verrückte Geschichte. Aber das Leben ist eben manchmal verrückt.«

»Warum hast du das Puppenhaus gebaut? Und warum bist du hier?«

Sie war verwirrt, weil sich alles plötzlich ganz anders anfühlte. Alexander war ihr nicht mehr böse. Annemarie hatte eine Lösung gefunden, mit der die Weißenfels offenbar leben konnten. Wieso schien plötzlich alles einfach, was vorher furchtbar kompliziert gewesen war?

»Weil ich dich liebe.« Er machte eine Bewegung auf sie zu, hielt aber inne, als nur noch wenige Zentimeter zwischen ihren Körpern waren. »Ich dachte, das hört auf, wenn ich ein paar Wochen oder ein paar Monate warte, tut es aber nicht.«

Als er weitersprach, streichelte sein warmer Atem ihre kalte Wange und glitt zärtlich über ihre Lippen. Sie hob ihm ihr Gesicht entgegen. »Ich weiß.«

Da streckte er endlich die Arme aus, zog sie an sich und küsste sie wie ein Verdurstender, der nach einem langen Marsch durch die Wüste endlich eine Oase erreicht hat. Valerie erwiderte seinen Kuss mit derselben Inbrunst und demselben Verlangen. Als sich ihre Lippen wieder voneinander lösten, waren sie beide atemlos.

»Ich war am Anfang so schrecklich wütend auf dich und habe dich doch gleichzeitig furchtbar vermisst«, murmelte er an ihrem Ohr. »Und irgendwann habe ich dich nur noch vermisst.«

Ihr Kopf lag an seiner Brust. Sie spürte sein vom Schnee durchnässtes Hemd an ihrer Wange. Sein heißer Atem war in ihren schneebedeckten Haaren. Sie hob das Gesicht und sah ihm lange in die Augen. Dann küssten sie sich erneut.

»Wir müssen ins Warme«, sagte sie irgendwann. »Sonst bekommst du eine Lungenentzündung. Ich will nicht, dass du mir gleich wegstirbst, nachdem wir uns endlich wiederhaben.« Sie nahm seine Hand und zog ihn über die Straße zur Haustür.

»Da oben sind furchtbar viele Menschen. Es sieht schon durch Fenster sehr voll aus. Sonst hätte ich bei dir geklingelt.« Es war klar, dass er mit ihr allein sein wollte. Das wollte sie auch. Aber sie hatten so lange gewartet, dass es auf zwei oder drei Stunden nicht mehr ankam.

»Irgendwann ist die Party zu Ende. Dann haben wir Zeit für uns.«

Hand in Hand stiegen sie die Treppe hinauf. Zum ersten

Mal war Valerie froh, im vierten Stock zu wohnen. Auf jedem Treppenabsatz blieben sie stehen und sahen einander in die Augen.

»Woher wusstest du, dass ich heute Geburtstag habe?«, erkundigte Valerie sich im ersten Stock.

»Du hast es mir in der Nacht erzählt, als wir zum ersten Mal miteinander geschlafen haben.« Mit der Spitze seines Zeigefingers zeichnete Alexander die geschwungene Linie ihrer Augenbraue nach.

»Ich dachte, meine Großmutter hätte vielleicht dafür gesorgt, dass du …«

Er lachte leise und zärtlich. »Nein. Ich bin von selbst drauf gekommen, dass ich ein vollkommener Idiot wäre, wenn ich nicht versuche, dich zurück in mein Leben zu holen. Aber als ich noch glaubte, dass du die Alleinerbin von *Weißenfels Spielwaren* sein würdest und ich ein bettelarmer Kerl, habe ich nicht gewagt, zu dir zu kommen. Ich weiß, dass dir Geld nicht wichtig ist. Aber ich hatte Angst, du könntest mir unterstellen, ich würde nur wegen deines Erbes dort wieder anfangen wollen, wo wir aufgehört hatten. Schließlich hatte ich dich ziemlich wütend aus der Villa geworfen.«

»Es ist nur fair, dass du die Hälfte der Firma bekommen hast«, stellte Valerie fest, während sie langsam weiter nach oben gingen. »Mehr als fair.«

Dass Helen bei ihr gewesen war, um ihr vorzuschlagen, Alexander zu heiraten, erwähnte sie nicht. Das würde sie ihm später irgendwann erzählen.

Sie kicherte leise vor sich hin. »Wahrscheinlich hat meine Großmutter im Stillen gehofft, dass es so kommt, wie es nun gekommen ist.«

»Wir könnten gemeinsam eine Firmensparte aufbauen, die wieder handgefertigte Puppenhäuser herstellt.« Alexander blieb auf dem Treppenabsatz im zweiten Stock stehen. »Du hast mir das in Nürnberg schon vorgeschlagen, und ich würde furchtbar gern wieder hochwertiges Spielzeug herstellen und nicht nur dieses Plastikzeug, mit denen wir uns zurzeit über Wasser halten.«

Sie musste daran denken, dass sie Annemarie gesagt hatte, sie wollte nichts mit der Firma zu tun haben. Aber jetzt war alles anders.

»Du könntest die Häuser entwerfen, wie meine Urgroßmutter Marleen es getan hat. Offenbar hast du ihr Talent geerbt.« Er hauchte ihr einen zarten Kuss auf die Nasenspitze.

»Das würde mir Spaß machen.« Wie seltsam und wie schön es war, mit diesem Mann auf der Treppe eines Mietshauses Zukunftspläne zu schmieden, während der Partylärm von oben auf jedem Treppenabsatz deutlicher zu hören war.

»Egal, was wir tun und wie wir es tun, wichtig ist nur, dass wir zusammen sind«, stellte Alexander im dritten Stock fest.

»Ja«, sagte sie schlicht. Alles andere würde sich finden.

Irgendwann kamen sie dann doch im vierten Stock an. Eine Weile betrachteten sie beide stumm das Puppenhaus neben der Fußmatte. Dann nickte Alexander lächelnd, und Valerie klopfte kräftig an ihre eigene Wohnungstür. Ihren Schlüssel hatte sie in der Eile nicht mitgenommen. Es dauerte eine Weile, bis jemand sie hörte und öffnete.

Im nächsten Augenblick standen sie mitten im ausgelassenen Partylärm. Niemand hatte bemerkt, dass die Gastgeberin fort gewesen war, und erst recht fiel niemandem auf, dass sie einen weiteren Gast mitgebracht hatte.

Entschlossen zog sie Alexander durch ihre lachenden, tanzenden und singenden Freunde ins Wohnzimmer. Als sie an der Musikanlage vorbeikamen, drückte sie im Vorbeigehen auf den Ausschaltknopf. Das brachte ihr immerhin etwas Aufmerksamkeit ein, obwohl ein Teil der Gäste einfach weitersang.

»Ruhe, bitte«, rief sie und stellte sich in der Mitte des Zimmers auf die Zehenspitzen. Warm und fest spürte sie Alexanders Hand, die ihre hielt. »Ich habe euch was zu sagen.«

Erstaunlich schnell herrschte Schweigen, und alle Gesichter wandten sich ihr zu. In der Tür drängelten sich die Gäste, die nicht im Zimmer gewesen waren und trotzdem mitbekommen hatten, dass hier etwas Wichtiges vor sich ging.

»Ich habe noch ein wunderschönes Geburtstagsgeschenk bekommen«, rief sie in den Raum. »Obwohl ihr euch alle so viel Mühe gegeben habt, muss ich euch sagen, es ist mein schönstes Geschenk.«

Strahlend lächelte sie den Mann an ihrer Seite an, und er erwiderte ihr Lächeln ebenso glücklich.

»Das ist Alexander.«

Obwohl die meisten der Gäste den Namen noch nie aus Valeries Mund gehört hatten, waren weitere Erklärungen nicht nötig. Alle applaudierten, lachten und johlten durcheinander.

Für den Fall, dass irgendjemandem noch nicht klar war, was ihre Worte zu bedeuten hatten, küsste sie Alexander nachdrücklich auf den Mund.

Als er sich von ihr löste, sah sie über seine Schulter hinweg Annemarie auf einem Stuhl in der Ecke des Zimmers sitzen.

Ihre Großmutter zwinkerte ihr fröhlich zu und hob ihr Sektglas. Nicht weit von ihr entfernt stand Jana. Sie grinste breit und hob beide Daumen.

»Komm mit. Da drüben sitzt meine Oma«, sagte sie zu Alexander. »Und ich muss dich unbedingt Jana vorstellen, die ich mein Leben lang für meine Großcousine gehalten habe. Was sie aber eigentlich gar nicht ist. Meine beste Freundin bleibt sie aber für immer.«

»Meinst du, sie ist jetzt meine Großcousine?«, erkundigte sich Alexander, während sie auf die beiden Menschen zugingen, die Valerie außer dem Mann, den sie liebte, am nächsten standen.

»Darüber habe ich noch nicht nachgedacht. Aber das lässt sich ja feststellen.« Sie lachte fröhlich.

ENDE